她道别离开的时候，外头的风还在刮，正是初冬末秋，凉意总是临到四处。她下意识抬眼寻找着他的位置，所以又走到小区门口的喷泉处。

然后抬眼，目的地头一顶。

前方走过来一个高高的男生，灰色衬衫牛仔裤，好像没睡醒一样，整个人有些颓，耷拉着肩膀，抬手转动了一下脖子，只听到"咔嚓"两声骨头响了，他散漫地低下头去，单手抄兜，有些百无聊赖地往前走去。

她站在喷泉左边，他从右边走里走着。

"蓝天下，风吹过八千里。"她想起了这句话。

他笑时风华正茂

舒远 著
Shu Yuan

Feng hua zheng mao

江苏凤凰文艺出版社

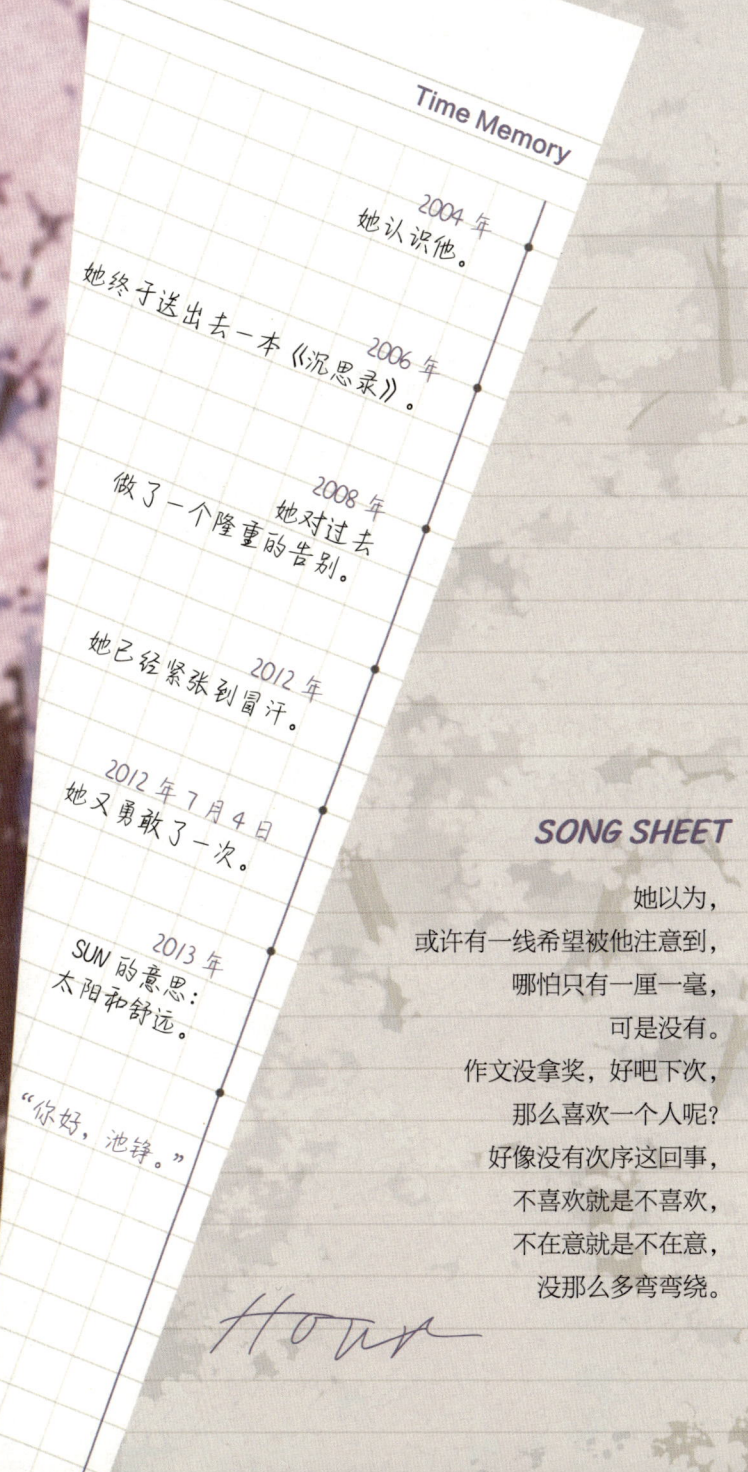

Time Memory

2004 年
她认识他。

2006 年
她终于送出去一本《沉思录》。

2008 年
她对过去做了一个隆重的告别。

2012 年
她已经紧张到冒汗。

2012 年 7 月 4 日
她又勇敢了一次。

2013 年
SUN 的意思:
太阳和舒远。

"你好,池铮。"

SONG SHEET

她以为,
或许有一线希望被他注意到,
哪怕只有一厘一毫,
可是没有。
作文没拿奖,好吧下次,
那么喜欢一个人呢?
好像没有次序这回事,
不喜欢就是不喜欢,
不在意就是不在意,
没那么多弯弯绕。

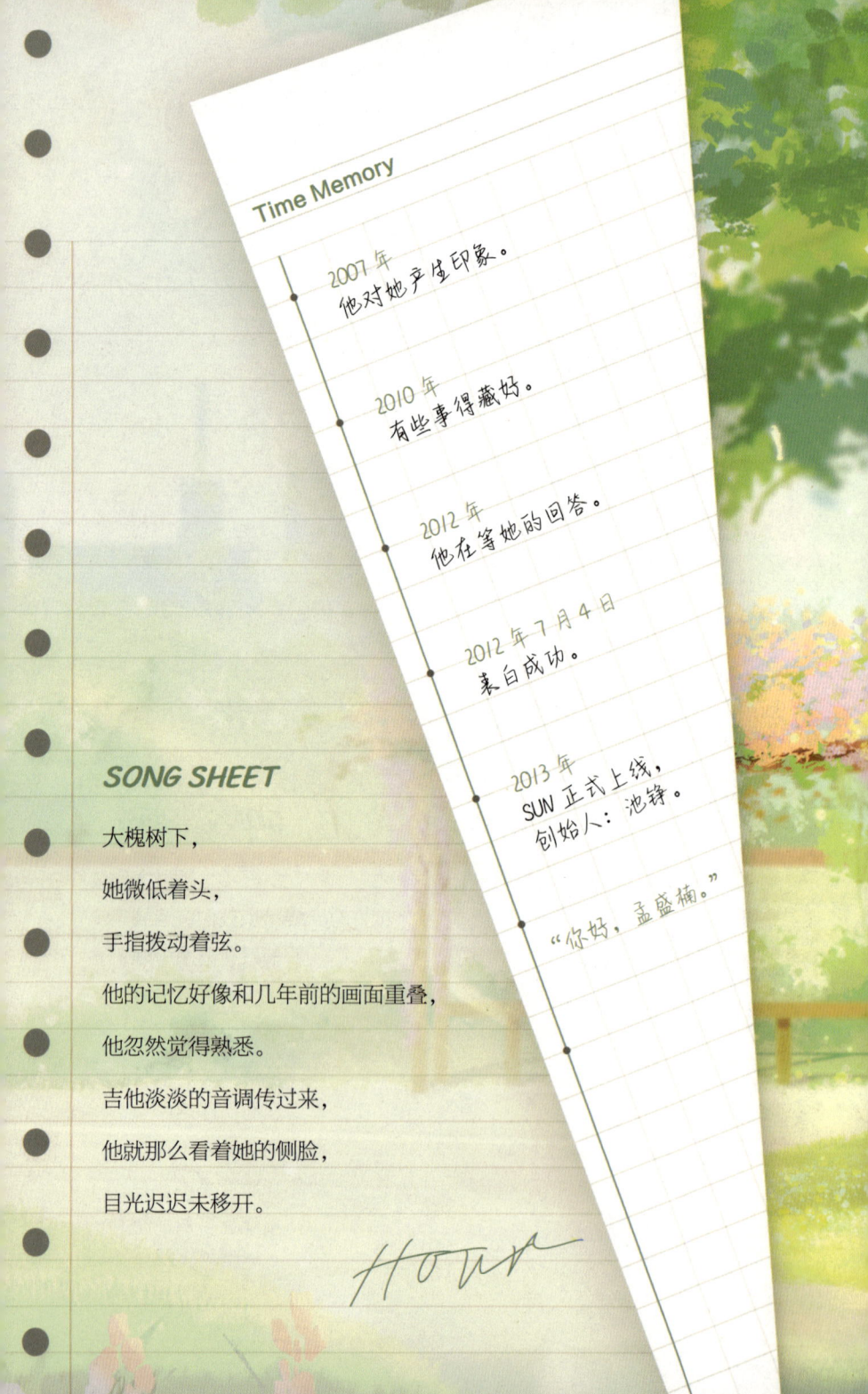

目录

第一章　从前你来到这　/001

第二章　今天一切顺利　/016

第三章　从他身边经过　/028

第四章　或许风和日丽　/041

第五章　江城一片寂静　/055

第六章　这是一个秘密　/071

第七章　人生千丝万缕　/087

第八章　你过得还好吗　/118

第九章　遇见还是沉默　/136

第十章　时光里的答案　/153

第十一章　她喜欢一个人　/166

第十二章　他喜欢一个人　/183

第十三章	六便士和月亮	/197
第十四章	我们都要珍重	/211
第十五章	"有想过我吗？"	/225
第十六章	一路两个人儿	/235
番外一	深海少年	/269
番外二	走马观花	/278
番外三	朝花夕誓	/284
番外四	独自等待	/335
番外五	一生挚爱	/355
再版后记		/374

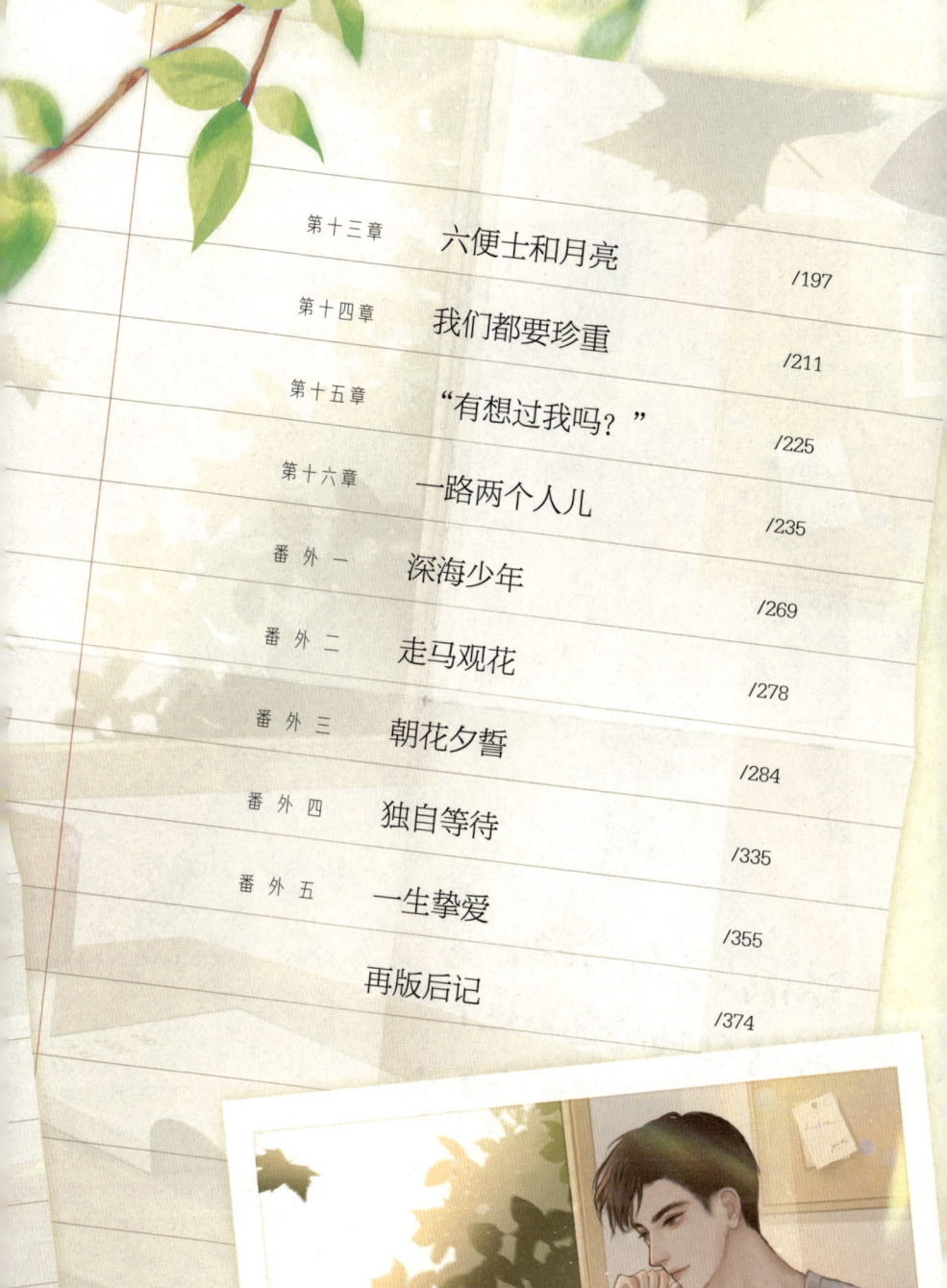

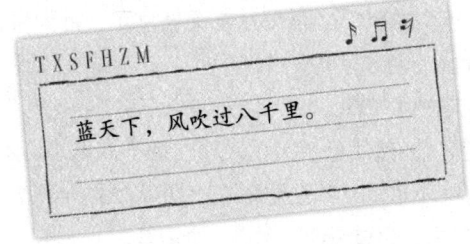

第一章
从前你来到这

  2004年的一个下午，江城有场万人演唱会。你走街串巷，到处都可以听见林夕写的歌，许美静唱"你抽的烟，让我找遍镇上的店"。
  那天也是这样，有迷蒙的雨、散不开的雾。
  房间里的窗帘被风吹得呼啦响，雨水争抢着砸下来。桌子上是用旧的台式电脑，旁边高高摞起十几本有牛津词典那样厚度的资料书。孟盛楠正翻着手里的纪实文学，肘边一堆纸笔。老友戚乔送的音乐磁带正缓缓地在复读机里转动，厚重的窗帘遮住窗，看不到外边的天气。小房间里亮着一盏台灯，温暖的光线落在电脑上，屏幕上的 Microsoft Word 迟迟未见一个字写上去。
  孟盛楠遇到了很严重的写作瓶颈期。
  一个故事用了一个暑假，写写删删。年轻是硬伤，阅历太少，知识浅薄又浮于表面，所以孟津送她一句"读万卷书，行万里路"。
  她盯着键盘，手下正要有所动静。
  只是眼前蓦地一暗，电脑黑屏了。
  孟盛楠心里忐忑半晌，只能哀号着尝试各种按键，电脑依然没有亮起来，过了一分钟，台灯也灭了，她探身拉开窗帘又去按房间里灯的开关，反复确认几下，没电了。外头的雨有变大的兆头，她一咬牙，塞了本子和笔到书包里，拿下了眼镜随手一装就下了楼。
  母亲盛典正坐在房檐下看书，闻声抬头。
  "下雨呢，干什么去啊？"

001

"好像停电了，电脑也出了故障。"孟盛楠从玄关处拿了一把雨伞，一面往外走一面撑开伞，"我找个地方写稿子。"

"写完就快点回来。"盛典在后头喊。

她仰头回了一声"知道了"，然后反手关了大门往巷子外走，雨水落在伞上滴滴答答。地面有些小水坑，不注意踩在上头就会溅一脚水。孟盛楠从巷子里出来转身向右拐，穿过街道，拐进一个短巷。

第三户是个人开的一家自习室，每个座位上都配备了电脑。她收了伞上二楼。

前台的一个小姑娘看到是她，眼睛笑成一条缝儿。女生叫西林晓，俩人初三在同一个老师那里补过课，经常互借笔记。孟盛楠没处去总会被这儿收留。

西林晓对她的出现很惊喜："你怎么来了？"

孟盛楠无奈叹气。

"不会是保险丝又坏了吧？"

孟盛楠："也可能是电脑。"

西林晓笑了："两个小时？"

孟盛楠点着头拿过递来的票，去找位子，自习室里几乎没什么空位了。还没走出几步，西林晓叫住她。

"最里头还有几个，去那边看看。"

里面的味道很不好闻，孟盛楠屏着气穿过走廊往里面走，两边都坐满了人。她一直走到尽头，才看到右手边的一个空位。那是在一个角落里，光线有些暗淡，旁边就是这个自习室的休闲区。

这家自习室被分为两个区域：一个是用来提供给学生学习的区域，配备的电脑也是用来查阅资料的；另一个则是休闲区，学生可以在这里休闲放松，舒缓学习压力。

她看到左手方向有两个男生。

最外头那个穿着灰色短袖，戴着大号耳机，手下噼里啪啦正敲着键盘。关键是那动静太大，孟盛楠不得不注意到。她瞥了眼移开视线，走到空位前坐下，然后猫着腰打开主机电源和显示器。尽管隔着一米多宽的走廊，但那乒乒乓乓的声音依然清晰。再加上耳麦不那么隔音，她没法集中注意力敲字，本来仅有的一点灵感也消失殆尽。

她做了一个深呼吸，侧头去看。

男生正聚精会神地盯着电脑。

他一手握着鼠标，一手覆在键盘上，动作行云流水。电脑上的画面转换不停，让人眼花缭乱。

她看不懂，甚至有一点反感。

正要收回视线，男生忽而转手，重重地摁了下空格键，然后一手平铺覆在键盘上，一手扯下耳机任它挂在脖颈上，停顿在耳边的那只修长的手指居然格外好看。

"赢了？"一个男声响起。

那双手的主人笑了一声："还用说？"

她看见他懒懒地靠在椅子上，微眯着眼，缓缓地很轻地叹了一口气。男生半个身子隐匿在暗光里，影影绰绰。她不好意思盯太久，默默地转回头。

耳边的对话也模模糊糊。

"听说你最近和高一（3）班的李岩走得挺近的。"身边留着短寸头的男生道。

他不咸不淡地"嗯"了一声。

短寸头的男生对这个话题仍不罢休，凑到他跟前声音小了："还真别说，长得是真漂亮。"

他抬眼，笑了一声。

孟盛楠侧耳倾听，假装手摁键盘的动作已经停了下来，盯着文档上的一行随便打的宋体五号字，呆愣了好一会儿。不过半晌，他已经站起身离开座位往外走，微微低着头。

短寸头男生问："去哪儿啊？"

"篮球场。"声音也懒懒的。

等他们走开，孟盛楠这才抬头光明正大地看过去。他踢踏着人字拖，一手插着兜，漫不经心地往外走，后背宽阔，高高瘦瘦。

霎时之间，耳边安静下来。

她揉了揉鼻子，不知道为什么，一直没有从包里拿出眼镜，她这个眼镜只有平时写作或者偶尔上课看不见才会被拿出来用，但这次她没有戴，三百度的近视还可以凑合，她盯着电脑屏幕努力找写作的感觉，后来仍是一无所获。她回到家的时候是六点半，雨早就停了。七月的天这时候还微微亮着，屋里盛典炒了几个菜，孟津修好电灯保险丝，从外头走进来，一家人围桌吃饭。

"暑假给你报个旅行团去玩玩？"盛典提议。

孟盛楠心里头念着稿子，摇了摇头。

"那去你小姨那儿玩几天？"盛典给她碗里夹了块豆腐，"不能老待在家里，人都要给闷坏了。"

孟津："你妈说得对。"

孟盛楠敷衍了一句"再说吧"。

外头的雨慢慢又下了起来。

晚饭过后，厨房收拾完毕，盛典要去趟对门李纨家，四处找不到伞，问正在沙发上看电视的父女俩。

孟盛楠惊醒地"啊"了一声。

"我忘在自习室了。"她说。

盛典嗔了她一眼："你这性子什么时候能改改？"

"明儿一早我就去拿。"孟盛楠讪讪地笑了笑。

她陪孟津看了会儿电视就回自己屋里了，然后开了电脑，习惯性地打开 Word 窗口。那时候玩 QQ 是他们的乐趣，这边刚上线，戚乔的消息就过来了。

"做什么呢？"

"闲着没事。"她想起盛典的话又说，"我妈想让我去小姨那儿玩几天，你要不要一起去？"

戚乔回复了一连串的问号。

"千真万确。"她说。

俩人果断商量好时间地点，接着又聊了一会儿，孟盛楠就下了线滚去写稿了，文档里那句"W 在她十三岁生日的那天晚上月经来了"扰乱了她的所有思绪。

不知道怎么回事，就再也写不下去了。

她无聊地揉揉脸又喝了好几大杯水，眼皮子最后打架，干脆关上电脑去睡了。窗外的风吹雨打声，衬得夜晚安静极了，一切都悄然发生。

第二天七点，孟盛楠就起床了。

那时候孟津已经去上班了,盛典在院子里做运动。孟盛楠梳洗好换了一件淡粉色短袖和齐膝的浅色牛仔裤,嘴里咬了块面包就往外走。

"大清早的干吗去?"盛典停止弯腰的动作,微喘着气问,"路滑你慢点走。"

"找戚乔玩。"

她出了巷子,先去自习室拿伞。

正是清晨,街道上比较清静。孟盛楠去了昨天的位置,幸好伞还在,她拿了伞往外走,临走几步又下意识回头去看走廊另一边那个空空如也的地方,脑海里不经意地冒出昨晚那个男生的样子。

她深呼了一口气,从里头出来。

戚乔已经到了地方等着了,没一会儿就看见孟盛楠来了,她叫了一杯热可可喝,将点好的另一杯递给孟盛楠。

"又不下雨,你拿把伞干什么?"

"昨天下午去自习室写稿子,忘那儿了。"孟盛楠喝了一口热饮,"刚过去拿的。"

"你可真行。"戚乔无奈道,"对了,你那个作文比赛今年是第几届来着?"

她说:"第六届。"

戚乔伸出胳膊横跨整个桌子,拍拍她的肩膀。

"姐们真心佩服你,今年你要不拿奖,我'戚乔'俩字儿倒着写。"

孟盛楠"扑哧"一声笑了。

聊了几句,戚乔说到旅行的事,一大堆话说尽了都城的名胜古迹和风土人情,她听出了味儿来,探问之下才不好意思地供认,原来宋嘉树老家在都城。

孟盛楠:"……"

"你就是那种太不知人间烟火的女生,没人敢接近的你知道吧,也就我可以。"戚乔笑了笑,"不过话说回来,你喜欢什么样的?"

"不知道。"孟盛楠很认真地想了想,"没琢磨过。"

必胜客里的人慢慢多了起来,音乐流淌在每个角落。戚乔恨铁不成钢地看着她,然后孟盛楠立刻转移话题,问高二选文科选理科。

戚乔毫无迟疑地说:"他选啥我选啥。"

005

"你还能再没原则点吗？"孟盛楠一脸"你无可救药"的样子，"他有什么优点吗？说两个。"

戚乔几乎脱口而出："貌若潘安、赤胆忠肝。"

对于宋嘉树和戚乔的事情，孟盛楠知道得门儿清。还是初三那年，戚乔作为优秀学生代表，主持了当天下午的毕业典礼，宋嘉树上台唱了一首柯有伦的歌，自此成为朋友。

戚乔见她发呆，摆了摆手："想什么呢？"

孟盛楠眨眨眼摇了下头。

后来旅行这事还是泡汤了，原因是戚乔她妈妈乔美丽私下里给她报了一个二胡兴趣班，算课时的那种。于是暑假里剩余的日子，孟盛楠就在构思写稿和听戚乔拉走音二胡中度过了。

那一年，她十六岁半。

暑假的日子过得很快，好像一觉醒来然后开学了。这个假期刚一结束，第九中学在开学一周后便开始对高二年级进行分科。那时候学生们都还沉浸在暑假的余温中没有出来，课后的教室里疯成一片。前后左右桌都在畅谈，似乎有聊不尽的趣事。

青春疯长，像没个完似的。

孟盛楠将胳膊肘顶在桌子上，一手撑着脑袋构思小说，一手转着铅笔。同桌李为停了一半的唠嗑，趁着不注意抽走她手中的笔。

"想什么呢？"

"这才刚开学就没劲了你。"后桌的女生开玩笑。

孟盛楠自知也想不出什么了，索性加入他们的话题中。她看着这样一堆人从盘古开天辟地侃到Beyond九月演唱会门票，接着又聊到儒家孔子和马丁·路德·金。

"我的梦想是做一个像华罗庚那样伟大的数学家。"后桌的一个男生语气豪迈，甚至站起来，还挥上了颇有些"江山气势"的手臂，"为国家奉献一生。"

众人："……"

孟盛楠和后桌那女生一个赛一个笑得厉害，一堆人说得正起劲，门被闷声敲了几下。教室顿时安静了，后排还有几个站在桌上嗨的也赶紧溜了下来坐好。

"'老施'又来啰唆了。"李为"唉"了一声。

班主任姓施,四十来岁,话特别多,说起来没个完,过一会儿喝几口水,好几次说得情绪激昂,为全班操碎了心,大家都比较亲切地喊她"老施"。于是从她走进教室到讲完话已经过去的一百零一分钟里,只说了一个重点:分科来了。

终于熬到班主任离开,教室里大家都深呼吸了一口。

"你选什么?"李为侧头问她。

孟盛楠:"文科。"

李为叹气:"同桌,以后要记得多怀念我。"

好像他要"远走他乡"的样子。

后来分科这事学校办得特别利落,三天之后大家交上了选科问卷表。然后又在各种依依不舍之后,文科同学在开学的第十七天下午,集体走上了对面那栋五层楼和这片土地说再见。

刚进了五楼的新教室,孟盛楠还有些不太习惯。

班里没有一个她认识的人,原来高一(9)班一起分出来的同学都被打散,平均分到文科四个班。孟盛楠找了一个挨走廊那边临窗的第四排坐了过去,她抬眼扫了整个班一眼,几乎清一色的女生。

没过一会儿,上课铃响了。

说实话,孟盛楠是有些期待她们的新班主任的。可当看到老施的那一刻,她真的有些生无可恋了。

"今儿我就说几个重点。"然后三十分钟过去了,老施清了清嗓子,"这两天嗓子不舒服就不多说了,现在定几个班委,有没有毛遂自荐的?"

有几个女生站了起来。

老施让她们做了自我介绍,然后一个个都成了班级的骨干。孟盛楠正看着窗外,忽然听见有人叫她的名字。她脑子比行动还慢一拍,站起来时表情装得特认真。

"你继续做英语课代表吧。"毕竟是曾经带过的兵,老施直接点将。

孟盛楠:"……"

下课铃终于来了,孟盛楠有气无力地趴在桌子上晒着太阳。同桌聂静是一个看起来比较踏实的女孩子,和她做了自我介绍后就开始翻书做题了,这认真程度简直能考北大。

戚乔从自个儿班上溜过来,趴在外边的窗台上俯身弹她脑门:"孟女士,想什么呢?"

孟盛楠从座位里走出来,和戚乔站在过道栏杆边,俩人趴在上头看楼下,说着分到新班级的感受。

"没想到从你们这儿看下去视角挺不错啊。"

孟盛楠:"那你选文科呗。"

"那怎么行?不能放着宋嘉树一个人待在理(2)班,没人打趣很无聊的。"戚乔笑着往她们班里瞅了一眼,"你们班怎么都没几个男生啊?"

这是文科班的一大"亮点"。

距离上课铃响还有一分钟的时候,戚乔跑回对面理科楼了。孟盛楠刚踏进教室,老施任命的那个留着小平头的身高一米七三、腰围二尺四的男班长就带头唱起"头上一片青天,心中一个信念"。

全班女生:"……"

过了几天,几乎左右前后桌都混得熟了。

班里头也算热热闹闹。孟盛楠后排坐了一个男生,个子一米七五差不多,性格内向,和周围人说话不多,但脑子特别好使。

晚修课上,孟盛楠问了一道题。

他不紧不慢:"这题你得换个思路,反证明知道吧?"

孟盛楠侧着身子,盯着他手下的草稿纸看了一会儿,脸上是掩饰不住的羡慕,忍不住惊叹,这做题方法她怎么就没想到过?

"傅松,没想到你数学这么好。"

男生似是有些不好意思,没搭腔。

"以后遇到重难点,就找傅松。"他同桌叫薛琳,这时候也凑过来笑嘻嘻地说,"咱不能浪费了人才。"

等薛琳说完,傅松才慢慢开口。

"学习是一个循序渐进的过程,我们在寻根究底的同时要学会享受它。当你达到那个饱和点之后,时间速度虽然有所减缓,但很多事情已经水到渠成。"

俩女生:"……"

大家默默地低头看书做题了。

下了晚自习之后,戚乔跑过来等她一起走。那时候文科(4)班已经走得没剩多少人了,她们那一组就她和傅松还没走。戚乔讲来坐在她的座位上,笑着问孟盛楠新生活的感受。

"挺不错。"孟盛楠正在往书包里塞书。

戚乔"嗯嗯"了好几声:"看你这满面红光我信了。"

很快收拾好书包,俩人从后门走,经过傅松,孟盛楠打了一声招呼。男生表情挺淡的,没怎么看她一眼又低头做题了。

"刚那个男生看着挺呆的。"路上,戚乔就评价了。

"那叫高人知道吗?"孟盛楠用胳膊撞了戚乔一下,"他可是我在这学校认识的所有人中智商最让人佩服的,不仅题目讲得漂亮,话说得也招人稀罕。"

"哟。"戚乔看了孟盛楠好几眼,"才认识多久就夸上了?"

"你懂什么?这叫惜才。"

九中距离孟盛楠家不近,她一般都是骑着自行车来回的。戚乔有时候来缠她一起走,目的就是蹭她的自行车后座,孟盛楠骑得也就慢了,过了会儿又换戚乔载她。晚自习放学后的夜晚,街道上的小摊贩摆着小吃摊,随处可见成群结队的男男女女围在那儿等烧烤。

回到家的时候,盛典与孟津在看晚间新闻。

"我今儿下午遇见你乔阿姨了,她给乔乔报了二胡兴趣班,我琢磨着也给你报个兴趣班。"盛典边嗑着瓜子边说,"你想想有什么比较感兴趣的?"

孟盛楠一屁股坐在沙发上,端起桌子上的水喝了一大口。

"没有。"她说。

盛典瞥她一眼:"没有就培养一个,你天天待在学校上课不闷啊?"

电视里,新闻频道主持人字正腔圆地报道。一个屋里几种声音交汇,这时候孟津的声音也进来了,表示赞同盛典的意思。

"吉他行吗?"孟盛楠想了半天。

第二天去学校,戚乔听见这事忍不住哭号了。那表情痛苦到扭曲,不管搁谁看都难以忘怀。

"你妈妈真给你报了一个吉他班?"文(4)班外头,戚乔忍不住惊呼。

孟盛楠点头："嗯，怎么了？"

戚乔狠狠地抱了她一把，然后将脸贴在她肩膀上假哭："盛典阿姨太好了，我们家那乔女士说什么二胡是传承曲艺，非得让我去，没得选择，你真的太幸福了孟盛楠。"

"注意形象成吗，大小姐？"

孟盛楠扫了一眼过道，不时有来回走过的男生女生盯过来看，她实在不好意思。戚乔装模作样地抹了把脸，然后愤愤道："今晚就找乔美丽谈判。"

俩人趴在栏杆上又待了会儿，戚乔还在唠叨。微风拂过她们的脸颊，吹起戚乔的长发。孟盛楠忍不住捋了捋自己的齐耳短发，想起一首歌叫作《长发飘飘》。

后来终于送走戚乔，她回了教室。

薛琳问："那是你高一同学？"

"小学同学，一块长大的。"孟盛楠说。

傅松正在做练习题，闻声看了孟盛楠一眼。

"老师来了。"男生说。

孟盛楠默声，立刻转过去坐好。只是屁股还没挨上板凳，就听见教室后排一个女生在说话，声音很大。

有人喊："李岩，到这儿来。"

那一堂数学课，过得真是特别慢。

好不容易熬到下课铃响，孟盛楠趴在桌子上想睡觉，好奇心驱使着她转头去看后排那个叫李岩的女生，不知道是不是那天对话里听见的名字。

傅松突然问她话："找谁？"

孟盛楠瞥了一眼："美女。"

傅松也跟着转头看向后排，没一会儿第三组倒数第二排有个女生突然站起来往门外走，座位上有人又喊出那个名字。

"李岩，你干吗去？"

被叫到的女生回头一笑："你猜啊。"

傅松转回头，问孟盛楠："她算吗？"

孟盛楠看着那个女生笑眯眯地走出了教室，然后才回傅松的话：

"算。"不仅人长得漂亮，声音也甜，穿校服都那么好看。

孟盛楠目光刚要收回来，男生又开始"娓娓道来"。

"你现在思维意识有些混乱，从唯物主义来说，物质上升到意识需要一个阶段，而现在刚好卡在这个阶段的正中心，这就间接导致了唯心主义，你必须做出调整才能保证下一节课全神贯注。"

孟盛楠："……"

如果不是聂静和薛琳结伴去了厕所，估计她们现在早已笑场。孟盛楠的脑海里放电影似的闪过一堆话，郑重地看着他。

"傅松，你确定你是地球人？"

男生扫了她一眼，表情特别无辜。

"你知道吗，我这辈子特别特别佩服哲学家，那话说得简直比真理还真理，关键吧你还听不懂。"孟盛楠忍不住道。她说完又笑了："以后叫你'哲学鼠'吧。"

傅松当时并没应声，后来她叫惯了。有人问傅松，孟盛楠这么叫你什么意思呀，他沉默了一下，摇头说我也不知道。

那会儿太阳正在往西走。

下午第三节课后，有一个小时的休息时间。聂静在和她讨论英语祈使句，正说到情态动词加动词原形时，戚乔过来找她吃晚饭。

俩人一面走一面说着话。

食堂里人满为患，她们打好饭好不容易找到空位坐下来。戚乔脸上都出汗了，不停地用手当扇子扇风，嘟嘟囔囔地埋怨人太多。

"我看咱以后要么来早点，要么来晚点。"孟盛楠喝了一口汤。

戚乔笑眯眯地说着"楠楠你好聪明"，伸出手要掐她的脸蛋。

还没够着就被孟盛楠侧身躲过，后者嫌弃地"咦"了一声拍了一下女生的手腕，戚乔"喊"了一声又闷头海吃。孟盛楠当时身子斜着，那眼皮随意一抬，就看到隔着一条过道的斜对面，走过来几个学生，中间只有一个女生，是她们班李岩。

李岩旁边，站着一个男生，校服敞开。

几个人里，就他两手插着兜儿，手上什么饭菜都没端着。孟盛楠慢慢低下头喝粥，不动声色地听。没想到那几个男生都是九中的学生，文科班根本没见过，学理科的吗？他们说话声有点大，笑起来没有收敛，一个个插科打诨地乱侃。

"哎，我说，聊聊你们俩。"

"说一些你们不开心的事情，让我高兴高兴。"

"姓池的要管得严一点知道吗？"

"这小子野着呢。"

一群男生大笑，胡说八道起来。

"还吃不吃了？"

是他。

语调懒懒的，男生们集体吹了一声口哨，又开始乱聊。

孟盛楠很快吃完饭，和戚乔离开。

经过那桌的时候，隐约听见他低低地笑，还有李岩甜甜软软的声音，李岩的声音酥得她头皮发麻。她轻轻甩头，遏止胡思乱想，转身便和戚乔走远了。

晚自习的时候，天色已经暗了。

老施过来转班，叮嘱了一些学习上的事后离开，前脚刚走，教室就"轰"一声热闹开了。可这热闹还没持续一分钟，老施突然破门而入，表情那叫一个严肃。

"吵什么吵，还要不要学习了？"

老施胳膊下面夹着英语课本，在教室过道里来回转，同学们大气都不敢出一个，直到转了好几圈教室安静下来，老施冷声说着"模拟考退步叫家长"之类老掉牙的话，教室里一溜烟的倒吸气声。等老施训完离开，大家感觉这回班主任是真的走了不会再突然袭击，才慢慢松懈下来。

薛琳拍了拍胸口，松了口气："吓死我了。"

孟盛楠正在做英语笔记。

"傅松。"身边的聂静慢慢转身，"你给我讲讲这个题。"

傅松抬头看了一眼："小心她在后门看着。"

聂静抿唇，又坐端正了。

那时候的日子总是不知不觉地过去，国庆假期很快就来了。临近放假的那个下午，老施在班里强调安全事宜，大伙都使劲地掩饰着离校前的兴奋，忍着一股气听唠叨。好不容易挨到放学，旁边几个人都在收拾书包。

见孟盛楠没动静,聂静问:"你怎么还不动?"

"人太多,我等会儿再走。"她说。

没一会儿,教室就清静了。

孟盛楠这才慢悠悠地收拾书桌,嘴里哼着小调背着书包慢慢往楼下走。教学楼一片安静,学生很少,楼下好像还有学校的安保大叔在喊"关楼门了"。她加快脚步下楼,经过理科楼的时候看到一个熟悉的身影,忍不住抬头看了一眼。

身后传来断断续续的对话声。

"姓池的,去哪儿啊?"

"你管我。"他漫不经心。

那声音低而哑,又有一种说不出的懒散。

她看过去,那几个身影早已消失在楼外。安保大叔还在喊,孟盛楠清醒了一下,然后转弯从小操场那边绕着往外走。

回到家里,孟盛楠打开电脑上线。

有好多个消息框蹦出来吓了她一大跳,孟盛楠一个一个看下去。这些人千奇百怪性格不一,都是她去年参加上海作文比赛时认识的朋友。刚开始都是在群里聊熟的,后来进复赛的除了她,还有"美女"张一延、"才子"周宁峙和"江郎才尽"江缙,只有"屋逢连夜雨"李想和"鬼画符"陆怀没有通过初赛。

江缙:"小孟,写多少了?"

陆怀:"哥哥我一口气从五月买到九月,一张报名表寄一篇,我还就不信这回进不了复赛。"

周宁峙:"写得怎么样?"

孟盛楠记得那个年前的复赛,他们在组委会安排的旅社相识重逢,一起打牌喝饮料,聊尽天下事。那感觉就像是五湖四海进京赶考的科举考生,为了文学不顾一切远道而来,不过后来拿奖的只有张一延和周宁峙。

她一个一个回消息说写不出来。

"没思路还是先别想了。"周宁峙在线回她,"这个国庆可以考虑出去玩玩,或许灵感就来了。"

她在想怎么回复,周宁峙又发来消息邀请她来南京。

"不行。"孟盛楠对着聊天屏幕吐了吐舌头,"老妈给我报了一个吉他兴趣班。"

周宁峙:"那成,今年十二月上海见。"

她敲下"好的,再见",然后关掉QQ,安静地思考了一会儿又打开Word,却一个字都写不出来。周宁峙曾经说只要他还有一个信念,就会一直写下去。江缙评价周宁峙,说他未来十年内,一定会成为悬疑界的泰斗。

不知道什么时候,外边天黑了。

晚上孟盛楠又和盛典、孟津聊了一大堆没营养的内容,盛典说明天早上他们要睡懒觉。孟盛楠看着这一对父母,无可奈何地滚回床上睡觉,后半夜睡不着打开床头柜上的小台灯,暖黄色的灯光落下来,她趴在床上看《基督山伯爵》,读着读着就睡了过去,第二天醒来的时候已经七点半了。

她简单吃了顿早饭,然后背着吉他出了门。

清晨的街道安宁静谧,孟盛楠坐公交车,半个小时过后才到了教课的地方,然后沿着小区往里走。那是个独院小平房,年代久远。但主人用心,屋子里一尘不染。这是孟盛楠第三次过来,每次的上课时间都是上一节课结束才通知。教吉他的是个四十来岁的女人,叫陈思,保养得很年轻。

客厅很大,十来个人围成一圈。

"我们先把上次学的复习一遍。"女人穿着休闲,拿着吉他坐在椅子上,脚向后踮起轻靠在椅角,"谁先开始?"

一个男生不好意思地说:"陈老师,我忘了。"

她温柔地笑了笑:"那我重新弹一遍好了。"

两个小时很快就过去了,孟盛楠没什么底子,学得有点吃力。等其他学生都走光了,她还在想那个老弹错的音调。

"那是个四节拍,你再试试。"陈思走过来,声音温和。

又试了几下满意了,孟盛楠才起身收拾。

陈思好奇地问:"你为什么学吉他?"

孟盛楠动作一顿,然后抬头。

"挺酷的。"她说。

说完,她又腼腆地笑了一下,再聊起来才知道陈思有个在九中读理科的儿子。后来她道别离开的时候,外头的风还在吹,正是初秋,凉意总是恰到好处。她低眼挪了挪吉他的位置,刚好走到小区门口的喷泉处。

　　然后她抬眼,脚步一顿。

　　前方走过来一个高高的男生,穿着灰色衬衫和牛仔裤,好像没睡醒一样,整个人有些颓,耷拉着脑袋,抬手转动了一下脖子,只听到"咔嚓"两声骨头响了,他微微低下头去,单手抄兜,有些百无聊赖地往前走去。

　　她站在喷泉左边,他从右边往里拐。

　　"蓝天下,风吹过八千里。"她想起了这句话。

第二章
今天一切顺利

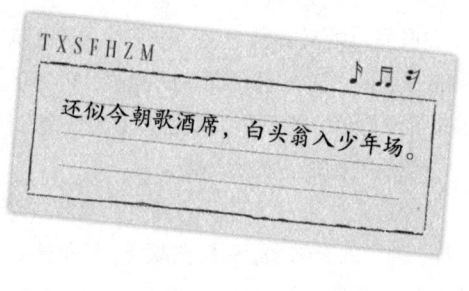

天气预报说,未来一周江城晴朗。

今年的国庆节学校给了七天假期,这样的好天气实在让人高兴。孟盛楠除了隔天去上两小时吉他课就一直待在家里,稿子写了又删,她把沈从文、路遥的小说挨个儿看了一遍,戚乔这家伙早就不知道和宋嘉树跑到哪儿去"闯荡江湖"了。

大早上她吃完饭又打算回房间,被盛典叫住。

"你老憋在家里能有什么灵感?要知道经历是写作最宝贵的财富,这么简单的道理你都不懂了?"盛典将电视声调小了,"身边的人和事都可以写,不一定要天花乱坠,有共鸣、能触动人心,才是好作品。"

"妈。"孟盛楠叹气,"真枯竭了。"

盛典:"所以要出去走走。"

"你教你们班学生写作文就这样?"

盛典瞥了她一眼,说了一个字。

孟盛楠一边琢磨着老妈嘴里的"真"字,一边上街溜达找素材去了。不得不说,刚刚盛典的那番话还是让她有些感触的,人家毕竟是教了二十年语文的,吃的盐比她吃的饭还要多。

可三分钟热度过后,她又回到原点。

收假的前一天戚乔跑来找她玩,孟盛楠正靠在床头看《包法利夫人》。戚乔在楼下扯着嗓子喊,声音比人先到。她推开门,刚走进孟盛楠的卧室,就夸张地捂住嘴。

第二章 今天一切顺利

孟盛楠放下书抬头看过去。

戚乔捏着嗓子装出怪音色:"阿姨说你一直都待在家里,没发霉吧?"

孟盛楠低下头翻了一页书。

"关门出去变回人再说话。"她说。

戚乔真的关上了门,一秒后打开门,她直接哀号着"孟盛楠疯了"的话,呈"大"字形躺在床上。过了一会儿,她不见孟盛楠理会,又爬起来蹬掉鞋凑到孟盛楠身边,有着几分讨好的意味。没一分钟她又开始傻乐,乐完了又开始发愁。

不用猜就知道,大概又是与宋嘉树有关。

那时候她们真的什么都不懂,正是肆无忌惮的年纪,单纯得要命。更有意思的还是她们七八岁的时候,电视上天天演古装剧,戚乔没事就跑来找她玩,拿着她的床单披在身上叉着腰,居高临下、声音威严。

"还不给本公主请安?"

在那些欢声笑语之间,假期就这样结束了。

晚上孟盛楠做了一个特别长的梦,醒来之后,她什么都不记得了,还出了一身汗。她借着天外晕亮的天色看了一眼闹钟,心里一沉。

她赶紧从床上爬起来,几分钟内穿好衣服,然后洗漱。盛典和孟津还睡着,孟盛楠悄悄地推着自行车出门,然后飞快地骑着自行车出了巷子。

大街上很静,几乎没有什么人。

孟盛楠当时还意识不到是什么原因,一直到车棚,看到紧闭的大铁门她才反应过来。她立刻就着马路边上的灯光低头看手表,原来才清晨五点半。她只好将自行车推到一旁,坐在台阶上等。

天灰蒙蒙的,正是寒气逼人的时候。

孟盛楠穿着毛衣,外头是单薄的校服。有风从外头灌进来,她忍不住发抖,两手抱紧胳膊,将下巴搭在膝盖上等六点车棚开门。

远处模模糊糊地传来一阵嬉笑怒骂的声音。

他们四五个人有一句没一句地说着话,一溜弯儿地缩着脖子,其中一个男生搓搓手,放在嘴边哈气。

"完了,今儿周一,我没带校服。"

一个男生笑了一声:"尿了?"

这声音让孟盛楠一怔。

大清早的,街上就他们几个人,这几个人懒懒散散地走过去就占了半条街道。也不知道他们晚上都干吗去了,大清早地混迹在这儿,一个个跟没睡醒似的。不过一会儿,他们拐向学校所在的那条路,再然后便不见人影了。

孟盛楠盯着他们走远才回过头去。

好不容易等到车棚开门,她放好自行车往学校走,边走边琢磨今天好像是她值日。值日生不用参加升国旗,其间教室里还有几个同学和她一起忙活。那二十来分钟的时间里,她擦黑板、抹桌子,又帮忙打水,最后出门倒垃圾。

垃圾堆在小操场后边,她倒完垃圾就往回走。

校园路上都是早读的学生,孟盛楠步子加快从理科一楼的大厅穿过。早晨的风吹过来还是挺冷的,她下意识地缩了缩脖子,刚低头下了台阶,视线里看到一个画面——紧挨大厅的那个教室的门口站了一排没穿校服的男生。

最边上的就是他,蔫蔫地靠着墙站着。

看那没睡醒的样儿,低着头的样子又有些漫不经心。孟盛楠抿紧嘴,往前走着,也不知道怎么的,又回头看了一眼班级:高二理科(10)班。

她奇怪了,怎么老是撞见他?

上午第二节是英语课,孟盛楠被老施叫起来回答问题。下课后薛琳夸她英语学得不错,她不好意思地说只是随便学学。

"少谦虚了,老师让你做英语课代表,肯定有她的良苦用心。"

孟盛楠:"她叫我起来也是良苦用心。"

那时候上课,老施总喜欢叫人回答问题,她最喜欢说的就是"今天的值日生是谁"或者"同桌站起来",那俩人或者前后左右的几个学生都得心惊胆战。

"你今天值日,晚上我帮你倒垃圾。"过了会儿,聂静说。

"没关系。"她说,"我一个人能行。"

聂静笑了笑看向傅松,男生低着头在写东西,于是她又转回去了。星期三之前的日子总是给人特别慢的感觉,过了星期四又一下子让人觉得快如眨眼。

第二章 今天一切顺利

孟盛楠的晚饭还是薛琳给她捎带的包子。

晚自习前,她提着垃圾桶出门了。晚自习预备铃刚刚打响,聂静出去背书,孟盛楠一个人借着干活的名义慢悠悠地走在小操场上。远处有男生在打篮球,听到铃声也是一溜烟地跑回了教室。

铃声很长,天色已经黑个底儿透。

她在外头多逗留了一会儿,然后踩着铃声回来。她爬楼梯比较慢,整个教学楼特别安静没什么声音。孟盛楠好不容易上了五楼,从窗外看进去,数学老师坐在讲台桌边低头备案,她正猫腰准备从后门偷偷溜进去时,感觉手里的垃圾桶被人拽住,孟盛楠慢慢转头。

那张熟悉的脸,让她惊了一下。

他压低声音:"帮个忙。"

男生的脸色特别淡,眼睛漆黑,声音很低,孟盛楠可以闻到他身上有一种男生特有的淡淡的味道。此时他一只手握着垃圾桶的另一边,就这么抬眼看着她。

孟盛楠第一次感觉到心脏在跳。

他的头发剪得很短,表情有点心不在焉,抬头对她说"帮个忙"这三个字的语气都是一如既往。借着教室里的光线,她可以看清他蹙紧的眉头,似乎有些不耐烦。

但他并未再开口,只是用眼神询问。

孟盛楠沉浸在那目光里,慢慢点头。

他们一左一右提着垃圾桶的一边,就这么进了教室。分开时,孟盛楠一转头,看见他走向倒数第二排。李岩旁边早已准备好空座位,她笑容满面地看着他。教室里忽然一阵轰动,数学老师咳了几下,大家又安静了。

"刚刚那个男生你认识?"聂静低头问。

孟盛楠刚坐下来,摇了摇头。

过了一会儿,数学老师开始讲习题,晚自习渐渐过去一半了。教室里有些躁动,老师刚好讲到最后一道题,忽然停了下来,眼神有些严肃。

"那个学生。"

几乎所有人都转头看去。

男生懒散地靠在后桌上,一副漫不经心的样子,右手闲闲地平放在桌子上,食指屈起,轻轻扣在桌面上。听到老师的声音,坐在他旁边的李岩立刻坐正低着头。

他像是没反应似的，连眼皮都没抬一下。

老师又道："就说的你，站起来。"

李岩微抬头，用胳膊轻轻撞了他一下。他这才慢慢抬眼往前瞥了一眼，慢悠悠地站起来。孟盛楠在他起身的时候回头去看，老师问了一个书上的理解性题目。他懒懒地说了句"不知道"，老师火大地又问了一遍。

"老师。"他扯出一个笑，"我真不知道。"

那样子，孟盛楠平生第一次见。

"你叫什么？"老师压着怒气问。

聂静这时候凑近她，低声说："这种学生没见过吧，他叫池铮，是我高一（10）班的同学。"

孟盛楠在心里低喃："池铮。"

教室里的气氛此刻有些剑拔弩张。

"班长站起来。"老师厉声问，"他叫什么名字？"

"他不是我们班的。"班长语气肯定地推了推眼镜。

数学老师刚说出一个"你"字，男生已经离开座位走了出去。孟盛楠瞠目结舌，薛琳张着嘴巴，说了一声"我的天"。晚自习的这出风波并没有随着数学老师气愤地离开而消散，反而更甚。直到放学，话题度仍是只增不减。

孟盛楠收拾好书包，站了起来。

在她模糊的印象里，好像有几次学校在升旗仪式后通报批评过他，通报频率简直比中奖率还高。

身边的薛琳正和人聊得火热。

"数学老师算脾气好的，要是老施，我估计得拉他去教导处门口站着，我还真没见过这样的。"

"他那种人，谁能管得住？"

孟盛楠对这些话题没兴趣，想尽早闪远。

她离开教室的时候，回头看了一眼被一群女生围住的李岩，女孩子笑得甜，满脸红晕。后来在洒满香芒色灯光的中央街道上，孟盛楠推着掉了链子的自行车往回走。身旁会有很多男生女生经过，他们说说笑笑。这样的场景总是很常见，好像那才是青春该有的样子。

第二章　今天一切顺利

身后又一波欢声笑语由远至近，孟盛楠还未踏出下一步人就一愣，他们又遇见了。耳边传来女生说话的声音和男生低低的笑声。

女生控诉："你看看他们。"

"他们就那样儿，你又不是不知道。"男生笑了一声。

女生"哼"了一声，将头歪向一侧假作生气。一群男生开始哄笑，其中一个直接嚷："池铮，听说你今晚在李岩班上出的风头不小啊，给大伙说说呗。"

女生低着头不说话。

"差不多行了啊。"他懒懒地开口。

孟盛楠正经过十字路口，他们从她身边骑着车说笑经过。她就像是这十字中心摆的一圈又一圈阶梯形的小盆金黄菊，早已没了原来的味道。

还似今朝歌酒席，白头翁入少年场。

繁华的街头，一群男生和女生荡漾在这个晚自习过后的中央街道，而她不小心撞了进来。那天阴历九月初九，正当重阳。

已经隔了些距离，她听到有人喊。

"哎，我说下个月《魔兽》比赛……"

随着电子竞技被正式纳入体育项目，一些游戏官方便会时不时地举办线下电子竞技比赛。

可惜后面的话孟盛楠没有听清。

街上渐渐变得冷清了，回到家里孟盛楠觉得心里有股气憋着出不来。她打开电脑登录QQ，江缙发来消息说周宁峙去了上海审稿，之后又发来一大堆话。

"他都拿了三届一等奖了，评委老师对他比亲儿子还亲，专门让他帮忙审稿子。不过这是好事，咱可以走个后门。你说这话周宁峙要是听见了，会不会对我更狠，然后来一句'你想得美'，那就完蛋了。"

这个时候，孟盛楠似乎才有些清醒。

江缙一直在发信息，孟盛楠有些出神，偶尔回一两句。俩人聊了一会儿，江缙问起她的写作进度，给她提了几点建议。临睡前孟盛楠关了电脑躺在床上糊里糊涂的，也不知道什么时候睡着了。

她依旧在找灵感，日子也是一天天慢慢过。

眨眼之间，已是十一月初，江城的天凉了。

班主任老施提到的模拟考也很快来了。考试的前一天下午孟盛楠正在复习语文，默背着谭嗣同的"我自横刀向天笑，去留肝胆两昆仑"。

薛琳在自己的座位上念叨："我怎么现在就紧张了？"

"从生物学的角度来解释，紧张是由于分泌系统延迟造成神经混乱不能及时供应信息。简单点来说，就是——"傅松停了一秒，"你脑子里没装下东西。"

"……"

这次考试是按照开学分班名次排的考场，当天的最后一节课，老施拿了一沓准考证让学委发下来。聂静和薛琳在一个考场，俩人激动地互相又问起座位号来。教室里不算安静，看书的看书，聊天的聊天。

放学之后，戚乔过来和孟盛楠一起去找考场。

这姑娘叽叽喳喳个不停，说宋嘉树答应她考完试一起去乌镇玩，说完又笑，突然孟盛楠耳边传来"哎？"的一声。

"那不是你的考场？"戚乔一惊一乍。

她们已经走到理科楼楼下，附近都是学生在找考场。孟盛楠抬眼看过去，教室门口的墙壁外头挂着的那个大大的牌子上，黑色字体"高二理（10）班"铿锵有力。她将视线挪于门上，那儿贴着张大白纸，写着：

第九考场。

她看着那几个字缓缓吐了一口气。

那时候虽已十一月初了，但未过冬至也不算是很冷。孟盛楠第二天早早就起床，套了件红色毛衣，在家里复习了语文，又背了一会儿单词。

八点考试，她去得比较晚。

在步入高二理科（10）班的时候，她竟然有些小紧张。监考老师已经在教室里了，她低头找座位。从第一组过道往后走，S形排列下去，是第一组最后一排的那个挨着窗户的位置。预备铃打响，监考老师已经在拆封考卷，并看了底下一眼。

"抽屉里不允许有任何书本，一旦发现当作弊处理。"老师的语气严肃。

第二章　今天一切顺利

当时考前各班学生都会打扫清理，按说应该很干净。孟盛楠没在意，随意瞥了一眼抽屉，抽屉里一片狼藉，乱七八糟的一大堆书，还塞着校服。

第二次的考试预备铃响，老师已经开始发试卷了。

她还在手忙脚乱地收拾，将抽屉里的东西整理在一起放去讲台旁边专门放书包的地方。书又重又多，还有一件皱皱巴巴的校服，孟盛楠抱得有些吃力。好不容易堆置好，正要转身时，校服从一堆书上滑了下来。孟盛楠看了一眼老师，赶紧低头去捡，衣服里面掉出一个身份证。

1987年1月1日，池铮。

孟盛楠猛吸一口气，将视线移至男生的照片上。看模样，这照片应该有些时间了，他和平时懒散的样子似乎有点不同，这上头的人看着很精神，像个阳光大男孩，朝气蓬勃，眼睛炯炯有神，头发极短，又有点稚嫩。

她没时间多想，将证件塞了回去，又把衣服塞到那摞书最里头，确认它掉不下来才回到座位上开始答题。

直到傍晚，一天的考试终于走到尽头。

孟盛楠在涂答题卡，肚子忽然开始疼了，起初没在意，可愈来愈痛。后来她已经疼得趴在桌子上，一手捂着肚子直冒汗。监考老师过来收试卷时并未意识到什么，只以为这是她答累了在休息，检查了人数后就离开了。

很快地，除了她，整个教室里的人都走光了。

孟盛楠趴在那儿想等这个劲过去。因为整个脑袋歪倒在胳膊肘里，和桌子也就贴得特别近，近到她可以闻到这个桌子主人身上的味道。耳边这时候传来脚步声，有人靠近，是熟悉的味道。

只听他淡淡的声音："哎。"

窗外的风声滚上走廊，孟盛楠又怔又晕，她慢慢从臂窝里抬起头。他站在一米开外，眉头蹙起，不知道下一句会说什么。

"能让一下吗？"他扬了扬下巴，又道，"我拿东西。"

教室里，夕阳的余光落进来，衬得他高大挺拔。孟盛楠看着他仍有些恍惚，又想着抽屉早就被自己清理干净了，犹豫了片刻。

她忍着心跳和抽痛，指了指讲台旁边。

"不好意思，抽屉里的东西我都放那里了，你去那边找吧。"

他看了她一眼，没说什么便转身走开。

孟盛楠看了一秒他挺拔颀长的背影，又趴倒在桌子上，心底竟有些起伏。她不敢抬头，只听见那处隐隐约约传来翻东西的声音，接着听见外面有人往这儿喊。

"池铮，身份证找到没有？"

他没有回话，孟盛楠以为他已经走了。

外头很快又传来了模模糊糊的声音。

"快点儿，一会儿约着他们玩。"

他这才出声："知道。"

声音已经远到听不清了，孟盛楠才抬起头往外看。肚子抽得难受，她连站起来的力气都没有，只能偏着头看向窗外，教室里静得只有她的呼吸声。

没过一会儿，戚乔就来了："没事吧？"

"可能岔气了。"孟盛楠皱着眉，忍着疼道，"肚子突然特别疼。"

戚乔轻轻帮她揉着背，俩人在教室里又坐了十来分钟，孟盛楠总算是缓过劲了。那股疼意渐渐散去，人也比刚才精神了一点，戚乔找闲话聊分散她的注意力。

"你猜我刚碰见谁了？"戚乔顽皮一笑，"咱九中的风云人物。"

孟盛楠没明白，用眼神询问。

"池铮啊。"戚乔说，"你一个乖乖女整天规规矩矩的没听过吧，我刚过来找你，看见他好像要回教室，我一进来他又走了。"

她问道："你认识他？"

戚乔："听过。"

孟盛楠看了看窗外，没搭腔。

那天晚上，戚乔骑车送她回来。盛典喊她俩一起吃晚饭，戚乔拐了一个菜合子就走了。孟盛楠也没吃多少，整个人困得不行，天还没黑透就回屋睡觉去了。

"这孩子怎么了，睡这么早？"盛典看了一眼二楼，忍不住问孟津，"楠楠是不是不舒服，还是今天没考好？"

孟津看了一眼二楼的方向:"你上去看看。"

盛典开门进去的时候吓了一跳。

孟盛楠发烧了,浑身烫得厉害。

盛典轻声拍叫:"楠楠?"

孟盛楠迷迷糊糊,翻个身又睡。

盛典好不容易叫醒她,孟盛楠还混沌着,孟津直接背着她去了街上最近的卫生所。已经深夜了,折腾了好久,直到孟盛楠挂上水,两口子才放下心。

吊瓶打了一夜,凌晨四点孟盛楠才退烧。

盛典打着手电,孟津背着熟睡的女儿回了家。两口子一晚上要给孟盛楠换药,还没好好休息,这会儿都困得不行,盛典催孟津赶紧去睡,自己看着就成。孟盛楠醒过来的时候已经是大早上九点了。

盛典已经做好饭过来叫她,她正急着穿衣服。

"你慢点穿,我打电话帮你请假了。"

孟盛楠"啊"了一声:"可我今天考试——"

"不就一个模拟吗?多大点事,行了,洗洗下来吃饭。"

孟盛楠发了会儿呆,"哦"了一下,也不着急了,后来盛典又陪她去挂了半天的水。小诊所里盛典给她换下药后,母女闲聊,说起写作的一些事情。

"妈。"孟盛楠问,"你当初为什么支持我写作?不担心我荒废学业?"

盛典笑着看了她一眼。

"起初我不赞同,这事多亏了你爸。他说你现在这个年纪能有这个理想是一件特别难得的事,做父母的必须得支持到底。至于学业,目前看来你并没有荒废,当然你要是能像康慨那样考个北大的话——"

孟盛楠:"……"

话题又扯到这上头,孟盛楠只能装睡。那天从诊所回来后,整个下午她都坐在自家院子里晒太阳,没有立刻要做的事,天也蓝,云也白,什么都好。

第二天去学校,正是早读时候。

傅松没出去读书,就待在教室里做题。孟盛楠怕冷,也缩在自己座位上。教室里没几个人,过了会儿,傅松用笔轻轻戳了戳她的背。

孟盛楠转过头。

傅松问:"怎么没来考试?"

"发了一个烧。"她说。

傅松犹豫道:"现在好点了吗?"

孟盛楠笑:"没好就不来了。"

傅松叹气:"请假真不错。"

早上第一节就是老施的英语课,学委将模拟考批改的试卷发下来。聂静盯着孟盛楠面前的卷子,那表情简直要陷进去了:"孟盛楠,我终于知道为什么班主任让你做英语课代表了。"

薛琳从后排凑近:"我的天,145 分啊。"

聂静讨教:"你英语怎么学的啊?报补课班了吗?哪个老师的?"

还是初三那个暑假,孟盛楠和戚乔去少年宫学书法,曾经遇见一个参加过全国英语朗诵比赛的大神,戚乔当时问大神怎么学好英语,大神说得高深莫测。

"回去背 20 篇阅读再说。"

一个暑假过去,两个人的英语成绩真是突飞猛进。自那以后,每回考试结束,她们都会挑英语试卷里比较好的阅读去背,然后互相提问、背诵、默写,久而久之也养成了习惯。

聂静听完,惊讶至极。

后来临上晚自习,她从外头背书回来,傅松将自己的数学试卷递给她。孟盛楠没考试自然没试题,她笑着道谢,接过来开始看。

聂静刚好也从外面进来。

"傅松的数学卷子?"聂静凑近,"我能看看吗?"

当时没承想聂静看那份试卷足足能用将近一个晚自习的时间,等试卷回到她手里的时候已经快放学了,孟盛楠只能感叹同桌学习刻苦。因为孟盛楠大病初愈,戚乔这几天自告奋勇当免费车夫,于是孟盛楠怡然自得地在教室里乖乖等戚乔。

深秋的夜晚,两个人并肩走在人行道上。

周围三三两两的学生不时地与她们擦肩而过,路边的灯光明闪闪的,照亮了整个教学楼的外沿,映得最前头的理科楼像一座金山。孟盛楠经过那栋楼的时候,下意识地多看了一眼那间教室。

第二章　今天一切顺利

三天过后，各科成绩已经全部下来。

孟盛楠缺考四门，是全班倒数第四。同时，她没有试卷，只能抄写重点难点。

历史课，聂静将试卷放在俩人中间，一边听一边将试卷拉到自己跟前改，孟盛楠看得有些吃力。下了课，她一肚子烦闷，起身去找戚乔。

理科楼比文科楼的气氛活跃多了。

课间休息时间，学生们在栏杆上趴着，大家神采飞扬地聊着天。孟盛楠经过高二理科（10）班的时候放慢了步子，扫了一眼里头然后慢慢上了楼。戚乔的班在三楼，那姑娘正和宋嘉树一起讨论考试题目，孟盛楠实在不敢叨扰，又下楼往回走。

走廊里全是学生，各自谈笑。

孟盛楠下到一楼，刚转身，就看到一抹身影。她上楼的时候这边根本没人，这会儿一群男生却聚在走廊尽处闲散地笑。

孟盛楠远远就看见他微微低着头，站在最中间。

孟盛楠近乎发呆地站在那儿，多看了一会儿，男生不知道听到了什么，偏过头去，嘴里闷闷地笑。除了他，还有那天和他一起的男生。

几个人勾肩搭背，有人笑问："史今，你这回数学考了多少来着？"

史今正搭在他的肩膀上，摇头叹气。一群男生扯着话题不放，史今不甘心四面楚歌，目光转向一旁，用胳膊撞了一下身边的人。

"别光挤对我啊，聊聊咱这位的英语事迹。"

众人乐了："哟。"

有人调侃："您几分啊？"

被问的男生不以为意。

"对不住，27分。"他说得坦荡。

史今："李岩不是英语挺好，给你补补啊。"

他笑着没说话。

孟盛楠的嗓子莫名酸涩，看了几眼就转身离开了。她边走边在脑子里搜索今天下午看到的成绩单上李岩的排位和分数。

回到教室，她问傅松："多少？"

傅松帮她查成绩单，说："79分。"

027

TXSFHZM

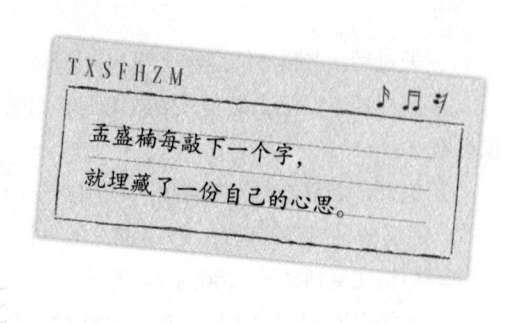

> 孟盛楠每敲下一个字，
> 就埋藏了一份自己的心思。

第三章
从他身边经过

日子一到星期四，周六又近在眼前。

摸底考试终于过去了，没了考试的压力，教室里又恢复了往常的平静和温暖。太阳照进教室，几乎所有人都趴在桌子上，享受着这个下午平静的课间休息时间。孟盛楠拿着铅笔正在白纸上涂涂画画，薛琳借了她的英语笔记本翻着看。

薛琳表情很惊讶："老师今天讲的你没记？"

孟盛楠说："你用傅松的。"

"我的天，他的字超级狂草，我能认识仨字儿就算不错了。"

被谈论的男生此刻从书里抬起头，看了这俩一眼。那眼神看得薛琳一抖，忙给孟盛楠使眼色。

没想到这人一开口就问："怎么没记？"

这人的思路真和一般人不一样，薛琳憋不住笑转身将头扭向一边。孟盛楠支支吾吾不知道该怎么回答，半天才回了一句："一直智商在线多累啊。"

薛琳递了一个赞赏的眼神。

"那要看什么事。"傅松表情诚恳，"宏观上来讲，念书和智商不能等同，所以你的答案在这儿不成立。"

"等等。"薛琳打断了谈话，扭头看他，"接下来是不是还有从微观上来讲？"

话一出，她们异口同笑。

有意思的是，傅松说出来的话听的人总是想乐，可他还总是说得一本正经、一丝不苟。

他又开口了:"孟盛楠,没做笔记这件事,你不是第一回,这几天你一直心不在焉,你自己没发现吗?"

事实证明,他说得有些道理。

说起来也挺奇怪,她倒是什么也没想,就是脑子一片空白。孟盛楠"挨批"之后默默地转回头反思,接着又滚回原位浪费时间。晚间休息的时候,她正趴在桌子上闷声玩橡皮,聂静推了推她的胳膊示意她看窗外。

戚乔敲着玻璃,叫她出来。

她们站在走廊里,风从脚边吹过来。听完戚乔的"现在请假去看宋嘉树表演论",孟盛楠忍不住惊呼。她百般不愿却耐不住戚乔的死缠烂打,耷拉着肩膀要回教室收拾东西,走了几步又回过头。

戚乔在她还没开口前已经抢先道:"不许反悔。"

"谁反悔了?"孟盛楠低声道,"我是在想今天的课后笔记我要怎么办,到时候你得帮我搞定。"

戚乔笑眯眯道:"放心啦。"

于是,在不久前督促她要上进的傅松的眼神中,孟盛楠低着头背着书包和戚乔一起离开了。路上,戚乔骑着自行车,孟盛楠公主似的坐在后座。

她吹着风,感慨道:"这种时候我们出来玩,真是太好了。"

"还来得及吗?"

戚乔骑得累了,微喘着气,话里却掩饰不住兴奋:"是不是有一种众人皆醉我独醒的感觉?"

孟盛楠抿着唇笑了一下,转开头看向身后愈来愈远的学校。傍晚时分,街道那么长,俩人在路上耽搁了二十来分钟,到晨光剧院的时候表演已经开始了。

她们坐在倒数第二排,前边都没座位了。放眼一看,一溜烟儿的年轻学生。大概很多都是慕名而来,真有品位。

宋嘉树真的是一个天才少年,唱歌唱得很好,街舞还跳得一级棒。他头戴棒球帽,手撑起胳膊支在地上转起360度的大回环,简直帅上天。想当年他在校庆晚会上唱崔健的《花房姑娘》,当时大家的尖叫声能把阶梯教室震翻。

戚乔曾经让孟盛楠评价一下宋嘉树。

后来，孟盛楠很仔细地想了一下。宋嘉树是那种正正经经、认认真真的帅气，池铮不是。池铮连走路都漫不经心、不拘形迹，笑起来蔫坏，特别能刺激人的心跳神经。可能是她表面太乖巧，其实内心一直渴望叛逆和自由，所以才会下意识地就注意到他。

宋嘉树的表演结束的时候，已经九点了。

戚乔鼓掌鼓得手都疼了，扯着嗓子喊宋嘉树的名字。男生表演完直接从后台出来，将她俩叫到外头，戚乔那一脸崇拜的模样简直没有词语能形容。

剧院外，宋嘉树冷着张脸问戚乔怎么来的。

戚乔说："自行车啊。"

"今天星期四。"宋嘉树瞥了她一眼。

天黑透了，路边没什么人，昏黄的灯光落在三个人的身上。光线虽然昏暗，但孟盛楠清楚地看见了宋嘉树在看戚乔的时候，眼睛里有不一样的情绪。于是，她很识时务地先溜走了。

江城的夜晚霓虹闪烁，到处明亮热闹。

孟盛楠一个人坐公交，到自家巷子外的那条风水台街路口提前下车。车刚开走，视野顿时开阔，她看见街道对面二楼自习室的墙外拉着一条横幅，上头写着：

江城赛区《魔兽争霸》第二赛事

孟盛楠的脑海里突然闪过前几天，车链子掉了的那个晚上，他们一群人里有人喊下个月比赛别忘了。她好像脚下不受控制，抬腿就走了进去。

自习室里的人特别多，空气有些滞闷。

"孟盛楠。"西林晓的声音惊讶又激动，"你怎么来了？"

"我听说有什么比赛。"她找借口。

"你也是来看这个的？"西林晓俏皮一笑，"没想到你也喜欢这个。"

孟盛楠抿着嘴笑了一下，伸长脖子往里瞅。收银台边上的西林晓拉过她往里走了几步，手搭上她的肩膀指给她看。

第三章 从他身边经过

"最后一排,边上那个正在比赛的男生看见了吗?"

一群人热血澎湃地敲击键盘,那声响能把自习室的房顶给掀了。周边围的全是来看比赛的年轻学生,个个青春洋溢。孟盛楠的视线穿过人群落在西林晓说的那个男生身上——仍是她第一次遇见他的那个位置。

这人还真在。

"他可是我们这儿的《魔兽》王牌,电子竞技超级厉害。"西林晓夸他的时候,脸上表情极其丰富,"拿过很多奖牌的那种。"

孟盛楠安静地注视着他。

赛事正在紧张地进行。

"多厉害?"她问西林晓。

"总之很牛。"西林晓说,"他经常来,不是打游戏屏幕上就会有一堆乱码什么的吗,我看不懂,但我觉得打游戏厉害的人都很聪明。"

孟盛楠很专注地盯着那边。

"长得还好看。"西林晓说,"不过我们八竿子打不着,只可远观。"

孟盛楠将视线收回来。

西林晓狡黠一笑:"不是一类人。"

比赛进行得如火如荼。

孟盛楠和池铮之间隔了很多人,隔着缝隙能看见他神色不惊、慢条斯理地移动鼠标、敲着键盘,一副漫不经心的样子。过了一会儿那边也不知道发生什么,就在她转头要走的一瞬间,她听到一群人起哄高吼。她迅速看过去,只见人群中的他慢悠悠地站起来。

"今晚'舞动',哥们请客。"他笑得轻狂。

孟盛楠最后看了那边一眼,默不作声地退了出去,她想着西林晓说的那句"不是一类人",沿着那条清冷的街道慢慢走回了家。"舞动"可是江城五星级的饭店,价格不菲。她回家后上网查赛事奖金,足足上万,怪不得池铮那么大方。

晚上睡不着,她趴在床上看《喜宝》。

她的脑子里不断冒出他们那群人游荡在深夜的街道上,勾肩搭背去玩时,其中一个人懒懒地笑着,不修边幅、玩世不恭的画面。

第二天去学校,孟盛楠的黑眼圈有点重。

薛琳靠过来看着她,脸色凝重,欲言又止。孟盛楠提心吊胆地以为是她请假去看表演的事情被发现了,一时之间还有些紧张。

薛琳慢慢开口:"昨晚教务处查人了,得亏你请了假,不过老施听说了有人请假去看表演晚会,你可能会挨批。"

不过一件小事而已,有那么严重吗?

傅松从教室外走进来:"别听她吓唬你。"

薛琳没绷住,哈哈大笑起来,孟盛楠松了一口气。傅松回到座位上一本正经地翻出书看,到最后竟也忍不住弯起唇角。

"说说,你请假干吗去了?"薛琳问。

早读时间,教室里的学生差不多都去操场或者走廊读书了。这片区域就他们仨儿,薛琳哪里还想要看书,一个劲地想听她说些热闹事,孟盛楠一五一十地说完了。

薛琳整个人已经凝固,半天才蹦出一句话:"怎么不叫上我呀?"

傅松从桌兜里拿出练习题,翻到函数相关的内容,眼睛仍盯着书,不咸不淡地说:"孟盛楠最近不思进取,我觉得她现在可能已经后悔莫及了,要是再带坏你,那罪过就大了。"

"……"

几天之后,孟盛楠有一次和傅松聊天。

傅松问她最近学习为什么总不在状态,孟盛楠打着哈哈敷衍。男生看了她一会儿,叹气摇头。事实上孟盛楠也找不到缘由,直到那个周一升旗的早上。

所有人拥满小操场,站得笔直听校长训话。

天还灰蒙蒙的,雾气铺撒在一溜儿的蓝白相间的校服上。喇叭里的声音语气严肃,念违纪学生名字的重音压得厉害。

然后——

"池铮。"

她的神经绷紧,听见心底"咯噔"了一声。

那段时间,深秋微雨。

日子渐渐到了十一月,距离作文初赛截稿日已经不足二十天。孟盛楠写了一个2000字的短篇又列了一个200字的大纲,可愣是怎么看都不满意。

可能一个月里总有几天,比较烦躁。

她最近上课还老爱跑神,脑子里乱七八糟的也不知道在想什么。周六她又将自己反锁在屋里换新题材写大纲,头发掉得厉害,要是没有一点尚存的不达目的不罢休的念力,估计她已经"英年早逝"。

小时候她就喜欢看书,五花八门。后来有了点想法,盛典就鼓励她自己写。孟津为此托从事文学的朋友推荐了几十本少年读物,然后她便一发不可收,再后来她开始读欧·亨利和莫泊桑,喜欢上讽刺写法,于是自己练习模仿,可真相是自己的文笔怎么看都幼稚。

十五岁那年,她开始写青春短篇故事。

盛典说当年路遥为了写《平凡的世界》,去延安农村住了三年,茅屋夜雨相伴,挑灯夜战不眠不休,后来也就有了那本《早晨从中午开始》。于是孟盛楠开始写实投稿,投了几篇几乎都石沉大海。盛典又讲20世纪三四十年代文学正热,住在十平方米屋子里的沈从文吃馒头咸菜饱一顿饥一顿,靠朋友救济过日子,熬了三年才有人欣赏他。盛典说她才十五岁,并且衣食无忧,劝她不要着急,要沉住气。

十六岁那年,是她参加作文竞赛的第二年。

第一次比赛的时候,她什么名头都没拿上,不过交了几个志同道合的朋友。深夜里,窗外忽然噼里啪啦响起来,孟盛楠的思绪被打断,她拉开窗一看竟然飘起了雨。有几滴溅在脸颊上,人清醒了一大半,电脑右下角的企鹅号嘀嘀响。

"屋逢连夜雨"和"鬼画符"上线了。

周宁峙不在线,他们五个人又开始天南地北地聊,后来居然说起周宁峙帮编辑审稿的事。当时张一延去上海作文赛区溜达,那天刚好碰见周宁峙,张一延说他认真审稿到连头都没抬一下,气得她当时就想揍他,群里几人都一致发了一个大笑的表情包。

接着一起问:"然后呢?"

那时候很多稿子都是手写,寄的报名表上贴着个人生活照,见到美女,男编辑眼睛都开花,轮流传着看一遍,只有周宁峙低着头。

张一延说:"我曝他私事,他会不会揍我?"

"出于对你的感情,我不会坐视不管的。"李想说。

江绾:"我胆小,你打不过的话,我可以递个棍给你。"

孟盛楠笑得肚子都疼了。

聊到最后还是回到正题上——稿子进度。结果除了她,那几个人早八百年前就寄出去了。除了张一延,一人平均五份。于是在他们的刺激之下,孟盛楠第二天就跑去市图书馆借书找灵感去了。

后来灵感没找到,倒是遇见了傅松。

他和她在一排书架边站着,一个最左一个最右。这人做起事来果然认真得要命,脑袋与每页书的距离都是等距的,翻页的时间还是等差的。孟盛楠不敢叨扰,借了几本书就出了图书馆。

没走几步就听见后面有人叫她。

"你也来看书啊。"傅松走近她,低头瞄了一眼她怀里的几本书,眉头不经意地皱了一下,"这是你借的?"

她疑惑道:"怎么了?"

傅松说:"你才十六,不太适合看这本。"

他指了指她怀里的书,最上面是《失乐园》。

"你不也才十七吗?"孟盛楠上下扫了他一眼,"很大?"

"比你大。"

"你看过?"孟盛楠纯粹喜欢这书简单的封面,"讲什么的?"

他顿了一秒钟,说:"婚外情。"

"哲学鼠。"孟盛楠嘴巴张成"O"形,"你真不是一般人。"

从图书馆刚借出来的书是不允许即刻就还的,于是傅松将《失乐园》从她怀里拿过来,然后道:"这本先存我这儿吧,你还书的时候通知我,我再将书还你。"

孟盛楠:"⋯⋯"

很久之后,孟盛楠读大学,意外地在校图书馆又看到了这本书便借了回来。当晚她趴在床头打着台灯,结果还没看几页就脸红心跳。那个时候,她不得不感谢傅松多给了她几年单纯的时光。

周一到校,谁都没提昨天的事。傅松照样给孟盛楠讲题,表情特别严谨认真。聂静也凑过来听,不懂之处问了一下,傅松一顿,语速微微放慢。孟盛楠听到近一半已经懂了,转过身去验证。

聂静还在听傅松讲，几分钟后也转过来，对孟盛楠悄声说："他讲得还是有点快，你懂了没？再给我讲一遍吧。"

孟盛楠："草稿纸给我。"

下午第三节是体育课，孟盛楠已经讲得口干舌燥。课间的时候，大家都往小操场走，她去水池接热水喝，遇见了高一的同学聊了一会儿，眼见快要上课，她赶紧跑回教室放水杯。教室里太安静，就剩下李岩和班长，俩人不知道在说什么。

她一进教室，对话就停了。

李岩的表情又怪又别扭还带着点嫌弃，那眼神的意思孟盛楠说不出来。她站在座位上磨蹭了一下，班长问李岩要不要一起走。

李岩瞥了男生一眼："有人和我一起走。"

班长没再吭声，低着头出了教室。

李岩叫住站在桌边的孟盛楠："哎，你不上体育课呀？"

孟盛楠有那么一瞬呆滞，这好像是开学来俩人的第一次对话。女生以"哎"开头，明显都不知道她的名字，但脸上笑得甜甜的。她想起池铮，那次在考场上和她说话，也是喊了一声"哎"。

她脑海里千回百转："这就去了。"

体育课上，老师随便说了几句就让大家自由活动了。

孟盛楠被薛琳叫去打羽毛球，夕阳余照的小操场上到处都是鲜活奔跑的身影。她四下看了一圈，不见李岩，好像她离开教室之后，李岩并没有出来，像是等人的样子。

聂静在一旁数球，扫了一眼心不在焉的孟盛楠："你想什么呢？只剩一个球了。"

一连打了好几个回合，孟盛楠压根没赢过，总是刚上场就结束。她停下动作，好像做了一个重大的决定："你们打吧，我回教室喝点水就来。"

也不知是不是魔怔还是别的什么作怪，从她听见李岩说有人一起走开始，她就集中不了注意力了，总是觉得哪里不太对劲。

教学楼里，声音混杂。孟盛楠却觉得特别安静，她一点一点地接近那个她刚离开不久的教室，一步一步踩着楼梯往上走，每走一步心跳就加速一点儿。

最后一个台阶，教室后门。

然后她听见了池铮的声音。

他们说话的声音很低，低到她得非常费力地去听，好像他很轻地"嗯"了一声，然后低低地笑起来。

这时候，好像周边的呼吸都慢了。

有那么一瞬间，孟盛楠觉得自己有病，怎么竟因为李岩的一句话，就像傻子一样跑到这儿来。她不确定自己是否真的想要验证，李岩等的那个人是不是她偶尔想起的那个人，是不是那个每次上吉他课她想要偶遇的那个人。

几乎是立刻转身，她落荒而逃。

那天的整个晚自习，孟盛楠都有些不在状态。英语阅读看了三遍都没有读懂中心思想，这种状态一直持续到晚上回家被盛典发现。她当时正在自己的房间里发呆，房间门被推开。

盛典走了进来关上门，坐在床边。

"这段时间你一直心不在焉的，是不是有什么事？"盛典的声音很轻、很慢，"说出来或许我可以给你个建议。"

从小到大，很多事盛典几乎不用猜就知道她的心思。或许是做了二十多年教师的缘故，盛典很擅长发现像孟盛楠这个年纪的学生心里藏着的一些事情，当然也很期待和孟盛楠交流想法。

孟盛楠使劲地缓了口气："妈。"

盛典静静听着。

"我有些在意一个人。"

空气中沉默了几秒。

"哪种在意？"

孟盛楠有些说不出来。

盛典沉默了一小会儿。

孟盛楠见妈妈迟迟不开口，犹豫了片刻："我不知道应该怎么去说，你不会笑话我吧？"

盛典往她跟前坐了坐。

"我明白你的心情，懂得你的感受，但我希望你可以冷静面对，想清楚自己应该怎么去选择。"

盛典揉了揉她的头发。

"你不是初稿缺题材吗？先写下来再说。"盛典笑了一下。

那天晚上，关于那个话题到最后也没有得出什么实质性的结果。不过盛典一语惊醒梦中人，孟盛楠开始全力以赴写这个有关他和她的故事。每敲下一个字，或许就埋藏了一份自己的心思。

"你的努力和骄傲会让他们不敢靠近，也不忍心拉你与他们同行，但是这样他们才会更加珍惜你。"盛典最后说。

立冬一周后，冷风过境。

孟盛楠穿着厚厚的毛衣在教室里做模拟题，一道题赛一道题地难。自习室里的窗户被关得严严实实，稍微有一点风吹进来都让人忍不住打寒战。

下课后，前后桌三女一男四个人聊天。

当然傅松基本上只是倾听，偶尔发表下意见。相比之下，聂静就很活跃了，整个人神采奕奕。孟盛楠听着，突然有人在敲旁边的窗户。

"出来一下。"戚乔喊。

孟盛楠出了门，问："怎么了？"

"上次模拟考试我记得你语文考了135分是吧？"戚乔苦着脸说，"快借我用用。"

"都过去两周了，要它干吗？"

"谁知道语文老师怎么了，说要讲读作文。"

戚乔拿到试卷离开后，孟盛楠回到座位。薛琳和聂静聊得很嗨，话题竟然是宋嘉树。孟盛楠竖起耳朵听了几句，摇头笑而不语。

聂静拉住她问有关那俩人的事。

孟盛楠不知道怎么开口，傅松这时候说话了："据科学研究，人的一生几乎有大半的时间是在操心别人的事并且用自己的三观去评判，而且这种评判往往是在没有动脑之前做出的，也就是所谓的吃瓜群众意识。"

孟盛楠："……"

薛琳："……"

"什么三观？"聂静呆愣。

"世界观、人生观、价值观。"

一秒钟后，话题销声匿迹。

孟盛楠低头看书，嘴角上翘。说真的，傅松这人真挺有趣的。说话哲学味道忒浓，有点穷酸书生文绉绉的感觉，但又能拔刀相助，帮助朋友。

教室外不知什么时候吹起风来。

孟盛楠从书里抬起头看出去，高楼上空悬起一撮小龙卷风，像极了脑海里那人跑起来时脚下带起来一堆尘土的样子。

印象里有一个下午，她去楼下上厕所。土操场上一堆男生在踢足球，尘埃乱飞，她很容易就找到了他的身影。天气闷得一塌糊涂，他在场地里拼死作战、挥汗如雨。

她往回走的时候，上半场刚结束。

他脱掉外套，胡乱抹了一把脸。孟盛楠清晰地看见他后背上的印记，有点像字母"H"。操场两侧有学生尖叫呐喊，为他助威。

她记忆里他的样子一一闪现。

他仰头喝着别人递过来的矿泉水，身边有人替他拿着衣服。他被围在一堆人的中间，像是一个肆意潇洒的少年郎。

她从窗外收回目光，不动声色地画着抛物线。

那些日子孟盛楠的情绪暗自高涨，在各种兵荒马乱、疯狂赶稿、刺探军情的形势紧逼之下，终于在十一月二十号的凌晨两点写完了关于他和她的稿子。

刚敲完最后一个字，卧室的门被推开。

她抬头："妈，你还没睡？"

盛典披着外套走进来，孟盛楠被吓了一跳。

"写完了？"盛典朝着台式电脑努努下巴，"感觉还在吗？"

这几天她经常会故意跑去理科楼找戚乔，实则是想去看一眼他在做什么，几乎好几次都碰上他和一群男生围在教室后门的那个角落里谈笑风生。

孟盛楠在盛典的注视下慢慢点头。

"算了，慢慢来。"盛典伸手捋了捋她耳侧翘起的软发。

"妈，你和我爸是怎么决定在一起的？"

"想当初妈年轻的时候，你姥爷给我说的都是医生和当官的，可我偏偏看上你爸。那会儿他还是复员军人，没有工作也没有钱，整天混日子，可我就是喜欢他，事实证明妈的眼光还不赖吧？"盛典笑了。

孟盛楠点头:"爸那会儿很浑吗?"

"还凑合吧。"盛典眉宇间透出年轻时候的神态,"不过那时候你爸怕我瞧不上他,和我见了一面就没消息了。当时我就急了,单枪匹马骑个自行车就往他家跑。当时他正坐在门口抽烟,看见我傻得烟都掉地上了。"

"然后呢?"

"我也没给他好脸色,劈头就问他到底喜不喜欢我,让他给个痛快话。"盛典声音温柔,"然后就那么在一起了。"

孟盛楠的嘴巴张成"O"形。

"其实很多事没有你想的那么难,时机到了就去做,没什么好犹豫的。但有一点很重要,你得让自己变得更优秀才能有这个底气。"盛典轻声说,"知不知道?"

孟盛楠听得似懂非懂。

盛典没再继续这个话题,笑了笑,又说:"以后别熬夜,对眼睛、身体都不好。写故事是一回事,但伤了身体我可就生气了。当年路遥写《平凡的世界》,是名声大噪,但是他天天熬夜,有多伤身体你知道吗?"

"知道了。"孟盛楠点头。

盛典莞尔:"行了不说了,早点睡。"

那一晚孟盛楠做了一个好梦。

翌日醒来,周六早晨八九点的太阳晒进被窝里,孟盛楠懒懒地翻了一个身,又眯瞪了一会儿然后从床上爬起来。桌子上复读机里的磁带转动着,歌手正在唱"做只猫做只狗不做情人"。

中午太阳当空照着,风很温柔。

她将台式机里的文字认真工整地抄写在白纸上,与报名表一起装进文具袋里,然后跑出门去街角邮局寄挂号信。

那天的天气实在太好,运气也好。

邮局阿姨让她填写邮寄单,孟盛楠低着头写地址。有人进来买明信片,声音特别像他。阿姨问买哪款,他说随便,然后就拿了一张,俯身从孟盛楠旁边的盒子里拿笔。她不敢抬头,余光瞥见他的动作,身体早已僵住,心跳难抑。

孟盛楠假装在检查地址和邮编，身旁的人草草写了几句然后站直身离开了。她立刻回头去找那身影，只见他慢条斯理地将明信片丢进邮筒，然后一手插兜走了。

明信片上的名字，她当时瞟了一眼。

上头写着：

陆司北收。

寄完信她心不在焉地往回走，边走边在街上寻找那个身影，可是直到回家也没有遇见他。

午后，孟盛楠端了一个小板凳坐在院子里听盛典说闲事。讲到有趣的地方，盛典停下打毛衣的手。

"听你婶说康慨年底回来。"

"我听说他好像交女朋友了。"孟盛楠说，"李纫家婶子说的。"

每次盛典提康慨她就头疼，他们这个巷子里的所有父母都盼着把自己家闺女介绍给康慨当女朋友。那时候对门家的李纫才九岁，她那个律师亲妈就开始给康慨提娃娃亲了。后来读书，孟盛楠形容康慨是亦舒笔下的男人，温柔不张扬。

天慢慢黑了，她的电脑上企鹅号一个劲地响。

孟盛楠正在房间里摆弄复读机，闻声走近去看消息，竟然是周宁峙。他们聊了几句，周宁峙问她稿子是否写好。

"中午刚寄过去。"她回。

周宁峙问："什么类型？"

孟盛楠思绪偏移了半刻想起了那个男生，回了句"老套小言"。那会儿风声吹打着玻璃，浅浅的敲击声回荡在整间屋子里。孟盛楠把头偏向夜晚的黑暗里，好像看见天空下遥远的地方，有一个将校服甩在肩上的男生正靠在墙上，他低着头，辨不清脸上的表情。

台式机里，企鹅号又响了一下。

周宁峙问稿子的名字叫什么。

"《深海少年》。"孟盛楠回。

> TXSFHZM
>
> 你听，海阔天空，山高水长。

第四章
或许风和日丽

孟盛楠接到上海作文复赛通知的时候是十二月底。

那会儿正临近期末，班里的学习气氛浓稠得厉害。下课休息前后桌连聊闲天的时间都腾不出来，桌子上堆满了《5年高考3年模拟》等练习册。学生们一个个低头研究余弦函数和 f(x)，就连即将到来的元旦，大家也没什么期待。

孟盛楠正在埋头做英语题。

自习课上本来风平浪静，她做完题目刚想歇一会儿，身高一米七的男班长突然站起来走到讲台上敲了一下黑板。

"后天元旦，班主任让我们自己随便搞几个节目。"

一句话在教室里顿时掀起了滚滚浪潮，同学们终于可以找一个正经借口偷懒了，后排有人开始起哄。

"李岩会跳舞。"

"班长唱首歌，昨天所有的荣誉——"

孟盛楠听到李岩的名字也忍不住愣了一下，她用余光扫了一眼又默默收回视线，继续埋头翻书。

之后班长将安排元旦晚会的事分批交到她们几个班委手上，孟盛楠和语文课代表负责买装饰物捯饬教室。

她们平时的联络仅限于打招呼。

说来也巧，第二天语文课代表临时有事，将这个重任直接托付给了她。

孟盛楠前一晚就和家里打过招呼中午不回家。于是在那个没什么阳光的午后，她一个人徘徊在学校外的长街上。

外头很冷，孟盛楠随便进了一家旧杂货铺。

里面的东西琳琅满目，她转悠了几圈买了一小箱子喷彩喷雪，还有一大堆气球、海报和彩带。又转了一会儿，她在学习用品处停下了。

"老板，这个怎么卖？"她指了指铅笔。

五十岁的女人看过来："那是整盒卖的，新货，十支七块五。"

孟盛楠算了算口袋里剩下的钱，然后拿着所有东西去付账。

"总共一百零七块。"老板说。

孟盛楠将钱全部掏出来摆在桌子上，老板一张一张地数。

"不够啊，姑娘，还差两块。"

孟盛楠怔怔地"啊？"了一声，然后摸兜找零钱。书包口袋翻了一个遍，竟然一毛钱都没了。她拧着眉毛站在收银台前，琢磨着要不要放下那盒铅笔。老板面目和善地看着她，孟盛楠满腹遗憾，正打算伸手退回铅笔，身后有声音传过来。

"拿瓶可乐。"

她几乎是直接僵滞在原地。

孟盛楠后背发麻，连脑袋都是嗡嗡的，眼睛直愣愣地盯着前方都没回头。距离这么近，又是同样的相遇。那声音真的太过熟悉，身上的味道也太过熟悉，以至于她都没反应过来，差点紧张到心跳暂停了。老板将可乐递过去，他直接给了一张二十块的纸币。

她咬着唇慢慢低下头假装在找零钱，手指都在颤。

"剩下算她的。"漫不经心的声音响起。

她狠狠一怔，整个人一动不敢动，翻包的动作早就停下来，好像连呼吸声都怕被他听到。旧货铺子门帘上挂着的风铃忽然丁零响了一下，孟盛楠的身后很快没了动静。

她慢慢回过头去。

他早就走出了店，不见人影，孟盛楠这才后知后觉。渐渐起了风，她呆愣地抱着一箱子东西往学校走，吹过来的冷风都没能散去刚刚她脸上的红晕。走着走着她竟然傻笑起来，又后悔自己刚刚实在太迟钝，错过了这么好的对话机会。

第四章 或许风和日丽

街道上,她身后不远处有两个男生徘徊在路边。
"给李岩的礼物买了?"史今问。
池铮:"没。"
"不是兄弟说,你这就不对了。"
他抬眼,轻声道:"她太烦。"
史今"啧啧"一声:"你这人真是。"
"就这德行,没办法。"他嗤笑。

孟盛楠回到教室,一大箱子东西抱回来真挺累人。她喘着气趴在桌子上,距离碰见他都过去十来分钟了,孟盛楠仍是忍不住一会儿笑一会儿皱眉,下午上课整个人劲头十足,心情特好。
傅松笑着问她:"什么事乐成这样?"
孟盛楠笑而不语。
那天的心情一直持续到晚上睡觉,乐得她一晚上差点没睡着,整个人翻来覆去。耳边复读机里一遍遍地重复着轻音乐,她就连做梦也傻乐,就这样直到天亮。

第二天的下午第二节课后,全校都免课。
大家开始准备布置教室,女生们围成一圈一圈,吹气球、拉彩带,整个教室一片暖意,同学们个个神采飞扬、兴奋至极。
"听班长说晚上有四五个节目。"聂静绑着气球说。
孟盛楠下意识地看了一眼李岩。

薛琳编着彩带正嘚瑟。
"看我的玫瑰花,好看吧?"
"没你好看。"孟盛楠说。
几个女生乐了。
后来直到天黑,教室里才装扮好。窗户上用喷雪画上图案,墙上贴着海报和彩带,挂着花花绿绿的气球。班里几个男生将所有桌子抬起来挨着墙边围成一个长方形,又将板凳挨着桌子放好,所有人坐在上头围了一圈。

元旦前夜，大家喜上眉梢。

班长给每人都发了一瓶喷雪，大家看着节目乱喷一团。每张桌子上都放着一大盘瓜子、花生、软糖和巧克力，大家都是一面唠嗑一面鼓掌。

孟盛楠身边的傅松问："借的书你看多少了？"

"一本都没看完。"孟盛楠摇头。

傅松笑了笑，问："你以后想考什么大学？"

"你呢？"孟盛楠没怎么细想过。

傅松顿了顿，说："人大。"

闻声的聂静默默看过来一眼，又不作声地转回去看节目。表演节目的同学嗨成一片，打断了他们的聊天，李岩穿着超短裙准备上场跳一段舞蹈。孟盛楠安静地坐在人群里，低头看了一眼自己身上的蓝白校服，上头还有星星点点被同学喷上去的雪花。

没人不喜欢像李岩这样的女生。

有着漂亮的脸蛋，身材还那么好，跳舞更是夺人眼球。孟盛楠看得很认真，又侧眼看了一下傅松，果然漂亮女生都让人移不开眼。后来也不知是谁，在底下喊了一声李岩。

耳边有窃窃私语的声音。

孟盛楠抿抿唇，慢慢抬头看向后门。池铮斜斜地靠在门边，一手插着兜，校服拉链敞开着。他淡淡地勾着唇，眼神里有着她说不出来的感觉。

李岩笑着跑到池铮身边。

孟盛楠几乎是瞬间就想起了很多天前的那个下午的体育课，她胆战心惊地站在后门，像是窥探一般靠近他的感觉，让她无所适从。

她闭了闭眼，移开视线。

晚上回去的路上，她一个人骑着自行车，经过的还是那个中心广场，不过那些小盆菊已经不见了，身后笑侃风流的声音也没有了，一群人嬉笑打闹的画面也早已褪去。

他在高二理科（10）班，她在高二文科（4）班，没有交集。

元旦过后，所有人又恢复了紧张的学习状态，现在对他们来说最重要的事还是念书考试。她没有盛典那么勇敢，或许她已习惯将所有事压在心底最深的地方。

第四章　或许风和日丽

眨眼之间，日子过得飞快。

因为十一月的模拟考试她考了倒数第四，所以在即将到来的期末考考场安排里，孟盛楠被排到第二十六考场，要在高二理科（22）班考试。那段时间教学二楼在施工整修，教室不够用，有文科生补在理科教学楼的最后几个考场，她刚好在其列。

临近考试，大家复习起来也是天昏地暗。

"孟盛楠，'病树前头万木春'的上一句是什么？"早读课上，聂静正在背诵语文诗句。

她说："'沉舟侧畔千帆过'。"

"'劝君更尽一杯酒'下一句？"聂静又问。

孟盛楠想起昨天午后，她正读书，当时她的脸微微侧向窗外默背着这一句，然后便看到一个高瘦的身影从窗外经过。那人似乎下意识扫了教室里一眼，他应该是在找李岩。

孟盛楠说："'西出阳关无故人'。"

"你心不在焉。"傅松突然插嘴。

聂静抿唇，看了男生一眼。

"心不在焉，则白黑在前而目不见，雷鼓在侧而耳不闻。"傅松说。

三个女生："……"

"傅松，我有个问题特别想请教你一下。"薛琳清清嗓子，"你是不是从小就这样？"

"你上次数学考了多少分？"他不答反问。

孟盛楠和薛琳都一愣，聂静也忍不住好奇。薛琳毫不逊色，大大方方地回答："77分。"

"太低了。"傅松摇头，"也怪不得你逻辑这么差，问题太幼稚。"

三个女生："……"

薛琳不甘心："小瞧人是吧，我迟早会考到120分。"

"水滴石穿你知道吧？"傅松笑了一下，继续说，"在溪水和岩石的斗争中，胜利的总是溪水，你知道为什么吗？"

女生愣愣地问为什么。

"不是因为力量，而是因为坚持。"

三个女生："……"

在一系列古怪的问答模式气氛中，让他们欢喜又头疼的期末考试终于降临。年前的最后一场考试，每个人都蓄势待发。薛琳更是为了证明自己，天天煎熬在复习一线，就差脑袋上绑一条红布，上头写着"奋斗"俩字了。

考前的那个下午，年前的最后一节课后，薛琳还在喋喋不休地揪着自己同桌讲抛物线方程，聂静也拿着手里的练习题排队等讲解。这俩人这气势真是有的一拼，而孟盛楠早已提前收拾好书包先道别离开了教室。

走廊里，身后有女生聊天。

还有一个男生和女生们打了一声招呼，说了句"再见"，只有一个女生回应。

等那人走开，女生撞了撞旁边人的胳膊："李岩，我怎么觉得咱那班长对你和对别人不一样呀？"

被问的女生轻蔑地笑了一声。

"也是，哪能和池铮比？"女生又问，"对了，你哪个考场？"

"十一。"

"我十四，我们应该在一层楼吧？"女生说，"哎，池铮的考场在几班来着？"

"他好像是——"

孟盛楠步子放慢，侧耳听。

"哪个？"

"高二理科（22）班吧。"

说句实话，没人喜欢考试，孟盛楠也一样。但那年的期末考试，她天天在算日子，心思作怪恨不得下一秒就已经飞到考场，一抬眼就能看到他。考试的那天早上，她特意穿了盛典新买的红色羽绒服。学校路上遇见薛琳，女生笑眯眯地看了她好几眼。

"穿这么好看干什么呀，孟盛楠？"

孟盛楠抿着嘴腼腆一笑，担心被人发现心事，找借口赶紧走掉。她一路上走得很快，一直到教室门口才放缓步子，却又紧张了起来。

她往里探了几眼，他还没来。

孟盛楠舒了口气，进去假装找自己的座位转了一大圈，发现他就坐

第四章 或许风和日丽

在自己的斜后方。青木桌面右上角贴着考试号,上头写着他的名字。她压着心里的激动和忐忑回到自己的座位上,然后余光瞄着门口的方向,为掩饰内心的紧张,手里不停转着笔。

又是一样的开场白。

门口传来笑声,几个男生勾肩搭背地走进来。这个教室里的所有考生都是全校倒数,都快到考试的时间了,一个一个才游手好闲地赶过来。

孟盛楠微微低下头。

过道上,他就这么两手插兜,懒散地经过她的座位走至最后一排,俩人的方位呈象棋上的"田"字排布。那个叫史今的男生随后,坐在她后头。

老师已经在拆考题,他们还在胡侃。

挺有意思,她的紧张竟然不是来自即将的开考,而是那个坐在她斜后方,仅仅只是低笑一声,就能让她的内心翻江倒海的人。

她低着头假装看桌面,听他们说话。

史今叹气:"我这心里紧张得不行,只希望题目别太难,我好对家里交代,要不然的话,下个月零花钱又没了。"

池铮嗤笑:"别装了啊。"

史今嘿嘿笑。

那节考语文,孟盛楠答完整套卷子的时候,离交卷的时间还早。监考老师中间出去了几分钟,教室里也还算安静,大家翻卷子的声音此起彼伏。

史今一边答,一边低声感慨:"太难做了。"

池铮低着头,故意咳嗽了两声。

史今低喃:"瞎选算了。"

然后又安静了。

孟盛楠缓缓地抬起头来,微微歪头用余光看向池铮。他眉头紧锁,一只手转着笔,像是在思考。过了会儿,他提起笔在卷子上龙飞凤舞地写字,同时低声骂了一句。

孟盛楠听着他说的脏话,居然慢慢笑了出来。语文考试结束,铃声一响,教室里大家就闹开了。孟盛楠正收拾笔袋,看见他慢慢走了过来,她恰巧收拾完毕,转身就走。

史今"啧"了一声:"你一来就把人家吓跑了。"

池铮懒得回话,俩人边聊边往外走。

史今问:"阅读最后那个题你怎么答的?"

"哪个?"

"就那句柳树桃花什么的,反映了作者什么心情?"

池铮笑了一声:"我怎么知道他什么心情?"

史今:"……"

中午休息时间只有两个小时,孟盛楠在校外饭馆吃了碗面就回了学校。考场上静悄悄的没什么人,她就坐在原来的位子上,已经是一点钟了。

直到下午英语考试开始,她除了背单词就是发呆。

那天不是很冷,再加上教室里有暖气,孟盛楠穿着羽绒服倒显得有些闷了。池铮和史今来的时候,她抬眼看了一下,俩人穿得都很单薄,池铮更甚,他的单层外套拉链还是拉开的,里头是一件薄薄的灰衬衫。

史今走在他左侧,一个劲地叹气。

"没病吧你?"他声音闲淡。

史今说:"看见英语我头都大了,哎,我说,你这回打算进军多少分?"

池铮摸了摸鼻子,轻笑。

"得,别又27分。"史今唇一扬。

池铮没说话,直接上脚:"滚。"

他们这样嬉皮笑脸、口无遮拦的样子,孟盛楠看得又是脸红又是闹心。英语开考后,她的心情才渐渐平复。她一口气做到最后,看时间还有半个多小时。她检查了前边的题目,将选择题答案一一涂到答题卡上,然后开始写作文。

"什么破题。"身后的史今边做边抱怨。

孟盛楠写完作文,微微回头看了池铮一眼,他竟然趴在桌子上睡觉。孟盛楠又将头转回来,认真将题全部答完等着打铃。不知道怎么的她莫名觉得有些不对劲,手往鼻子下一抹——曜,全是血。

又是一阵兵荒马乱地找卫生纸。

"那位同学,你没事吧?"监考老师已经走过来。

鼻血好像开了闸似的怎么也止不住,孟盛楠一只手擦血,一只手撕卫生纸,还要防着血滴在考卷上,溅在衣服上,动作那叫一个别扭。教室里已经有人看过来了,她简直想找个洞钻进去。

"要不去洗洗吧?"老师建议。

孟盛楠想了想,点头,捂着鼻子慌乱地站起身就往外走。她在厕所的水龙头下连续冲了好多遍,然后一个人安静地站在那儿。考试还没结束,周围太静,孟盛楠沮丧地闭上眼睛,想喊又忍住了,刚刚真是太糗,也不知道他那儿是否已经睡醒看到了。

一时间,她竟没有勇气回教室。

等她好不容易情绪稳定下来,回到教室的时候,史今从她的桌子上瞥了一眼,正好落在她身上,表情关心地问了一句:"没事吧,同学?"

孟盛楠受宠若惊地笑笑,摇头。

她用余光看了一眼池铮,他仍旧趴着睡觉。那两天后来的几门考试依旧平静如水,考场里一副无戒备状态,监考老师端了把椅子在门口晒太阳,时不时地往里瞄一眼,几乎所有人从交头接耳又迅速转变为一本正经地端坐着。

他的眼神一抬起来,她就立刻低下头去。

文理科只有语文和外语考题相同,他们那个考场只有七个文科生,老师是单独发卷的。第二天考政史地,考题对孟盛楠来说更是简单,她答题速度很快,或许是那点可怜又骄傲的想被注意的自尊心作祟,她答完就走。

刚走出几步,就听见史今的声音:"这才几点,厉害。"

但她没有回过头,也不知道他的表情。她只是在外面故意磨蹭了十几秒,偏过头从窗外看向他的时候,他正低下头,有些认真的样子。

期末考试结束,学校里顿时疯成一片。

孟盛楠去校门口等戚乔,俩人去商场逛了一会儿,就早早回家了。盛典做好了一桌子菜等她,孟津正坐在沙发上看新闻,有炸鸡的味道飘出来。孟盛楠书包都没放就往饭桌走,手刚要碰上就被盛典打个正着。

"没洗手就吃?"

她嘻嘻笑,探头叫孟津吃饭。

"你们下周领通知书是不是？"饭桌上，孟津问起。

孟盛楠点头："下周五。"

后来一个礼拜，孟盛楠一直待在家里。她要把从图书馆借的书都看完。偶尔有灵感的时候她会打开电脑写故事。阳光从窗外落进来，屋里屋外都是。

企鹅号开始嘀嘀作响。

他们群里，江缙和陆怀从海子的诗讨论到傅里叶的幻想主义，从薛定谔的猫讨论到爱因斯坦和平行宇宙。想当初在上海作文组委会安排的旅馆第一次见面，江缙从性别男爱好女一直说到女神奥黛丽·赫本，陆怀一开口就直接拐到热播剧《小李飞刀》，原因是李想长得六分像焦恩俊。楼下盛典隔着墙和康婶说话，巷子里有小孩耍嘴皮子、放响炮。

你听。

海阔天空。

山高水长。

领通知书那天，学校里简直兵荒马乱。

教室里乱哄哄的，一部分学生在讨论试题答案和名次，一部分学生在聊最近新上映的电视剧。从《上错花轿嫁对郎》聊到《仙剑奇侠传》，从《小兵张嘎》聊到《血色浪漫》。

女生之间的话题简直如滔滔江水连绵不绝。

孟盛楠往教室后排看过去，李岩不在。一堆女生笑嘻嘻地在说话，穿着花花绿绿的衣服，一个赛一个漂亮。

她收回视线，耳边有人叫她。

"看什么呢？"是傅松。

她说："美女。"

俩人正聊着，班主任进来了。

教室里顿时鸦雀无声，学生们一个个回到座位，眼睛直勾勾地盯着老施手里的成绩单。那表情用"赴汤蹈火"这词都浅显了，一分钟后，几个班委将试卷发下来了。

"孟盛楠。"薛琳眼红得都快哭了。

发到孟盛楠手里的英语试卷上，写着又红又大的三个数——145。

她那个表情，与此同时的史今也是一样。高二理科（10）班的后排更是热闹，有男生兴致极好地用食指顶着课本转圈，几分钟过去了指尖上的课本还没掉下。

有人将史今的英语试卷传过去。

卷子上还算不错的分数，让史今出乎意料地愣住，不禁有些感慨道："我的天，真是没想到。"

池铮笑了一下："了不起。"

那时候全校学生部分慷慨激昂，部分蔫成了狗。领完通知书的时候学生差不多都散了。孟盛楠临时被戚乔放鸽子，一个人去了广场书店。

她逛到天黑了才回家。

屋里灯光大亮，有说话声和笑声。厨房里盛典在忙活着，她刚推开门进去，就看见康慨坐在那边。男生和孟津聊得正欢，孟盛楠打了一声招呼就回房了。

客厅里，孟盛楠隐约听见说话声。

孟津问："我记得你当时报的硕博连读是吧，还得几年读完？"

"三年。"

"到时候打算待在北京还是回来？"

康慨说："还不太确定，目前正在北医实习。"

"那肯定待北京了。"

盛典做好菜，喊他们吃饭。孟盛楠有一年没见着康慨了，每次他回来也很少说话，可能因为姑娘长大了会害羞，邻家哥哥也不再是小时候陪她们闹着玩的男生。

康慨没留下吃饭，有事先走一步。

屋子里暖洋洋的，电视声在康慨离开之后被放大。孟盛楠一家人坐在饭桌上吃着聊着，没说几句，盛典的话题就拐到康慨身上。

"都说从小看大，康慨这孩子我是越看越喜欢。"

孟盛楠使劲地刨着饭。

那晚月明星稀，外头冷冽的风拍打着窗户，伸长耳朵还能听到远方的烟花声，一束接着一束。她当时坐在窗台上，披着厚厚的被子。

电脑上 QQ 突然沉沉地咳嗽了一声。

她下了窗台，凑过去一看，是个网名叫"哲学鼠"的人加她。这次傅松的英语虽说没有那么惨不忍睹，却也是拉了不少分。于是他以提高英语成绩为由要了她的企鹅号，这也是孟盛楠第一次加班上同学的企鹅号。

傅松问："做什么呢？"

"闲着。"

傅松没立刻回她，孟盛楠也找不到话题。过了会儿，消息又过来，他问她明天有没有空一起出去玩。

她回："我要补课。"

"哦，那早点睡，不打扰你了。"男生发了一个再见的表情包。

孟盛楠合上电脑又去翻书看，没一会儿就失了兴趣。她打开复读机，磁带慢吞吞地转着。有歌声传出来，悠远动听的声音泼洒在这深沉寂寥的深夜里。2003年周杰伦出了新专辑，一首《晴天》红遍大江南北，歌里在唱"从前从前，有个人爱你很久。但偏偏，风渐渐，把距离吹得好远……"

不知道什么时候歌声消失了，孟盛楠一直在找人。

她跑了很久很长的路，天很黑她看不清方向。身后有人叫她，声音很轻很淡。她刚一转身，天就变了。风也大雨也大，他不知所终。

"楠楠。"是盛典在楼下叫她。

原来天已大亮，她慢慢睁开眼，从床上爬起来，才发现是梦，她又下意识地侧头看，窗外白雪皑皑。树上、屋顶上到处都是，沉甸甸的好像随时会砸下来。

"起来了。"

她大声应着，穿好衣服洗漱下楼。孟津去上班了，盛典已经做好饭，桌前俩人随便聊天。盛典说起前两天她在商场碰见陈思，感觉陈思精神不佳，要孟盛楠下午上课代为问候。

吃完饭，盛典和街坊里几个阿姨出去逛街。

外头的雪已经停了，孟盛楠一个人待在房间里看书、听复读机，碰到感兴趣的地方就记到笔记本上。那本从图书馆借来的《边城》她看了很久，回头又翻，意味深长。下午距离去练琴的时间还长，她背着吉他跑去书店转了一个小时。

第四章 或许风和日丽

可能因为假期，书店里人不少。

身边不停地有人经过，每一排书架前的小过道都站着好几个人，大家都拿着书低头看，就算附近有声音也无动于衷。她翻了几页手里的书，看了看时间，又看了看定价。

店外有人听广播，刚好到整点播报。

孟盛楠放好书，一步三回头地出了书店。步行两分钟去新街口坐公交车，公交车上人挤人。

快到地方的时候，车上人已经少了。

雪慢慢下起来，落在地上，一会儿又被风吹散了。孟盛楠下了车，往小区里走。她怀着小心思左右两边张望，慢慢到了地方才收回心。很多人都到了，陈思正忙着给大家倒热水。还是那个由客厅改装成的大教室，孟盛楠坐在最边上靠窗的位置，在这里的都是一群吉他发烧友，大家凑到一起，激情洋溢，有说有笑。

"老师，我最近新学了一首曲子弹给你听听？"

男生是个文艺青年，弹奏了一首老狼的《同桌的你》。那首歌好像永远都不会过时，从1994年到现在，还是一如既往地经典。

一曲结束，一个个起哄再来一首。

外头的雪渐渐下大了，落在地上厚厚的一层。那天陈思教的是周华健的经典老歌《朋友》，大伙儿人手一张吉他谱弹到天黑。

有人问陈思："老师，你最喜欢的歌手是谁啊？"

"张学友。"陈思笑着说。

她真的是个特别温柔的女人，孟盛楠一直觉得她像诗人口里的夕阳晚江，画家笔下的牡丹雏菊，淡而恬静。

一堂课很快就结束了，学生陆续离开。

孟盛楠记着盛典的吩咐，留在最后问候陈思。那个时候雪已经覆盖地面至巴掌那般厚了，她等人走光才背着吉他走到陈思身边，帮她一起收拾椅子。

"前两天还见过你妈妈，她砍价很厉害。"陈思边忙活边说。

孟盛楠忍不住笑了。

"我记得你妈妈是教小学的？"

"嗯，有二十多年了。"

陈思面容温和，说："怪不得把你教得这么好，我那儿子一天连个人影都抓不住，我要是有个女儿就好了。"

孟盛楠有些不好意思，怪不得总是不见屋里有人。她老实地传达盛典交代的话，看了一眼外头的大雪准备走了。

"老师那我先回去了。"

"好，慢点走，小心路滑。"

孟盛楠"欸"了一声，从屋里出来。她裹着围巾，两手塞进羽绒服兜里低着头往前走。双脚踩进雪地里，发出沉闷的咯吱声。周边的路灯昏昏沉沉的，照亮着前方的路。

雪花飘荡，在空中漫天飞舞。

时间还不到七点，可能因为下雪的关系，天空早就黑成一片。路边几乎没什么行人，车辆也少。孟盛楠走得很慢，四处看看，走走停停。后来她站在路口等车，直到马路两边的502路公交车相向而至。她刷卡上去往最后排走，视线向前。

只是那么随意地一瞥，她终于又看到那个人。

他应该是从对面的502路公交车下来的，他微低着头，正穿过马路，手里拎着一个塑料袋子，上面有"超市"的字样。车子缓缓开起来，孟盛楠继续往最后一排走。

隔着厚重的挡风玻璃，她侧身坐下，视线却一直跟着那个高瘦的身影走到小区门口，直到再也看不清。车里特别安静，有呼吸声，风吹打玻璃的声音，她的脚下轻轻地摇晃。

"新年快乐。"她轻声喃喃。

TXSFHZM

没人知道，她宁愿不要这种偶然。

第五章
江城一片寂静

年三十的前一周下午，孟盛楠去上海参加复赛。

那趟火车是 K 打头的慢车，一个小时二十分钟才到地方。站台里全是人，她背着书包往外走。这个城市她来过几次，还是熟悉的 104 路公交车和一眼望不到边的南广场。

她到杂志社的时候，时间尚早。

刚到门口，她就碰见了老朋友。江缙激动地快步走过来，脸上的表情那叫一个神采飞扬。他隔着老远就喊孟盛楠，搞得俩人像是很多年没见一样。

"你什么时候来的？"

"我？"江缙笑，"早八百年前就来了。"

杂志社附近有组委会安排好的旅馆，来参加复赛的人都在那儿住宿。江缙带孟盛楠到门口登记完，俩人就回了 2007 号房间。陆怀和李想正在屋里侃大山，一见孟盛楠眼睛放光，和江缙那样儿差不了多少。李想操着一口山东话和她说："过年好，老妹。"陆怀还是从前的感觉，笑得一脸不正经。

"出于对你的感情，哥得用实际行动表示一下。"

说完陆怀直接上来一个拥抱，孟盛楠感动得稀里哗啦。几人围床而坐，李想买了一大袋零食，吃着聊着。江缙和陆怀开着玩笑，后者毛了，准备起身上脚的时候，门开了一条缝儿。他的脚还停在半空，人就惊喜地"哟"了一声。

"我说陆怀,你这是练功夫呢?"张一延推开门走进来,往椅子上一坐,低头一瞄,"啧,这日子过的。"

"还行吧?就等你和周宁峙了。"陆怀笑着凑上脸。

张一延话题一转:"盛楠什么时候来的?"

"刚来一会儿。"江缙替她答了,"还是我接的。"

陆怀"哟哟哟"了一声:"搞得你多伟大似的。"

2007永远一派生机,你调我侃。他们来自不同的地方,说着自家方言,肚子里装着比这世界还大的故事。你一句我一句,他起个头,你就能哗啦啦一大堆话说到五十亿年前。

窗外雨夹雪,屋子里灯光一直在闪。

后来聊到赛事的话题,陆怀突然叹了口气,说:"这次来,我和家里的老佛爷立了军令状,没拿奖誓死不再写作。"

屋子里几个人顿时安静了。

"至于吗?"江缙开口。

陆怀摇摇头:"为这事我和他们闹了不止一两次了。"

那时候年纪小,他们这样一群人总有这样那样的痛苦和焦虑。教室里一面上课一面胡思乱想的脑子转得天花乱坠,成绩上不去,文章也写不好。陆怀说他曾经想过退学,不过还是在一成不变地过着。这世上有很多事情需要时间和运气,一些人在合适的年纪恰好遇见了,也有一些人许多年后仍然碌碌无为。

"要是这次还没戏,真不写了?"江缙抬头看了他一会儿。

四个人都看向陆怀,男生被盯了一会儿,表情凝重,像是在参加某种祭祀,也就那么几十秒钟,最后实在绷不住了,在他们赤裸裸的视线下贱兮兮地笑了。

"偷着写。"陆怀说。

李想踢了他一脚:"差点被你吓到了。"

记得当初混熟了,江缙问他们为什么来这儿。

陆怀说他的爱好是看武侠小说,他狂迷金庸和古龙,有时候一天可以写好几万字的江湖情仇。虽说可能写不出他们的十分之一,但总得拿出点像样的东西吧。李想当时就给了他一个熊抱,俩人算是酒逢知己千杯少,相逢恨晚。

也是这样一个雨雪交加的冬天，周宁峙反问江缙。

"我就喜欢新鲜玩意儿，这世上的东西都尝试过才算不委屈自个儿。"江缙笑说，"说白了，就一句话。"

孟盛楠问："什么？"

"我就喜欢折腾。"他说。

有前辈曾在文章批语后面写他们这群人——年轻气盛是好事，切不可失了理智，盲目奔走。真要是到了那地步，再回头就不知要走多少弯路了。

江缙后来当着他们的面直接撂了句——

"走弯路怕什么？这地球不是圆的吗，迟早得转回来不是？"

屋外旅馆的钟声打断了他们的对话，后来夜深，他们各自回房睡觉。孟盛楠第二天在复赛现场门口见到了周宁峙，一米八的男生背着黑色书包一身休闲地走过来，江缙上去就是一拳。

"怎么这时候才来？"

"临时有点事。"

聊了几句孟盛楠才知道周宁峙没有参加这届比赛，大伙讶异过后又开始笑。

"够意思啊，你这都拿了三届了，今年要是再拿一等奖，我看陆怀直接跳黄浦江得了。"江缙开玩笑，"总得给哥们几个活下去的机会。"

陆怀眼睛一瞪，抬起脚就踢："你怎么不跳啊？"

热闹声中，周宁峙和孟盛楠说起考试事宜。

"哟，就关心盛楠呀？"张一延眼皮一挑。

江缙"啧"了一声："瞅你那小心眼，以后谁敢娶你啊。"

俩人说着又闹起来，周宁峙笑着摇了摇头。没一会儿，时间差不多了。孟盛楠看向人头攒动的那个神圣的地方，居然有些紧张。

周宁峙站在她身边，轻声说："去吧。"

复赛只有三个小时，一个命题、一个话题。

考完出来的时候，已经是中午。周宁峙订好了附近的饭店，一堆人说说侃侃。陆怀搭着李想的肩膀，笑得一脸书生气。孟盛楠和张一延在后头走着，俩人说起学业，张一延问她的高考志愿。

孟盛楠摇头问："你呢？"

057

张一延叹了一口气，转头问周宁峙。

李想听到声音，拍拍周宁峙的肩："张一延问你考哪个大学？"

周宁峙顿了一会儿，说："复旦。"

"我的天。"陆怀说，"你还让不让我活了？我老爸说我最多考个普通一本。"

江缙笑："我陪你。"

那天下午，六个人吃完饭去了外滩附近的一个地方坐着聊天。他们几个人里，张一延和周宁峙比他们大一届，都是明年六月参加高考。

"我听周宁峙说你学吉他了。"江缙一口京腔。

"嗯，随便学了一点。"

陆怀和李想正说着话，不远处走过来一男一女。他们穿着特别的西藏服饰，在地上摆起摊。男人弹起吉他，女人在一边站着。陆怀提议过去瞅瞅，大伙笑着一哄而上。

男人刚弹完一曲，看了一眼摊子外围的几个少年。

"方便的话，可以写上你们的愿望。"女人笑盈盈地从兜里掏出一个本子递到距离她最近的周宁峙手里，"随便写什么都行。"

聊了几句，孟盛楠他们才得知男人和女人是徒步西藏的老友。

他们从济南出发一路西行要去布达拉宫最高的地方，然后站在玛尼堆上吹着风马旗下的风，行过转经筒，点上酥油灯，看过五彩经幡念一遍佛经，和喇嘛说扎西德勒。

张一延写好愿望翻过一页，将本子递给孟盛楠。

孟盛楠看了一眼远处，想了想，写完递给他们几个。江缙不怀好意，想偷看却被张一延抓个正着，于是嬉皮笑脸起来。

张一延瞪他一眼，然后笑着问去西藏的男人是否可以借琴一用。

"当然。"男人笑。

张一延接过男人递过来的吉他，侧头看孟盛楠。

"弹一个吧，文艺青年？"

周宁峙和江缙同时看过来，前者看了一眼张一延，然后看向孟盛楠。江缙正要说话，孟盛楠已经小心翼翼地把琴接了过来。

"跑调了怎么办？"她轻声问他们。

周宁峙松了口气："没关系。"

第五章 江城一片寂静

"放心,不笑你。"江缙说。

陆怀也立即表态:"出于对你的感情,我也是。"

"我们伴唱。"李想说。

他们一行人围在一起,微风吹过来。孟盛楠拿着吉他站在中间空地上,平复了一下紧张的情绪。她问他们想听什么,少年们一致说周华健的《朋友》。那会儿天还微亮着,在江边游逛的男男女女不是很多。东方明珠远远地屹立在那儿,这个城市繁华如花。

弦动曲奏,舒缓温柔。

那时候,天永远蓝,我们还是我们。因为一个念头来到这儿,认识这样一群人。我们潇潇洒洒,有说有笑。你一句我一句,谁起个头,大家就能聊到江河湖海五万里。

江边的另一边,一个男生的视线盯着这里。

"你看那边。"男生对身边的另一个男生说。

俩人都穿着灰色外套,高高瘦瘦的,靠在围栏上。被问及的男生懒懒抬眼看过去,嘴唇轻轻抿着,手里把玩着一顶黑色鸭舌帽。

他刚看过去,就看到孟盛楠低下了头。

"看风景还是人?"

他问得漫不经心,问完又笑了一下,微眯着眼。女生侧过身弹吉他,只能看到她的一张侧脸,还有她身边一群男男女女,大约十六七岁。

俩人的注意力又移开,胡侃一番。

歌声飘在空中,随着时间散去。江边风渐大,那对男女也已离开,带着他们的愿望去了布达拉宫。那晚他们又去了别的地方玩到半夜,六个人沿着街道回旅店。夜晚的上海永远绚丽耀眼,那是孟盛楠后来特别怀念的日子。

比赛的获奖名单是第二天下午公布的。

那时候屋里就只剩下孟盛楠,周宁峙临时有事,一大早就回了南京,其余几个人又出去玩了。她一个人在旅馆休息,早上生理期来临,中午实在太疼就睡了。后来又等了一会儿仍不见通知,她想估计没戏了。

出门的时候,江缙刚好回来。

雪化了,太阳特别好,很暖。

江缙看着她,贱贱地笑了:"没事,明年和我再来。"

那句话一出来，孟盛楠就知道怎么回事了。她只是突然有点鼻子酸了，闷闷地说不出话，江缙慢慢走过去轻轻安抚她。

"我不会哄人，你可千万别哭啊。"

孟盛楠咬着唇，过了好大一会儿才慢慢摇头。

"我是不是挺没出息？"她的眼圈已经红了。

江缙说："坚强一点，多大点事。"

她忍着掉眼泪的冲动，微微抬眼。

江缙轻轻叹了口气，又笑着道："我们做一件事情，有时候必须要全力以赴，但同时你也要知道，这件事根本无关紧要。"

难得听到这么正经的一段话，孟盛楠仰头问："哪儿听来的？"

江缙笑开了："忘了从哪本书里看到的，但说得真的好，哎我说，没有你这么直接的啊，给点面子行吗？"

她实在笑不出来，只是别过脸去。

孟盛楠没再逗留，回屋收拾东西就要走，就怕与他们撞个正着。江缙没有劝她留下，送她到公交站，临走前还在叮嘱。

"回头 QQ 联系，别老躲着知不知道？"他说，"我会打你家电话骚扰你的。"

公交车缓缓移动，江缙还在和她挥手。风还在吹，雪化掉了。孟盛楠坐在最后一排，打开窗户向外看。一排排高楼林立。那时候上海真是漂亮，包容着她所有的梦想。

很多年后她读书，老师让用一个词语形容当时的心情。

"大喜大悲。"她想。

那个年过得真是挺不好的。

盛典和孟津没说什么，她却觉得难受，周宁峙给家里打过电话，江缙天天晚上发笑脸逗她。戚乔大年三十跑来陪她，除此之外她总是一个人闷屋里看书、听复读机。一首《一生何求》单曲循环，陈百强的声音让人一听就想哭。

新年过后，高二下学期就开始了。

老师按照第一学期的期末成绩让前二十名的学生自选座位，倒数名次的学生真叫了家长。他们前面几名陆续进了教室，大家都挺有默契，她还是第四排靠门一组挨窗的座位。刚开学，大家都在兴致勃勃地聊着假期的经历，以及近些日子听到的八卦和小道消息。也有一些关于李岩的消息，至于是什么大概也能猜到。

李岩天天趴在座位上无精打采，孟盛楠见过她哭。

那还是前两天晚自习前的休息时间，教室里没人。她刚背完书回来就看见李岩埋头在胳膊肘里，肩膀一耸一耸地起伏不定。

薛琳和身边的女生在聊天。

孟盛楠低着头正做作业，耳朵却总是不由自主地竖起来听。薛琳在期末考试的时候一雪前耻、满血复活，现在总是说些有意思的校里校外的事闲不下来。

有一天课后，薛琳拿出一张纸问孟盛楠。

"这是什么？"孟盛楠接过纸看了一会儿。

"两个人的缘分配对指数。"薛琳解释，"你看这儿，从 A 到 Z 标上数字 73、74 一直到 98。每一个字母代表一个两位数，然后写下另一个人的名字的拼音。个位加十位，以此叠加连续个位加十位得出一个数字。最后再计算你的，俩人合起来，一个人的十位和另一个人的个位就是你们的缘分指数。明白了吧？"

"挺有意思。"孟盛楠恍然大悟。

聂静刚好从厕所回到教室，兴冲冲地加入薛琳的行列中，直到快要上课了，俩人仍乐此不疲。那阵子教室里掀起一股浪潮，薛琳的那个计算方法被全班女生传了一个遍。

甚至后来，外班女生都跑来问。

晚自习，孟盛楠正看历史书，同桌聂静闷闷不乐、连连叹气。她停下笔转过头问怎么了，聂静摇摇头说没事又埋下头。孟盛楠没再问，倒是被后排的薛琳叫住问英语题。

"要不我换到你旁边？"俩人不方便大声说话，薛琳提议完就叫聂静。

后者愣了一下，看了一眼正低头研究函数的傅松，慢慢点头和薛琳换了座位。教室里并不是特别安静，也有互相讨论说悄悄话的声音。

聂静问傅松题目，傅松简单说了几句就完了，聂静说没听懂，傅松一连讲了三遍，有些烦躁，语气也带了点不耐烦。

"实在听不懂就算了,这道题也不重要。"

这一年是 2005 年,高二下学期,傅松学习更认真,话也更少。除了孟盛楠问他题目时俩人会说上几句,平时几乎不怎么聊天了。

"你这圆珠笔很好看啊。"薛琳的注意力又转移了。

去年生日,戚乔送孟盛楠礼物的时候很得意:"我跑了十多家店才找到你喜欢的风格,怎么样?"

孟盛楠笑着看薛琳,后者问:"咱俩能换换笔吗?"

聂静这时候轻轻用手指戳了戳薛琳:"我要写别的作业,可以坐回来了吗?"

女生的眼睛有点红红的,一副快哭了的模样。薛琳看了一眼孟盛楠,吐了吐舌头,没敢问什么,和聂静换回了位子。晚上回家,孟盛楠坐在自己屋里的书桌前写作业。房间里只有一盏台灯亮着,暖黄的光照亮整个屋子。她从桌边一侧盒子里抽了张白纸,依次写下 ABCD 等字母和数字,然后重新计算了一下他和自己的缘分。

男十女个,概率普普通通。

后来的很多个夜晚,她不知道在纸上写了多少次他的名字,然后把带有他名字的那些纸揉成团,丢进纸篓里,又继续拿出书翻着看。印象里他和她似乎从未有过一次真正的对视,就连偶然也没有。

校园里偶尔迎面遇到,他总是和一群男生在说话。

等到他们走远,她才慢慢转身看着那个方向出神很久。以前盛典问她那是什么感觉,她说不出来,似乎所有的注意力都是下意识的。有时候看书翻到有趣的地方,比如关于女生的标准体重:

$$女生标准体重计算公式 = (身高 cm - 100) \times 0.9 (kg) - 2.5 (kg)。$$

她就会想起李岩,女生穿着齐膝的裙子更衬身材苗条,裙摆随风起,笑起来温柔可人。不像她,每天穿着硕大的校服上下课,内向、短发、体重八十八的样子。

时间飞快,学期过半。

四月中旬,学校已经开始为夏季运动会做准备。那天晚上,孟盛楠

第五章　江城一片寂静

在教室做题忘了时间，回去的时候学校已经没有多少人了。路边的灯光一闪一闪地照在地面上晃来晃去，孟盛楠背着书包加快步子往车棚走。

刚出校门拐角，耳边渐渐传来窸窸窣窣的声音。

"我要你道歉。"一个底气不足的声音。

黑暗里有人哼笑了一声。

孟盛楠不是故意要看的，但那个说话的声音是他们班长。这气氛明显不对，她侧眸看了一眼那拐角，然后愣住。

池铮站在阴影处，倚靠在墙上。

他眼皮往上挑了一下，说："道歉？"

"你怎么能那么对李岩？"

孟盛楠听到班长的声音颤了一下。

班长说："大家都是有尊严的。"

孟盛楠的眼睛猛地睁大，心下一紧。

"我怎么对她了？"男生笑得更讽刺了，"要找事让她来，你算怎么回事？"

"池铮，你别欺人太甚。"

黑暗里，他的声音变低了，明明是放荡不羁的样子，说出来的话却让人不寒而栗："怎么，想打架？"

孟盛楠看到班长后退了一小步，因为池铮俯身低头，黑暗里他的目光有些咄咄逼人。

他的视线压下来，冷声道："试试？"

孟盛楠紧张地握了握拳头。

她趁他还没动手，出了声："班长。"

两个男生同时转过来看向她，一个惊讶至极，一个危险审视。

"你还没回家啊？真巧。"孟盛楠咬了咬唇，假装镇定，"那个老施让你明天早上去她办公室一趟。"

这话真是漏洞百出，她说完微颤着眼睛看他。这场架注定进行不下去了，那个腰围二尺四的班长愣了半晌才"哦"了一声。池铮还是那副无所事事的样子，低哼了一声，低头和班长说了句什么，眼睛却是盯着

063

她看的,很快他两只手插在裤兜里信步离开了。

夜很黑,风吹来冷得要命。

孟盛楠站在阴暗的角落里,低着头缩着脖子,希望他没有注意到她的脸。直到回到家,她的腿都是软的,心还在狂跳。他怎么会记得她这个若有若无的女生?他看过来的眼神,充满玩味、轻蔑和嘲讽。对她来说,他淡漠的神情很是刺眼。

没人知道,她宁愿不要这种偶然。

两天后,运动会报名。戚乔特意从理科楼跑过来问孟盛楠的想法。午后,俩人坐在孟盛楠的桌旁聊着。

戚乔不满地问:"怎么这几天都不见你过来找我?"

"作业太多没什么时间。"孟盛楠说。

当天晚自习,班长统计运动会项目报名情况。

经过孟盛楠的时候,他停了下来,在跳远一栏写上她的名字。这是那晚之后俩人第一次正面对视,班长在她填好之后又多看了她一眼,最后什么也没说转身走了。第二天体育课,孟盛楠和聂静她们玩沙包,薛琳问她报了哪个项目。

"跳远。"她和戚乔商量好的。

"咱班都没女生报三千米长跑,可一个班必须有一个名额。"薛琳说,"都担心到时候跑不动了丢脸。"

"没人报的话老师会强制吧?"聂静说,"万一被挑上了,不上都不行了。"

正说着话,傅松走过来叫孟盛楠,他在半路遇见英语老师,老师让他给孟盛楠捎带个话。

"英语老师让你去她办公室一趟。"

孟盛楠问:"现在?"

傅松点头,正要走。

聂静拉住傅松道:"你和我们玩沙包呗。"

傅松总是那种对什么都漠不关心的样子。那次惹哭聂静之后,女生又好像当什么事都没发生过,总是想方设法地扯话题。

"我还要看书。"傅松说完离开。

小操场上欢声笑语,教学楼里针落有声。

孟盛楠踩着台阶上四楼,走廊的风吹进她光溜的脖颈,她忙低头将下挽在肘弯的蓝色校服衣袖。她刚走近办公室门口,一个男生从里面走了出来。

声音近了,她抬眼看过去。

池铮穿着蓝色校服短袖和牛仔裤,发型散乱,漫不经心地扫了她一眼,好像对她没有什么印象,视线又淡漠地移开,侧身走远了。她愣了,就呆呆地站在那儿,耳边听着他下楼时踩在楼梯上的脚步声,沉闷杂乱到一时竟无法抑制心跳。

办公室里老师叫她:"孟盛楠?"

她这才抬着沉重的脚步走了进去,老师递给她一摞英语模拟题说晚自习发下去,放学后收上来。后来再说了什么她都没怎么听清,只是听隔壁办公桌的几个老师聊天。

"那个男生又惹事了?"

"早上有人打报告说他和人打架。"那个老师叹了口气,"现在这单亲家庭的孩子你还真是管不了,又让人心疼也不好说重话。"

不知道为什么,那个下午她的情绪一直都很低落。

晚自习,校广播里放着周传雄2000年发行的专辑,他唱"依然记得从你眼中滑落的泪伤心欲绝,混乱中有种热泪烧伤的错觉……"调子太忧伤,婉转低沉。

"这歌叫什么?"教室里,薛琳问。

孟盛楠说:"《黄昏》。"

话音刚落,自习铃响。

班里新添了一个专门起歌的职位,那男生对唱歌爱好狂热。预备铃声完了,他就起了一个头:"昨天所有的荣誉,已变成遥远的回忆。"全班人稀稀拉拉地唱起来。

"每次都起这首。"薛琳咂咂嘴。

聂静从外头背书回来,听见了,笑着问:"要不咱们唱《水手》?"

于是薛琳唱着"苦涩的沙,吹痛脸庞的感觉",假模假样地混迹在刘欢的《从头再来》中,孟盛楠一下午的阴郁好像这时候才被慢慢驱散了。

平静下来她又想起了池铮。

很多年前林志颖唱了一首歌红遍天南海北,那时候学校里的喇叭放得最多的不是那首《十七岁的雨季》,而是《心云》。

每个夕阳落日的下午,操场上总是有一堆学生。

江城九中的校风从来都不是很严格,那天池铮他们趁着晚自习过后的时间打篮球,校服脱下来胡乱地搭在双杠上。

池铮打了一会儿,从场内退出来。

他靠在一张乒乓球桌上,拧开瓶盖喝了一口水,额角还滴着汗,史今也跑过来坐上球桌。

"怎么不打了?"史今偏头看了他一眼,笑着揶揄,"你昨晚那劲呢?"

池铮抬眉冷笑了一声。对他而言,被人找麻烦就和家常便饭一样,也不知道昨晚怎么冒出一个蠢蛋,还有一个爱管闲事的。

他的目光往操场上一扫。

春天的晚风从地面吹上来撩起他的短袖衣摆,他静静地站了一会儿,目光微抬,史今瞧了他一眼,笑了。这人做什么事从不遮掩,向来都是坦坦荡荡,黑色的眸子里藏着算计和别有用心,仿佛他懒懒一笑地勾勾手什么都能得到。

"她是高二文科(1)班的学委。"史今凑过去说,"好像叫赵有容。"

池铮转过头睨了史今一眼。

"没我什么事啊。"史今举着两手划清界限,抑扬顿挫地说,"我和她可不熟,就知道她在学校挺有名气的。"

池铮淡淡笑了一下,视线往那个女生身上一瞥又移开,最后落向尘土飞扬的操场上,勾了勾嘴角。

他低头顿了一下,抬手擦了一下嘴角,然后走向双杠扯下校服外套跟了上去。

没人知道后来发生了什么。青春年少时有悸动和心跳,也有试探和玩笑。

那天之后,他们就认识了。

可惜对方好像故意和他若即若离。

第五章　江城一片寂静

几天后的下午，池铮正打算出去随便买点东西，只是还没走出教室就被班主任叫了去，走廊里的凉风袭上他的脖子。

孟盛楠也没想到会在办公室遇见他。

他两手抄在裤兜里走着，在办公室门口停顿了一下，只是淡淡地和她对视一眼，然后擦肩而过，什么都没有放在心上的样子。

孟盛楠站在原地，猜想他没有认出她。

她微微侧过身，听到他淡漠地回复着老师的话，语气倒也尊敬，不卑不亢地解释。她没有回头，转过身慢慢离开了。

两天后，池铮春风得意。

那几天运动会进行前期准备，整个学校都热血沸腾。一下课大家从教室外的栏杆处看下去，就会看到操场上男男女女，学生们穿着蓝白色校服，笑容满面。

孟盛楠要练跳远，中午不回家。

那时候宋嘉树忙着建自己的乐队几乎天天不在校，于是戚乔会在理科楼下等她一起吃完饭，然后练习一会儿回教室。周六的时候，盛典见她练习太辛苦，带她去商场逛逛，说要给她买随身听。

商场里人来人往，音乐循环不停。

"以后你可以把歌曲下载到随身听里，听歌方便些，省得你到处跑音像店买磁带。"盛典说。

不远处有人叫孟盛楠的名字，她和盛典都偏过头去。陈思笑着走过来和她们打招呼，两个大人寒暄聊天，孟盛楠趁机溜出来站在旁边二楼栏杆处往下看。

过了一会儿，陈思走了。

"你们陈老师真不容易。"盛典说，"好像三十来岁丈夫就去世了，一直和儿子相依为命。"

孟盛楠回头去看陈思的背影，已经不见了。

晚上回到家，她从网上搜了很多歌下载到随身听里，搜索引擎歌曲排行榜里的第二名就是《十七岁的雨季》，林志颖唱"十七岁那年的雨季，我们有共同的期许"，孟盛楠听过太多次。林志颖是戚乔喜欢了很多年的偶像，屋子里全是他的海报专辑。她回头看了一眼自己的小房间，满满当当全是书。复读机放在书架第二个空格里，旁边是《包法利夫人》和

《浮士德》。

不知什么时候,青春刚已来临又要远去。

过了几日,在周二的英语课上,老施讲完课还剩几分钟时间,他和学生们说了一些学习上的事,强调了班级纪律后,提起了有关最近运动会的一些事宜。

"这都好几天了,咱班女生三千米是谁去?"

全班都沉默了。

班长忽然站起来说:"孟盛楠。"

几乎刹那间,所有学生的目光都移过来,薛琳更是惊讶得不行,傅松也停下笔。老师从讲台上走了下来,一二组过道又宽又长,孟盛楠觉得老施走得特别快。

"你去?"老施问。

孟盛楠当时已经蒙了,完全不知道怎么回事,一时一句话也说不出来,只看到老施的嘴巴一张一合地动来动去地交代注意事项和比赛重点。

铃声响了,老施走远。

薛琳终于可以问了:"你什么时候报的?"

孟盛楠只是慢慢摇头,站起身从座位上出去。教室里乱哄哄的,她觉得自己热得不行,边走边往上捋袖子。

彼时班长已经走出教室,她追了上去。

"我记得我报的是跳远。"她一字一句道。

"你不是改了吗?"班长皱眉,"昨天下午你说你要改成三千米。"

孟盛楠愈听愈糊涂:"昨天下午?"

"我背书回来的时候书桌上有张字条,说你要改。"

孟盛楠急了:"那你怎么不找我确认一下?"

"我……我以为上次那事之后,你不喜欢和我说话了。"班长也皱起眉头,半晌才低声说完,又顿了顿,"登记表我早上交给学校体育部了,可能……改不了了。"

孟盛楠的肩膀一下子耷拉下来,转身往回走。

班长叫她:"不好意思。"

孟盛楠没应声也没回头,沉默着回了教室。薛琳问怎么回事,孟盛楠说了原委,薛琳气急:"谁干的这缺德事啊?那现在怎么办?班长怎么说的?"

她摇了摇头。

"算了,跑就跑,实在不行走着跑,到终点就行,别在乎时间,别拿它当比赛就行。"傅松从书里抬头,"友谊第一。"

聂静在旁边小声附和:"是啊,孟盛楠,尽力就好了。"

胳膊拧不过大腿,孟盛楠只能硬着头皮上。

戚乔知道这件事后气得不行,恨不得掘地三尺挖出那个捣鬼的人,可又束手无策。运动会前几天,跑三千米的学生都不用上晚自习,要去操场集训。

全校高二文科和理科共二十七个班,二十七个女生跑三千米。

集训第四天,孟盛楠就不行了。那天晚上她甚至一圈都跑不完,更别说达标了,累得不行就在操场上坐下来,也有几个女生和她差不多。在一起待了几天混个脸熟后才知道,这些人不是副班长就是课代表,没人报名她们才被推了上来。

她坐在草地上,听那几个女生聊天。

有一个女生长得特别漂亮,长头发、大眼睛、樱桃小嘴、鹅蛋脸,双腿交叠而坐,好像是高二文科(1)班的学习委员。孟盛楠多看了女生一眼,是很光彩照人的那种长相,声音也甜。

"我觉得我能得第一,倒数的。"一个女生笑着说。

鹅蛋脸女生笑着说:"能跑完就不错了。"

塑胶操场被太阳晒了一天,软软的、暖暖的。孟盛楠没怎么搭腔,只听见那个鹅蛋脸女生又唉声叹气。

"周末要练习,英语课都补不了了。"

一个女生笑:"让他给补补呗。"

"他呀,比我还烂。"鹅蛋脸女生说。

一群人大笑,又聊起其他的话题。微光蔓延在这绵长的夜晚,跑道边上的路灯照射下来,洒在这深沉的夜色里。孟盛楠抬头看灯,那四散的光芒里灰尘飘摇。

晚自习快结束的时候,她们才解散。

孟盛楠往操场外走,听见身后有人在跑。她下意识地转头,却在动作的一瞬,看到目光尽头出现了一个身影。那个鹅蛋脸女生在往那个方向跑,边跑边笑。池铮就那么站在那儿,目空一切地看过来。尽管他眼神看过来的方向不是她,孟盛楠还是紧张地将头转向了另一侧。

几周前她路过校门口的一个小摊贩,听到有两个女生聊天。

"我听说池铮和那谁最近关系不错。"女生说,"是叫什么来着?"

"赵有容。"

操场上,那两个身影渐行渐远。

孟盛楠走得很慢,路灯下的影子被拉得老长。晚上她骑自行车回家,又在那个中央广场,车链子掉了。她推着车沿着街道边走,路两旁的小店还没打烊,有家店里还在放歌。

"我的世界从此以后多了一个你,每天都是一出戏。无论情节浪漫或多离奇,这主角是你。我的世界从此以后多了一个你,有时天晴有时雨……"

不知道怎么回事,孟盛楠突然泪流满面。

她忘了那首歌的名字,后来问戚乔。

"叫什么?"

"《彩虹》。"戚乔说。

TXSFHZM

愿你笑时，风华正茂。

第六章
这是一个秘密

运动会那天，骄阳似火。

孟盛楠穿得有点特别，短袖长裤。戚乔的跳远项目被安排在第二天，说今天她可以随叫随到。在看台上俩人边往下看边聊，戚乔嫌弃地扯了扯她的校服裤子。

"宽得像麻袋，你干吗不穿短裤呀？"

高二文科（1）班忽然热闹起来，隔了几个班还是能听到他们的起哄声。孟盛楠侧头看到有一个女生穿了一身荧光色的短袖短裤，很是吸引人的目光。

"那女生漂亮吧，我听班里女生说她最近和池铮走得挺近，叫赵有容。"戚乔"啧啧"了两声，"真漂亮，名不虚传啊，真羡慕。"

孟盛楠无可奈何地笑了，戚乔说完细细地打量她。

"楠楠，其实你不化妆就现在这样我都觉得比她好看。"

孟盛楠："突然这么夸我安的什么心啊？"

"蕙质兰心。"

俩人聊着，计时员已经打枪，百米接力赛开始了。全场学生都在呐喊，人声鼎沸。孟盛楠将下巴搭在腿弯上，慢慢地她感觉有些累，额头有汗直冒，只觉得大太阳下一点风都没有。

她的身体莫名觉得没有力气，整个人一副有气无力的样子。

三千米长跑在接力赛后，老师走到台下招呼她们过去。孟盛楠起身的时候跟跄了一下，戚乔赶紧扶住她，问："没事吧？"

"没事。"孟盛楠笑了笑,向比赛场地走去。

二十七个女生一会儿就到齐了,大家都有些紧张,各自安慰友谊第一。孟盛楠看过去一眼,她们都扎着漂亮的马尾、穿着鲜艳的运动装。

"有容,你朋友不来看吗?"

"他说他会来的。"

孟盛楠的心忽地紧了一下,几分钟后准备就位。随着一声枪响,她只觉得所有人都像是洪流压得她喘不过气。她跑得很慢很慢,看台上戚乔撕心裂肺地喊。孟盛楠一直跑在倒数,她半睁着眼,看到赵有容一直保持第一名,身形英姿飒爽。

她的肚子却隐隐作痛。

大太阳下,连呼吸都带着烫。她不停地喘气,耳边的风声很近,眼睛都快睁不开了,鞋里像是灌着铅,越跑越重。身后已经有女生超过她,渐渐地距离越来越远。大家差不多跑了两千米,好多人都已经跑不动了,孟盛楠依旧殿后。

她距离赵有容,差了整整一圈。

看台上的呐喊声依旧有增无减,隔了好远她还能听见戚乔的声音。她缓缓移动着,看起来已经像是在走了。

跑过高二理科(10)班,她听见有人在喊。

"池铮,这儿。"

有汗水在流,孟盛楠眨眨眼,眼睛很痛,肚子也是。她不敢偏头看,只是低着头,慢慢蜗牛式前进。广播里在报道目前三千米的比赛实况,她落后太多。周围的声音逐渐模糊起来,模糊到她听不见了,但她一直在往前跑。

后来戚乔说,她那时候好像魔怔了。

汗水流进眼里,酸涩得厉害。她胸口闷得喘不过气,双脚已经是惯性地向前了,全身疼痛难忍,她觉得自己可以看见风。四面八方的都是助威声,她一直在跑,到终点的时候还未来得及换气,她就已经倒了下去。闭上眼睛的那一刻,她看见戚乔朝她跑过来。

她好像是睡了很久,醒来的时候,医护室里只有戚乔陪着她,戚乔为她隐瞒自己正在生理期的事训了她一通,训完又笑了,说她跑了第一。孟盛楠还愣怔着,戚乔又聊起场地里的趣事。

第六章 这是一个秘密

"记得赵有容吗？听说最后跑不动放弃了，直接被那个池铮带下场去。刚才你们班长和同学过来，还有你那个同学薛琳，对吧？她说当时的场面可壮观了，你没有看到真是可惜了。"

孟盛楠失落地"哦"了一声。

她以为这样或许可以有一线希望被他注意到，可是没有。作文没拿奖，好吧下次，那么想要引起一个人的注意呢？好像没有次序这回事，丁是丁，卯是卯，没那么多弯弯绕绕。

"现在几点了？"她问。

戚乔看了看表："五点，你睡了一个多小时。"

"这么久了啊。"

戚乔看她还有些不开心，想转移她的注意力，便提议道："要不周末我们看电影吧，有一部电影，讲青春的。"

孟盛楠提不起兴趣。

戚乔："你肯定喜欢。"

孟盛楠没搭腔。

戚乔低了低头，瞅了孟盛楠几眼，不知道是故意逗她开心还是实话实说，笑了："你还别说，再长开点，你真有点像她。"

孟盛楠抬头："谁啊？"

戚乔："忘了在哪个写真集上看到的，模特出道、拍过杂志，听说好像会拍电视剧和电影，就是想不起来名字了，等以后想起来我再告诉你。"

孟盛楠："……"

后来又歇了一会儿，戚乔骑自行车送她回家。

操场上还有比赛正在进行，呐喊声一阵高过一阵。回到家的时候，孟盛楠的身体已经好了很多，就是腹部还隐隐作痛。盛典知道这件事后实在不忍多说，但还是批评了她几句。

结果那一晚，她又发高烧了。

孟盛楠一连请了好几天的假打吊瓶，一天三顿吃的都是流食，就连长跑颁奖礼都是班长代领的，她为高二文科（4）班争了光。孟盛楠根本没有料到会是这样阴差阳错。戚乔还是要找出那个暗地里搞鬼的人，被孟盛楠拦住了。

后来戚乔常挂在嘴边的话便成了："有种精神叫孟盛楠。"

073

她也不算没得到什么，这事过了很久之后还会被熟悉的同学拿出来津津乐道。

薛琳有天问她："你怎么拿下第一的？"

她当时用手掌撑着下巴，想了想说："真忘了，只想着赶紧跑完。"

运动会过后，所有的一切都在慢慢恢复平静。孟盛楠一心扎在题海里，练习题一套接一套做。遇到难题她还是找傅松，尽管他的回答总是那么哲学。

几周后的一天，她正在做数学题。

抛物线遇上函数，孟盛楠的头有点疼。聂静刚好也在做那道题，俩人一起问傅松。傅松思考了十分钟，才解出答案。

"考试会出这种题吗？"聂静问。

傅松："不排除。"

"你怎么知道？"孟盛楠问。

"哥德巴赫猜想知道吧？"傅松淡淡笑了一下，看着她，"万事皆有可能。"

"同桌，你以后不当哲学家都可惜了。"旁边的薛琳停下笔，插了句话。

傅松没再说话，又低头做题了。薛琳朝他吐了吐舌头，然后将自己的笔记本递给孟盛楠："你帮我想想，下一句是什么？"

孟盛楠忍不住翻了几页，全是歌词。

2000年任贤齐的一首《天涯》正火，"梦中的梦中，梦中人的梦中。梦不到被吹散往事如风"的下一句应该是……孟盛楠想了想说："空空的天空，容不下笑容，伤神的伤人的太伤心。"她说完又道，"好像是这句吧？"

薛琳接过本子立即写了下来。

那时候总是这样，歌词本、好词好句本一大堆。有学生拿了一本小说放在桌兜里，下课不离手。那时候一本杂志会被全教室的学生传着看一遍。

孟盛楠平静的生活继续着。

有时候在食堂吃饭，她总会看到那个高高瘦瘦的身影。她假装低头，然后过了一会儿又看过去四处寻找。时间过得很快，复习也越来越紧张了，各种学校复印的试题资料发到他们手里，一波接一波的模拟考。

放学回家的路上，孟盛楠总是一个人。

中学时代的她们都渴望被爱，那是一种亲情有余、爱情不足的感情。每一个十六七岁的女生，在听惯了老掉牙的王子和公主的故事后还是会渴望被爱，很少有人例外。

那天回家，天上已经星辰密布。

"下午有个找你的电话，南京来的。"盛典想起来说。

吃完饭上QQ，孟盛楠打开随身听戴上耳机。周宁峙发消息过来问她的近况，孟盛楠留言祝他七号高考一切顺利。

周宁峙不在线，她便退出了登录。

七号八号那两天，他们高一高二的学生需要给高三的学生腾考场，于是放了几天假。孟盛楠去了杭州外婆家，天天和外公练书法、出门散步。或许是身体免疫力不好，初到时水土不服，再加上学习太紧张，孟盛楠从杭州回来后，脸上就开始冒痘。

那是高二下学期，时间转瞬即逝。

整个暑假，孟盛楠都没怎么出门，一直在家里喝中药调理。周宁峙真的考上了复旦大学的经济学专业，张一延也去了上海。他们打电话约出来玩，孟盛楠找尽各种理由推辞。

"这叫美丽青春痘知道吧。"戚乔安慰她。

孟盛楠翻白眼。

戚乔又说："有种精神叫孟盛楠，这你总知道吧？"

孟盛楠不知道别人的青春是怎么样的，可在自己这里真的太平常了。没有轰轰烈烈的事情发生，普通得不能再普通的日子一天又一天。

2005年的暑假有一个月零十天。

那么长的时间里，孟盛楠闲来写东西之外也无其他事可做，于是她在八月中旬报了一个九中教师联合承办的补课班。大概有两周，跟平时上课一样。

她每次都会提前半个小时到，座位自然选择靠前的。

上午是数学和物理，下午化学和英语。孟盛楠虽然学的文科，但是数学比较优秀，因此她只上下午的英语课。教室里少说也有七八十人，大家一排排挤着坐。那时候大家凭着一腔热血，奋发图强要考清华，每天复习到深夜都觉得时间不够。

一个闷热的下午，她早早就到了。

补课班设在党校里，上一堂化学课还没结束。她将自行车放去车棚然后站在棚下用手当扇子扇风，扫肩发束在后头，连脖颈都出了汗。

十分钟后，下课铃响了，孟盛楠进去找座位。

不知道是不是天气太燥热让人产生了幻觉，她隐约听见身后有熟悉的声音。孟盛楠慢吞吞地坐在了第四排靠走廊边的位置，然后用胳膊轻轻撞掉笔记本旁的中性笔。

借着捡笔的契机，她侧身然后回了一下头。

最后一排的靠墙角落里坐了几个男生，池铮靠着墙和对面的人在说话。他的表情太过漫不经心，一只腿屈起踩在板凳上，左手搭着膝盖，右手百无聊赖地转着笔。

老师这时候从外头走进来，孟盛楠匆忙回头坐好。

她抿着笑低头翻开笔记本，前半堂的一个小时基本没有认真听讲。中间有五分钟的休息时间，周围有人出去上厕所，她趴在桌子上盯着本子上做的宾语从句笔记，听着后排他和别人侃大山胡乱开玩笑。

到了后半堂课，教室里忽然骚动起来。

当时她正在分析英语从句，教室外大雨倾盆而下，跟倒水似的。大家都不怎么认真听课了，她没回头，只听见身后他们那一伙人大声起哄的声音。

老师也有了兴致，和大家聊起人生。

外面的雨愈下愈大，直到英语课结束仍未有丝毫停歇。有多半的学生没有带伞，就在座位上等雨停。大家的视线都齐齐向外看雨，孟盛楠的目光混迹在人群里，向后排看去。

他懒散地靠着门，脸上带着痞痞的笑。

或许是脑门充血，孟盛楠瞬间就做了一个决定。她低着头尽量让左脸颊的那颗痘不那么轻易被看见，拿起笔记本站起来就往外走，经过门廊的时候她抬眼看了一下地面上已经淹过鞋跟的雨水。

右边的余光里是他和他那几个朋友的侧影。

"这雨得下到什么时候？"一个男生说，"我还想去玩桌游。"

"就这么去。"他嗤笑了一下，"敢吗？"

第六章 这是一个秘密

最后一个字刚落下来,孟盛楠就将笔记本挡在头顶上冲进了雨里,脚下的水溅了一鞋子。她跑去教室十点钟方向的车棚下推出车子,然后就那么淋着雨骑了出去。

当晚她就高烧不退,晕了一夜。

那时候她哪里怕这个,心里想的全是她从他身边跑进雨里的时候,他的注意力一定会有一部分落在她身上,哪怕只有十几秒的工夫。

从那之后,她特别期待去上课,只是再也没有见过他来。

高二的暑假漫长又短暂,就那样结束了。

对孟盛楠来说,高三是紧张而忙碌的。

没完没了的考试、不断疯长的青春痘、越来越多的失眠,身体好像风一吹就能倒。教室里时刻低气压,傅松一天都不见得说一句话,聂静调到四组和他们分开了。新同桌性格腼腆,和傅松有一拼,都是奔着名校去的,除了薛琳和她偶尔开开玩笑、打打闹闹便再无其他人和她说话。如果非要说一个让她开心点的事,那应该是无意中的一次偶然,她期待已久的《深海少年》发表了。同年六月,她参加第七届作文比赛复赛,一篇《德先生与赛先生》不负有心人。

2006年年初一,小雪。

戚乔和她去滑旱冰以庆祝她作文比赛拿奖,她们到的时候旱冰场里已经有很多人,俩人有自知之明地租了四个轮的旱冰鞋。场地中心大家嬉笑打闹,大多都是十七八岁的模样。

戚乔先上场,孟盛楠紧随其后。

她靠着栏杆边上一点一点往前,刚顺脚了就听见身后有人叫她,只是隔着吵吵嚷嚷的声音听不真切,她一回头就看见那张陌生又熟悉的笑脸。

"不认识了?"男生笑起来,阳光明媚。

孟盛楠愣了一下才反应过来:"李为?"

"我还以为你去了文科班就忘记我了,我都很少见过你。"

孟盛楠被说得有点羞赧。

李为挑眉看了一眼她:"这里头有暖气,不冷啊,你还戴围巾,捂着半张脸我差点认不出来。"

孟盛楠笑了笑，不动声色地又将下巴往围巾里缩了缩。俩人正聊着，李为突然仰头对着她背后叫了一声。

"嗨，池铮。"

孟盛楠的身子一震。

"一块过来玩的同学，给你介绍一下。"深知这个前同桌比较腼腆，李为还是安慰道，"就认识一下，不用紧张。"

孟盛楠将下巴缩得更深更低了。

她压住紧张的心跳慢慢转身。

池铮已经走了过来。她都不记得上次遇见他是什么时候的事了，但他的样貌又好像昨天才见过一样。他穿着黑色衬衫和牛仔裤，外头是黑色羽绒服，敞开着拉链，两手插在衣服兜里，目光淡淡地扫了一眼孟盛楠，最后落在李为身上。

"怎么来这么晚？"李为笑笑。

他说："有事堵着了。"

孟盛楠微低着头，半张脸埋在围巾里。

"给你介绍一下，这是我高一时候的同桌，孟盛楠。"

她正琢磨着怎么找借口走开，李为已经开口。池铮这才看过来，孟盛楠微微抬眼轻点了一下头。他没说自己的名字，像是心里有事，没怎么注意她，只是微微颔首，看了她一眼就移开了。李为可能对他的这反应不太满意，大拇指侧向孟盛楠，声音提高了一个八度。

"别小瞧啊，英语随便考就没低过135分。"

他又一副放任自流的样儿，说："哪敢？"

他应该对她是有点印象的吧，即使不深刻也应该会记得那晚他和班长快要发生冲突的时候突然冒出来的那个女生吧。至少应该会有点印象，又或许早忘记了。围巾下面她轻咬着嘴唇，下巴上长的那个痘又有点疼了。

"那个，你们聊吧。"她看向李为说，"我还有事先走了。"

李为皱眉："急什么呀？好不容易见一次。"

孟盛楠微微一笑。

她说："下次吧，真有事。"

不顾李为的百般阻拦，她终于抽身，退了溜冰鞋从里头走了出来。外面阳光不错，但风吹进脖子里还是会冷得人打寒战。身后的池铮微侧头看了一眼旱冰场的大门,他的眸子闪烁,若有所思,半晌又转回来,那个女生,总觉得有点眼熟。

李为说:"比比?"

池铮一笑:"成啊。"

场地热闹起来,当时戚乔刚好转了一个圈,回头找孟盛楠,没找到人。戚乔离开滑冰场的时候,孟盛楠正坐在对面站牌下的长椅上发着呆。

"怎么不玩了?"

"嗯。"孟盛楠抬头,"有点闷,透透气。"

"可惜了。"戚乔坐在她身边,"里头有人比赛呢,特别嗨,就咱九中的那个池铮。"

那个阳光洒满世界的下午,两个女孩坐在那把长椅上说了很久的话。一辆车走了,下一辆又来了。属于她们的青葱岁月一点一点消失殆尽,再也回不去了。

春节过后,夏天猝不及防地来临。

高考迫在眉睫,高三楼的理科班和文科班即便到下课也都很少有学生出来溜达了。孟盛楠也很久没有见过他,后来有一次好像还是放学回家经过校门口的快餐店时,她看见他和一个女生走了进去。

再后来,已是五月。

那天孟盛楠正在做高考真题,傅松在很细心地讲题,她边听边做笔记,一直到不明白的地方,她问:"为什么要在这儿作辅助线?"

傅松:"看到这个条件没有?你得利用它。"

孟盛楠听懂后转身继续做题。

再过一个月,他们就会各奔东西,或许很多年不再见,她一想起来就莫名地有些难过。最后那些日子,学校乱成一锅粥。很多学生几乎都不来学校了,也有一些天天混迹在操场,偶尔在这中间,也有池铮的影子。

窗外狂土飘扬,班里的同学录横飞。

他们那一片,薛琳表现得最活跃,晚自习放学后,她站在讲台上直接拦住了全班同学,从一组第一排左手边第一个人开始散发同学录,每个人人手一张，并且说明天一早要收回。

那几天，孟盛楠写同学录写到手发软。

她几乎下课的时间都在写，生日、籍贯、爱好、座右铭。更有意思的是，听说有个班的男生在一节晚自习过后一个一个拥抱了每个人。

后来她断断续续收到同学的毕业礼物。

钢笔、大头贴、水杯、围巾，什么都有，能装一个小酸奶箱。学校毕业班已经彻底疯狂，孟盛楠的复习也已接近尾声，其实早考晚考也不差多少。那个五月中旬的周末，孟盛楠约好和戚乔一起去照大头贴，买小礼物作为回礼。

逛完街去书店，戚乔跟在她后头。

"很少见你送别人书啊。"戚乔若有所思。

孟盛楠没说话，一排排书地找。

戚乔说东说西，但是不管怎么问，孟盛楠都避重就轻。直到转了好几家书店，她才找到想要的那本，戚乔凑过去看了一眼，问她送谁。

她付完账，抱着书往外走。

"一个不认识的人。"孟盛楠停下脚，终于说。

那会儿余晖笼罩大地，晚霞通红。孟盛楠的目光落向前方很远很远的地方，好像看到一条天际线横在半空，长长的没有归途。

戚乔问："什么意思？"

"我想让他迷途知返。"她说。

日子像飞似的，转眼已到五月底。

江城市三模考试结束的那个下午，戚乔拉着孟盛楠去了学校外的理发店剪发。她们刚考完试，正需要放松一下。戚乔喜欢剪头发，甚至有点上瘾。

孟盛楠坐在沙发上，陪戚乔解闷聊天。

"你真不剪？"戚乔问，"头发都到肩膀了不嫌麻烦吗？"

"这也叫长？"

她话音刚落，门口走进几个男生。孟盛楠下意识瞥了一眼过去，看见池铮穿着校服短袖，一边往里走一边偏着头和身边的男生说话。

理发师问他们："谁剪头发？"

第六章　这是一个秘密

有一个男生道:"我。"

"老板。"随即听见他开口说,"我洗个头。"

孟盛楠吸了一口气,从沙发上站了起来走到戚乔身边。

"怎么啦?"戚乔问,"要不剪一个?"

孟盛楠摇头笑了一下,她感觉到身后池铮走了过去,她不由得挺直了后背,侧了侧身子,尽量站得好看一些,表情也收了一下。她将了将耳边的碎发,想让自己的声音好听一点:"下周二我去医院复查,你放学别等我了。"

她说这话的语调轻轻的,有种女孩特有的温柔。

戚乔说:"要不要我陪你?"

"不用。"孟盛楠说,"我爸妈在呢。"

有人这时喊了一声"池铮",问他一会儿去不去唱歌,他正躺在那儿洗头,眼睛看着天花板,漫不经心的样子让人心动。

"不去。"他说,"我有事。"

"你能有什么事?"

池铮笑了一下。

"把你朋友带上一起玩呗。"那个男生一副了然的样子,逗趣道,"大家都是好朋友,人多热闹,要不然多没意思。"

孟盛楠悬起的心倏然沉了下来。

"楠楠,咱们要不一会儿看电影去吧?"戚乔忽然出声,"这段日子都没放松过了。"

孟盛楠扬高声音又尽量克制:"看什么?"

说这话的时候,她的余光注意到池铮已经坐在最里头的椅子上,戚乔又说了什么她都没听见,耳边只有身后吹风机的呼呼声。她站得有些僵硬,不敢回头。没两分钟他就吹完了头发,从椅子上站了起来,对着镜子耙了两下头发,然后站直了。

她听他道:"我出去买瓶水。"

"一起一起。"有个男生也跟着走了出去,笑着搭上他的肩。

等他们出去了,孟盛楠过了一会儿慢慢看过去。他们站在树下,有一搭没一搭地闲聊着。池铮喝了口水,抬眼看向马路边上。

"终于安静了。"戚乔说着问她,"看什么呢?"

孟盛楠收回视线,没说话。

等她再看过去的时候,池铮蹲在马路边,两只胳膊搭在膝盖上,偏过头看向别处。她静静地看了很久,心满意足。很久之后,再想起那个画面,孟盛楠都觉得当年青春里那个蹲在街头的男生,让她已经惦记一辈子了。

高考前十天,学校放了假。

那天整个学校兵荒马乱,学生们一个个拉着老师找合适的地方合影,教学楼下一片疯狂。小操场里,薛琳一边拉着她和傅松拍照,一边找聂静。

孟盛楠最先看到聂静,她跑过去喊她。

后来拍完照分别,孟盛楠下楼往外走,远远地就看见高三理科(10)班外面,一大群男生女生聚在一起拍照留念,里面没有那个人的身影。她四下转头找,好像听见有人在叫他的名字,又好像没有。

转头恍然,是身后戚乔的声音。

她又回头看了一眼那间教室里的那个座位,慢慢收回视线,一步一步远离。戚乔已经凑近,搂着她的肩膀说着毕业的感慨,以及宋嘉树要去当兵报效祖国了。

后来俩人都没再开口。

街道上骑着自行车的男男女女经过她们身边,就像是岁月在往前走。她记得高考那两天最后一门考英语的时候,天上的雨突然倾盆而下。印象里,好像每年高考都会下雨。

一切都没有变,又好像都变了。

她开始期待大学,期待未来,希望一觉醒来已经躺在大学宿舍的床板上,每一分钟都过得自由充实。

那些年江城高考还是估分制,成绩出来的时候已经是二十天之后了。戚乔去了新疆,孟盛楠去了林州。对于其他人的消息她知道得很少,只是有一回去学校看望老施,听老施说班里有好几个学生落榜了,而傅松就在其列。

她有尝试过联系傅松,却没有音信。

高考过后的那个假期,是那么长那么长。她闷在家里写东西,偶尔无聊就跑去广场书店,看整个下午的书,而她再也没有遇见过熟悉的人。

第六章 这是一个秘密

年少时的青春，空空落落。

八月下旬的时候，也就是宋嘉树服兵役走前的一周，他刚好过生日，请了一堆人在学校附近的 KTV 玩，戚乔带她去凑热闹。

孟盛楠觉得憋闷，溜了出来。

她沿着走廊往洗手间去，刚关上隔间的门就听见节奏乱七八糟的脚步声，有人进来了。那时候她已经有很久没有见过池铮了。上了高三她就不去上吉他课了，也更谈不上和他偶然相遇。

"一会儿你和他们说，我们早点走好不好？"是个女生的声音。

他低声笑了："急了？"

"你才急。"女生扭扭捏捏，好像是拍了他一下，"电影很快开场了。"

孟盛楠听到那个声音的时候真的是狠狠愣了一下，好像突然被定住。那两个字低低的，带着调戏，她甚至不敢呼吸。

孟盛楠屏住呼吸，慢慢地闭上眼睛。可外头的声音还是让她皱眉，耳边只剩下他们的说话声。

他笑："你紧张什么？"

几分钟后外边渐渐没了动静，确定他们走远，孟盛楠才出来，脚下却是软的。她回包间找了一个借口要先走，却在 KTV 大门口差点撞上那对身影。女生仰头对他撒娇，他搂着怀里的人笑得放荡不羁。孟盛楠站在台阶上，看着他们走到路口。

他们隔的距离有些远，她听不清楚他说话的内容。

有朋友从里面跑了出来，和他说了一句什么，又看了一眼他旁边的女生，凑近他，笑道："像新垣结衣。"

池铮低声一笑。

朋友拍了拍他的肩膀："明儿见。"

车来了，他们坐上去，车走了。

孟盛楠的视线渐渐模糊，再也看不清。

楼上包间的歌声传出来，张柏芝轻淡干净的声音在唱"我要控制我自己，不会让谁看见我哭泣。装作漠不关心你，不愿想起你，怪自己没勇气……"

她抿着干涩的唇，抬眼去看天空。

只记得毕业那天清晨，天上下着蒙蒙雨。她很早就到学校，然后溜到他们班，坐在那个座位上。抽屉里仍塞着他的校服，乱七八糟。她不敢久留，将那本书包好书皮放进他的书包，然后一步三回头地离开，也不知那本书他是否会看到。

孟盛楠慢慢深呼吸，后来沿着街道往回走。

那天的盐店街很热闹，她一个人在外边逛了好久，买了很多小玩意儿。一个店铺一个店铺地转，她碰见了很多和她看着一般大的男生女生，有父母陪着他们买衣服、鞋子、行李箱，估摸着应该是要去远方读大学了。从文具店里转出来，她看了看时间，已经六点，便往回家的路上走。

街道边吆喝的小贩很多，吵吵嚷嚷。

街道口向里有家卖豆腐的店，老板是一个中年女人，头发已花白，摊位四周围的人很多。她随意看了一眼，女人手忙脚乱，笑得特别热心。旁边有一个男生背对着自己，在边上帮着忙。她慢慢收回视线，走了几步又感觉不对劲，回头再去看。

她真的是差点要哭出来。

隔着一个马路，她远远看着傅松弯腰低头，脸上淡淡的没什么表情。好像还是很久前，她思绪跑偏不学习，傅松总是不咸不淡地丢下一句很哲学的话，她们几个女生总以此为笑柄，乐此不疲。

再后来，这个男生愈来愈沉默寡言。

孟盛楠站了很久，她不知道他以后会做什么，复读还是找一所学校就去上了。那天，她没有过去找他，而是慢慢转身走远了。

很久以后，她和戚乔聊起。

戚乔说："是尊严吧。"

去林州上大学的前几天，江缙他们打电话约她出来玩。孟盛楠无奈，她说学校开学比较早不能出去，江缙气得想揍她。值得庆贺的是，江缙和陆怀都考到了北京国际，李想没参加高考直接出国读书了。他们几个人，也是各奔东西。

那是一个中午，她躺在床上晒太阳，复读机里放的是周传雄的《寂寞沙洲冷》。

盛典在楼下喊："吃饭了。"

她将头埋在被子里打了一个滚然后下楼。孟津周六不上班，将小桌子搬到院子里。盛典上了菜，三个人坐在树下吃。知了鸣叫，树叶作响。

第六章 这是一个秘密

盛典的饭量最近大得厉害。

当时她几乎没有细想过,只简单地以为是老妈最近食欲好而已。后来知道怎么回事后,她才觉得自己真是后知后觉。

开学前孟盛楠找了一天想去探望陈思。

陈思正在厨房煲汤,开门的是一个男生。

她拎着水果,和面前的男生对视,愣了一下,突然不知道该怎么开口,男生忽然笑了一下。

孟盛楠忙自我介绍:"你好,我是来看陈老师的。"

男生侧过身:"进来吧。"

陈思从厨房出来,惊喜地招呼她,说着"小北你们先聊",说完就转身回了厨房,被叫"小北"的男生倒了杯水递给她,孟盛楠接过水道谢。

他问:"你是陈姨以前的学生?"

孟盛楠一怔,差点以为他就是陈思的那个神龙见首不见尾的儿子。男生笑起来很温和,问了她就读的大学和专业,又聊起其他。

俩人没说几句,陈思已经煲好汤出来。

陈思问候了盛典几句,要留孟盛楠吃饭,孟盛楠觉得不宜久留,推辞着就要走。陈思没法子,目送着她离开才关上门。

客厅里陆司北问:"陈姨,那女生叫什么?"

"你们没做自我介绍?"

男生笑笑:"她挺害羞的,我没问。"

陈思笑:"孟盛楠。"

她话音刚落,楼梯上传来拖鞋踢踢踏踏的动静。

"什么孟什么楠,谁啊?"

"我的一个学生。"陈思抬头看过去,"看看都几点了,我琢磨着你要再不起来,我就让小北收拾你了。"

"你舍得吗?"被训的男生痞痞地笑笑。

陈思无奈,看着陆司北:"你看看他,他能有你一半好我就高兴了。"

"啧,有您这么说自己儿子的吗?"

陈思笑笑:"你俩赶紧洗洗手过来吃饭。"

那天晚上,两个男生躺在二楼的床上聊到深夜。再醒来后,天已大

085

亮了，陆司北早就洗漱好出去晨跑。

　　池铮掀开被子慢悠悠地爬起来，头发乱糟糟的就下了楼。陈思说外头有人收破烂，问他要不要把那些书卖掉。

　　他简单洗漱后，回自己的房里收拾书。

　　不过一会儿，他就收拾了一大箱。池铮端起箱子就要往外走，出房门的时候眼神瞥到墙角的书包，自从他毕业那天回家，书包就被他丢在那儿，整整快两个月他都没动过。他放下箱子走过去，拿起书包往外倒，被一本书砸了脚。

　　他忍不住"哒"了一声，扫了一眼。

　　那是一本被淡蓝色封皮包起来的书，崭新的硬壳。他的书包里从来没有这东西，他疑惑着捡起，去撕外包装。

　　阳光落进地面，照在书名上——《沉思录》。

　　池铮愣了一下，看了半晌。

　　八九点的太阳，八九月的风，窗户外梧桐树上缓缓落下一片树叶。那是很安静的一个清晨，窗帘被微风吹起，飘出一个小小的角度。房间里全是阳光，晒在蓬乱的被子上，池铮背对阳光站着，低下头，翻开书。

　　扉页上写着：

　　　　愿你笑时，风华正茂。

　　署名是舒远。
　　高中结束了。

> TXSFHZM
>
> 熏烟徐徐而上，模糊了那个名字。

第七章
人生千丝万缕

孟盛楠一直清楚地记得，高中那几年老师说过，你读中学的时候渴望毕业早点长大成人，读大学的时候一定会希望时光倒流，让你可以重新回到高三教室里坐在那个位子上认真地听一堂课。

现在想想，真是金玉良言。

而今的她读了大学，每天拿着几本书穿梭在几栋教学楼里，然后上课下课，一个固定的同桌都没有，毕业了可能连老师的名字都叫不出来。很多时候她一个人跑去图书馆，坐在能晒到太阳的地方待一整个下午。

那天，她正在宿舍用电脑写东西。

室友李陶风风火火地跑进来告诉她有人找，她出了门顺着长廊往外走。楼门向阳，光芒落在地面上，温暖柔和。正是下午两三点的时候，外头几乎没有学生走动，她站在路口四下张望。

身后有人轻轻拍了她一下。

她慢慢转身，愣了。男生的声音温和得不像话，让她想起那天在陈思家门口，他们两个人一个在里一个在外。他神情专注地低头看她，认真温柔。

"在陈姨家的时候，我问你考哪儿了，你说中南，打听你的消息真不容易。"陆司北一句一句帮她回忆，"现在想起来没有？"

他们就是这样认识的。

听李陶说，陆司北在学生会挑大梁，根本忙不过来。俩人偶然会在图书馆碰到，简单地聊几句，他就会被一个电话叫走，无奈分开。那个时候,他们各自都太忙太忙,倒是每逢节日,她总会收到他的祝福短信,孟盛楠也是客气地回复。

他们一个想谈朋友,一个想做朋友,这种彼此之间的拉扯,他们持续了很久。

2006年,高考结束后,江缙曾邀请孟盛楠去北京玩。她那段时间青春痘又冒了出来,便寻了一个由头拒绝了,现在到了大一的国庆节,江缙又邀请她,想到他们都在北京国际上学,或许真的为了那点隐秘的心思,她同意了。

孟盛楠是一个人去的北京。

江缙特意腾出时间,当导游带她逛雍和宫,江缙有段时间疯狂地迷恋清朝的历史,上下几百年讲得比说书人还溜:"陆怀回家去了,只有哥能陪你。"

孟盛楠失笑:"你怎么不回家?"

江缙:"你也知道我老妈管得太多。"

他们一边走一边聊起历史。

七月底的天气,热浪滚滚。

江缙细数大清历代皇帝,问她:"知道哥最喜欢他们谁吗?"

孟盛楠想了一下:"雍正?"

"不,不,不。"江缙手指扬起摇了摇,然后抬起下巴问,"皇太极的第九个儿子,大清入关的第一个皇帝是谁知道吗?"

孟盛楠想翻白眼。

江缙伸出大拇指从空中画了条弧线到脸侧:"咱顺治爷啊。"

她问:"为什么?"

江缙笑了,看向远处。

"愿共南山椁,长奉西宫杯。"他说得慷慨又伤怀。

孟盛楠顺着他的目光看过去,天空湛蓝、白云苍狗。后来没逛多久,江缙接了一个电话被急事叫走。她也乏了,便坐公交车回了旅店。

车到半路,她听见两个女生聊天。

她耳朵里只钻进去了"北京国际"四个字,或许这次来北京最隐秘的心思只有她自己清楚,也不知道当时哪来的孤勇,她下车拐了道,并

第七章 人生千丝万缕

没有想到会真的遇见。她斜挎着包在学校门口站了好几分钟才抬脚往里走,周围人来人往,鲜活靓丽的女生一拨一拨。

她只知道他学的是计算机专业。

只是还未找到去时的路,那条宽道上就走过来几个男生,有一个人的身影是那样的熟悉。孟盛楠心里一跳,几次小心翼翼地看过去,发现他未曾注意,这才大胆凝视。

彼时距离上一次见池铮,已经大半年。

他比中学那会儿更放荡不羁,头发剃得极短,穿着白色短袖和黑色沙滩裤,脚上踩着人字拖,笑起来没有一点正经样儿。

孟盛楠忽然心里一动。

那群人已经快要走过来,她理了理头发,咬紧牙关,然后抬起脚,目不斜视地从那群人的前方慢慢横穿经过。她的呼吸静止了,脸颊在颤。

再回头,一行人已走远。

"听说你最近在追那个大一美学(1)班的女生?"

一个男生笑侃身旁的人,其余几人也跟着起哄。

"就是,追上没?"

他闲懒地笑了一声,已经有人替他回答。

"那还用说,一两句轻松搞定。"

众人:"……"

"你说啥了?"

池铮一手插进裤兜先走开一步,身后几人跟了上去寻根究底,他丢下两个字,笑得神清气爽:"扯淡。"

众人:"……"

孟盛楠看到他们嬉笑怒骂着渐渐走远,抬头去看天。她想起晌午江缙说的那两句诗,才明白这大概便是求而不得了。

后来在北京没有多待,她就赶回了林州。

好像一切都很平静,什么都没有发生过。

近十一月,孟盛楠准备新概念的参赛稿,每天焦头烂额,抱着电脑在图书馆蹭网。戚乔打电话过来的时候,她数了数,才敲出十一个字,她拿着手机跑到走廊去接,回来已经是半个小时后了。

李陶不知道什么时候从后边座位凑上来，然后笑眯眯地小声问她："是陆司北吧？"

孟盛楠无奈地笑，说："不是。"

"他没追你吗？"李陶明显质疑。

"他什么时候追我了？"

李陶笑得不怀好意，图书馆太安静，俩人不方便再多说。这个话题一直到她出了图书馆李陶又提起，孟盛楠躲不过，才道："好吧，你想问什么，一次性问完。"

李陶清清嗓子，发挥自己准记者刨根问底的本质。

她们在路上走着，旁边三三两两的女生不时经过，边上的白杨树早就黄了叶，落了一地，冷风袭过来的时候，孟盛楠缩了缩脖子。

李陶看到这姑娘不为所动，心底起了疑："你不会是有喜欢的人吧？"

这话问到了重点。

孟盛楠当时愣了片刻，说："没。"

天知道那个字她说得有多么违心，高中毕业不曾再见到，也不去刻意打听，好像他的所有消息随着高三那年的离别已经消失殆尽，再回想起已是经年。

李陶擅长察言观色，停住话匣子不再深究。

"下周林州会下雪吗？"她突然问。

李陶抬头看天："会吧。"

苍穹万里，茫茫大地，也不知他是否还好。

时间过得悄无声息，那年的冬至刚过，圣诞节就来了。孟盛楠是在平安夜的那天傍晚接到陆司北的电话，他说要约她出去吃饭。那会儿她好像才意识到这个男生的心思，不太好拒绝便叫了李陶一起。

她们到图书馆门口的时候，陆司北已经在那儿等着了。

他微微愣了一下，笑着走近。李陶偷偷用胳膊碰了她一下，咬牙切齿得近乎耳语："我有点后悔来了。"

孟盛楠忍着笑，看向陆司北又红了脸。

他们去了一家本地餐厅，其间大都是李陶问陆司北答，偶尔他也沉默只是笑笑。孟盛楠则是一直吃，冷不丁被问到，简单应一下又埋头吃。

几人正吃着，餐厅也慢慢热闹起来。

那天的后来，几人聊了一会儿，吃完饭往回走。陆司北中途离开了几分钟，回来的时候买回来两个苹果送她们，苹果被装在高大上的盒子里，光看着就耀眼。

刚走到校门口，陆司北的电话响了。

孟盛楠寻着机会："回头再聊吧，你先忙。"

这话里的寓意，陆司北了然。

"平安夜快乐。"他说。

她也回谢，拉上一旁神游的李陶往回走，走到几米开外心情才松弛下来。李陶乐得在她耳边说沾光快乐，孟盛楠却沉默下来，心情一时复杂得厉害。如果她回头，一定会看见身后的男生就那样一直站在原地，安静温柔。

陆司北目光遥远，直到那身影不再清晰才接了那通锲而不舍的来电。

"怎么现在打过来？"

那边的男生"哟"了一声："我打扰你了？"

"知道就好。"陆司北淡淡笑了。

"谁啊，这么让你神魂颠倒？"

陆司北笑了一声，又看了一眼那已模糊不清的身影。周边的风吹过来，肆虐在他身边。他眼前好像出现了那年上海外滩的幻象，女生弹着吉他，笑靥如花。

"阿铮，你相信一见钟情吗？"他问电话那头的人。

当时池铮正躺在出租屋的床上，没说信也没说不信。窗外的远方，霓虹闪耀，风吹打在了玻璃上，他只是轻笑了一声。

那年的圣诞节过后不久，春节假期就来了。

孟盛楠在回江城的火车上接到了孟津的电话，四十二岁的男人有些语无伦次，他问她走到哪儿了、还有多久。她暗自惊讶，她从未见过父亲这般模样。

细问之下，孟津道回来再说。

下了火车已是傍晚，孟津又来电话让她直接去医院，她匆忙往那儿赶，好不容易找到病房推门进去，看见孟津坐在床边陪着正熟睡的盛典，这才松了口气。

她看了一眼盛典,轻声:"妈怎么了?"

孟津正要开口,盛典就醒了。

"什么时候回来的?"

盛典的眼睛半睁开,看见孟盛楠还是有一些惊讶,声音哑哑的。孟津扶起盛典靠在床头,孟盛楠赶紧递了一个软垫过去。

她说:"刚到。"

盛典忍不住瞪了男人一眼:"一定是你爸叫你来的吧,就胎有点不稳,没什么要紧,看把他着急的。"

孟盛楠愣了好半天,慢慢地看向盛典的腹部,神色木讷。

"你们俩——藏得——可真够深的。"

后来她才知道,这个小男孩的出世纯属意外。盛典一直有偏头痛性神经衰弱,身体素质差。如果引产,可能会有生命危险,何况是四十二岁高龄,只能顺产。

几天后,戚乔从新疆回来知道这事后比她还惊讶。

那段时间她一直待在医院,戚乔闲着就跑过来找她。她们会在盛典睡着的时候坐在医院楼下的亭子里说着女生心事,偶尔会被打饭回来的孟津抓个正着。

年前一周,孟盛楠要去上海参加复赛。

对于已经习以为常的事情,没有人再继续紧张、继续焦虑。孟津腾不开身,是戚乔送的她,她在站台上婆婆妈妈地叮来嘱去,车站里人来人往,这里是最适合上演悲欢离合的地方。

火车慢慢向前开,她看着戚乔在朝她挥手。

那一瞬间,她突然想起宋嘉树,那个戚乔嘴上总是挂念着的男生。孟盛楠至今一直不太理解,也从未问过戚乔为什么宋嘉树当初执意要去当兵,她想或许都是为了理想。

火车渐行渐远,好像道路没有尽头。

到上海的时候,一切步骤还是老样子。她在旅馆前台填了表,然后背着书包一步一步走去2007。刚推开门,里面静悄悄的,好像从没有人来过一样。床是崭新的,被子也是,窗帘把窗户捂得严严实实的,透不进光。

她走过去拉开帘子,身后脚步声渐近。

第七章 人生千丝万缕

周宁峙放下背包,走至她身边去拉剩下那一半窗帘,阳光形成两道阴影,接着他们站在窗台边说话,聊了几句渐入佳境。

"一直想问你个问题。"周宁峙忽然说。

孟盛楠一怔:"什么问题?"

"交男朋友了吗?没有的话——"她被周宁峙看得浑身不自在,不知道该说什么,听他又道,"咱俩试试?"

孟盛楠:"……"

十几秒之后,周宁峙忽然笑得清澈爽朗,他的表情没有刚才那样严肃、认真、一本正经,孟盛楠松了口气。

"逗你呢。"他说,"一个玩笑。"

那句话刚说完,江缙破门而入,然后道:"什么玩笑?"

周宁峙表情恢复正常:"没什么,随便聊聊。"

后来他们相继到来,闹到夜深才散去。翌日几人正常参加完复赛,孟盛楠出来的时候他们早已聚在门口了。本来是件挺高兴的事,和往常一样大家一起约好去玩玩,可那天他们的表情都有些不自在。

张一延问:"怎么了?"

陆怀说:"周宁峙一小时后的飞机,去美国。"

孟盛楠突然有些说不出来的感觉,是她之前不想懂不愿懂的那种。她身边很多像周宁峙、李想那样的人,为了梦想不顾一切。那次比赛他们都上了榜,领奖台上遍插茱萸少一人。

比赛过后,孟盛楠便回了江城。

一个寒假,她一直待在医院帮孟津打下手。除夕夜的时候,她收到过陆司北的新年短信。后来被戚乔偶然发现以此开玩笑,她无可奈何地说只是朋友。年后一周,盛典顺产,小男孩刚生下来眼睛就圆溜溜地咕噜噜转。外公外婆也来了,一家人热热闹闹的,经常逗他,大家乐得不行。

有一天,孟津为取名字的事头疼,于是商量道:"我和你妈商量了,你取。"

孟盛楠想了一天一夜,然后在一个大清早从床上爬起来跑到盛典房间,亲了亲小孩的嘴巴和脸蛋。盛典醒了,迷迷糊糊地问她怎么起这么早。

她傻乐："妈，就叫孟杭吧。"

戚乔后来问她为什么，孟盛楠眼睛闪了闪，想起池铮后背上类似"H"的印记，然后不动声色地抿抿唇。

她避重就轻地解释："杭，寓意方舟。"

"这脑洞，才女就是才女啊。"戚乔抛给她一个媚眼，"以后我跟你混成吗？有了小孩也得你赐名。"

孟盛楠："先拿出点诚意来。"

"这个绝对放心。"戚乔顿时装得温柔无比，"你累了我的肩膀借你靠，你哭了我的袖子借你擦，你烦了我就做你的出气筒。"

"真这么贴心？"孟盛楠忍不住笑。

戚小乔下巴一昂，傲娇俯视。

"我可是特别懂事学院善解人意专业毕业的，侬晓得？"

时间总是不等人的，还没过多久戚乔就去了学校，她也坐车去了林州，和戚乔断断续续地联系。那种单纯美好的日子相隔很久才能再来一次，很奇怪，隔得远了，有些东西却一直都还在。

一晃而过，一学期已近小半载。

她是在下半年最忙的时候听到有人传经管系的陆司北卸了职，两袖清风退了学生会。那年是大一下学期，她和陆司北也很少见面。

室友李陶玩笑说："他这下闲了，有的是时间追你，您就等好吧。"

转机发生在五一过后的第二个周末。

那天她刚从图书馆自习结束往外走，刚好在门口碰见陆司北。他看见她立刻走了过来，孟盛楠也是怔了一下，然后笑了。

陆司北看着她，表情认真："想请你帮个忙。"

孟盛楠用眼神询问。

"你拿手的，别担心。"陆司北又笑了，"边走边说？"

他们沿着图书馆门口的那条小路一直走着，陆司北道："会里内部弄了几个节目，缺个吉他手，我当时就想到你了。"

话说到一半，他停顿了。

孟盛楠抓住了中心思想："你们学生会内部的事，我去不太好吧？"

陆司北笑了："这是我退会前做的最后一件事，算是诚意邀请你，练习了这么多年，总得让我们听听。"

第七章 人生千丝万缕

"你真要退？"孟盛楠问。

他点头，看着她说："有件很重要的事，再不做就没时间了。"

后来回想起，如果没有这个交集的话，或许他们之间不会走得这么快。可很多事总是这样子，会发生得很突然让你无从下手。那次内部演出，几乎全校都知道了那个被大家公认的事实——陆司北在追孟盛楠。

为了追到她，陆司北甚至去了一趟北京。

对于池铮来说，谈女朋友实在太过简单，陆司北去找他取经了。那时池铮在北京国际读大二，陆司北过来找他。那个秋季的早晨，阳光落在地面上。俩人在池铮的出租屋里喝了点酒，陆司北就全招了，为情所困那样儿简直太丢人。

陆司北问："你说怎么做才能追到她？"

池铮活动了一下脖子，手里把玩着酒杯。

"谁？"他问。

"她好像总把自己藏起来。"陆司北半醉半醒，又像是自言自语，"你接近不了，有点不知道要怎么办。"

池铮哼笑了一声，想起以前陆司北提起过的那个女生。

他问："尿了？"

"你不了解她。"陆司北半耷拉着头，"我总觉得她有喜欢的人。"

池铮淡淡地问道："现在到哪一步了？"

"普通朋友。"

他舔了舔门牙，抬眼。

陆司北自嘲地笑了一声。

"能不能有点志气？"池铮吸了吸脸颊，"不就是一个女生吗？"

那时候他甚至都想不起她的脸，只知道姓陆的作得死去活来。陆司北酒量差，喝了几杯就醉了，含含糊糊地说："你不懂。"

池铮暗骂了一声。

陆司北又重复道："你不懂。"

池铮："懂个锤子。"

"那你说怎么办？我特意跑过来一趟，你至少说点经验，我不能什么都不会就走吧？"陆司北醉醺醺道，"至少说几句。"

池铮喝了口酒："我就一句。"

陆司北："什么？"

池铮："你得有诚意。"

陆司北："什么？"

池铮又喝了一口酒，酒意穿肠过，他轻笑一声，把手搭在膝盖上，声音低了几分，垂眸道："非你不可的诚意。"

那晚，陆司北一个人又闷了七八瓶酒。

再醒来时天已大亮，池铮只记得去口袋里摸烟，听见陆司北稀里糊涂地说着"孟盛楠……"，怀里不知什么时候抱着自己的钱包。池铮没有听清，只是嗤笑了一声，拿过来想一探究竟。他刚打开就看到里头躺着的那张笑容满面的脸，那是他第一次对她有了深刻的印象，她长得有点像新垣结衣。

陆司北第二天就走了，带着诚意。

一年七个月，这是他追她的时间。

当时孟盛楠将谈朋友这事告诉了戚乔，戚乔简直炸了，恨不得脚上蹬个哪吒的风火轮下一秒就来到她身边，然后掐住她的脖子盘问细节，孟盛楠光想想就觉得戚乔比托马斯笔下的精神病专家汉尼拔还可怕。

那时候，孟盛楠还是短发。

室友李陶曾经开玩笑："你问没问过陆司北喜欢你长发还是短发？"

她想了想问："有区别吗？"

李陶甩了甩自己的及腰长发："你看我适合什么发型？"

"要不烫个卷？"孟盛楠看了一眼，并不是很认真地在建议，"最近流行的那种。"

李陶自知被耍，要挠她痒痒。

她最怕这个，李陶得意了："碰一下都难受得不行，那陆司北怎么忍得了？你们俩谈的不会是柏拉图式的恋爱吧？"

其实倒也不是这样子。

她的印象里，陆司北是个特别温柔会疼人的男生。他好像总知道自己在想什么，然后会在最恰当的时机出现。在一起的第二天他就将自己的企鹅号、人人号、邮箱号包括密码都写到一张纸上塞给她，孟盛楠没法不要，只能任由它躺在宿舍抽屉的角落里盛满灰尘。

李陶说："陆司北不爱江山爱美人。"

第七章　人生千丝万缕

那是 2008 年，大二下学期。

孟盛楠还没正式答应陆司北，但俩人都没没课的时候会一起跑去图书馆看书上自习。有时候她会带一本书去一楼计算机阅览室，然后写点小散文或者和老朋友聊天。

午后的阳光铺满桌面，孟盛楠一个人坐在玻璃窗前。

那天她正在读塞缪尔·贝克特的原版《莫菲》，这是小说中的第一句话，也是很经典的一句话。前辈说一本好书最显眼的一个重要细节，就是要有一个好的开头。

像这本书里那样：

The sun shone, having no alternative, on the nothing new.
（太阳照常升起，一切都没有改变。）

她刚在笔记本上写下这句话，电脑右下角的 QQ 响了。

江缙说："哥又要折腾了。"

孟盛楠对着电脑屏幕笑了笑。之前她听说江缙去青藏格尔木待了些日子，回来见人就扎西德勒，张一延还在群里公然挑衅他是富二代的命，操着流浪汉的心。

他们聊了几句，然后下线。

那头的江缙吹着口哨乐，还沉浸在分享后的"人逢喜事精神爽"的状态，正得意着，宿舍门被推开，进来了两个人。

"什么事乐成这样？"一个室友问。

另一个男生哼笑了一声："保不齐是他那个干妹子。"

"可以啊，池铮，猜得够准。"江缙说完又想起什么，然后问，"你新设计的那个算法弄得怎么样了？"

池铮眉头皱了："还在做。"

"这样吧，给你介绍个人。"

那个下午，江缙就把老校区的陆怀叫了出来，几个人聚在祥福饭店一直待到晚上，喝了两扎啤酒，彼此算是认识了。陆怀虽不是学计算机的，但在这方面是有能耐的，当年还在新概念的时候，他和李想聊得热火朝天，江缙都知道。

包间里，几人酩酊大醉。

"这么好的牛人不介绍，早干吗去了你？"陆怀踢了江缙一脚，"今天不喝不相识，要是高中就认识多好。"

池铮挑唇笑："走一个。"

其间聊起关于开发软件的新想法，他们的意见不谋而合，倒是真的做起来一个程序开发，是有关学校课程表的一个简单的手机软件。当时他们几个人也是钻在一间办公室里，熬了很多夜弄出来的，算是第一次创业，不过那是后话了。他们当时都没有想过以后，二十几岁的青年，性格脾气也都会有磨合，但都是男生，说起话不含糊就是了。

后来，他们都喝高了。

陆怀打车先走，江缙和池铮勾肩搭背地回了学校，已是九点半，路边的学生来来回回，夜色凝重。

江缙缓了会儿说："哥们喜欢一个人五年了。"

风吹过来，池铮稍微清醒些。

他点了根烟："你那个干妹子？"

"那就跟我亲妹子一样。"江缙笑了下，"另外一个。"

池铮偏过头。

"老和我拌嘴，一步也不让的那种。"

他们边聊边走，半摇半晃地回到宿舍。

比起外边十一月的天，屋里暖和无比。池铮直直地躺在床上睡了过去，兜里手机静音，振动不停。深夜里上铺的江缙迷迷糊糊地翻了一个身，枕边的文学杂志从床缝慢慢滑落了下去。

下铺池铮的脸被砸个正着。

他半眯着眼睛，用手拿开扔至头顶，只听见轻轻的"咣当"一声，宿舍里又安静了。那会儿酒劲又上来，他脑子正混着，胡乱地耙了耙头发又睡熟了，月光落了一地。

此刻的林州，正是狂风肆虐。

陆司北去图书馆等孟盛楠，他们边走边说，聊起新闻和经济，说了一会儿，陆司北想起一件事，要给池铮打电话，打了半天没有人接。

孟盛楠："打不通？"

陆司北:"应该睡了。"

孟盛楠不知道他的朋友是谁,只是简单地问了两句,便说起其他的话题。后来的两个月,他们都闲了下来,平时没什么事会一起去图书馆看书,陆司北偶尔会带她去校友聚会,渐渐地,那种关系不言而喻。

李陶笑说:"陆司北终于守得云开见月明了。"

孟盛楠答应做陆司北的女朋友是在 2008 年。

那年她忙得昏天黑地,空闲的时间都待在图书馆里,她接到江缙要去四川甘孜塔德寺消息的时候,她正在三楼文学室里读三毛的《撒哈拉的故事》。

电话里江缙的台词都没变过:"哥又要折腾了。"

她随口一句:"做喇嘛?"

孟盛楠去外面接电话,站在走廊尽头的窗台边,下面校墙外潮湿的公路上车来车往,她与电话那边的人开着玩笑。

江缙不正经地一笑:"哥放不下红尘哪。"

孟盛楠抬眉:"红尘是谁?"

"小孟啊。"江缙倏地敛眉,表情特严肃,"哥一直没有告诉你,其实,红尘是哥的心上人。"

这边话音刚落,旁边的男生低笑了一声。

江缙将拖鞋丢过去,那人身体后倾躲开了。

孟盛楠听到动静,忍着笑问:"你那边做什么呢?"

"嘻。"江缙瞥了男生一眼,胡编乱造,"宿舍里一个哥们和他女朋友正闹分手呢,你还小不太懂。"

她没出声。

江缙又问了:"我说你也老大不小了,就没想着谈一个?"

窗外林州的雨刚停,有风拂过松柏末梢。

她说:"今年很忙。"

"忙是借口。"江缙说,"要不哥给你介绍一个?"

孟盛楠连忙阻止:"千万别。"

江缙摇头叹气地笑了,俩人又天马行空地聊了一会儿。那时候北京正是个艳阳天,江缙心情难得很好,多说了几句才收了线。

池铮问:"你那个干妹妹?"

江缙:"我说姓池的,你嫉妒了?"

"嫉妒个鬼。"池铮停下敲键盘的动作,嗤笑,"就看你笑成那样儿不顺眼。"

江缙骂了一声又扔了一只拖鞋过去。

他前倾又一躲:"过几招,敢吗?"

江缙哼了一下:"输了叫哥。"

"我让你三招。"

江缙瞪眼:"你也太小看人了。"

于是那晚,两个男生在宿舍用电脑游戏大战三百回合。

而那时林州的雨又下起来了。

文学室里孟盛楠在闭馆前十分钟在日记本上再次写下了这千篇一律的开头:

2008年7月31日,北京多云转晴。

写完这句话,像是对过去进行了一个隆重的告别。

后来陆司北来找她,那个夜晚她答应了做他的女朋友,准备重新开始自己的生活。只是她没有料到,她和池铮千丝万缕的关系早就已经无法斩断,后来她居然会以陆司北女朋友的身份再次与他重逢,想想也是很讽刺。

那一年的深秋季节,林州很热。

陆司北参加了一个全国专业比赛拿了奖,想和大家庆祝,说有北京的朋友会赶过来。池铮其实在学校里闲着也是闲着,几个室友都回了家,江缙去流浪了,他便订了凌晨五点的火车票,坐了二十个小时的车,他顺便也很想见见陆司北喜欢上的女孩是什么样子。

说句实话,他有点好奇。

池铮玩了一路的手机游戏,到站的时候已经有些乏了。陆司北早已找好了旅馆,他一到地方就天昏地暗地睡了过去。再次醒来的时候外头的天又重新黑了,他去洗手间洗了一个凉水澡。

第七章 人生千丝万缕

没过一会儿,陆司北就过来了。

他换了一件黑色短袖和牛仔裤,锁了门,一面和陆司北下楼一面系皮带。刚走到旅店门口就看见陆司北往马路边的大树下走去,树下站着一个女孩子。他放下褶皱的衣角,视线追了过去,目光忽然平静下来。

这是他给陆司北出谋划策,帮他追到的女孩。

池铮深深地看过去一眼,她那种乖乖女的样子倒是和陆司北很合适。印象里这模样似乎有几分熟悉,他甩头笑了一下。陆司北和她走了过来,给他们做介绍。

孟盛楠只是轻轻颔首,特别淡定。

但是她的掌心已经有些出汗,记忆里那个少年的样子清晰又模糊,好像一瞬间将她拉回了2004年,只是她不承想他们会以这样的方式认识,但孟盛楠还是很快便镇静下来。或许从她答应和陆司北试一试开始,池铮这个人便已经离她而去了,只不过是曾经喜欢过的一个人。

陆司北问他:"先吃饭?"

"你们看着办。"池铮向四周的繁华扫了一圈,"这片儿还有什么好地方?"

"放心。"陆司北笑,"包你玩个痛快。"

陆司北找了一个看起来还不错的餐厅,菜还没上来,他们俩男的就聊了起来。孟盛楠一直低垂着眼也不知道看什么,偶尔对上池铮的视线也是淡淡地点头示意,然后轻轻移开。她没有想过有一天居然会和他这样接近,近得只有一张桌子的距离,他抬眼看过来的时候,像极了读高中时那个放浪不羁的少年,只是现在他的眼睛里多了一些沉稳和收敛。

陆司北和他说了一会儿话,偏头问她喝什么饮料,她只是轻轻地说喝橙汁吧。池铮终于看明白这女生不仅话少,脸上连个表情几乎都没有。

难怪陆司北追得那么艰难。

等到菜快上全的时候,她接了一个电话似乎有事要先走,陆司北送她到走廊就被她推了回来。

看到桌子上放了一扎啤酒的时候他顿时有些发愁。

"能喝完吗?"陆司北问。

池铮已经伸手打开了一瓶:"你女朋友刚在这儿,咱俩喝多了不方便。"

陆司北笑笑:"漂亮吧?"

怎么说呢?不惊艳,但耐看。

池铮低头喝了一口酒,从酒杯里抬起头,像是获得一种久违的平静,满足了从前见到那张照片时候的好奇,但实际上她比照片上还文静,还不如照片上看着活泼。那是什么时候才会出现的样子?他忽然有点好奇。

他笑了笑说:"像张白纸。"

陆司北缓缓叹了口气:"有时候觉得她心里眼里只有书本和未来,太过于干净,总让人拿不住。虚无缥缈的感觉你懂吗?"

池铮脑中闪过孟盛楠的样子,眸子一顿。

她不像是那种书生气的女孩子,但举手投足之间有一种文艺的气质,干净、疏离又克制,虽然沉默,但不是不爱说话,嘴角有一个小小的酒窝,那是爱笑的痕迹,只是他们还不太熟,或许她和陆司北都不太熟。

池铮有意无意道:"这是你的功课。"

陆司北耸肩:"也许任重而道远,不过你换女朋友的速度我用超光速都追不上,还是老老实实等我们家孟盛楠忽然开窍吧。"

池铮笑骂:"我去趟洗手间。"

与此同时,孟盛楠正一步一步往外走,她压抑着自己的心情,一遍又一遍地让自己平静下来,然后抬眼看了一下右手边那个包间,临走前去了一趟洗手间。

出来的时候李陶来了电话,问她回来没有。

"再过一会儿就到了。"她边走边说,"多亏你打得及时,要不然刚才那么尴尬,我都不知道怎么办了。"

对方不知道说了什么,她笑了一下。

"可能我没那个福气,现在挺好的。"她说,"李陶你知道吗,一个人如果能平静自由地过好一生,那我觉得这就是世界首富了。"

池铮当时正靠在男厕门口,脚步一顿,有些玩味她的字眼。或许是那边说了关于陆司北的什么话,池铮微微侧了侧耳。

"那是他朋友。"她说,"我又不熟。"

说话之间,孟盛楠便走远了。

她让自己忙碌起来,没有再想起有关池铮的事情。池铮来这儿玩的

第七章　人生千丝万缕

后几天，陆司北叫她出去一起吃饭，她也是借口有事拒绝了，很快她又冷静地恢复到了往日的生活节奏之中。

再过后就是春节，回家那天陆司北也来了。

他送她去的火车站，一路叮嘱。

孟盛楠一时有些不习惯，也说不出来，便默默接受了这种关怀。直到火车走了很远的距离，她回头似乎还能看见那个高瘦的身影。

小半年没有回家，小孟杭都会叫妈妈了。

孟盛楠总是待在家里逗他玩，教他喊"姐姐"，戚乔没回来，给她打电话说是去部队探亲，整个人乐得都不是自个儿了。听戚乔唠叨完，孟盛楠挂了电话，坐在地上陪着孟杭玩。

卧室里盛典叫她进去。

孟盛楠抱起孟杭进屋，把他放在床上，盛典接过去，又从抽屉里拿出一张单子递给她。孟津腰不好，盛典让她去医院抓药，她将单子装兜里就往院里走。

盛典听见她推自行车的声音："骑慢点儿。"

她喊回去："知道了。"

自从读了大学她很久没有再骑自行车，她还是很怀念那种吹着风上下学的感觉。二十来分钟后到医院，交了五毛钱将车停在外头让人看着，然后她进去抓药。医院里总是一股酒精消毒水的味道，尤其是抓药处。周边人来人往的，她快速买了药就往大厅走。

只是还没走出几步，她就愣了。

她意外地看到陈思："陈老师？"

陈思有些没精神，面目苍白地坐在墙边的长椅上，好像是没有注意到她，正半低着头捂着肚子。她走近，又轻轻叫了一声。陈思这才抬头，也是怔住。

"陈老师，你怎么来医院了？"

陈思淡淡笑了："老胃病了，没事。"

"要不我帮——"

话还没说完，身后有人走近，带了一股温热的风。

"妈。"是个男声。

她脊背一僵。

"盛楠啊，这是我儿子池铮。"陈思声音温和，又对她身后的男生道，"这是妈妈的学生，孟盛楠。"

她愣了好久才慢慢转过身。

他还是高高瘦瘦的样子，手里拿着几张药品单，眉目淡淡地看着她，眼神微微闪了闪又有些说不出的复杂，与她对视了一会儿。大厅的穿堂风呼啸而过，还有路人掀起门帘时带进来的风，她颤着嘴唇说不出话。

他目光宁静地说："你好。"

门外忽然有小孩在大声地喊、欢呼地笑。他们同时偏头看过去，窗外零零星星飘起了小雪花，漫天飞舞。四周的人来回穿梭，进来又出去。

孟盛楠慢慢看向他，然后笑了笑，像是陌生人一样客气道："你好。"

他们都没有再开口说话。

孟盛楠又转身和陈思问候了几句，然后道别离开，没有再回头。直到她走出很远之后，池铮慢慢收回视线，微微俯身扶着陈思站起来。

陈思："刚看什么呢？"

池铮淡笑："没什么。"

那天的偶然相遇，对孟盛楠来说实在太过意外。她从未想过会和他那样重逢，也并没有意识到当时自己竟然还会紧张，只是那已经不重要了。后来新年之前，陆司北意外地来了一趟江城，但是没有直接去找她，倒是先去了池铮家里。

腊月二十七的那个清晨，池铮醒得早。

外头被鹅毛大雪覆盖，白花花的跟林海雪原似的。池铮的视线落在窗外落满了雪的槐树上。

也不知想起什么，他微微俯下腰去。

书桌最左边的抽屉里放着那本《沉思录》，池铮迟疑了一下将书拿出来。他翻开扉页扫了那笔迹一眼，楼下陈思忽然出声叫他。池铮将书放一边掀开被子下床，刚开门就看见陆司北。

陆司北笑："意外吧？"

池铮一面下楼一面问："怎么这会儿过来了？"

说完瞬间反应过来，陆司北肯定是想女朋友了。他们两个人站在后门口，池铮穿着单薄的短袖，外边套了一件羽绒服。

池铮："她不知道你过来？"

第七章 人生千丝万缕

陆司北"嗯"了一声："还没告诉她。"

外面有风雪飘进来，池铮斜斜地靠在门上由着雪花吹落在地板上，过了一会儿，四周渐渐静下来。

"现在还不去找？"他抬眼，"等什么呢？"

"过会儿再说。"陆司北看了一下时间，想着不好打扰她家人，"现在去有点早。"

池铮沉默了一下笑了。

"你这恋爱谈得好尽。"

"她胆子小。"陆司北说着也笑了，"太激进不好。"

那声音里有些许落寞和无可奈何，池铮没再多说什么。八点半左右，雪停了，太阳从云里探出头。陈思已经做好早饭喊他俩，一顿饭吃完陆司北就出去了。

陈思纳闷，问池铮："小北干吗去了？"

池铮闲淡一笑："保不齐做什么风流事去了。"

陈思拍了他一下。

没一会儿，太阳破开云雾出来了，池铮一个人倚在后门口。小小的院落里，陈思养的花花草草都成了雪白。他就那么静静地看着，想起春夏时那红的花、白的墙和绿的果。

江城的雪又慢慢下起来，很小很轻。

陆司北从池铮家里离开，打了一个车去找孟盛楠。打电话叫她出来的时候，孟盛楠没反应过来，她还有些不太适应这样的亲近和微妙的变化，还有陆司北的上心和殷勤。

她问："你怎么来了？"

陆司北笑："这不是想和你一起跨年嘛。"

那天是腊月二十八，陆司北带她去了江城舞动，请朋友吃饭。包间里人人都争抢着胡侃一通开她的玩笑，一时很是热闹。

有人扯着嗓子往门口的方向喊："好你个池铮，来这么晚，罚酒啊。"

待池铮走近，朋友丢过去一瓶啤酒："感情深，一口闷。"

他淡淡地笑了笑，两手握住瓶颈，歪头用牙齿把瓶盖狠劲地咬开，一口将瓶盖啐到地上后直接就灌进嘴里，不容分说，干净利落。

"怎么没带女朋友？"朋友开玩笑，"又分了？"

他喝完抹了抹嘴,将瓶子放到桌边淡淡一笑。

"够了啊。"声音轻淡。

包间里,灯光半明半暗。

孟盛楠低着头喝可乐,可乐渗到舌头上又凉又苦。她只听得见耳边有他坐在对面的声音。陆司北注意到她的表情,给她换了一杯热茶,又转过头问池铮怎么回事,那人笑说没什么,说完对着正低头的孟盛楠抬了抬下巴,又看向陆司北。

池铮说:"挺会疼人。"

陆司北笑了一下。

孟盛楠慢慢抬眼,池铮的目光掠过来。他们好像从来没有认识过一样,都沉默了半秒,然后她看见他对她微微点了下头,又移开眼和陆司北聊起来。

她觉得有些闷,借口出去上洗手间。

"从来不觉得你喜欢这样的。"池铮在她走后,第一次含糊地提起孟盛楠,"真是腼腆。"

陆司北说:"我谢谢你传教之恩。"

池铮笑了一下,低头喝了口酒。

后来的事情,孟盛楠记不清了。

印象里只记得那晚散伙后,他站在一边接了电话,好像是那边的人问他在哪儿,他的表情有些不耐烦,说:"在聚餐。"

她和陆司北与他告别,转身便去了另外的方向。

再后来呢,有很久很久,他们好像都没有再见过。

事实上,2008年的国庆假期,因为陈思身体的缘故,池铮又回了一趟江城,史今打电话找他出去聚聚顺便叫了几个高中同学,约在了老地方。

包间里有俩男生深情对唱。

池铮当时正靠着沙发上百无聊赖,他穿着黑色短袖,目光仍是慵懒,不知道在想什么,只是不咸不淡和他们说着话。

喧哗里史今问:"什么时候走?"

池铮往眼花缭乱的屏幕上瞥了一眼,贰佰唱着"玫瑰你在哪里"悼念青春,他声音很低:"后天。"

第七章 人生千丝万缕

当时高考成绩出来后史今担心滑档直接报了江城的大学，池铮当时第一志愿冲了北京国际，没承想走运竟然被录取了。

包间里的喊声闹得很凶。

"这一眨眼都毕业了。"史今叹了口气，"你到时候留在北京？"

池铮："再说吧。"

后来大概是晚上九点，池铮觉得无聊没意思就和史今先走了，俩人打算去网吧通宵打电动。从 KTV 出来，街上的风立刻蹿过来。史今"哎哟"一声说把手机落里头了，又转身跑回去拿。池铮手抄兜站在马路边，眼睛随意地扫了一眼前面的一排店铺。

书店柜台前，有个女孩子站在那儿。

她穿着红色毛衣，短发有一点翘起，给文静的外表平添了一丝俏皮。也不知道那书有多好看，她一面等着找零一面还翻了几页，像逮着宝贝似的嘴角带着酒窝浅笑。池铮原本收回了视线，下意识地又看了一眼，只觉得熟悉。

再定睛一看，居然是孟盛楠。

没一会儿，她抱着书出来了。

池铮似有似无地看了她一眼，然后一手揉着脖子将视线转到一边，目光有些不自在地躲闪。怎么说也是陆司北的女朋友，上前问也不是，不问也不是。

等她走远了，池铮才明目张胆地看过去。

那背影瞧着也就八十来斤，瘦得风一吹就能倒，也不知道营养吃去了哪里。前几天打电话陆司北还和他说起出国留学的事，要是真去了他们之间会是什么样子？

"你瞅什么呢？"史今出来了，顺着他的方向看了一眼，戏谑地笑，"看上谁了？"

池铮"咻"了一声，他从已经走到拐角处的孟盛楠身上收回视线，手往裤兜里那么一插。

他淡淡道："走了。"

江城的风又吹起来，树叶飘零一片，走在大街上，看向行人，大家都穿上了毛衣外套，广场上欢呼的人还是很多，喜庆和热闹笼罩在这一方水土，时间匆匆而逝。

等有一天醒来，已经又是一年春天了。

2009年春节刚过，陆司北打来了电话。

当时外面的雪已经下大了，池铮刚敲完代码睡了一会儿，正闭着眼躺在沙发上，揉着隐隐作痛的太阳穴，听到铃声一响，他腾出右手去摸茶几上的手机。已经是深夜，有微弱的冷意从窗外溜进来落在了沙发脚，他摁了接听键将手机搁在耳朵边。

陆司北问："忙什么呢？"

池铮依旧没睁开眼睛，只是迷迷糊糊地"嗯"了一声，然后打了一个哈欠，捋了一把头发，嗓音有些嘶哑。

他声音含糊："有事？"

"也没什么大事。"陆司北停下来说，"最近在准备出国的事情，想在临走之前送她一些礼物，选择了很久有些眼花缭乱。"

闻言，池铮稍微有些清醒。

"你说我送她什么比较好？"陆司北说完又像是自言自语，"她性子淡，最近还很忙，状态也不是很好……"

池铮慢慢睁开眼，他抬眸瞧着窗外的黑夜，雪花在空中飘落，房间里一片暖意，他犹豫了片刻，好一会儿才开了口。

"你没事吧？"他低声哼笑了一下，眼底却没有笑意，"这都谈多久了，她喜欢什么你不知道？"

陆司北叹了口气："她和你喜欢的那些女生不一样。"

池铮挑了挑眉，从沙发上坐了起来，四周安静极了。

"哪儿不一样？"他声音低了。

"她没什么不喜欢，也没什么喜欢。"陆司北说，"对什么都挺不在乎，你也知道我有些拿不准她的性子。"

池铮沉默了很久，没有说话。身边的台灯被他打开又摁灭，如此反复，一直过了好大一会儿，才听到自己的呼吸。

他眯了眯眼，良久道："送书怎么样？"

那个夜晚他想起的是，他曾经在马路边见到她抱着书跟中了五百万似的傻乐的样子。或许真是一语惊醒梦中人，陆司北想的都是一些名贵的东西，这会儿忽然笑起来，又说了几句便挂了电话。池铮的姿势未变，就那么坐着，然后他将手搭在膝盖上，许久没有动过。春节他在家里没待多久，收拾收拾行李便回了北京。

北京又吹起沙尘暴，林州的天气也转寒了。

读大四的那一年，孟盛楠忙得脚不沾地。

那段时间，她天天跟着报社前辈跑外景。晚上回来基本都是宵禁时间，然后又要准备第二天的稿子，她每天熬夜到凌晨两三点。李陶过得比她还辛苦，实习生天天要看领导的脸色，担心转不了正不能在林州立足。

五月中旬的时候，孟盛楠实习结束。

李陶刚从外头赶回来，累得瘫坐在椅子上。当时她正敲着键盘写毕业论文，手下噼里啪啦地响，眼睛盯着文稿想着下一句该怎么陈述。宿舍里除了她和李陶，其他人都加入了考研大军，现在这个时间都在奋笔疾书，埋头在图书馆自修室。

李陶问："你写的哪方面？"

"纸媒的盛行与衰落。"

李陶"唉"了一声："你毕业真不待林州了？"

"回我们江城。"孟盛楠打了一行字停下动作，转头说道，"挺好的。"

"你不会是因为陆司北出国受打击了吧？"

李陶问完其实是有些后悔的。

自从陆司北有了出国的名额，他一直在犹豫，但还是去了。年初他走后，孟盛楠其实很少有时间去想这件事，留学做交换生是好事，作为女朋友怎么也不能扯后腿。认真算一算，他们在一起有一年半。现在相隔两地，俩人的作息时间千差万别，鲜少联系，偶尔会发短信，但也是很普通的问候。

孟盛楠便道："就是想回我们那儿了。"

李陶没再问，孟盛楠继续写自己的论文。刚刚还思如泉涌，现在却一个字都写不出来了。她看着电脑发愣，想起去年圣诞节下雪。

当时陆司北问她："留学的事，我想听听你的意见。"

她当时笑了笑，说："这是好事，当然要去。"

现在想起来，那时候他们之间好像就已经在慢慢割离。孟盛楠叹了口气关掉文档，找了一个有意思的换装游戏排遣心底那点烦躁，但也没玩一会儿，兴致实在提不起来。

109

她抬头看向上铺:"李陶,出国这事你怎么看?"

李陶平躺着看天花板:"有前途啊,出去走一趟混个文凭再回来,里子面子都有了,要是我,也会支持的吧。"

"如果有机会,你去吗?"

那些年出国留学这事很流行,周宁峙走的一年后,张一延也跟着过去了。后来陆司北也去了,她身边的很多人都走向了另外一条路。

"我就算了,没钱、没家世,能在林州混下去就不错了。"李陶说着突然笑起来,"我现在人生的第一个奋斗目标就是挣——大——钱。"

孟盛楠:"……"

她和李陶聊了一会儿,心里开阔了许多。

外头夜正黑,她偏头去看。几年前戚乔问她梦想是什么,她那时候心里眼里都是学业,记得当时她回答戚乔说:"双学位、畅销书、自由旅行者、足够花的钱和喜欢做的事。"

企鹅号突然嘀嘀在响。

孟盛楠回过神点开去看,高中文科(4)班的群里大家聊得正嗨。她没翻看的习惯,正要关掉,目光忽地一滞。"傅松"这个名字她是有多久没听过、没见过了?高中的那次离别,他便再无音讯,企鹅号似乎也只是个摆设,从未见其闪过。她静着心往上翻记录,底下又有人冒出来说了两三句关于傅松的事,大意就是傅松读了一所专科院校,去年升了本。

有人发问:"聂静结婚了,你们知道吗?"

"什么?"简直让人惊讶。

具体情况没人说得清楚,孟盛楠没再浏览直接退出了群。短短几年的时间,他们都变了,变得几乎不认识。有的过得好,也有的不好。这三年多来,她也很少参加同学聚会,去了都是些不太熟的人,然后从头发呆,假笑到尾。

毕业前的那个新年,春运压力比起往年更甚。

孟盛楠的 QQ 里弹出来江缙的消息,问她要不要在上海玩几天再回家,她这次来参加比赛已经是腾出时间跑过来的,现在忙着在旅馆写论文便拒绝了。

江缙哪里肯消停,又打电话给池铮。

第七章 人生千丝万缕

当时池铮已经在上海的一家分公司实习了近一个月,两个人聊了几句,原来江缙正在上海参加作文比赛,邀他过去玩。

实习结束前的交接很忙,池铮说再看。

于是那天赶过去事先说好的酒馆的时候,天色已经很暗了,陆怀有事先走一步,偌大一个包间就剩下江缙一个在喝酒。

"来晚了啊。"江缙闲着开玩笑,"还想着给你介绍我妹子。"

"别。"池铮给自己倒了一杯,"人家不见得能看上我。"

江缙笑了一声:"挺有自知之明。"

那时候池铮和外院一个女生正谈恋爱,他一副"爱谁谁"的痞样儿惹得人家心灰意冷,没几天人家女生就提了分手。

江缙:"放心啊,我妹子谈着呢。"

池铮只是笑了一声。

江缙:"项目的事怎么样?"

池铮:"目前还算顺利。"

"需要帮忙喊一声,别的不敢说,好歹也是驴友圈子里有头有脸能说句话的,只要资源到位,遍地都是朋友。"

池铮笑骂:"我谢谢你。"

江缙又道:"要不你给我介绍个对象吧?"

池铮差点一口水就喷出来。

江缙:"我认真的。"

池铮擦了擦嘴,抬眼。

江缙:"想我洁身自好了这么多年,累了。"

池铮淡淡一笑:"想通了?"

江缙:"还是算了,谈对象这事你得忠诚。话说回来,哥们真挺佩服你,怎么做到一两个月小半年就换一个女朋友的,你那是真正的爱情吗?"

池铮抿了口酒,随意道:"不算吗?"

江缙看他这一副不以为意的样子,那眼神里有一种说不出来的落寞,却稍纵即逝:"哥们怎么觉得,你心里有人?"

池铮动作一顿。

江缙:"不会人家有男朋友吧?"

池铮眸子一沉,随即一笑:"吃你的吧。"

他们喝到凌晨去轧马路,江缙说起出国的张一延,池铮抽着烟没怎么说话,劝了两句,回到出租屋又喝到一点。

第二天下午他就坐上了回江城的火车。

春运实在太轰轰烈烈,池铮穿着黑色羽绒服挤上车已一身汗,刚找见位子坐下他就敞开了拉链,拎起里面的短袖衣领擦了擦脸。

过了好大一会儿,火车要开了。

他搓了搓脸正要眯眼睡觉,余光瞥见一个人,愣住了。孟盛楠穿着墨蓝色呢子大衣,戴着红色棉线帽子,手里拿着票艰难地往里走找座位。

瞬间工夫,她抬眼看过来。

她好像是没看见他,目光盯着他对面的一个六七十岁的老汉,脚步停下,踟蹰起来。池铮抬眼看了一下她的车票,她的眼睛却看向车厢上的座位号,又看了看那个老汉,咬了咬嘴唇似乎要转身离开。

他们已经很久没见过面了。

池铮犹豫片刻,喊她:"孟盛楠?"

她明显僵了一下,循着声音看过去,微微低头,像是才看到他一样,目光里盛满了吃惊,小嘴微张着。

他笑:"坐我这儿。"

那张巴掌大的小脸红通通的,头发有那么一缕贴在了嘴角处,别有些风情,池铮在她的凝视里从座位上站了起来。

她声音很软,也很客气:"那你呢?"

他对着车厢门口扬了扬下巴:"我去抽根烟。"

说完和她擦肩而过。

这么拥挤的过道连寒暄都不合适,两个小时的车程池铮一直在门口那儿。他们都没有更进一步的动作,没有对视和说话。到江城车站的时候,他若无其事地往里看了一眼。她大大方方地站在一边,对着座位上一个抱着小孩的老太太眨眼笑。

池铮捻灭了烟,面无表情地下了车。

一片爆竹声里的江城街道将年味儿搅得极浓,大年三十他去网吧包夜和史今打了一晚上游戏,他戴着耳机,手下噼里啪啦地敲着。俩人玩了一个通宵,到了第二天早上才打算眯一会儿,耳麦里电脑音乐自动弹

第七章 人生千丝万缕

跳出来，龙井说唱喊着"有事没事常联系，别老玩神秘，小心回来我跟你急"。

他往椅背一靠头向后仰，手盖在眼睛上。

一首歌唱完了停了十几秒，兴许是网吧里太安静了，大家几乎都趴桌上胡乱睡着没响动，他听见柜台那边有人轻声说话。

"家里停电了？"

"没。"她说话声音很小，"出来溜达。"

歌又唱起来，池铮将手从眼睛上拿下。

孟盛楠今天穿了件白色的呢子大衣，依旧戴着那天火车上戴的棉线帽子。不知道和对面的女孩说些什么，慢慢笑起来。

池铮默不作声地看着，目光沉静。

约莫几分钟的时间，她抬手看了一眼腕上的手表，一副吃惊的样子，与对面的人挥了挥手走了。池铮看着那处空荡荡的地方，他那时候不知道简简单单凝视一个人，内心怎么会那么平静，然后摸了根烟叼嘴里摁下火机，有火苗点亮在灰暗的角落里。厚重的窗帘外响起清晨的鞭炮声，他眯了眯眼重重吐了一口烟雾，目光霎时凝重起来。

大四的最后一个新年，就那样悄悄来临，无声无息。

大年初一的时候落了雪，路上都是小孩在打雪仗。

江城的春运在大年初七又迎来了一次高峰，第二次的小高峰是一个月之后。外地读书的大学生也要离开江城返校了，他们在火车站分开去向天南海北。那个时候池铮已经在北京待了半个月，他大年初七就回了学校。

那段时间，他已经恢复了单身。

开学前的假期，他要么窝在宿舍敲代码，要么睡觉，无聊的时候就通宵打游戏。有一天外院的一个同学叫他去打篮球，他闲得慌便过去了。

后来打了几场下来，出了一身的汗。他扬起胳膊将脸在衣袖上擦了一下坐在一边休息，从裤兜里摸出手机玩，一面拧开矿泉水瓶子仰头往嘴里灌，一面将目光锁在 QQ 空间界面。

有新的消息忽然弹了出来。

陆司北发了两张照片，一张是留学的学校图书馆，一张是孟盛楠，配了一张她低下头的侧脸，还有一个思念的小表情。池铮将喝了一半的瓶子往地上一搁，从空间退出来，懒懒地往篮球杆上一靠，目光悠远。

后来他们又打了很久，到天黑才散。

有人叫他去喝酒，他借口有事回绝了，从橡胶操场往外走，目光一掠扫到一个身影。女孩子短发，坐在台阶上，像是在等人，眼神不住地往两边张望，普普通通的一张脸，皮肤很白、嘴巴很小，看着很沉静。

池铮脚步一顿，看了一会儿。

过了大概几分钟的时间，有个长发女生跑过来，两个人一起离开。那张脸微微向里侧着，发丝翘在耳边。池铮等她们走远，点了根烟才迈开步子。一个礼拜之后，计算机系传出来新闻系一个女生被强势追求的事。

宿舍里池铮光着膀子，抽烟玩游戏。

"怎么追上的？"室友好奇，"听说那女生性子很冷啊。"

池铮咬着烟笑了一声。

"再冷又怎么样？"他抬了抬眉，不要脸的嘴角轻轻一弯，"我就是火。"

室友服气地竖了一个大拇指，不过那场恋爱实在太过短暂，还没正式开学就匆匆结束了。

对于即将毕业的全国大学生来说，很快还有一场春招的战争要打。他们都在马不停蹄地跑单位递简历，也有人已经找到了工作，在大学最后的时间里悠闲地度过。

林州不比北京，工作机会自然也少很多。

回校的一个月，孟盛楠一直在修改论文。

江缙打电话过来那天，孟盛楠刚去教学办公室交完毕业稿往宿舍走。那时候天正热着，校园路上基本都没什么人。她走得很慢，刚过足球场，兜里的手机就响了。

江缙问她："忙什么呢？"

好像自从张一延出国了之后，江缙也不再一如既往地爽朗，年复一年地漂泊在外面的世界里，学校的那一纸文凭对他而言也不重要。这个男生现在是个彻底的天涯浪客，行走在万水千山之外。

"晒太阳。"孟盛楠问，"你在哪儿？"

第七章　人生千丝万缕

"回学校了，刚到。"江缙说，"这不在门口邮局买了份杂志，又看见你的新作了，哥得恭喜你，成熟了很多。"

孟盛楠无声地笑了。

江缙说："进步很大，思想上也是。"

他们简单聊了几句，孟盛楠挂了电话。她依旧沿着那条路往前走，阳光晒在身上，驱散了所有的黑暗。2010年的某个下午，身在北京的江缙也是沿着学院路往回走。

从某种程度上来说，他们是一种人。

江缙回到宿舍的时候，陆怀也在，他正在和池铮说着行业术语。江缙刚一推开门，那俩都愣了。池铮停下按键盘的动作，抬眼过去。陆怀已经站起来，一句话说得结结巴巴。

江缙放下背包，张开双手。

陆怀和池铮对视一眼，俩人齐齐地看向正扬唇敞开胸怀的江缙，趁这人还没反应过来，他们一拥而上将江缙压在地上就是一顿暴打。

闹腾过后，身心舒畅，都躺在地上大笑。

陆怀说："你这一走大半年，可真是够久的。"

"怎么，想我了？"江缙开玩笑，"话说回来，这都毕业了，你还单着呢？"

那会儿池铮的烟瘾犯了，起身找烟点上，猛地吸了一口，然后半靠在床边，咬着烟朝陆怀努了努下巴，看向江缙。

"其实他追过一个，和你干妹妹一样学新闻的。"池铮嗤笑，抽了口烟。

几人还没畅聊多久，宿管阿姨过来查房了。他们已经顾不得瞎侃，手忙脚乱地开始收拾。男生宿舍，一般都惨不忍睹。楼管最后批评了一顿，警告他们她晚上还来，再不收拾干净，断三天电。对于他们这些即将毕业天天打游戏、敲代码、赶论文的大四计算机系的学生来说，这简直就是要人命。

那天他们收拾完，天都快黑了。

陆怀没逃回自己的校区，被他俩逼着做了半天文明卫士，从床底下扫出来一堆垃圾，突然眼睛一尖，从里头捡起一本杂志。

陆怀问："你的？"

池铮正在抽烟,闻声拿过来看。

他随意问了句:"什么?"

"从你床底下扫出来的。"陆怀说,"这是新概念复赛者合订本,怎么,你也看?"

池铮:"不是我的。"

他想了想,宿舍里就江缙舞文弄墨,实在想不出还有谁会看杂志。那会儿江缙接了电话出去了,他也没再理会,将书丢在桌子上,和陆怀收拾最后剩下的一点垃圾。

后来都累得不行,他们早早就躺床上了。

江缙和陆怀在说着什么,池铮睡意不深,手伸到桌子上摸烟,然后不知道为什么莫名其妙地拿起那本杂志。他咬着烟去翻页,随意浏览了几张,都是些青春故事。他觉得无聊正要将书丢开,然后就愣住了。杂志第二十八期第三十九页左上角,一个人写了一篇文章。

《故事就是故事》,作者:舒远

熏烟徐徐而上,模糊了那个名字。

这个名字在高考过后的那本《沉思录》里出现,然后一直到现在他都没见过,池铮说不清楚,他怎么会记得那么深刻。他记得很小的时候家里的书架上就有一本《沉思录》,后来父亲去世,陈思一直将它留在枕下。

那个晚上,池铮失眠了。

再后来,又发生了很多很多事,多得他不愿意去想。这世上有很多人一直以为付出就有收获,努力就会得到回报,可是现实中很多事情不是努力了就可以得到。

雨落林州,孟盛楠毕业答辩刚结束。

她背着书包,打着雨伞,正一步一步往教学楼外走,陆司北打电话过来。英国那边这时候应该是深更半夜,男生的声音有些说不出是疲惫还是清醒。

陆司北嗓子有些沙哑:"答辩完了?"

她说:"嗯。"

陆司北问:"怎么样?"

她说:"还行。"

简单的对话过后,俩人都有些无言。

可能是教学楼里信号不好,没一会儿电话自动中断了。陆司北打不过来,只好发短信。他说祝贺她毕业快乐,她回复谢谢,然后一个说保重,一个说再见。她发完最后一条消息,下楼离开了。

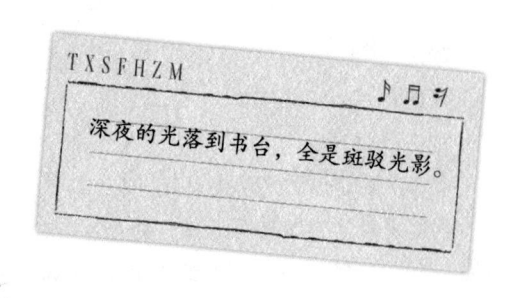

第八章
你过得还好吗

> TXSFHZM
> 深夜的光落到书台,全是斑驳光影。

2012 年,孟盛楠在花口初中做老师。

她现在是初一(8)班的英语老师,一周四节课。学校分配了宿舍,从学校到家的时间,坐公交三十分钟。孟盛楠每个周末回去待两天,逗逗孟杭然后返校。

江城的日子过得如往常一样平静。

那个夏天的周五傍晚,她刚到家就看见孟杭在一边自个儿玩积木,盛典和孟津坐在沙发上一边看照片一边说话。

好像是要给她介绍对象的样子。

吃饭的时候盛典提出来要她和那照片上的男生见一面,孟盛楠对此实在头疼得厉害,匆匆敷衍几句便转身上了楼。那会儿也才七八点,她洗漱完躺床上看书。

窗帘半掩,房间里是温暖的香芒色。

她看了一会儿没了兴致便打开电脑写东西,天南地北地胡思乱想。还没敲下几个字,戚乔的电话便来了,一两句说到中心思想,孟盛楠想投河自尽。

"他有一战友,人真不错,给你介绍一下?"

她皱眉:"你怎么跟我妈一样?"

"你不会是还想着陆司北吧?"戚乔顿了一会儿问她,听到孟盛楠说"没"后放松一笑,又道,"那行,我都和人家说好了,明天你去见一面啊。"

第八章　你过得还好吗

"哎，我说你——"

她说到一半，戚乔就挂了。

孟盛楠再打过去，戚乔的电话已经无法接通，孟盛楠恨不得碎尸万段那已婚妇女。她将脸埋在被子里，忍住不大喊出来。楼下盛典在叫孟杭睡觉，然后屋子里安静了。她慢慢从被子里爬起来，又打开电脑写昨天未完的故事。可能因为成长，她从十六岁写到二十四岁，很多人生观都在改变。从前所有的期望和梦想都被现实搁置，总说再等等再等等，然后就到了现在。

深夜的光落到书台，全是斑驳光影。

周末难得睡个懒觉，结果大清早的还没到九点就被戚乔的电话叫醒，她没想到这个女人早就给她安排好和那个男人见面的时间地点。

她被气得不轻："我不去。"

"真不去？"戚乔倒挺淡定，孟盛楠还能听见话筒那边她在笑，"那我下午就来你家和盛典阿姨面谈，然后把你和陆司北的事——"

她咬牙："我去。"

"穿得漂亮点啊。"戚乔笑着挂了电话。

当时她和陆司北在一起的事情是瞒着盛典的，如果被盛典知道她放走了一个符合一个母亲所有要求的最佳准女婿，依照盛典目前的更年期状况来说，她会被唠叨得迟早进精神病院。

正好这时孟杭上楼叫她吃饭，她灵光一现。

去赴约的路上她问小杭："我教你的你都记住了吗？"

小男生点了一下头："姐你别忘了给我买梦比优斯。"

他们到戚乔说的咖啡馆已经是二十分钟后了，她拉着孟杭的手进去找座位，远远就看见一个男人，他背对着门，坐得端端正正。

孟盛楠深吸一口气，然后带着孟杭走了过去。

看到男人正脸的时候她慢慢平复了心情，说实在的对方长得真心不错。军人出身，肯定也有责任感，比她大两岁，怪不得戚乔觉得合适。

男人看她和孟杭也是一愣。

她伸出手："你好，孟盛楠。"

孟杭突然仰头叫她："妈妈。"

男人好像被冻僵了一样，伸过来的手都带着停滞的尴尬。

"不好意思，戚乔可能没和你说清楚，我现在一个人带着孩子。"孟盛楠温和地笑笑，"你要是觉得不方便的话，到此为止也行。"

男人的脸色极差，孟盛楠已经形容不出来了。

几乎还没待够十分钟，孟盛楠就带孟杭跑出来了。俩人站在大太阳底下大口呼气，街边的汽车一辆接一辆地行驶在这江城公路上。迎面而来的是那趟她不知在年少时坐了多少遍的502路公交车，孟盛楠好像突然产生了某种错觉。

"姐。"孟杭摇着她的手提醒，"梦比优斯。"

她慢慢回神："知道了。"

他们去了就近的商场，孟杭兴奋得就差飞起来了，在前头跑得很快，孟盛楠跟在他后面追。一走进那家奥特曼玩具专卖店，孟杭一眼就盯上了那个半米长的梦比优斯。

小杭指着墙上挂着的那个奥特曼："我要那个。"

"那个？"她递给柜员一百块，问孟杭，"你说说得找多少？"

孟杭拿到奥特曼心情激动，听到她的问话，小嘴巴噘着，看了她一眼。

"姐，你真烦。"

孟盛楠："……"

小男生的世界她真是没法厘清。

后来她又带孟杭在商场逛了逛，小孩子新陈代谢快，没一会儿就要上厕所。

孟杭抱着梦比优斯进去，上完厕所一手提裤子一手拿着玩具，动作很不方便。孟杭很郁闷，有些不知道怎么办。

身后有道声音响起："我帮你。"

孟杭像看到大救星一样盯着这个比他高很多的男人。

男人丢了抽一半的烟，淡淡笑了笑："你喜欢梦比优斯？"

"我姐给我买的。"小男孩说，"她很漂亮。"

男人笑着"嗯"了一声。

孟杭上完厕所，和男人一起往外走。孟盛楠刚好接到戚乔的咆哮电话，头疼得厉害，在电话里听训。当时她正站在二楼栏杆前，背对着他们。

孟杭用手指着孟盛楠的背影，抬头看着男人。

第八章　你过得还好吗

"那就是我姐。"

男人淡笑了一下没说话，只是揉了揉孟杭的头发就转身离开了。孟杭失望地撇了撇嘴，耷拉着肩膀走到孟盛楠身边，拽了拽她的衣服，孟盛楠利落地结束了那通痛苦的电话。

孟盛楠看他皱着小脸，低头问："怎么了？"

"我刚才见到一个特别帅的大哥哥。"孟杭说完叹了口气，"可惜了。"

孟盛楠："……"

后来没再多玩，俩人就回去了。

孟盛楠在家过完周末，星期天下午就回了学校。然后又是日复一日、千篇一律的上课、下课、备课、签到。虽然过得比较单调，但有盛典说的那种乐趣。

那天周三，她上完课回办公室。

有几个女教师在闲聊，好像是在说班里学生的一些事情。她听了几句低头备课，突然听到有女教师叫她的名字问她的想法。

孟盛楠想了想，说："不影响学习应该没什么问题吧？"

"盛楠你有没有学生时期比较在意的同学？"那女教师姓林，二十五六岁。

孟盛楠试图用笑容去掩饰那个名字给她带来的震动，手机忽然提示有短信，她从兜里拿出来一看，都是些乱七八糟的推销广告，便删掉了，将手机放回办公桌上。只是没想到一个愣神的工夫，胳膊不小心碰倒了桌上的水杯，直接将手机给淹了。

女老师们："……"

她赶紧抢救，手机开始还能用，没过一会儿就直接黑屏再也打不开了。那是戚乔和宋嘉树去国外旅行回来送给她的手机，她一直都在用，现在她只能干瞪眼。后来她腾出时间去了学校附近好几家修理店，都说没零件修不了。

有老师提议："去市区看看，说不准能修。"

孟盛楠觉得这种特殊型号的舶来品，国内一般级别的修理店是没辙的。于是便有了重买的打算，刚好周五那天她没课，就坐公交车去了市里闲转。

那一天，真的是草长莺飞。

她一连去了好几个手机专卖店都找不到合适的,趁着天还早索性继续逛。她转到一个比较偏僻的街口等红绿灯。

她站在原地,随意扫了一眼四周,就看到了身边那个有些被冷落的不到百米长的小破旧街道,最里边有家门口放着一个"修理手机电脑"的两米高的牌子。

这条街道很长很窄,行人不多。

她摸了摸兜里那个坏透了的手机,不知道为什么忽然想过去试试运气。于是她拐了方向,沿着街道往里走,走近一看,门面很破旧,就像那街道给人的感觉一样,很不起眼。

店名也是,普通得令人咋舌,就叫"手机维修店"。

店铺不是很大,五十平方米左右,最里面用半扇门板和外头隔开,应该是休息的地方,旁边有水池和小立柜,再往外是一个高一米的长玻璃柜隔着里间,靠墙摆了一张桌子,上头有电脑,放满了零件。四周是一个木质柜子,堆满了键盘鼠标,还有几台电脑。

这屋子真是,既蓬乱又严实。

孟盛楠站在里头环绕了一下四周,老板不在。她一个人就那样站在店中间,四处打量着。也不知道过了多久,或许就几分钟的时间,她隐约听到身后有脚步声,刚想转身,便听见身后冷静低沉的男声。

"修手机吗?"

那声音她至今无法形容。

就像是她每天都会见到的蓝天白云那样熟稔,那是她和陆司北在一起的时候都从未有过的悸动,她曾以为或许过了这么久那段感情早已面目全非。

她听见他道:"哎。"

身后那个声音又响起,有些漫不经心。

孟盛楠做了一个深呼吸,然后慢慢转过身来。那一刹的双目对视,她感觉到池铮的眼睛里闪过一丝诧异,也仅仅是很短暂的时间,然后他又重新冷静下来。

他的声音淡淡的:"是你啊。"

第八章　你过得还好吗

　　孟盛楠愣住了，眼前的这个男人依旧高高瘦瘦，他的头发极短，可是细看之下两鬓竟然有些斑白，下巴胡子拉碴儿。他的指间夹着烟，身上的白色短袖旧到有些泛黄，黑色长裤挽到膝盖，脚下踢踏着陈旧的白色球鞋。

　　他看了孟盛楠一眼："修手机？"

　　孟盛楠眼神木讷地慢慢点头。

　　"你是老板？"她轻声问。

　　他看着她，笑了，那笑未达眼角。

　　"我看看手机。"他说。

　　她仍有些轻微地失神，"啊？"了一声。

　　"你不是来修手机吗？"

　　他语气挺淡，眼神也是。

　　孟盛楠很慢动作地"哦"了一声，从包里掏出手机递给他。池铮绕过她从玻璃柜旁边一米宽的窄道进去，坐在那个堆满零件的桌前，咬着烟打开了台灯。

　　过了两分钟，他问："进水了？"

　　孟盛楠和他隔着一个玻璃柜的距离，"嗯"了一声。他低着头认真专注，眉头轻拧着，薄唇抿得紧紧地盯着手里已经被拆了一大半的手机。

　　他又问："什么时候坏的？"

　　孟盛楠攥紧包带，说："两三天了。"

　　他停下手里的动作，抬眼看过来。那意思大概是：那你现在才修？

　　孟盛楠结结巴巴地解释："我去过好几家，都说修不了。"

　　他没再吭声，又低头摆弄。过了一会儿他拿下烟，摁灭在胳膊边的烟灰缸里，找零件继续摆弄，然后拿着手机端详了一会儿。

　　他说："问题有点大。"

　　孟盛楠试探地问："能修好吗？"

　　他好笑地看了她一眼，然后问："要喝水吗？"

　　孟盛楠摇头，目光落向那堆乱七八糟的零件上。

　　他指了指手机，淡淡道："刚擦了水，晾一会儿。"

　　她不懂那"水"是什么水，乖乖地"哦"了一声。时间一分一秒过去，店里也没有其他人，气氛似乎有点尴尬。他从兜里掏出一根烟，倚在隔

123

间的门板上。

他偏头问:"介意吗?"

她笑着摇头,看见他将烟咬在嘴里,点上,微眯着眼深吸一口。他还像是记忆里的样子,改变的只是年纪,但那闲散的目光依然熟悉。

他声音含糊:"在这儿工作?"

她轻轻点头,他看了她一会儿,笑了,半晌微微低头,吸了口烟。他眯了眯眼,和他平时的神态不太一样。

池铮问:"陆司北最近怎么样?"

孟盛楠一愣,没想到他会问这个问题,按理来说他们俩之间的联系应该比她频繁才是。她盯着玻璃柜某处,一时竟不知该怎么回答。

"他在国外。"

池铮动作一顿。

孟盛楠微微一笑:"留学那年去的。"

他很快不动声色,声音轻淡问:"分了?"

她讶异,抬眼。

他轻笑:"你们女人分手后表情都这样。"

孟盛楠:"……"

然后他也没再多说,直起身掐灭烟,转身查看手机,又用各种她看不懂的机器捣鼓了一会儿。他依旧抿紧着唇,眉头轻皱。

过了一会儿,他看向她。

她知道不好修:"有什么问题吗?"

他目光一顿,将手机递给她:"打个电话试试?"

手机屏幕亮着,她暗暗惊讶。当年从陆司北那儿多少知道他是学IT的,很厉害的那种。孟盛楠慢慢摁键,把手机贴在耳朵边。

她看着他说:"没声。"

他问:"你拨的哪个号?"

"一个朋友的。"

短暂地对视之后,空气安静。

他低笑起来:"怪不得陆司北会喜欢你。"

孟盛楠抿着嘴巴,一时噤声。

他从桌子上拿了一样东西晃了晃,语气有些无奈:"电话卡都没插,怎么可能打得通？"

她眨眨眼，脸红："那你让我打——"

"我只是想让你试试听筒有没有问题。"

孟盛楠干巴巴地"哦"了一声。

他说："打112。"

她又低头拨他说的号，听筒里传来机械的声音，一切都挺正常，她将手机递回去："没问题。"

"应该是内部启动不好，零件损坏得比较彻底，还要换个屏。"他点头接过，又在桌子上胡乱翻了一通，又说，"这样吧，后天下午过来拿手机。"

孟盛楠想了想，又问："大概什么时候？"

他说："都行。"

话音一落，他已经转过身去，手里似乎有一些着急要做的活儿，开始低头捣鼓起来。孟盛楠就那样站在原地，看着他的背影。他似乎觉察到什么，半晌转过身。

他用眼神探寻："还有事？"

她咬着唇，鼓足劲问修手机的价钱。

他忽然笑了："你觉得多少？"

她很认真地想了想："两百？"

他打量着她，眼神玩味。不知道是不是错觉，那一刻孟盛楠忽然记起很多年前校门口那个昏暗的角落里，他那时候抬眼看过来的眼神。虽然不太一样，但那意味没错。

她不确定，又问："三百？"

他摸了摸鼻子，抬眼。

孟盛楠："要不——"

他忽然开口："分手是他提的？"

这个始料未及的问题让她怔住了，她只剩沉默。他淡淡笑了笑，没再揪住那个问题不放，只是波澜不惊地看了她一眼，声音一如往常轻淡。

"怎么说你也是他的前女友，谈钱就生分了。"

他故意强调"前"字，孟盛楠听得出来。她心里居然涌起一种酸涩。门外一时有风声起，停不下来。

孟盛楠慢慢说:"还是要给的。"

他突然看向她。

孟盛楠微微颔首:"谢谢。"

她拿着包带的手有些颤,说完未等他回应,她立刻转身出了店门离开。

走到之前的那个路口,看到那个红绿灯,她才缓缓回头去看,一时心里五味杂陈。

与此同时,坐在店里的男人,眼眸变得深不可测起来。

孟盛楠到家时盛典已经做好了饭,孟杭看见她的身影从客厅跑出来接她。直到这个时候她的心情才慢慢平静,她拉着小孟杭的手一起进屋。

孟津帮着盛典打下手,这会儿从厨房走出来。

"怎么今天回来这么晚?手机也打不通。"

孟盛楠捏了捏孟杭的小脸蛋,说:"手机坏了,去了市里一趟。"

"修好了吗?"

她顿了顿,说:"让后天拿。"

吃饭的时候,盛典又提起相亲的话题。孟盛楠实在懒得接话,只是埋头吃饭。盛典唱了半天独角戏,憋了一肚子气。那一天似乎过得特别快,她几乎什么都没干就黑了。后来一家人坐在客厅看了一会儿电视,她和孟杭抢着争遥控器,最后被他的耍无赖给打败了。

等到回房睡觉,已经九点半了。

电脑上显示江缙更新了博客动态。

这两年孟盛楠和其他人都渐渐失去了联系,只有他还是老样子,天南海北地跑,好像从来不知道累一样,偶尔会发她一条消息,说"哥又要折腾了"。

窗户半开,风滚了进来。

那一刻,她忽然想起那个不修边幅的人。他从男生到男人,变化是那么大,那么大。好像唯一不变的是那客套的疏离,还有他的眼神,偶尔淡漠,偶尔玩味。

几年前,她曾经在网上搜索过。

他是陆司北的朋友,孟盛楠当时很容易就找到了他的个人账号。那时候她也不知道是抱着什么样的心态,看见电脑上相关联系人里那个弹出来的窗口上显示他的号的时候,她形容不出来那种感觉。她不敢主动添加,怕他拒绝,所以宁愿假装自己没看见,那种心情复杂又纠结。她曾经在陆司北的企鹅号里见过那个昵称,所以第一眼就认出来了,大写的 Z,字母右下角是个句号,Z。

　　池铮(Z。)

　　楼下,盛典隔着墙和康婶对话。孟盛楠回过神,看了一眼窗外一望无际的漆黑,脑袋里一闪而过那个破旧的街道、那个破旧的店面、那个颓唐的人。再回头,网页上弹出一个广告。

　　"你还记得当年暗恋过的人吗?"

　　那个夜晚注定一宿无眠。
　　星期六一大早,孟杭跑到她房间拽她起床。小男生看着一丁点大,力气却不小。她半睁眼看他穿得整整齐齐,爬到床上拉她被子,边拽边叫姐。
　　孟盛楠郁闷:"才几点。"
　　"七点半了。"孟杭特别强调道。
　　孟盛楠翻了一个身,卷着被子又闭上眼。孟杭急了,又爬下床跑到另一边叫她。孟盛楠昨晚睡得不踏实,实在不想起床。孟杭拉了几下被子拉不动,生气了。
　　"孟盛楠。"哟,都叫她名字了。
　　然后身边半天没动静了,孟盛楠觉得有点奇怪,睁开一只眼,孟杭双手抱臂,很严肃地看着她:"你再不起,我就给乔乔姐姐打电话了。"
　　孟盛楠睁开另一只眼。
　　"让你相亲。"
　　孟盛楠:"……"
　　半个小时后,俩人去了家附近的快餐店吃早点。小孟杭啃着汉堡吃得正香,孟盛楠笑了。盛典平时几乎不带他吃这些东西,这小家伙主意倒打得好。

太阳已经出来，空气新鲜。

她刚低头拿了根薯条往孟杭嘴里喂，视线里突然出现一个风风火火的女人。她一愣，看着戚乔穿着热辣短裤和高跟鞋昂头挺胸地走过来，笑得很动感，一坐下就亲了孟杭一口。

她很吃惊："你怎么——"

戚乔甩甩长发："我有秘密使者。"

然后朝着孟杭眨了眨眼睛。

孟杭正咬着鸡腿："知道错误了吧？"

孟盛楠无奈："你今天怎么过来了？这段时间不是挺忙的吗？"

"他昨晚去上海了，可能得几天才回来。"戚乔开了句玩笑然后才正经起来，"好像有个经纪公司想签他们乐队，具体情况我也不太清楚。"

"这是好事啊。"孟盛楠说完笑了一下，"那以后见你一面是不是还得预约啊，宋太太？"

"看我心情吧。"戚乔傲娇地扫了她一眼，又想起什么来，"对了，这两天打你电话怎么都关机？"

"手机坏了，送去修了。"她从兜里拿出小灵通摇了摇，"这两天打这个号。"

一个早餐吃了半个多小时，吃完三个人商量去哪儿。

戚乔比较疯，非要带着孟杭去游乐场玩。天正热，孟盛楠懒得玩，就在外头站着看。周边的人很多，可能因为是周末的缘故。戚乔和孟杭坐在碰碰车里撞得正热闹，孟盛楠低头从包里翻卫生纸，脚下突然飘过来一个粉红色气球。

她弯腰捡起，递还给跑过来的小女孩。

这时候耳边传来一个女人的声音，孟盛楠抬头看过去——很多年不见的聂静已经变了样子，身材丰腴、脸颊微胖。俩人对视的那一瞬间，聂静也是一愣，然后慢慢抱起小女孩，这才又看向她。

孟盛楠问："你女儿？"

"嗯。"聂静说，"点点，叫阿姨。"

小女孩的声音甜甜软软。

孟盛楠一时找不到合适的问话，也没什么话可以说，想了想便道：

第八章　你过得还好吗

"听说你很早就结婚了，这几年还好吧？"

"挺好的。"聂静说，"你呢，现在做什么？"

她说："初中老师。"

小女孩在聂静怀里动了动，要去另一边玩。俩人没什么共同话题能聊，连互相留个联系方式的话都没提。孟盛楠就站在原地，看着前方那个已经走远、背影有些臃肿的女人。

照小孩的年纪，聂静大学一毕业就生小孩了。

戚乔和孟杭过来找她，三个人又在外头逛了一会儿吃了午饭。

最近电影院有新上映的动画片，后来他们又跑过去看。放映厅里空调很足，孟盛楠却仍觉得有些热。

电影看到一半，她从放映厅出来。影院在四楼，灯光通明。她坐在大厅的沙发上透着气，抬头看墙上的大屏幕。一条接一条的电影预告，身边的男男女女嬉笑走过。

有女生的手机在响，那铃声莫名地熟悉。

2006年读大学，李圣杰唱《痴心绝对》。她当时单曲循环了一个月之久，现在听起来真是往事不堪回味。孟盛楠感慨地扯了扯嘴角，抬腕看了看时间，时间尚早，她一个人去三楼的服装店转了转。走廊里来往的都是些打扮潮流的时尚女人，孟盛楠站在一个店铺的玻璃窗前看了一眼穿着短袖和九分裤的自己。

店里有声音传了出来——

"你帮我把电脑里不常用的软件都清理干净吧。"女人又说，"对了，还有那个软件也帮我下载好吧。"

她正要走，又听见女人说话。

"我电脑运行一直很慢，是怎么回事？"

那人道："电脑配置差，硬盘使用时间太久。"

孟盛楠脚步顿住，瞬间回头去找那个单调的声源来自何处。隔着一排排衣架看进去，有一个男人的身影。他背部宽阔，手指按键盘的动作很快。

她忘了走，就站在那里。

女人问："要不要喝口水？"

那人声音很淡："不用。"

她蓦地心烦意乱，好像昨天下午意外见到他那样，不能尽快平静甚至还会有点紧张。过去了这么久，她怎么一看见他还是会不知所措？真是得不到的永远悸动吗？

她没再逗留，转身往回走。

身后的店铺里，池铮修好电脑从里面走了出来。他直接去了三楼的洗手间，在那儿抽完了一根烟。刚抬脚出来，史今的电话就来了。他一手搭在三楼栏杆上，一手接起电话放在耳边。

史今问："你不在店里？"

池铮看着楼下人来人往，"嗯"了一声。

他说："接了一个活。"

史今问："什么时候回来？"

"二十分钟吧。"池铮看了一眼手表，"有事？"

"我认识了一个做软件的，人家想和你聊聊。"

孟盛楠转到二楼。说是转，实际是沿着四方长廊散步，整个人看着挺安静的，脑子里却混乱不堪。池铮随意扫了一眼就看见了她，他的目光顿了一下，依然平静地在和史今说话。

他的声音克制："你知道我现在不干那行。"

史今："这都过去几年了，你——"

池铮说完"挂了"俩字，然后利落地将手机塞回兜里，却不急着离开。他的视线跟着二楼的孟盛楠，目光沉静。几年前鲜少的那几次聚会，陆司北每次都会带她来，她几乎都不怎么说话，性格腼腆至极。

孟盛楠停了下来，接了一个电话。

池铮慢慢收回视线，转身大跨步下楼。

动画电影结束，戚乔和孟杭在找孟盛楠。

孟盛楠挂掉电话转身往来的方向走，上三楼。扶梯交错，她看见了他。他单肩背着一个黑色大包，两手插兜低着头。

孟盛楠站上扶梯，下意识地回头去看。他没等扶梯到底，就已经抬脚快速跨掉好几节楼梯下去了，然后迅速淹没在人流中。

戚乔在楼上喊："孟盛楠。"

第八章　你过得还好吗

她仰头看三楼，人群里有身影回过一次头。

后来和戚乔分开，孟盛楠和孟杭回到家已近七点。盛典和孟津在客厅看电视，闻声连头也没回。姐弟俩做贼心虚地对视，孟杭吐了吐舌头。俩人乖乖地坐在沙发上。中央七套的《远方的家》正在热播，孟津看得认真。

盛典的眼睛仍看着电视，声调无起伏："玩得挺嗨是吧？"

孟杭抿紧嘴巴。

没听到回答，盛典慢慢转头瞪过来，姐弟俩装作没看见，一直盯着电视。孟津调小了声音，笑着摇了摇头，给他俩做辩解。盛典半天才消气，又看了一眼他俩那强忍着装作若无其事的样子，无奈又好笑。

孟盛楠陪着看了一会儿电视，洗洗就回房了。

她好像一时什么劲儿都提不起来，转悠了一天腰酸背痛，就躺在床上发呆。眼睛盯着头顶的碎花玻璃灯，脑袋一片空白。夜很深，白月光洒进来，她盯着外头看，模模糊糊地，带着点夜里自由的静谧，也不知什么时候就睡着了。

第二天醒来，多云转晴。

中午吃完饭，她和小杭在院子里玩拼图。太阳走到西边六十度方向的时候，她得走了。

"怎么今天去这么早？"孟津问。

"要拿手机。"

鸟儿在树梢叽喳，花儿在街头怒放。

她坐大巴到市区的时候已经四五点，太阳斜照。余晖普照大地，红霞晚钟。那个路口没什么人，安静萧索。孟盛楠走到红绿灯下，莫名地紧张起来。

她斜挎着包，踩着白色帆布鞋往里走。

那个街道好像变长了，或者是她走得慢。一眼看过去，店铺门口的广告牌依旧伫立在那儿。她走近，门开着。里面的桌子前坐着一个男人，正靠着椅背玩电脑。

听到动静，史今转过头看她。

孟盛楠："……"

不是他。

孟盛楠说不清那一瞬间怎么会有点失落,她刚刚甚至说不出话来。这人很眼熟,高中时候她见过。这会儿他也在审视着她,孟盛楠深吸了一口气,定了定心,往玻璃柜前走了几步。

"你好,我过来拿手机。"

"啊——你等一下。"史今站起身,拿过一个盒子递给她,"你看这里头有没有你的?"

她一眼就看见了那个白色手机。

史今帮她拿出来:"质量保证。"

孟盛楠笑了笑,开机关机。

"那个,他不在吗?"她假装不经意地问。

史今说:"他出去跑个活,放心,有啥问题你再拿过来。"

孟盛楠弯唇,从包里拿出钱。

"这个麻烦你帮我交给他,谢谢。"

店铺外,太阳慢慢在落。

孟盛楠走出来,每一步好像都挺艰难。那种感觉她总是说不出来,路口的公交停在了街边,她又回了一次头,看了一眼那个地方,然后转身上了车。

公交车刚走,池铮骑着摩托车拐进街道里。

他进了屋,直接将黑色大包丢在地上,捋了一把头发,低头点了根烟抽起来。刚才还坐在椅子上的史今偏头看过去,伸了一个长长的懒腰后笑了。

"我说你这烟瘾够重的啊。"

池铮抬眼,鼻子里哼笑出一声。

"对了,"史今道,"刚才一个女人过来拿手机,前脚刚走。"

池铮抽烟的动作顿了顿,眸子暗下来。

史今说完,将兜里的五百块丢到桌上。

池铮瞥了一眼:"她给的?"

史今不怀好意地笑了一下:"你认识?"

池铮没出声,将烟拿了下来夹在指间。他的脑袋里一闪而过那个身影,随后弹了弹烟灰,背靠在玻璃柜上。史今来了劲,从椅子上起来,

第八章 你过得还好吗

半趴在他跟前的柜子上看着池铮。

"怎么，对人家有意思？"

池铮看了他一眼："我对你有意思。"

史今骂了一声，正想抬脚踢过去，池铮的手机蓦地响了起来。他往后退开两步，扫了一眼来电，快速接起。

那头陈思轻笑道："就问问你晚上回不回来。"

池铮目光温和："忙完就回了。"

"好，我让杨妈给你留饭。"

挂掉电话，池铮将剩下的烟抽完。

他平时一周回去住两三晚，这几天一直忙着接活回得少。算下日子，下个月一号陈思该去医院复检了。他低着头，又点上一根烟。

史今寻着时候问："阿姨最近身体怎么样？"

"挺好。"他说。

史今斟酌了一下，问："昨天那事你真不再想想？"

池铮脸色冷了下来。

"就算你不为自己考虑，总得想想阿姨吧。"史今皱眉，"看病花钱，你现在手头能有多少？当年那事都过去那么久了，你怎么老放不下？"

池铮咬着牙根，骂了一声。

那模样简直要多浑有多浑，史今暗骂了一声自己多嘴，一时噤声。池铮垂眼盯着地面，将嘴对准烟狠狠地吸了一口。他想起那时候陆怀双眼通红的那折磨样儿，头就疼得厉害。

"这事以后别提了。"他冷声说。

铺子外头，夕阳西下。

孟盛楠回到学校公寓的时候天还亮着，她洗了几件衣服晾在阳台，一个人躺在床上，无聊地拿起手机翻着看。窗外渐渐变得漆黑，七层楼的位置刚好撞着杨树梢。

小房间里，暖黄的灯光铺满一屋。

后来的几天，她心里又平静了下来，好像什么都没发生过，只有看到手机的时候她才会偶然想起那个人。她就这样每天待在办公室批阅作业，上课下课。那段时间，她也不是很忙。刚好赶上初一（8）班的班主

133

任怀孕休假,学校便让她暂时做代理班主任。

一开始还好,之后就有些力不从心了。

七月底升旗那天,学校纪委通查全年级。他们班有一个男生总是无故请假不来学校,家长管不了,一来就找学校要人。教委能怎么说,只好找班主任要一句话。

孟盛楠没法子,到处跑。

那天找了好几个小时,孟盛楠一口水都没喝成。戚乔打电话过来的时候天差不多黑了,她刚好走到一个自习室门口。人走得也累了,就停在一旁歇息。

戚乔问:"干吗呢?喘成这样。"

她抿了抿干涩的唇:"我找一个学生。"

"出什么事了吗?"

"回头再给你说。"

孟盛楠简单说了几句挂了电话,抬头看了一眼四楼自习室的位置。从学校一路找了过来,到现在少说也有十里路了。孟盛楠蹙紧眉头,一鼓作气爬上楼。

她沿着中间过道往里走,本来没抱什么希望。刚要掉头走就看见里边角落那个学生正低着头玩得专心致志。孟盛楠总算是松了口气,慢慢抬脚走过去。

男生觉察到头顶的身影,下意识地抬头。

"孟老师?"他的声音带着意外。

孟盛楠扫了一眼,又将视线落在男生身上:"DOTA?"

男生瞬间就愣在当场,可能没有意识到她懂行。

"这样吧,打个赌怎么样?"孟盛楠笑了一下。

"什……什么赌?"

"一局定输赢,我赢了你的话,从明天开始你要正常到校,不许无缘无故请假,输了的话随你,我转身就走,也不会批评你。"

旁边顿时有人觉得新鲜,凑过来叫好,一时气氛上涨。俩人一人一台机子,男生遇到挑衅跃跃欲试,身后聚集的人很快就愈来愈多。

比赛也慢慢进行到高潮。

孟盛楠快速敲着键盘移动,眼前的一切好像让她产生了幻觉,仿佛又回到 2004 年夏天，她隔着很多人安静地注视着那个意气风发的少年。弹指一挥，那么多个夜晚，她守着寂寞苦练的日子好像是昨天发生的一样。

游戏界面冒出一声："Game over。"

标准的英文从电脑里传出来的时候，孟盛楠松了一口气，周围的人也愣了，没想到所有人看好的男生居然被一个女生打败了。

大家都还没有反应过来，噤若寒蝉。

一道熟悉的男声在身后响起："玩得不赖。"

孟盛楠后背一僵。

第九章
遇见还是沉默

> TXSFHZM
> 就当是做了一个噩梦。

夜深人静，周围模模糊糊看不清前头的路。

自习室楼下，男生愿赌服输，孟盛楠问他家远不远，男生不好意思地挠了挠头发，说五分钟的距离。直到看他走远，孟盛楠忍不住弯了弯嘴角。

她轻声喃喃："还挺会找地方。"

池铮走到她身后，顺着她的目光抬了抬下巴。

"你学生？"他问。

她意外他还没走，迟钝地应了一声。

"你不是学的新闻？"池铮看了她一眼。

"毕业就做老师了。"她避重就轻、言简意赅，"你怎么在这儿——"

他说："修电脑。"

他们的距离有些近，近到她可以闻到他身上浓烈的烟味。孟盛楠一时有些拘谨，不作声地慢慢后退了一小步。池铮垂眸扫了一眼脚下，又淡淡地抬头看她。

"手机的事，谢谢。"孟盛楠想起来。

她正借口说要走，就听见他问："你在哪个学校教书？"

"花口初中。"她顿了一下说。

"走吧，我送你。"池铮对着摩托车的方向偏了偏头，"不嫌弃的话。"

孟盛楠还没出声，他就已往停车的方向走了过去。好像没有再回绝的机会，她看着他的背影，慢慢跟了过去。夜晚的风拂动耳边的碎发，差点模糊了她的视线。她走近，池铮已经跨上摩托车。

他丢给她头盔，孟盛楠接着抱在怀里。

她的脚下像是灌了铅，迟迟不见动静，又抬眼看他，他没什么表情，就那么盯着前头，认真看好像是在等她上车的样子。孟盛楠敛眉，刚要说话，手机响了。

她看了他一眼，他也看过来。

他努努下巴："电话。"

孟盛楠颔首，然后走到一边接起，是戚乔问她找到学生没有，她不好意思让他等，说了几句就挂了电话。再次抬眼看过去的时候，池铮正靠在摩托车上，低头抽着烟。他抽得有些漫不经心，觉察到她的视线，抬眼看过来。

他顺手将烟掐灭："走吧。"

车走了起来，孟盛楠坐在他的身后，两手不知道放哪儿，只好轻轻揪着车身。不远不近的路，他开得并不慢。一路上俩人谁都没再出声，到学校门口的时候，他的车还没停稳。可能因为惯性，她的身子不受控制地突然扑到他的后背上。

那一瞬间的触碰，她惊得一滞。

她吓得两只手不自觉地拽住他的灰色短袖，他好像没什么反应。她讪讪地缩回了手，赶紧下车。

池铮熄了火，也跟着下来。

孟盛楠一时有些不敢抬眼。她的目光落在他的耳边："那你路上小心，今天谢谢。"

她说完就转身要走。

池铮突然叫她的名字："孟盛楠。"

那一声压得很低，他脑海里闪过几年前她的样子，胆小脆弱，一时又咽下了某些话。

她的脚步还没迈开，彻底愣在当场，侧脸对着他，无所适从。他慢慢走近，呼吸声和烟的味道也慢慢靠近。

她缓缓抬眼，撞上他漆黑的眼睛。

他偏头，声音落在她耳侧："我说过了。"

包包拉链被他拉开,他塞了几张钱进去。

孟盛楠不敢动:"池——"

他又站好,把话说完:"给钱就生分了。"

那语气不温不火,不咸不淡。

然后他看了一眼像绵羊一样的这个女人,又笑了一下,不到一分钟的时间他就骑车走远了。那辆摩托车启动的轰隆声隔了很长的距离还萦绕在她耳畔,孟盛楠在原地站了很久,后来借着路边微亮的光慢慢抬脚走了回去。

最近几日,学校里的工作一直很忙。

办公室里,各个班级的老师边备课边聊着闲天。初一(8)班昨天晚自习进行了英语测验,孟盛楠正在批阅试卷,办公室的老师们说到逛街和男朋友。

有前辈说起小林老师的男朋友。

"他每天忙得连个电话都没时间打给我,跟没有一样。"小林老师笑着摇头,"你们知道他们研究所的同事都叫他什么吗?"

大家一起看过去。

"老夫子。"小林说完目光落向孟盛楠,"他还是你们九中毕业的。"

吴老师插话:"那你喜欢他什么?"

"他对我很好,人也实在。"说到这个,小林老师脸颊晕红。

孟盛楠听罢,下意识地看了一眼自己的手机,思绪有点乱。

没过多久就到了十一二点,几人拉着她去市区逛。日头正火,服装店里的空调都不足以散热,好像随时会有一场雨。

女人们一起购物,过程比较疯狂。

逛到下午,除了孟盛楠只买了一条咖啡色裙子,那俩人从头到脚捯饬了一身,钱包里的钱被花得精光。出租车正往回开,后座的小林老师和吴老师说得火热。孟盛楠偏头看着窗外的鳞次栉比,又看到那个街角,一闪而过的还有那个店铺门口凸出来的广告牌。

车子很快驶过,不留余味。

快到学校的时候,雨落了起来,攒了很久似的下不完。她们仨都没带伞,护着衣服回到公寓楼下,都被淋成了落汤鸡。

小林老师苦着脸:"真应该打电话喊他送伞来。"

孟盛楠拨了拨额前的湿发,只是笑。

回到公寓,她赶紧洗了一个热水澡换了一身衣裳,时间正好六点,她简单做了点饭,然后边喝着粥边码字。这么好的天气,她准备写点稿子。

电脑右下角的企鹅号在闪。

室友李陶发了一个痛苦的表情包过来,和她说了一大堆晚上又得熬夜跑新闻的话。一个故事写得断断续续,她和李陶聊了好一会儿。

后来结束的时候,李陶问她:"还回来做新闻吗?"

当年跟着前辈实习,她目睹了一个连锁网络科技公司坑蒙拐骗的背后勾当。当年的她意气风发,誓要为新闻事业献身,但她一个小小的实习生哪有什么能力和背景,遍地碰壁。前辈拦住她,不许她再接触,她不听偏要报道。

记得那天雨很大,跟砸下来似的。

她手里攥着前方搜集来的资料要去警察局,前辈打电话过来,让她考虑清楚。再想起这些,她还是会心痛。

最后她回复李陶说:"不知道。"

窗外的雨噼里啪啦地下着,像那天一样。她枕着雨声慢慢睡了过去,大半夜被梦魇惊醒,出了一身汗。第二天一大早她醒来,鼻子就堵得很不舒服。

办公室里,一盒卫生纸快被她用到底。

这两天脑袋晕疼,人也睡不好,于是她当天下午就坐公交去了就近的第一医院。大夫是个老头子,说她有点发烧,胃也不好,要打吊瓶。

她坐在走廊的长椅上,无聊地打发时间。

"盛楠?"一个女人的声音突然扩至耳侧。

她抬头惊讶:"陈老师?"

"怎么了这是?"陈思坐在她身边,"要紧吗?"

"就一个小感冒。"孟盛楠说,"您身体不好吗?怎么一个人来医院?"

"还是老毛病,今天出院。"陈思说,"阿铮已经来接我了。"

孟盛楠不敢否认的是,陈思说出那个名字的时候,她着实颤了一下。

139

"他刚去拿药。"陈思接着说。

又是这样的场景，或许她一回头就看见他在身后。只是，就在下一秒，她听见陈思叫他的名字。孟盛楠倏地抬眼看过去，他一身黑色，提着药走过来。

池铮愣了一下，看向她的左手。

"咱这么长时间没见了，多说会儿话。"陈思的视线又转向她，"现在做什么工作？"

她简单说了一下情况。

"做老师好，有寒暑假，就是可能会辛苦一点，不过什么工作都一样。"陈思的目光在她身上多扫了几眼，心里慢慢有数，又说，"一会儿让阿铮送你回去。"

池铮看了她一眼。

"不用。"孟盛楠脱口而出，"我是说，不用麻烦。"

"不麻烦。"他看着她，"我正好闲着。"

她抬头刚好和他对视，他的眼眸深不见底。她当是客气不再吭声，陈思看了俩人一眼，无声地笑了，又拉起她的手问一些家常。

池铮站在一边靠着墙玩弄手机，微低着头。

"你看他那样子。"陈思指了指池铮，"站也没个站样。"

她望过去一眼，他侧头看着一边。

"以前怎么说来着？"陈思笑，"二流子打鼓，吊儿郎当。"

孟盛楠忍不住笑了。

陈思又问了她最近工作和生活上的一些事，时不时地又开池铮的玩笑，打吊瓶的时间忽然就过得快了许多。或许和陈思聊得太专心，她再抬眼看过去的时候，池铮已经不在原地，她又往走廊尽头看了一眼。

他靠着侧门，低头在抽烟。

她收回视线，他看了过来。

吊瓶打完的时候是下午四点半，她和陈思往外走，池铮去拿车，那是辆面包车。他将车慢慢开至医院门口，隔着挡风玻璃，她看见他，那目光好像之前医院里那瞬间的对视，彼此又匆匆移开。

车里，陈思笑着和她聊一些琐事。

"女孩子一个人要注意安全。"陈思说，"明天还来医院打吊瓶吗？"

第九章 遇见还是沉默

她撒谎:"不了,就今天一天。"

"那就好。"陈思笑了笑,看向驾驶座的人,"把我放在百岁街路口,我自己走过去,你送盛楠去学校。"

池铮开着车,淡淡地看了一眼后视镜。

陈思走的时候要了她的电话号码,当时池铮和她都下了车。陈思非要自己进去,走之前又拉着池铮问:"一会儿送完盛楠还回店里吗?"

"嗯。"池铮说,"得把车给史今送过去。"

"记得早点回来。"

陈思说完,又笑着和她说常来。几年未见,女人的身体每况愈下,直到那身影慢慢消失,她和池铮才上了车。她正要去拉后车门,一只手被他拉住。

他说:"坐前面吧。"

她回眸看他,默不作声地绕到副驾驶座。车子刚开,她就打了一个喷嚏。他看过来,她正笨拙地揉着鼻子。

"就打一天吊瓶没事吗?"

她反应慢了半拍:"没事。"

车里一时无话,孟盛楠竟有些拘谨。

"你教的什么学科?"他突然问。

孟盛楠:"英语。"

闻言,池铮蓦地笑了一声。

她不知道他是想起了什么,还是就单纯客气地笑笑,车子拐了一个弯,绕到正街,他放慢了速度,然后缓缓开口:"了不起。"

窗外,路边的店铺一排排倒退。

孟盛楠笑着应了一下,偏过头看外面没再说话。那个时候,她莫名地觉得平静至极。红灯,他侧头看了她一会儿。灯转绿,他收回视线。

车里有些闷,她摇开窗户。

新鲜的空气吹进来,顿时觉得神清气爽,她闭上眼轻轻呼吸,又慢慢睁开。路口转弯,他看了她一眼。二十分钟的车程,他开到校门口。孟盛楠下了车,从半开的车窗看过去和他道谢,男人淡淡地颔首驱车离开。孟盛楠沿着路边往学校走。

学生们还在教室上课，她刚走到教学一楼，身后被人拍了拍。

小林老师笑着问："病看过了？"

俩人一起往公寓走，小林老师狡黠地转转眼珠。

"刚才送你回来那男的谁啊？"

"高中同学。"孟盛楠愣了神，岔开话题问，"你呢，怎么现在才回来？"

"我男朋友下午难得有时间，就出去转了转。"提到这个小林老师笑得更开心，"对了，你明天还去医院吗？"

"要去三天。"她说。

想起刚刚撒的谎，她不禁汗颜。

回到屋里，她喝了药就躺着睡下了。外头天还亮着，太阳慢慢不见。

开着面包车的男人刚到店里一会儿，一根烟还没抽完。

他咬着烟，眼睛盯着电脑零件琢磨捯饬。

史今从外边回来："送阿姨回去了？"

池铮"嗯"了一声，从兜里掏出一个物件丢过去。

他拿下烟："你车钥匙。"

史今接过："我先送货去了。"

池铮头也未抬。

史今叹气，边往外走边自言自语："就这鬼样儿还放下老本行，我看你放不放得下。"

嘀咕完已经走到车边，打开车门，史今一愣。他看了一眼副驾驶座上遗落的手机，弯腰拿过来一看，笑了一声又转身回了店里。

听到脚步声，池铮抬眼看过去。

"你刚去哪儿了？"史今趴在玻璃柜上，笑得不怀好意，"送完阿姨，顺便约个会？"

池铮冷眼扫过去："没事赶紧滚。"

史今嘿嘿一笑将手里的东西丢给他。

池铮伸手接住，淡淡地看了史今一眼，眼皮折痕很深。史今闭上嘴往外走，又回头看了他一眼。

风滚上街道，史今的车已经开远，店铺前门庭冷落。池铮把玩着手

第九章　遇见还是沉默

机,又点了一根烟,脸色一时看不透,深晦不明。

傍晚,池铮锁了店门骑车回家。

因为陈思身体的缘故,他从家政公司请了杨妈过来帮忙。这会儿杨妈已经回去了,陈思一个人在厨房忙活。

他走近,接过陈思手里正切菜的刀。

陈思由他,站在一边问:"送盛楠到学校了?"

池铮:"嗯。"

"这女孩子我从十几岁见着就喜欢,性子又乖又懂事。妈今天问了,她也没交男朋友。"陈思说,"我看你们俩还挺熟的,是不是打过交道?"

池铮正切着土豆丝,闻言目光落在某处。

"见过几次。"他说。

陈思问:"你觉得怎么样?"

池铮抬眼,笑了笑:"妈,您又打的什么主意?"

"反正我是很喜欢这姑娘。"陈思说,"文静秀气,还参加上海那什么作文比赛,文采也好着呢。"

池铮切着菜目光沉静,若有所思。

吃完饭,他上二楼简单冲了一个凉水澡,围了条浴巾就回了房间,头发上还滴着水,沿着胸膛脊背蜿蜒而入,溜进浴巾下面。他靠在窗前点了支烟,低眉思索。也不知道是想到了什么,他皱着眉拉开了抽屉。

夜光打在玻璃上,池铮拿出那本《沉思录》。

外面漆黑如墨,万物休养生息,天暗了。

孟盛楠一觉睡过刚醒,正在绞尽脑汁地想着手机丢哪儿了,她看了一下时间,还不到十一点,又迷迷糊糊地下床倒水喝。然后,她就再也睡不着了。

广播音乐频道在放歌,庾澄庆在唱《情非得已》。

她很奇怪地就红了眼眶,鼻子酸涩,泪止不住地往下流。

她一夜未眠,眼皮都睁不开,第二天去医院打吊瓶,医生多开了一瓶葡萄糖。

她仰头看吊瓶里的药,还得有些时候才会结束。她又低头要睡,对面坐了一对母女,小孩四五岁,刚打完针,母亲在哄。她闭上眼睛听,后来那对母女也走了。

中午，走廊很安静。

站在楼梯口的池铮正在抽烟，目光落向这边。他看了一会儿，掐灭烟走了过来。孟盛楠疲惫地睁开眼，低头去看插着针的手，耳边熟悉的声音响起："不是说一天吗？"

那声音慵懒，漫不经心。

她心里倏地一下绷紧，抬眼看过去。池铮两手插着兜，穿着灰衬衫和黑裤子，目光扫过来，眼神漆黑，嘴角玩味地笑。

她干笑："挺巧啊。"

池铮已经走近，闲闲地斜靠在墙上看着她，像是也不着急拆穿她的样子，有一句没一句地和她聊天。

他问："还得几天？"

孟盛楠的视线移向一边："今天就完了。"

正说着，诊疗室有医生走出来，那是给她看病的老大夫，孟盛楠笑着打了一声招呼。医生点了点头，走了过去，没迈出几步，又退回来说："明天记得早点过来。"

医生说完就走了。

孟盛楠："……"

池铮看着她，低笑了一声，偏过脸去。

孟盛楠不自在地低着头，脸颊泛红。

池铮问："有没有觉着少点东西？"

她红着脸："什么？"

池铮笑，从裤兜里掏出手机晃了晃。

"怎么在你那儿？"她一愣。

池铮递给她："落车里了，以后收好。"

孟盛楠乖乖点头。

他看了她一眼："我昨晚走的时候放店里了，有十几个未接来电，你要不要看看有什么重要的事？"

她打开一看，都是戚乔。

"没事。"

池铮看了一眼她头顶的药："这是最后一瓶？"

第九章 遇见还是沉默

"嗯。"孟盛楠点头,又想起什么问他,"你店里不忙吗?"

"忙啊。"他说得漫不经心,"为了给你送手机,耽误了我一天的生意。"

孟盛楠:"……"

"那我请你吃饭吧。"她想了想。

池铮答得很干脆:"成啊。"

孟盛楠有些意外,但说出来的话已经收不回来了,她抿抿唇道:"你怎么知道我在医院?"

他说:"猜的。"

孟盛楠:"……"

池铮好笑地看着她,没再逗她。

他抬眼看药瓶,点滴快打到底,他便直起身去叫护士,留下孟盛楠一个人愣在原地目瞪口呆。后来拔掉针,俩人往外走,孟盛楠看见他的摩托车停在医院门口。她正琢磨着说点什么,池铮已经伸手拦了一辆出租车。

孟盛楠嘴巴微张,惊讶。

池铮笑着说:"你不会要跟我坐摩托车吧?"

说罢已经给她打开车门。

"等好彻底了,请我吃饭。"他说。

这话说得太直接干脆,一点不掩饰。

孟盛楠看着他,不知道说什么,然后慢慢转身坐了上去。他关上车门跨开步子走开,她从前视镜里看到他的背影,也不知道突然冒出什么心思,她打开窗探出头去。

她叫他的名字:"池铮。"

他的身影明显僵了一下。

还未来得及回头,他听她道:"你路上小心。"

她说完迅速缩回脑袋,和司机大叔说开车。

车子走远,池铮慢慢转身看过去。他抿紧着唇看着车子消失的方向,从兜里摸出一根烟咬在嘴里,却一直未点上。车里的孟盛楠慢慢平复刚刚的心情,这么多年,她连叫出他的名字都不知道是用了多少勇气。

司机大叔笑着问:"你男朋友?"

145

孟盛楠一怔:"高中同学。"

好像也不算,不过是朋友的朋友。

到了学校,她径直回了教学楼。下午上课铃刚响,她闲着。三四点的时候教委通知各班班主任讨论期末总复习的事情。开完会出来她回初一(8)班转了一下,强调了几句话后下楼。

小林老师刚好从初一(9)班出来,俩人一道回办公室。

"当班主任的感觉怎么样?"

她说:"还行。"

小林老师和她又聊了几句,说:"今天早上有个男的找你。"

孟盛楠一怔。

"他找到英语办公室,就问你人在哪儿,我说你去医院了,得打三天吊瓶。"小林笑,"而且,我说得你可怜兮兮的。"

孟盛楠:"……"

那天白云翻滚,骄阳烈火,仰头看,一望无际的蓝。学校的林荫道上,女人娇俏;盛夏的江城街边,男人挺拔。正是忙碌的时候,各尽其事。

池铮接了一个活,走出店,他靠在摩托车上抽着烟,抽完烟,他该走了。身后的报刊亭边有两个女生买了一本杂志,她们从他身边经过,边走边聊。

一个女生翻到其中一页,指着上头的文字,一副有些期待的样子说:"你看她的这篇《何处归去》了吗?"

"昨天就看了,不过还是喜欢《深海少年》。"

"我也是啊。"那个女生大叫,叫完又惋惜,"可是现在几乎找不到了。"

"都快绝版了。"

池铮已经骑上车,他正要踩引擎。两个女生兴奋地聊着天手舞足蹈,好像说不完似的,他微微低头,拧钥匙。

"《故事就是故事》也好看。"

"就知道她叫舒远,真让人好奇。"

池铮停住脚踩的动作,愣了一下。

他看了一眼那女生手里的杂志,心思一起,下了摩托车,走到报刊亭边买了同样的一本，然后翻到那篇《何处归去》，大致扫了一眼，也并未仔细看，只是看到那个作者名字的时候目光顿了一下。

兜里的手机在响，是史今的电话。

他简单地回了几句，将杂志夹到后座骑车回了店里。史今半躺在椅子上，见他回来起身。池铮抖了抖湿的短袖，将那本杂志丢在玻璃柜上，人也进了里头隔板间，两手拽着衣角，胳膊向上将套头短袖脱了扔在一边。他光着上身走到水池边洗了把脸，胡乱擦了擦，找了一件黑色短袖换上。

史今晃了晃手里的杂志，坏笑："我说你什么时候喜欢这玩意儿了？"

他走过去一把将书拿过来："忙你的去。"

"爷不忙。"史今伸了一个懒腰，"你寂寞了？"

池铮没搭话，闷头抽着烟。

"那个手机怎么落你这儿的？"

池铮懒懒地看了史今一眼："今天怎么废话这么多？"

"遥想当年，你换女朋友的速度比我换烟还快，哥们可嫉妒着呢啊。"

池铮说："滚。"

俩人胡乱地侃了一会儿，史今去拉货了。

池铮一个人坐在店里无所事事，心思一转然后打开搜索引擎输入那个名字。只是网上除了文章和笔名什么信息都没有，和当年他搜索的结果一模一样。

池铮摩挲着下巴。

他转动鼠标，用目光浏览页面。他就那样坐在椅子上，一连抽了四五根烟。烟雾缭绕里，他皱着眉去摸手机，给江缙拨了电话过去，那边传来对方不在服务区。

他捋了一把头发，将手机丢开。

印象里，毕业那年的四月中旬，陆司北回国顺道来江城看陈思，那时候池铮和陆怀的软件开发项目正是困难时期，正需要陆司北帮忙做运营上的事情。要不是陈思突然生病，他可能还在北京忙得昏天黑地，不会回江城。

那天陆司北意外地和他聊起孟盛楠。

"她不知道你回来？"他问。

陆司北"嗯"了一声："我还没说。"

"闹别扭了？"池铮不咸不淡。

陆司北轻笑了一声："谈不上。"

当时池铮靠在墙上，侧头看着窗外。

过了一会儿，陆司北突然缓缓开口："那本《沉思录》，你买的？"

"不知道是谁送的。"他说。

"上头不是有署名吗？"

池铮耸肩："不认识。"

"阿铮。"过了好大一会儿，陆司北才沉重地开口，"我和她谈了那么久，交换出国那几天才知道她是一个写小说的作者。"

池铮抬眼，一时没出声。

"她有喜欢的人。"陆司北淡笑，"不是我。"

那是走前，陆司北和他说的最后几句话。

后来陈思病重，他和陆怀的项目又出了事，他早已无心再顾其他。等到静下来的时候很多事情都回不去了，他和陆司北也失去联系。他忙着生活，没那么多闲工夫去想别的事。

再到后来，他和史今提起这事。

"兄弟反目，大都是为了女人。"那家伙说。

直到再次遇见她，那么多次的偶然。当年陆司北说对她一见钟情，他嗤笑。只是世事变化太快，他无法脱身又不能细想。思量到这儿，池铮又点了一支烟。他总有一种说不清的直觉。

外头天色渐晚，他掐了烟又忙起来。

晚上，他直接睡在店里，第二天一大早就醒了。店里走不开，他往椅子上一坐就是一上午，等到再去看时间，已是中午十二点半。

孟盛楠刚从医院出来，已经坐上大巴车。她昨晚又胡思乱想怎么也睡不着，这会儿车子轻摇轻晃的她倒是困了。

到学校的时候她接到家里小杭的电话。

"姐，你什么时候回来？"

她笑笑："晚上就到了。"

第九章　遇见还是沉默

挂掉电话，她回了初一（8）班转悠，行使了一点代理班主任的权利。忽而想起以前读高中，老施总是偷偷摸摸地站在后门往教室里瞄的日子，仿佛仍是昨日。

她六点五十离开学校，到家已是七点半。

巷子里没什么人，她沿着小路往里走。或许是耳朵太过灵敏，她隐约听见右手身边那户传出了一点动静，是一群十七八岁的男生女生的嬉闹声。

她想起高中时期痞坏的他。

家里，盛典已经做好了饭。孟杭看见她回来，蹦着小腿跑过来伸出胖嘟嘟的小手环住她。孟盛楠的心软得一塌糊涂，将他向上抱在怀里，揉揉他的头笑着。

她忍不住亲他的小脸蛋："再长大点，姐就抱不动了。"

"姐。"小杭生气得皱眉头，"男女授受不亲。"

孟盛楠："……"

"被张嘉看到了，会笑我的。"

孟盛楠："……"

厨房里，孟津喊他俩吃饭。

餐桌上，她和小杭闹着玩，问起他那个幼儿园的张嘉。盛典假装冷着脸，俩人互相对视吐了吐舌头然后乖乖低头刨饭。她刚喝了一口汤，手机在响。她放下筷子走过去翻包，是江城的一个陌生号。

她听清来人："陈老师？"

陈思笑着说："是我。"

聊了几句回到饭桌上，她和盛典说起陈思刚才打电话叫她过去吃饭的事。盛典感叹上次见面还是半年前，女人老了很多。

"我记得你们陈老师有个儿子，现在干什么？"盛典问。

她埋头啃饭："这个我也不太清楚。"

客厅里电视上中央八套正在播《亮剑》，李云龙吼着嗓子喊三声"开炮"。孟津最喜欢看这段，端着碗就要过去吃。盛典的注意力一下子转开，去说孟津。孟盛楠松了口气，抬眼看窗外。

小街道的店铺里，池铮刚忙完。

晚饭随便对付了一下,此时他靠在门口,点了支烟。史今开车过来,拿了四瓶啤酒走进店里。池铮淡淡看了一眼,又抽了口烟。

过了半晌,他问:"什么事高兴成这样?"

"哥们今天接了批货。"史今笑着,伸出手比了一个二,"赚多了两成。"

池铮笑哼:"出息。"

史今耸肩:"谁让你不干那行了,我可等着跟你混。"

池铮没出声,侧头看门外,然后利落地把烟掐灭后扔掉,走进来拿起一瓶啤酒用嘴咬开,闷头就是半瓶。他靠在玻璃柜上,用手胡乱一抹嘴。

史今自罚,仰头闷:"怪我多嘴。"

店里一直安静得厉害,池铮又点了一根烟。他猛吸了几口,狠狠吐出来烟圈,将烟拿下夹在指间,俩胳膊懒散地搭在柜子上。

烟雾环绕而上,池铮眯起眼睛。

他说:"对不住。"

接着,他一口气闷完剩下半瓶啤酒。

史今"嗐"了一声:"自家兄弟,对不住个锤子。"

池铮用鼻子哼了一声,笑出来。

他倚着柜子抽烟,手机突兀地响起,陈思在那头说让他明天中午回去一趟,史今听到声音,笑问:"阿姨最近电话挺频繁的啊,不会是要给你说媳妇儿吧?"

池铮一顿,很短暂地笑了一下。

"倒还真是。"他低喃。

晚上店里一直没什么人来,史今待到十点就驱车离开了。池铮关了店门,脱掉短袖,光着上身胡乱地洗了把脸,随便擦了擦就躺下睡了。床上头墙中心的窗户里有月光渗进来,照在男人带有胡楂儿的脸上。

不知不觉地,他想起了一年前。

那是江城一个很平凡的日子,抬头有太阳,低头有日光。光芒打在窗帘上,屋子里暗得像是深夜。厚重的帘子将屋里屋外的白天和黑夜隔了开,里头的男人睡得不知世事、东倒西歪,酒味儿、烟味儿能将人冲晕在里头。楼下似乎是陈思在和人低声聊什么,一两句叹一口气。池铮

第九章　遇见还是沉默

在那说话声里慢慢睁开了眼，黑沉的目光平静、颓然、没有波澜。

静了一会儿，他从床上爬起来。

他整个人脸色有些苍白，下巴的胡碴儿好些天没刮，衬得他萎靡不振。上身光裸着，他从床头扯过牛仔裤往腿上一穿，系上皮带就去洗脸，完事套了一件灰色短袖就下楼了。当时陈思正在客厅织毛衣，闻声抬头一怔，心里暗喜，还没开口便被他一截。

池铮随手拿过衣架上的黑色帽子戴上，压低挡着目光，声音很低很轻："妈，我出去一趟。"

陈思看着他慢慢地"欸"了一声。

刚走到院子里他就被那光线晃到了眼睛，池铮低着头向外走去。他脚上趿拉着人字拖，脑后根的头发又黑又硬，脸上没什么表情。

已经是下午四点半。他上了小区门口的 502 路公交车，往最后一排靠窗位子一坐，懒散地靠着向外看。公交车缓缓开着，一站一停。也不知过了多久，有一站上来了很多人。车里立刻拥挤不堪，说话声此起彼伏。

耳边有个要命的熟悉的声音。

"李陶你说什么呢？"女孩子一面把着扶手一面将手机贴在耳朵上，"我就是一个普通人，也会失败和犯错，就算栽了跟头也没什么好怕的，就当是做了一个噩梦。"

池铮微微抬眼穿过人群看去。

距离上次见到她已近大半年，出事之后他回了江城便再没消息。她又往后车门挪了挪。池铮将帽檐压低，头偏向窗外，目光里闪过一丝隐忍，耳朵里却仍吸纳着她的声音。

"骗你是小狗。"那边不知道说了什么，她笑了，"我现在挺好。"

池铮看着窗外的马路弯了弯唇。

公交车在下一站停了，她下车了。

池铮盯着她的背影，车子慢慢驶离，她朝路口走去然后不见了。池铮又靠回椅子上，抬了抬帽檐。

兜里的电话响了起来。

史今得知他出门的消息乐坏了，这人终于出门了，总比一直闷家里好："听见我说话没有？你就是要多晒晒太阳知道吗？"

他抬眼望向太阳，穿过车水马龙的长街，忽而低头笑了一声，像是长久以来的阴霾慢慢地消失了一样，眼底是清晰可见的平和。

史今还在唠叨："不是兄弟我说啊，从前的事都过去了，你再这么耿耿于怀人生还过不过了？咱慢慢来。"

池铮平静一笑："我知道。"

史今一愣，没想到今天这人这么好说话，还有些意外，又重复地问了一下："你刚说啥？"

池铮低声道："就当是做了一个噩梦。"

TXSFHZM

她的唇轻落在他的右脸。

第十章
时光里的答案

翌日九点有半，太阳直直地挂在天上。

孟盛楠刚在家里吃完饭，她简单地收拾了一下打算去探望陈思，走的时候盛典熬了些鸽子汤让她带过去。她弯腰换鞋，顺手将汤放在鞋柜上。出门的时候戚乔来了电话，她就把汤给忘了。

坐上502路公交车后她才想起来，顿时自恼。

后来她下了车到小区附近的商铺买了些水果进去了，门口的那个喷泉还在，下面放着一圈小盆菊。她慢慢往里走，想起过去那些漫长的日子里自己的那些藏到深处的小心思，不禁感慨万分。

进屋的时候，客厅只有陈思一个人。

"来就成了，带这些干什么呀？"陈思很热情，"以后没事就过来，可别再带了。"

她不好意思地"欸"了一声。

陈思拉她到沙发边坐下，厨房里出来一个五十来岁的阿姨。陈思说叫杨妈就行，孟盛楠笑着打了声招呼。

"杨妈，今天阿铮也回来，咱多加几个菜。"陈思说。

闻声，孟盛楠一愣。

杨妈进去厨房，陈思笑说："你坐着，我去里头看看。"

"我也去帮忙。"孟盛楠哪儿坐得住？

厨房里，她洗着菜。

陈思一边打鸡蛋，一边感慨："你说这时间过得快不快，那会儿你才

153

十六七岁,现在都二十四了吧?"

孟盛楠点头,"嗯"了一声。

杨妈和陈思对视一眼,笑了。

屋子外头有摩托车的声音,由远及近。孟盛楠心里一紧,杨妈笑说肯定是阿铮。没几分钟,有人推门进来。她还没回头,那声音就近了。

"怎么都在厨房?"

池铮看了一眼水池边女人的背影,孟盛楠慢慢转头看过来,不知该是什么表情,只是有些不好意思地看着他。

池铮抬眉问:"什么时候过来的?"

她轻"哦"了一声:"刚到一会儿。"

陈思看了一眼杨妈,将孟盛楠拉到厨房门口,直接推俩人出去聊,然后拉上隔间门,孟盛楠抿抿唇,微低着头有些拘谨地坐在沙发上。

池铮问:"感冒好了?"

孟盛楠:"嗯。"

"我记得你高中读的是九中。"池铮跨开腿坐在沙发上,看似若无其事地问,"哪个班?"

"文科(4)班。"她说。

池铮低眸又抬起,问:"听说你那时候经常发表作品。"

孟盛楠愣住:"没事瞎写。"

池铮抬眼:"有笔名吗?"

她正踌躇两难,厨房里陈思叫吃饭。她忙站起来借口去帮忙,匆忙之间她都没看他一眼就逃开了。池铮看着她纤瘦的背影,不禁弯起嘴角,摸了摸鼻子,眼神促狭。

饭桌上,杨妈和陈思坐在对面。

池铮挨着她,男人身上的味道很明显,孟盛楠吃得不是滋味。陈思笑着聊她大学里的事,孟盛楠琢磨着说了几句,陈思又问起她怎么换了专业。

她想了想,说:"还是想回江城,就做老师了。"

池铮夹菜的动作顿了顿。

正说着,他手机响。她停下吃饭的动作看了一眼,他轻蹙着眉头简单应了几句随后挂掉电话。

第十章 时光里的答案

"怎么了？"陈思问。

"来了一个活儿。"池铮闲淡道，"你们先吃吧。"

说完就放下筷子起身，他走到门口，又转身看了一眼孟盛楠，她正在低头小口吃饭。孟盛楠用余光看向门口时，他的身影不见了，然后就听见摩托车的启动声。饭后她帮忙收拾碗筷，又被陈思拉到院子里坐着闲聊。

"现在还弹吉他吗？"陈思问。

她笑笑："很少了。"

陈思从屋里拿出吉他，还是她十六七岁时来见到的那把。大树下，陈思将吉他递给她。孟盛楠坐在椅子上，脚尖往下点在地上。

"老师想听什么？"她问陈思。

"张学友的《情书》吧。"

池铮回来的时候就看到院落里，大槐树下，孟盛楠微低着头，手指拨动着弦。他没走近，就那样站在大门口。记忆好像和几年前在上海外滩的画面重叠，他忽然觉得熟悉。吉他淡淡的音调传过来，他就那么看着她的侧脸，然后靠在墙边抽烟，目光迟迟未移开。

她一曲弹完，抬头看见他，愣了。

池铮扔掉烟走过来，陈思不动声色地回到屋里。院子里就剩下他们俩，孟盛楠拿着吉他站起来。

她看了他一眼，目光躲闪。

"我给陈老师把琴拿进去。"

他站在后头看，摇头失笑。

孟盛楠进去后和陈思说了一声就要走，池铮刚好过来。俩人的目光在空中交会，她比他先收回，转身就准备离开。

"我送你。"他的语气不容置疑，"走吧。"

太阳正在三点的方向。她拘谨地坐在摩托后面，池铮骑得不快。车上，风从两边溜过去，他问她家住哪边。

她说："风水台。"

"真神奇。"他说，"读书的时候天天去那边。"

孟盛楠怎么会不记得？

她看着他笑着拐弯，然后在二十来分钟后停在一个巷口。孟盛楠下了车，将头发捋了捋。街道边没什么人，有孩子在巷子里玩。她道了一声谢正要走，突然想起盛典让带的鸽子汤。

"你等一下。"她说。

话音一落，她转身就往巷子里跑。

池铮不知何意，盯着她的背影。

她今天穿的白色及膝的裙子，跑起来裙摆飞扬。他只觉得恍惚间，时间停止，世界安静。等她再出来的时候，手里拿着一个小罐子。

他问："什么？"

"中午走的时候我妈熬的汤，本来想拿给陈老师补补身体，走的时候，"孟盛楠顿了一下，羞赧道，"我就给忘了。"

他抬眼看她。

后面小孩子的嬉闹声渐近，一群小朋友从他们身边一个个跑过去。不知是谁闹腾，胳膊撞了一下她的后背。孟盛楠没反应过来，手里还抱着汤罐子，就这样身体突然倾斜向前，一个踉跄。池铮手疾眼快，一手搂着她的腰，一手接住汤罐。

她的唇轻落在他的右脸。

那一瞬间，干燥粗糙的温热感让她全身战栗，池铮移开覆在她腰侧的手，淡淡的烟味蔓延，他的呼吸太近太重。孟盛楠咬着下唇，目光移向一侧慢慢站好。她垂下的手紧紧揪着裙子衣角，泄露了心事。

他低声叫她："孟盛楠？"

"那个，我先回去了，你记得给陈老师热一热，刚从冰箱里拿出来的。"她说话结巴，指了指他手里提着的汤罐，说完转身就走。

池铮没出声，目光沉沉，勾了勾嘴角，放她走远。

阳光落在巷子里女人的背影上，他看了她一会儿，骑车离开。听到那引擎声音的时候，孟盛楠刚推开家门。她缓缓松了口气，探出头看，巷口空空，一时心绪难平。盛典坐在院子里正织毛衣，低头勾了一线针脚。

听到声音，盛典抬头："陈老师还好吧？"

她"嗯"了一声，端了一个小板凳坐在盛典旁边，下巴搭在膝盖上面向太阳。有风吹过来，耳侧碎发轻起。她叹了一口气，脑袋里混混沌沌。夕阳照在脸上，温暖而柔软。

第十章 时光里的答案

盛典停下织毛衣的手:"最近在学校忙吗?"

孟盛楠慢慢点头,看着地面认真专注。盛典轻轻抚着她单薄的后背,一下一下。好像当年她不做新闻回了江城,看到盛典第一眼就泪花满眶,院落里,妈妈也是这样,揉着她的头发,让她安心。

"累了就和妈说一声,啊。"

孟盛楠:"嗯。"

那个傍晚,她早早就睡下了。房间里暗着灯,白月光铺满床。巷子里风吹过,收音机电台转播。陈小春在唱《独家记忆》,她抱枕而眠。

江城的深夜,正灯红酒绿。

维修店里,桌边亮着一盏小台灯。池铮光着上身靠在椅子上,一根接一根抽着烟。已是凌晨两三点,烟雾围绕。他垂眸想起刚刚那个被惊醒的梦。深夜太适合想象,他忽然记起陆司北出国前问他家里的《沉思录》是谁送的,也是那次之后,他们再没了联系。

他烦躁地撸了把头发,眯起眼吸了口烟。

台灯昏黄,映照着他坚硬结实的光裸腰侧,也不知道梦境为什么会如此真实,真实到他感受到她的轮廓好像近至耳边。

他暗骂了一声,将烟摁灭。

桌面上手机屏幕突兀地亮起,他不耐烦地扫了一眼过去,是一串七位数的未知号码。铃声响了有四五遍,池铮才懒懒地接起。

那头很吵,江缙嗓门很大:"猜哥们在哪儿呢?"

池铮不耐烦:"你知道现在几点吗?"

"哥们可深深记得你当年通宵敲键盘的辉煌时代啊,这才过去几年就开始早睡早起了?听你这声音也不像,别是在做什么坏事呢吧?"

真是一语中的,池铮微微咬牙。

江缙又道:"这儿的风还真大。"

池铮没兴趣听:"别废话,有事问你。"

"什么事啊?"江缙停下了大肆鼓吹小哈瓦那儿的滔滔口水,语气正经了一点,"说出来听听看。"

池铮从桌上的烟盒里掏了一根烟塞进嘴里,他拿打火机点上,然后把打火机扔回桌子上。他的手指夹着烟,像是在思考什么,目光微微变得温和。

他沉吟了一会儿,才问出口。

"我记得你参加过上海那什么作文比赛。"池铮咬着烟,声音含糊,"你们那几届有没有一个叫舒远的女生?"

江缙迟钝了几秒:"你问这个干什么?"

他作势就要收线:"不知道挂了。"

江缙在那边喊道:"别呀,我这不还没说吗?"

池铮:"说。"

"你现在一提,我还真想我干妹子了。"江缙笑了一下,"告诉你一件事,她也是你们江城的,2006年九中毕业,我要说了名字,说不定你们还认识。"

听他没说话,江缙问:"还听吗?"

池铮心里一个咯噔:"怎么没听你说过?"

江缙:"你又没问。"

池铮的脸色沉下去。

"再说了,你那时候女朋友一个接一个,我妹也有男朋友的好吗?"江缙说着又笑了,"姓池的,你不会对我干妹子有意思吧?"

池铮猛然回过神来:"你是说——"

江缙忽然咳了几声,不知道什么缘故,江缙的胃瞬间难受得搅在一起,话还没说完就匆忙把电话挂了。

他跑到路口,捂着胸口直咳。身后有一个外国人递过来一杯水,江缙艰难地咽了一下唾沫,回头扯出笑意说着"Thank you"。

池铮忙低头看手机,显示断线。

等他再打过去,又不在服务区。池铮冷着脸,将手机丢开,回想起有几次江缙打电话,当时怎么想得到那头所谓的"干妹子"会和"舒远"有千丝万缕的联系。他猜测、试探、旁敲侧击,虽然早已有所觉察,却仍心烦意乱得厉害。

他皱着眉打开电脑,再次搜索那个叫舒远的人。

有几个故事都是最近一两年发表的,除此之外还是一无所获。池铮一时脑仁儿发麻。

窗外风云变幻,渐渐朝霞漫天。

第十章 时光里的答案

当天，孟盛楠中午吃完饭就去了学校。她一个人坐上巴士，看窗外车水马龙。不时地有骑着自行车的学生模样的人经过，好像一眨眼，读高中还是昨天的事情。

她从包里翻出手机，想给戚乔打个电话。

工作狂好像正在忙，说话声音很小，她不再打扰匆匆挂掉，目光看向外面。街边突然出现一个抱着小女孩的女人，身材微胖，头发有些蓬乱，看那模样明显是哭过的样子。

她再看过去的时候，大巴早已经拐弯了。孟盛楠不禁有些难过，想当年她第一次见到聂静，她扎着马尾辫、认真读书、干干净净。现在回首，只能叹惋。最是人间留不住，朱颜辞镜花辞树。

记起上次和聂静意外相逢，她回家和盛典聊。

盛典说："路都是自己走出来的，怨不得谁。"

天好像是要下雨的样子。

她到学校的时候正三点，在公寓门口碰见小林老师。二十五六岁的女人被爱情滋润，穿着短裙高跟鞋，一脸娇俏。俩人边走边聊。

孟盛楠刚回屋，外头忽然大雨倾盆。她抬眼看出去，那雨像是往下倒似的。

六点半的时候，那瓢泼大雨仍不见停的兆头。她看书累了，径自去厨房熬粥喝。夜晚睡下又醒，她打开电脑写近来的专栏稿。雨停了又下，她找故事里需要的背景材料，翻出《红楼梦》。小时候，她一直以为曹雪芹是女性，后来读书才知道闹了笑话。

很多年前张爱玲说，人生有三恨。

一恨海棠无香，

二恨鲥鱼多刺，

三恨《红楼梦》未完。

也不知为何会如此感慨。她翻了一会儿书，合上又睡下。

周一晨起，孟盛楠签到上课。那几天，日子平静如水。她照常教书，进行课堂模拟测验，在办公室里和几个熟惯了的老师闲聊。可能正因为几人里只有她和小林老师年轻未嫁，俩人便成了大家闲谈的话题。甚至有老教师介绍她相亲，她无奈婉拒。

那天正备课，几个老师聊起她。

"小孟过了年有二十五岁了吧？得抓紧点。"

她笑着应声，门口进来一个老教师和一个男生。一堆女人停住话看过去，那学生十三四岁，低着头跟在老教师身后。隐约听到几声，好像是学生之间打架的问题。老教师训了几句让他回教室，恨铁不成钢地摇头。

"这单亲家庭的孩子——"

孟盛楠停下手里的笔，又想起池铮。

年少时候的所有悸动和小心翼翼，时至今日又起波涛。

那个周六下午匆忙的吻让她一直辗转难眠。

兜里手机短暂地响了一下，她拿出来，看到短信。

江缙说："哥给你说门亲事。"

"谢了您。"她回，"不必。"

"要不见一面再考虑？"

孟盛楠："再见。"

已经六月中旬，初三的学生等待着六月二十一号的中考，于是全校在星期五的中午就放了假。

学校里的事孟盛楠都安排妥当才往回走，刚坐上车，她就接到家里打来的电话。到风水台路口的时候，孟盛楠远远就看见孟津抱着孟杭，在电话里说好的地方等。

孟杭从孟津怀里挣脱跑过来，她两只手将他抱起。

"你上周都没带我出去玩。"孟杭皱着小眉头。

她刮刮他的鼻子："现在去成吗？"

他勉强地瘪瘪小嘴，俩人和孟津打了招呼就坐车去了市区。孟杭拉着她在商场里乱跑，玩得累了，小男生就躺在她腿上歇一会儿。四点的时候，她拉着孟杭的手往商场外走。

孟杭忽然说："姐，我想唱歌。"

她还没反应过来。

"汉堡包汉堡包……"他已经唱起来。

孟盛楠忍着笑去摸他的小肚子："是你想吃了吧？"

第十章 时光里的答案

街道边都是小餐厅,她带孟杭去了对面的快餐店。一眼看过去,里头尽是父母带着小孩。孟杭飞快地找到一个空位,喊她过去。她点了一个汉堡和冰激凌,看着他吃得正香,墙上的电视机里播放着《米老鼠和唐老鸭》。

孟杭看得认真,吃得满嘴都是。

她拿起纸巾,又去擦他的双手。

孟杭指着电视:"姐,我也想玩那个。"

她转过去看身后,画面转换到一款新型游戏。

"你这么小怎么玩?"她回过头问,"而且我也不会。"

"姐。"孟杭叹了一口气,"你什么时候这么落伍了?"

孟盛楠:"……"

她睁大眼睛看着面前这个人小鬼大的男孩,目瞪口呆,一时又好笑,不知怎么开口。这些话多少都是从戚乔那里学来的,她伸手揉揉他的头发做鬼脸。

头顶突然传来一阵低笑。

孟盛楠的脸颊顿时烫了。

那人说:"哥哥教你。"

她不用回头,就知道是他。

池铮径直地坐在孟杭旁边,抬眸看了她一眼,从兜里摸出手机,点到一个游戏。小男孩的眼睛都亮了,哪还顾得上她。池铮边说边教,一大一小飞速投入战斗。孟盛楠说不出是什么心情,他又好像没事人一样。她无声地叹了口气,手撑着下巴看着对面玩得正嗨的俩人。

孟杭很认真的样子:"它快要抓到我了怎么办?"

"进左边这个门,从后面突袭。"池铮握着孟杭的手左右摆动手机,"要快准狠,知道了吗?"

"什么叫突袭?"小杭问。

孟盛楠弯着眼睛笑看。

"就是——"池铮舔了舔下唇,抬眼看孟盛楠,促狭一笑后说,"姐姐解释一下。"

孟盛楠:"……"

她看了一眼正盯着她的一大一小,孟杭眼神里满是对知识的渴望,和他略带玩味的目光对比鲜明,她清了清嗓子。

"就是,出其不意……"她在想那个词,"进攻。"

"什么是出其不意?"

池铮一手搭在孟杭肩膀上,一手敲着桌面,目光很沉。她躲开他灼热的视线看小杭,想着怎么更简单地解释。

"趁别人不注意——"

话音未落,她感觉脖子一瞬温热,她冷不丁地颤了一下。一抬眼就看见孟杭咯咯笑,池铮摩擦着指腹。

他看了她一眼,侧头对孟杭说:"这就叫出其不意。"

孟盛楠:"……"

她顿时觉得自己有点多余,根本一句话都插不上的样子,只好抬眼看窗外。半晌又转回来,池铮正抬眼看着她,孟盛楠心里一跳,忙错开目光。对面孟杭又问池铮关于游戏的问题,他耐心地讲述要领。阳光落在周边,晒出一道光晕,他的视线再看过来的时候,她忙偏头。

半晌过后,他们该走了。

孟杭拉着池铮的手不松开,他抱起小男生,她跟在后头,三人出了快餐店。街道边停着他的摩托车,孟杭一见就"哇塞"了一声,想坐上去玩。

孟盛楠道:"孟杭,哥哥一会儿还要忙。"

孟杭看着她嘟起嘴,不说话了。池铮的视线落在她的脸上,没有着急说话,只是轻轻地揉了揉孟杭的头发,淡淡笑了一声。

"你不是还欠我一顿饭吗?换成玩也不错,还有,"他说,"这会儿我也不是很忙。"

孟杭眨巴着眼睛:"真的吗?"

他看她:"这得问你姐。"

孟盛楠:"……"

后来坐在摩托上,孟杭乐得不行,夹在他俩中间稀奇地东看西看。池铮骑得特别慢,孟盛楠抱着孟杭,目光落在他的后脑勺上。

时间很慢,迎面吹过来的风响在耳畔。

他的头发理得很短,鬓角又添了白发。脖颈挺直,后背宽阔。灰色短袖被风吹得蓬起,原先后背靠近肩膀的那个类似字母"H"的印记,

第十章 时光里的答案

现在被文上了一个黑色的字母"H"。

过了十字路口,孟杭喊着要去洗手间。

池铮四处看了一下,这里距离他的店铺不远,他直接将车骑了过去。店铺门关着,他停下车,抱孟杭下来去开店门。里头隔间旁桌子边朝墙开了一个小侧门,应该是通向租客里屋。孟盛楠要跟着进去,被孟杭伸手拦住。

"姐,男女有别。"

孟盛楠一口气没提上来。

池铮笑了一下:"你在外头等着。"

他说完带孟杭进去,反手轻关上了门。孟盛楠绕过玻璃柜走到门口等,这条街几乎没多少人会来。好一会儿,身后才有开门关门的声音。她回头看过去,孟杭手里拿着一个小玩具车,坐在床边玩。

池铮朝她走过来,随意聊起天。

他问:"平时学校忙吗?"

孟盛楠靠在门上:"还行。"

"不忙的时候做什么?"他抬眼。

池铮眼神漆黑,像是要把她看透。

孟盛楠除了"嗯"就是"还好",又或者避重就轻地答一句。他从兜里摸出一根烟叼嘴里,却未点上,低眼看她。

他的声音不疾不徐:"除了这几个字还能说点别的吗?"

孟盛楠:"……"

他短暂地低笑一声,孟盛楠的目光忙移开。

池铮:"真是。"

她不自在地偏过头,然后听他道:"陆司北说得一点没错。"

她意外他突然提起这个,池铮目光炯炯,刚说出一个"你"字,手机响了。池铮看了她一眼,拿下烟接了电话。也不知道那边的人说了什么,他"嗯"了一声,看向她投过来的视线,说:"一会儿就到。"

待他收了线,她问:"有事要忙吗?"

"那边电脑出了点问题,我得过去一趟。"

"这样啊,你忙你的,我带小杭就先回去了。"她说。

池铮挑眉:"你好像巴不得赶紧走?"

163

"不是，我——"

她词穷到不知道怎么解释，池铮笑了。

孟盛楠侧过头看向店里，正要叫孟杭，一下子愣住了。小男生怀里抱着汽车，两只脚还荡在床边，人已经躺在床上闭着眼睛睡着了。

孟盛楠正要迈步过去，被他拉住手腕。

他低头："别叫了。"

那粗糙的指腹摩擦在她的肌肤上，像温热的泉水在流，瞬间的肌肤触碰让她想起那个湿热的轻吻，脸颊有些微烫，她很快将手抽了回来。

池铮看了一眼她的动作："让他睡吧，我一会儿回来送你们回去。"

没给她开口的机会，池铮松开她，转身就走到摩托车旁。他并没有立即坐上去，而是将车推到近街口才跨上骑走。孟盛楠一直望着他离开的方向，心里五味杂陈。床上孟杭睡得正熟，她从床边拿了一件他的短袖给孟杭盖在肚子上。

天气闷热，她坐在床脚用手给孟杭扇风。

目光扫了眼隔间里边，除了一张大床什么也没有。床边堆了些衣服裤子，好像都是换下来的。男人的床总有一种味儿，她说不清却并没觉得不舒服。过了一会儿，孟杭不再出汗，孟盛楠放下手不再扇了。强迫症作怪的她那时候不知道是哪根筋搭错了，闲着没事，起身搜罗了床上他所有的脏衣服，轻开小侧门，进了里头的租屋。

四周环绕着五六层高的楼。

她抬头看，每层楼十几个小房子满满当当。屋顶盖着一层塑料板，太阳照不进来。她找到一楼洗手间，将衣服全部塞进盆子里动手洗了。

那会儿正是四五点的时候，周边很安静，外头更热。

池铮进了一家网吧，老板是老主顾。

十几台电脑突然一下子停止使用，他修了一些时间才得以让电脑重新恢复启动。修理好出去的时候，天际渐暗。

他看了一眼时间，已是六点半。

史今打电话过来："晚上朋友酒吧开张，记得来啊。"

池铮"嗯"了一声。

再回到店铺的时候，里头很安静。

第十章　时光里的答案

他绕过墙边过道进了隔间，忽然无声地笑了。床上孟盛楠一手搭在孟杭的背上，睡着的样子很安宁。他轻手轻脚地将他的外套从孟杭那边给她移了一点，然后径自靠在桌边看着。

过了一会儿，他出去打电话让史今将车开过来。

他直接在巷口截了钥匙，和史今说了两句就回来了。屋里好像有模模糊糊的说话声，孟杭刚睡醒，孟盛楠正在哄，她抬头看池铮，可能有点不好意思。她本来坐在一边陪着孟杭，不知怎么自己也睡了过去。

她羞赧道："什么时候回来的？"

"刚刚。"池铮淡笑，"饿不饿，出去吃点？"

孟盛楠说："不了，我妈刚打电话让回去。"

池铮走到床边，俯身抱起小杭。

孟盛楠："……"

他又看向她："走吧，我送你们。"

孟盛楠没有拒绝的由头，乖乖地跟在他后面，看他关了店门。街口停着那辆面包车，她抱着小杭坐在副驾驶座。小男孩还不是很清醒，趴在她怀里眨巴着眼睛不动。

天已黑透，霓虹灯起。

车里很安静，只有呼吸声。他们都没怎么说话。孟盛楠一直侧头看着窗外，他把着方向盘，目视前方。不到三十分钟就到了孟盛楠家所在的巷口，她带着小杭下了车和他道谢。

他淡淡道："进去吧。"

风水台街上，她看着他开车走远才带孟杭回家。她忽然想起自己忘记告诉他衣服被她晾在出租屋的过道。

夜深人静，她睡不着，起身站在窗台边，看外头漆黑的夜，也不知道他是否已经睡了。

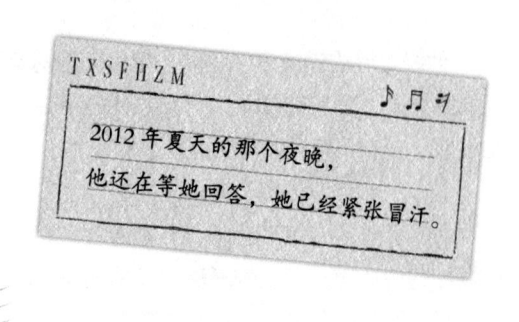

第十一章
她喜欢一个人

> TXSFHZM
> 2012年夏天的那个夜晚,
> 他还在等她回答,她已经紧张冒汗。

江城东街,正钟鸣鼎食。

马路两侧,灯红酒绿。深度酒吧里,纸醉金迷。动感的爵士乐,男女推杯换盏。觥筹交错间,女人捂嘴媚笑。阴影处的角落,男人坐在沙发上抽着烟,有些漫不经心。

"你想什么呢?"史今说,"人家酒吧开张,哥们特意拉你过来捧个场,别这么不得劲啊,怎么了这么不高兴?"

池铮漫不经心地弹了弹烟灰。

史今指了指吧台边上一个身穿热辣短裙的女人,说:"你以前可是超喜欢那种类型的,现在什么感觉?"

池铮又吸了一口烟,眸子慢慢眯了起来。

他不是一个喜欢怀旧的人,也懒得想。好像从陆司北第一次提起她的时候,他就有点感兴趣这人会谈一个什么样子的女朋友。后来他一边嗤笑陆司北为一个女人作得死去活来,一边又帮他出谋划策追她。朋友聚会陆司北带她过来,她温软得像绵羊一声不吭。

那种感觉让人熟悉,莫名地想要靠近。

后来他又见过她几次,她都不怎么说话,有时候回江城单独碰见了,对他就像是陌生人一样,从来不多说一句。她大都是跟在陆司北的后面,才对他笑一下。那种感觉怎么说呢,有点久旱逢甘霖的意思。

印象比较深的,还是读大学的时候。

那一次好像是给陆司北留学送行,几个哥们玩得昏天黑地。他去上

第十一章 她喜欢一个人

厕所,回头就看见她被一个醉鬼堵在走廊。他正想走过去帮忙,她却不知哪儿来的力量伸手给了对方一巴掌,扇得那人晕头转向。

那是他第一次见她那个样子。

后来回到包间,她对陆司北一字未提,安静地坐在一边听他们说着人生的策马红尘。池铮当时看着她垂下的脸,真想和陆司北说要不别走了。

他也不知道什么时候对她就起了心思。

午夜梦回的时候,他惊讶她在脑子里徘徊不去的身影,记忆里又感觉见过她很多次一样。她和他之前交往过的那些女生都不太一样,安静、柔弱却又很坚韧。

记忆远去,酒吧里处处都是莺歌燕舞。

池铮低头不断地抽着烟,眉头紧锁。自己好像一看见她心就软了,从什么时候开始的呢?或许早到他也没有发现。这边史今递了一杯烈酒过去。

后来又喝了几杯,他起身先走了。

还未到酒吧门口,他被一个女人拦住。他两手插着裤兜,淡淡抬眼。女人的身材火辣,正端着酒杯,妖娆地对他笑。

池铮黑眸一冷,女人无趣走开。

那时候已经夜里十一二点,他骑车回到店里,开门又关上,脱掉上身短袖,然后光着上身,下面穿着一条黑色牛仔裤就往床跟前走。黑暗里他摸索着开了台灯,胡乱地洗了把脸,懒懒地坐在椅子上。

发丝还滴着水,沿着上身蜿蜒而下。

他拉开抽屉,看着里面那一摞杂志。

那是几天前江缙托人从北京寄过来的,是那个笔名叫"舒远"的人在写作风格转换前所有的故事选刊。他拿出那本 2007 年的初赛合订本,眯着眼翻开,又看了一遍那篇《深海少年》。中间有段诗歌一般的介绍,他目光沉沉。

  他身高一米八二,
  喜欢抽烟流连网吧。
  他打游戏一把好手,

女朋友从不缺备胎。
很多时候恰巧遇见,
他总那样放浪形骸。
有一回,
足球场里偶然一瞥。
就看见,
他套头脱掉短衫,
后背的黑色文身惹得全场女生尖叫呐喊。
我不太明白,
为什么会是字母H。
如果有机会,
要送本书给他看。

灯光昏黄,池铮看到最后一句:

这风华正茂的日子,我想让他迷途知返。

他哼笑了一声:"小女生。"

然后他烦躁地合上书,丢回抽屉里,踢开椅子随后就往床上一躺。他闭着眼睛,也不知想到什么,又把江缙寄过来的那些书拿出来,从最上面的第一本的第一页开始翻起,终于在第十来本之后,在一本目录的最后一页找到了合集作者的介绍。

孟盛楠,笔名舒远,现居江城。

他早该猜到了,但还是想印证。

左边还有一张人物照片,池铮慢慢闭上眼睛,这张照片他一眼就认了出来,陆司北当年钱包里的照片也是这张。兜兜转转这么多年,居然是这样让人出乎意料。他缓缓躺在床上,额上开始冒汗,沉默了很久,低低地笑了出来,然后将头埋在床单上,狠狠吸了一口气,那淡淡清新的味道弥漫鼻翼。

第十一章 她喜欢一个人

他去洗澡，打开侧门，摁亮过道的灯，一抬眼就看见绳子上挂满了他的衣服和裤子，他愣怔了一下，好像忘记自己是来干什么的了，就那么靠在墙上看那些衣裳，然后闲淡地点了一支烟，扯开嘴笑了一下。

昏黄的光线里，指间星火不灭。

第二天阳光普照大地，孟盛楠难得睡了一个懒觉，醒来的时候，盛典洗了一院子衣裳。孟杭在院子里玩，拉着她做眼保健操。

"我们老师说了，近视超过 600 度是会遗传的。"小男生说得有板有眼，"你总看电脑，必须天天做，知道吗？"

孟盛楠忍不住笑："知道了。"

她做着眼保健操，视线落在院子里搭着的一排衣服上，脑袋突然灵光一现，撒开腿就跑进屋。孟杭皱着小眉头，在后头大叫"孟盛楠"，气得直跺脚。

厨房里，盛典正在忙活。

"妈，问你个事。"

盛典："说。"

"那个……我有一个同事，她去了朋友家待了一会儿，然后那个男的中途出去了一趟，她正好闲着就帮忙洗了一堆衣服，又怕人家乱想，问我意见。从貌美如花的您的角度看，那男的会不会误会啊？"

盛典听完她乱七八糟、没头没尾、没水平的一大堆话，想了一会儿道："她洗衣服的时候没想过那男的会误会吗？"

孟盛楠无奈摇头："没想那么多。"

"要我说呀，你把那男的直接带回家让妈看看不就行了？非得拐着弯地考我智商，你不知道我当年测试智商 160 啊？"

孟盛楠："……"

后来饭桌上，盛典第二遍问那男的是谁，孟津也看过来问她怎么回事，孟杭坐在一边乖乖吃着饭，因为记仇试图要暴露她，被孟盛楠一记"想不想出去玩了"的眼神给堵了回去。

孟杭"哼"了一声："不让说就不让说。"

盛典看了她一眼，笑着摇头，和孟津对视后没再多问。孟盛楠暗自呼了一口气，怪自己多嘴找错了询问对象。吃完饭，一家人都闲着。那天有新动画电影上映,孟杭要去看。

中午,她和盛典带着孟杭去影院。

可能正因为周末的关系,里面全是父母和小孩。他们十点多进的放映厅,孟杭迫不及待地去找座位。后来看完出来的时候,盛典感叹:"都没什么好题材拍了。"

那是一部外国动画,情节有些单薄。

孟盛楠当时拉着孟杭的手,走在盛典旁边。忽然想起大学时候读书,《霸王别姬》的编剧芦苇曾说:"我以为《霸王别姬》是中国电影的起点。"

"所以说电影需要改变,你也是。"盛典说。

孟盛楠怔了一下,盛典这是话里有话。这些年她循规蹈矩、平平淡淡,盛典怎么会不懂。转眼她到了嫁人的年纪,一年又一年。

影院外,骄阳似火。

盛典很少这样和他们一起出来,便多逛了些时候。

江城街道上楼层林立,路边广告牌的内容总是在更新。502路公交车的公交路线上,池铮骑着摩托车正往家里赶。

陈思坐在沙发上琢磨着十字绣,听到脚步声后转头。

池铮走过去坐下来:"你买的?"

陈思笑笑:"史今前两天过来给我带的。"

"闲着打发时间做,可别太过了。"

"妈知道。"陈思放下十字绣,又道,"明儿星期日,你给盛楠打个电话,没事的话让她过来转转,就说我想她了。"

池铮摸了摸鼻子。

陈思拍了一下他的肩膀:"听见没有?"

池铮笑了一声:"听见了。"

那个下午他没回店里,一直在家陪陈思。傍晚时候,陈思问他电话打没打,池铮含糊其词,陈思又催。他笑着从兜里掏手机,当着陈思的面拨了一个号过去。

一阵有规律的嘟嘟声。

"没人接。"他耸肩,笑说,"我等会儿再打。"

"这还差不多。"

第十一章 她喜欢一个人

再晚些时候天已黑了,街巷里家家都亮起灯。孟家一家人都在看电视,中央八套的黄金档。九点半,孟盛楠才回了房间。她躺在床上去翻手机,看到好几个未接来电,是一连串的陌生号。

她正纳闷,那个号又打过来。孟盛楠犹豫片刻,按了接听。

他的声音很低:"是我,孟盛楠。"

2012年夏天的那个夜晚,月明星稀。大地一片沉静,万物在沉睡,呼吸也渐渐变得清晰起来。他还在等她的回答,她已经紧张冒汗。

孟盛楠半晌才道:"有事吗?"

池铮:"想请你吃顿饭。"

孟盛楠不明所以地"啊?"了一声。

听到那边的声音,他戏谑道:"你帮我洗了衣服,怎么说都得请。"

她脑子"嗡"的一声:"不用,我那会儿正好闲着。"

"我知道。"池铮笑,"咱俩都这么熟了。"

当时他正半靠着窗,侧头看窗外。那个"熟"字重音微扬,简简单单的一句话让她红了脸。孟盛楠紧揪着床上的被子,等着他出声。

池铮点了根烟,把打火机丢在桌上:"现在做什么呢?"

"没做什么。"她乖乖地说。

池铮笑了:"没做什么,那是什么?"

孟盛楠:"……"

他不再逗她,孟盛楠突然又听见他叫她的名字。好像有那么点不一样,低低沉沉,又似呢喃。她嘴角微动,反应者迟钝了。

她听见他开口问:"记得没错的话,你是1988年的?"

她意外:"你怎么知道?"

池铮想起杂志专栏的介绍,略顿了一下:"猜的。"

孟盛楠:"……"

"怎么突然问起这个?"她问。

池铮吸了口烟:"没话找话。"

孟盛楠不知怎么有点想笑,整个人也轻松了。

"你呢?"她也问。

他淡淡地"嗯?"了一声。

孟盛楠:"你多大了?"

"你说我多大了？"

他的声音有点吊儿郎当，夹杂着淡淡的笑意。孟盛楠嘀咕着"我怎么知道"，池铮倒是笑了，也没再细问。窗外也不知道什么时候风大了，她抬眼看出去，两个人都安静了一会儿，她能听清他那头沉沉的抽烟声。

半晌，池铮说："不早了，睡吧。"

她轻声说："嗯。"

正要挂断，他问："明天下午回学校？"

"嗯。"

"那我中午过来接你。"

"不用——"

池铮说："陈老师想让你陪她坐坐。"

孟盛楠没再拒绝，"哦"了一声。

他说："我到时候给你打电话。"

结束通话，手机屏幕还亮着。她怔怔地看了很久，然后将那个号码慢慢存到手机里，才重新躺下来。他的声音低沉，像绿洲里的回声，一直萦绕在她耳侧挥之不去。她关了灯，然后睡着了。

再醒来，天还未大亮。

她觉得昨晚那个电话恍如幻景，人还迷迷糊糊着就去翻手机。看到联系人那一列里第一个就躺着他的名字：池铮。孟盛楠忽然就笑了。

日光捅破苍穹，唤醒大地。

她洗漱好下楼，陪盛典在厨房干活。太阳高升，孟津带孟杭在外头转了一圈，回来正赶上吃早饭。十一点的时候，她在客厅陪孟杭堆积木。小男孩玩性很大，一会儿嚷嚷着又要看电视。她摁台到少儿频道，孟杭看得认真。孟盛楠刚放下遥控器，茶几上的手机响了起来。

她探身拿过手机，接起。

"我在你家巷口。"池铮说。

孟盛楠："现在？"

院子里，盛典在树下乘凉，同时和隔壁康婶坐着聊天。孟盛楠亲亲孟杭，拿着包就往外走。康婶看见这一幕，笑着和盛典说女大不中留。

孟盛楠沿着巷道往外走，摩托车停在路旁，却不见他的人影。

第十一章 她喜欢一个人

大中午的,天气闷热,巷子里也没什么人。

她一路走到巷口,视线扫到一半,就看见他站在路边的树下,头微低着,手上还拿着烟。她看着他的背影,宽阔伟岸,刚刚还略带紧张的心思忽地就平静下来。

她轻声叫:"池铮。"

闻声,他又猛吸了一口烟,回过头的时候看到她,目光微微一顿,随即将烟丢在路边的垃圾桶,对她笑了一下。

他看着她:"走吧。"

等她坐上车,池铮侧头。

他说:"前头修路,你抓紧我。"

孟盛楠没说话,双手轻轻拽着他的衣角。池铮目视前方,弯了弯嘴角。街道宽敞,一路平坦。到家门口的时候,他停下车。

她跟着下来,疑惑地问:"我怎么没见到哪里修路?"

"那应该是我记错了。"池铮拔下车钥匙,看了她一眼,"我记性不好。"

孟盛楠:"……"

屋里,陈思早候着了。

他们一到,杨妈和陈思就开始备菜,客厅里又只剩下他俩。她要过去帮忙,被陈思推出来。后知后觉她才明白女人的心思,孟盛楠坐在沙发上也不知道该说什么。

池铮对着二楼扬扬下巴,问她:"上去看看?"

"我?"她指了指自己,"会不会不太方便?"

池铮抬眼:"有什么不方便的?"

孟盛楠躲开他的视线:"可是一会儿陈老师叫吃饭——"

"再下来不就行了?"池铮玩味地看着她一脸的紧张,"你是怕上去后我对你做什么吗?"

孟盛楠:"……"

最后她还是跟着他上了楼,二楼只有一间屋子。宽敞、干净,带着洗手间。她刚走进去,他反手关门。孟盛楠的心紧了一下,站在原地不知所措。

他的声音在身后低低响起:"随便坐。"

她垂下的右手抠着衣角,池铮抬眼看着,面前的女人穿着白色短袖

173

和七分裤，表情绷得紧紧的。池铮勾了勾唇，径自走到窗前的桌边，慢慢拉开抽屉。

他故意问："你平时都看什么书？"

"没什么特别喜欢的，就随便看。"

池铮从抽屉里拿出书，向她扬了扬："这本看过吗？"

孟盛楠心头一颤。

"以前读高中，有人送了我一本书。"池铮拿着书慢慢向她走过来，声音很低，"说起来挺有意思的，我并不知道她是谁，长什么模样，只知道她叫舒远。"

他说完停了一下，视线锁在她身上。

"后来我在杂志上见过几篇同样署名的文章，也不知道是不是她。"池铮说，"听我妈说你也参加过上海那什么作文比赛。"

池铮故意又顿了一下。

"这个舒远，你认识吗？"

孟盛楠看着他手里的那本《沉思录》，一时难以言说。他目光专注，她躲不开。有那么一瞬间她突然就特别难过，好像很多事很多事一下子要涨开脑袋。

"抱歉啊，我不认识。"她慢慢说，"我下去帮帮陈老师。"

池铮目光复杂，看着她推开门下楼。

孟盛楠背影消失的那个刹那，他的肩膀一下子耷拉下来。他靠在门边，沉默地抽着烟。过了一会儿，他才下楼。

陈思坐在客厅沙发上，冷着脸。

"你对盛楠做什么了？"陈思声音严肃。

"怎么了？"池铮蹙眉，"她人呢？"

杨妈刚从厨房走出来，叹了一口气。

"像是哭了，眼睛怪红的。"

池铮的眉头皱得更厉害了，他烦躁地耙了一下头发。陈思怪他气走孟盛楠，赶他回店里。刚好他有电话过来，接了活儿就走了，后来忙完已是下午三四点。

外头乌云密布，像是要下大雨。

那个时候孟盛楠已经洗了快一个小时的澡，穿了睡裙出来。窗户半开着,风从七层溜进来。她的脑子清醒了很多,坐在窗台看着外头发呆。不一会儿,外面慢慢飘起了雨滴,溅在窗户上。

市区的店铺外,雨落成帘。

池铮靠在门边,不断把玩着手机,闷头抽着烟。史今一边盯着电脑上的游戏,一边瞥了他一眼。过了大半个小时,那人还是那副样子。

史今看他最近那魂不守舍的样儿,脑子里闪过孟盛楠的脸,故意说了一句:"你今天不对劲。"

池铮的黑眸盯着门外的雨:"有吗?"

史今:"不会是为那女的吧,我说?"

池铮没有说话。

那雨愈下愈大,他一根烟抽完了,烦躁地摁开打火机又摁灭,脑子里又出现她躲闪的眼神。他眯起眼睛,百无聊赖地翻了一遍手机联系人,又退出来。

史今又问:"吵架了?"

池铮低声道:"我好像把她弄哭了。"

忽然一声惊雷,暴雨倾盆。

江城又到了雨水多的季节。

学校近日忙着准备中考事宜,周一的校例会上教导处做了特别强调。散会出来,教师三三两两回了办公室。小林老师一路上都在笑,同行的老教师忍不住问她有什么好事。

"准是要结婚了。"吴老师说。

小林老师不好意思地点点头,大伙都笑了。那天多云转晴,碧空如洗。孟盛楠中午十点上完课回办公室休息,当时办公室里就小林老师一个人在。她刚放下书坐到椅子上,小林老师就凑过来靠在她桌旁。

"你今天有点不开心啊?"

"应该是昨晚没睡好。"孟盛楠说完立刻转移话题,"对了,你真要结婚了?"

小林老师面目滋润:"差不多吧。"

孟盛楠:"这么快?"

"快吗?"小林老师说,"我和他认识三年了,也该结了。"

她看着小林老师一脸的憧憬,不由得慨叹。这年头想结婚的女人不在少数,不想结婚的人也很多,戚乔还没大学毕业连做梦都是要嫁给宋嘉树。很多年前她看《粉红女郎》,想不到这世上是真的有"结婚狂"。

回头再看自己,已经二十四岁半。

那天她没课了,一个下午去初一(8)班转了一两次,其他时间都待在办公室。后来没什么事,她索性收拾东西往回走。

半路上,戚乔的电话就过来了。

孟盛楠正踩着小碎步,低头看路沿。

戚乔问:"做什么呢?"

孟盛楠:"回去的路上。"

手机里,戚乔还在唠叨,她基本没认真听。

刚好快走到公寓,她隐约看见小林老师和一个男人在楼门口说话,男人背对她站着,她赶紧找借口挂了电话,不好上前就待在原地。没几分钟,小林老师笑眯眯地上了楼,男人也转身准备离开。

她这才抬起脚,然后就愣住了。

孟盛楠惊讶道:"你就是小林老师的男朋友,'老夫子'?"

"孟盛楠。"傅松看着眼前的女人,恍然一笑,"好多年不见了。"

她也笑了,"嗯"了一声,点头。

"现在教书?"

"大学毕业就来了,普普通通。"她说完,问道,"你呢,听小林老师说你在江城的生物研究所?"

傅松:"普普通通。"

还是那个男孩子,孟盛楠笑了。

傅松:"现在太晚了,有时间请你吃饭。"

孟盛楠:"好啊。"

俩人简单地寒暄过后,傅松看了一眼时间就要走了。临走之前,她开玩笑问他什么时候结婚。傅松说到时候通知她,让她一定要来。

她歪头笑笑,说:"好。"

天边晚霞,像一团火。

不远处,阴影角落里,池铮已经抽了近三四根烟,他淡淡地看着楼

第十一章 她喜欢一个人

门前那对男女。男人已跨步走远,女人在原地站了一会儿才没了人影。天慢慢黑了起来,他抽着烟看着地面的某处。

等烟抽完,他转身离开。

陈思正在家里张罗晚饭,池铮推门进来。陈思叫他吃饭,他说不饿就回了房间,然后径直进浴室冲了一个冷水澡,后来他围了浴巾出来跨开腿坐在床边,点了一根烟。身上的水珠还未干透,滴落在他的肩膀上。他眼眸深邃,薄唇紧抿。

想起刚刚那个女人,她笑得真是灿烂。

他将烟塞进嘴里,起身去拿了手机。

只是刚拨下那个号码,他就听见里头传出来冰冷机械的女声:"对不起,您拨打的电话已关机,请稍后再拨。"他蹙着眉头将手机丢开,掐灭烟。

窗外星光漫天,有种说不出的寂静。

江城灯火通明,风吹了一夜。

第二天醒来,天还半黑着。孟盛楠揉着眼睛去开灯,光芒有点刺眼。她再也睡不着,躺在床上看外头。

天微亮,她忽然就想起池铮,又心乱如麻。

一天时间过得太快,下午第三节课上完,她接到了陈思的电话。

"盛楠呀,能不能拜托你个事?"

"老师您说。"

一番对话之后,孟盛楠握着挂掉电话的手机往前走,一心想着怎么办。陈思拜托她去看望池铮,她就这么过去多尴尬呀,斟酌了一下,她还是回办公室拿了包最终坐上去市区的公交车。

那辆车总共要停靠十七站。

车里人不多,她坐在最后一排靠窗的位置,手下无意地揪着衣裳。她的目光落在外头,内心风起云涌,甚至已经拟好了一会儿要说话的草稿。眼看最后一站就要到了,她握拳闭了闭眼,远远就看见那条破旧的街道,车子又往前开了一点,她看见那间破旧的店铺。

广播已经在提醒她下车了。

当时的孟盛楠也不知道怎么了,身下未动。她眼睁睁地看着车停下,上来一拨人,又开走。她慢慢回眸去看那条街,嘲笑自己到底是没勇气。

身后的街道愈来愈远。

红绿灯下,史今看了一眼公交车远去的方向,皱着眉头回了店铺。池铮敲着电脑,面无表情。史今叫了他好几声,池铮才回头。

"哥们刚看见一女人。"

池铮没兴趣,手下又摁起键盘。

"你都不想猜一下?"

池铮头都没回。

"模样吧,挺漂亮,长得呢,有点像那谁。"史今有底牌,也不急,"啪"一拍腿,"不就是这段时间和你走得挺近的那女的,还真是像。"

池铮停下手里的动作,冷眼看过去。

"想知道?"史今嘿嘿笑,"晚了,我刚在公交车上看见,当时真激动了,以为人家要下来,没承想她压根就没动。"说完叹了一口气,想了想又说,"这女人心海底针,说得一点没错。"

池铮黑眸眯起,从兜里摸出一根烟塞嘴里。

"你还真挺淡定。"史今发表意见,"装的吧你?"

池铮淡淡抬眼:"别没事找事。"

"得。"史今说,"我看你能忍到什么时候。"

那几天,店里一直忙。池铮抽了一个下午回了一趟家里。刚进门,陈思就盯着他看。池铮上楼换了一件短袖下来,陈思的视线又落在他身上。

池铮笑了一下:"您看什么呢?"

陈思盯着他没说话。

池铮眉头一蹙,无奈好笑:"不是,您到底想说什么?"

"盛楠。"陈思瞪了他一眼,一个字一个字压着重音,"我前两天打电话说你不舒服,让她去你店里看看,现在你俩怎么样了?"

池铮目光一顿:"就那样儿。"

他淡声说完,往客厅外走:"我出去抽根烟。"

陈思叹了一口气,盯着那背影缓缓摇头。作为一个过来人,她怎么会看不出这俩人之间的心思?女孩子嘛,总是要铆足劲才能追到的。

脚下风起,万里无云。

六月二十一日,全城中考。那两天下着雨,时大时小。孟盛楠监考,两天后才歇下来。当天下午解放后,她回公寓一直睡,第二天早上四点

第十一章 她喜欢一个人

半醒过来就再也睡不着了。外头的雨还在零零星星地飘着，她抱着电脑坐在阳台写剩下一半的故事。

天空黑成一片，像打翻了墨。

她低头敲电脑，好像只有这个时候，即使再进退两难，心也能无比平静。手机忽地一响，江缙这浪客又有消息过来：

"哥要回来了。"

这五个字她盯了很久，然后转头看窗外的漆黑。好几年前江缙问她有没有想过以后要怎么活，当时她和陆司北正分离两地，理想也被现实打磨得不敢尝试，很多追求都被遗忘得烟消云散，她只说平平淡淡的就挺不错。后来又反问他是否还会远游，江缙笑说："哥就喜欢折腾。"

后来很久，她想到了更好的回答。

男人问："什么？"

"江城有我喜欢的一切。"

暑假前的最后一段时间，孟盛楠在学校里一直抽不开身，期末考前她被盛典喊回家。上周中考没回来，孟杭对此一直耿耿于怀。那天中午她进了家门，孟杭还在生着气，自己玩，不理她。

盛典坐在沙发上绣花，她依偎在一旁看电视。

"你们学校什么时候放假？"盛典问。

孟盛楠说："具体还不知道，估计下周。"

"那就好。"盛典说，"前两天你外婆打电话说想你们了，完事和小杭过去待几天，就当是玩玩散散心，你最近忙得都瘦了。"

她说："我也有点想外婆了。"

电视机里是民国年代的苦情戏，下雨天女主角跪在家门口。孟盛楠实在不忍心看这种情节，拿起遥控器就要换台。

盛典从针线活里抬头阻拦："我看得正起劲呢。"

孟盛楠："……"

她起身去逗孟杭，小男孩嘟起嘴巴不理她，将脑袋转向一边。她又蹲下到另一侧，看着他。小男孩又将脑袋转回来，孟盛楠也跟着蹲过来。

孟杭烦了："哎呀，姐。"

孟盛楠笑了："我现在要出门，你去不去？"

179

"不去。"还挺好面子。

孟盛楠点点头,起身去房间拿包,然后去门口换鞋要走,像模像样地自言自语:"我记得那家店好像又来新货了,比梦比优斯还厉害。"说完还没踏步,衣服就被人拽住,她低头看,孟杭可怜兮兮地看着她。

孟盛楠乐了,她指了指自己的脸颊,孟杭立刻嘴巴凑过去吧唧一口。于是俩人笑着出了门,孟杭又蹦又跳开心坏了。商场里琳琅满目,她带孟杭直接去了三楼的游乐城。

孟杭和别的小朋友在里面玩,她站在一旁。身边不时地走过年轻的父母和小孩,一家三四口。她莫名地有些感伤,包里的手机在振,她接起贴在耳边,戚乔说了句什么她没听清。四周太吵,她看了一眼孟杭,然后跑到场外听电话。

她问:"你刚说什么?"

戚乔声音拔高:"我问你在哪儿?"

"商贸城游乐场。"她的目光盯着孟杭那边,又道,"你要来吗?"

"必须的,等着我啊。"

挂掉电话,她低头将手机装包里,只是一瞬间的工夫,她抬头,孟杭就不见了。她当时脑子一蒙,匆匆忙忙往周边看。

还没走出几步,她就听见身后的孟杭大喊:"姐。"

她立刻回头,狠狠愣住。

池铮拉着孟杭的手,似笑非笑地看着她。就那么一瞬间,孟盛楠有种天荒地老的感觉。很多年前看《甜蜜蜜》,那是1995年的老街道,橱窗下面张曼玉和黎明各自回头两两相望,岁月沉浮,沧桑变迁,漫长时光的聚散离合之后,一笑泪两行。

半晌,池铮低头看孟杭。

"这也叫出其不意。"他说。

孟杭直乐:"姐,是我先看见哥哥的。"

她揉了揉孟杭的头发,抬眼看他。

他的声音不温不火:"放假了?"

孟盛楠沉默,嘴巴抿了抿。

池铮稍稍抬眉:"你这是不想和我说话了?"

她无奈道:"学校里还得忙几天。"

第十一章　她喜欢一个人

池铮淡淡地看了她一眼，上前俯腰将孟杭一把抱起。孟杭用胳膊环住他的脖子，一个劲地笑。俩人都没看她，直接就往游乐城里走，孟盛楠一脸蒙。

池铮将孟杭放在一堆小朋友里，退了出来。

孟盛楠走到他身侧，视线落在孟杭身上迟迟不移开。有人不时地走过，他们退到角落。池铮两手插兜半靠着墙，隐隐察觉他的视线扫过来，她假装没看见。

很快听他开口："那天跑什么？"

孟盛楠眉毛一挑，装傻充愣。

他的语气不似往常："要我说清楚？"

孟盛楠抿紧着唇，手掌有些颤得握不住。

"我不过是给你看了本书，提了一个名字，不认识就不认识，你跑什么？"池铮看了一眼又抬眸，"又为什么哭？"

她抬眼看着眼前这个令她脸红心跳、无地自容的男人，池铮的眼睛漆黑，像一头狼。孟盛楠慢慢看向他，嘴角动了一下。

过了一会儿，她问："你想要听我说什么？"

池铮目光一闪，他正要开口，不远处有人喊"孟盛楠"。池铮看了她一眼，这女人假装若无其事，强撑得厉害。

他薄唇翕动："我先走了。"

说完经过她，转身从里侧拐了出去。

孟盛楠的肩膀塌下来，慢慢松了口气。

孟杭突然大声叫："乔乔姐姐。"

她回神看过去，戚乔已经走过来。孟杭也不玩了，跑到她俩身边。小男孩四处看了看，抬头问孟盛楠："姐，哥哥呢？"

戚乔："什么哥哥？"

"遇到一个高中同学，刚走。"

周围人多又吵，戚乔没多问，拉着孟杭开始去扫荡娃娃机。孟盛楠觉得自己头痛得厉害，她一个人坐在商场走廊边的沙发上，斜对面的店铺里有音乐放出来，是南合文斗的《让泪化作相思雨》。她不知是该哭还是该笑，或者该一觉不醒。

那天晚上她就回了学校。

戚乔非要跟着她去,动用她公寓的厨房说要做一顿天下极品给她吃。听着里头锅碗瓢盆噼里啪啦地响声,孟盛楠无奈,也懒得管。她一个人坐在沙发上看《旺角卡门》,刘德华中枪的时候她眼眶湿了。

"我的天。"戚乔系着围裙走过来盯着她看,"至于这么难过吗?都是假的。"

窗外安静如水,无波无澜。

她们慢慢吃完饭然后躺去床上,戚乔打开广播听。舒缓轻柔的背景音乐慢慢流淌在房子里,窗外的风好像大了,拍打着玻璃。

戚乔低声问:"如果没有看错的话,今天下午和你说话的那个男人,是九中的那个池铮吧,他还真是变化挺大。"

孟盛楠没再想瞒着了,大方地承认。

"喜欢他很久了吗?"戚乔叹气,"那会儿你就想得多,现在也是,明明什么事都没有,到你这儿就跟天崩地裂一样,楠楠,这样你会很累的。"

过了好大一会儿,又像是才过了几分钟。

孟盛楠叹息一声:"我知道。"

戚乔缓缓侧过身,无奈地看她:"知道做不到。"

孟盛楠闭上眼,眼角湿了。

戚乔看着天花板,自顾自地唠叨又像是故意说给她听:"他以前什么样儿我听说过,不过好像现在收敛很多,除了混得不怎么样,其他也没什么挑的。"

孟盛楠擦了擦脸,小声辩解:"他也没这么烂吧。"

寂静的深夜里,房子暖光四溢。

她们哭哭笑笑,郁结随夜散去。

漆黑的天空笼罩在这广袤的土地上,俯视去看,江城连一巴掌大的地方都没有。但在这片土地上,孕育着无数的中华儿女。他们生活在一起,无论春秋冬夏,或者酸甜苦辣。

那个夜里,星辰落满那条破旧的街道。

池铮坐在床头,脸上没什么表情,只是不厌其烦地转着手机。他一条腿半撑着,胳膊搭在上头。屋子里只亮着那盏台灯,他盯着某个地方,黑眸沉静。

然后,他点了一根烟抽了起来。

> TXSFHZM
>
> 他说出了所有她年少时的心事。

第十二章
他喜欢一个人

清早,小巷道里一家家店铺已经开始正常营业,史今走进巷子,店里门半开着,还没进去几步,他就嚷嚷着:"哥们堵了一个小时,太背了——"话还没说完,史今眉头皱紧,手放在鼻子上扇了扇风。池铮穿着黑色短袖在敲键盘,嘴里还咬着半截烟。

"你这抽了多少烟啊?"史今凑上前看去,一溜代码,"哟"了一声,"这是转性子了?"

池铮半眯着眼睛,停下手里的活儿。

他转过身,嘴角微扯:"等我弄好,回头和你细说。"

史今蓦地笑了。

池铮漫不经心:"笑个屁。"

"哥们现在真心觉得爱情的力量很大,你这鬼样儿可真难得,有点那什么,浪子回头。"史今笑意未停,"我说,最近和那女的怎么样了?"

闻言,池铮沉默。

"实在不行就硬上,你不是最擅长?"

池铮冷冷扫了一眼过去。

"别怪哥们事多,特殊情况就得特殊处理,这你不知道?"史今嘿嘿笑。

几年前陆司北追她那样儿他知道,这女人,你进她退,敏感又倔强。更何况他们之间这么多千丝万缕,他一直认为急不得,一点一点剥开最好。可她心思藏得厉害,池铮想到这儿忍不住又皱眉,烟抽得更凶了。

"你不会还顾忌你那发小吧?"史今多少知道一点,"要这样可真没意思了,男人就得坦坦荡荡,该做什么做什么。"

池铮皱眉:"不是。"

"那你还磨蹭?"

池铮深吸了口烟,愁眉紧锁:"还不到时候。"

史今摇头:"你以前追女人可不这样儿。"

池铮低头笑了。

后来的几天他一直挺忙,闲下来的时候已经是六月底了。那一周,气温高得吓人。孟盛楠每天上完课就回办公室,晚点再回公寓。

天气闷热得很,每晚睡着都是后半夜了。

有一天,一起办公的一个教师临时有事,不能及时去幼儿园接孩子。她那会儿正闲,便应下了帮忙去接,幼儿园在离花口初中二十分钟的公交车程内。

下午她一到地方,就看见黑压压一片人。

她真是一度受到惊吓,明明还有半个小时才放学。她站在街道对面等,脚步往后退。不小心踩到人,忙转身说抱歉。

女人先她一步打招呼:"孟盛楠?"

她也一愣,看着聂静:"你小孩在这儿上学?"

聂静点头,正要说话手机响了,看了她一眼,侧过身接起,没一分钟就听见:"你先别急,姐问问。"然后她又挂断拨了另一个号,电话接通没一会儿,也不知道那边说了什么,孟盛楠听着不对劲。

"你还有没有别的办法?她在深圳人生地不熟。"

那边没说几句就挂断了,聂静似乎特别沮丧,垂着眼睑。孟盛楠上前了几步,询问情况。聂静抬头,眼眶一湿,听她描述,大概就是自己的妹妹现在在外地,找不到工作又没钱。

"这样,我帮你打听一下,有消息尽快通知你。"孟盛楠又问了几句关于聂静小妹的情况,想了想又说,"你看这样成吗?"

聂静红了眼,一直道谢。

于是她们各自留了号码,那个时间幼儿园快放学了,聂静已经不知道该说什么好。分开之后,孟盛楠再回头去看,她好像一下子觉得这个女人真的沧桑很多,市井又接地气。后来接完孩子,她背着包回公寓,

第十二章 他喜欢一个人

路上搜索了一遍所有在深圳的朋友,想起林州那个教她的报社前辈,他好像后来借调到了那边。

她斟酌了一下,打电话过去,长长的连线之后有人接起。

那个声音苍老:"你好,哪位?"

"老师,我是孟盛楠。"

两年前她执意要走,前辈也留不住。说起来她是挺不好意思再打扰的,毕竟大学的时候难得遇见一位良师。后来想想聂静的困境,她还是简单说了一下情况,拜托前辈帮忙。

老前辈问她:"还回来吗?"

言外之意是,还做新闻吗?

孟盛楠沉默了。

然后,听筒里一声长叹,响起了"嘟嘟"的声音。脚下起风,她沿着小路慢慢在走,没有直接回公寓,而是去了旁边的小操场。学校已经放学,周边都没人,她在那里坐到天黑,直到伸手不见五指,才起身原路返回。

刚进屋没几分钟,小林老师敲门进来。

"我一个人待着挺闷,过来找你聊聊。"

应该是刚约会回来,脸上还泛着红晕。

孟盛楠倒了杯水递过去,小林老师坐在沙发上还掩饰不住地笑着。孟盛楠不用猜就知道怎么回事,简直和戚乔与宋嘉树温存完后的样子一模一样。

她问:"结婚日子要定了?"

小林老师脸颊晕红地点头又笑笑:"我听他说你们俩还是高中同学,真是有缘,这么大个江城也能遇见。"

孟盛楠说:"没想到会这么巧。"

小林老师来了兴致:"那你多和我说说,他那时候什么样?"

孟盛楠简单说了几件小事,小林老师已经笑得拢不住嘴。其实她一直觉得傅松有点像一个人,东野圭吾的《嫌疑人 X 的献身》里的数学天才石神。细细一想,又不是很像。

还好,年少时的同窗好友找到了相爱的人。他们可以风雨同路,并

185

肩同行。

　　夜深回房休息前，小林老师找她借书，孟盛楠去卧室拿。沙发上她的手机铃声响彻在这夜晚，小林老师探身拿过，走去房里递给她。

　　"你的电话。"小林老师说。

　　孟盛楠接过，看了一眼来电显示。

　　小林老师好奇："怎么不接啊？"

　　孟盛楠舔了舔干涩的唇，铃声锲而不舍。

　　她正不知道该怎么办，手下蓦地一滑。电话那头史今捂着嘴乐了，将手机递给都快被烟熏得发霉的男人，用唇语说：通了。

　　池铮皱眉，摸了摸鼻子。

　　孟盛楠慢慢将手机贴在耳边，小林老师笑着接过她手里的书，小声说先走了。屋子里一时安静，只有听筒两边静静的呼吸声。

　　她轻轻问："有事吗？"

　　池铮抿嘴，冷眼看肇事者。

　　史今识趣地闪人，想到整个晚上这个男人不是敲代码就是盯着联系人界面看，界面上头是那个女人的名字。史今实在心急，于是趁他不注意摁了过去。

　　店铺门被轻轻关上了。

　　池铮低声问："还没睡？"

　　"嗯。"

　　"忙什么呢？"

　　孟盛楠："没什么。"

　　"上次——"池铮沉默了一下，咬着烟低了低头，话到嘴边拐了弯，声音也低了，"这两天有时间吗？出来见个面。"

　　孟盛楠："学校准备期末考，会很忙。"

　　"那什么时候不忙？"

　　孟盛楠实在不知道怎么面对他。

　　她停顿了几秒，说："最近都挺忙。"

　　池铮没再吭声。

　　过了一会儿，他说："早点睡吧。"

　　听筒里的忙音持续了好久，池铮才收了电话。他将手机丢在一旁，

第十二章 他喜欢一个人

吸了口烟滚进肺里。电脑上烦琐冗长的代码铺遍整个屏幕,他皱了会儿眉头,咬着烟又噼里啪啦地敲起来。

天黑了又亮,又是新的一日。

第二天清晨,孟盛楠就接到前辈的电话,说是深圳一家出版社有份工作,她忙打电话给聂静。对方千谢万谢要请她吃饭,孟盛楠推托不了,便和她约在期末考试后的七月初二。

早上十点,她去教室上最后一堂课。

一节课四十五分钟的时间,基本是五十二个学生和她聊着天度过的。下午放假,两天后就是期末考试。班里有关系比较好的同学,换了座位挨在一块,在课堂上挤眉弄眼。

有学生大声问她:"老师,您也不管管?"

孟盛楠笑:"今天世界自由。"

教室里喊翻了天。

一个女生活泼外向,站起来问所有人:"我前两天看了一个帖子,说是如果给你一个机会,你想拥有什么超能力?我先说,让吴彦祖爱上我。"

全班学生一阵长嘘。

"过目不忘。"

"前世今生。"

"瞬间移动。"

"掌控命运。"

"让喜欢的人喜欢我。"

全班学生鼓掌。

那个女生大声喊:"老师你呢?"

孟盛楠认真地想了想:"听曹雪芹续讲《红楼梦》。"

全班:"……"

后来放学,她下楼往外走。

楼梯上不时地有学生上上下下,他们嘻嘻笑笑、青春昂扬。她慢慢走,想起刚刚撒的谎。如果给她一个机会,她想回去 2004 年,告诉十六岁半的自己,做一个勇敢的人。可是现在过去了这么久,她早就没多少勇气能拿出来了。

教学楼外,忽然小雨纷飞。

她猛然记起今天周五,于是匆忙迈步顶着雨去校门口报刊亭。老大爷慈眉善目地问她要哪本,她笑说《人间百味》。

那本杂志她花了三个晚上才看完。最后两篇的作者分别是周宁峙和张一延,发自洛杉矶。她想起过几天就回来的江缙,倒真是多了几分落魄和伤感。

几年别离,也不知道他们是否还好。

学校的琐事随着期末考试的结束暂时告一段落,全体老师统一阅了两天卷。二号那天她总算闲了下来去赴聂静的约,俩人两点的时候在广场路的茶餐厅见了面。

聂静坐在对面满是感激。

孟盛楠问:"怎么没带孩子?"

"我妈看着呢。"聂静笑了笑,"我妹说她在那儿特别好,我都不知道该怎么感谢你,如果以后有什么事需要我,你尽管说。"

她笑笑:"都是老同学了。"

"其实今天请你过来,除了要感谢你帮我妹解决工作的事,还有一件事想和你坦白,希望你能原谅。"聂静欲言又止,"我也内疚了很多年了。"

孟盛楠眼神疑惑。

"高中时候你报三千米——"聂静重重地吸了一口气。

"我知道。"孟盛楠截住她的话,笑了,"那时候十多岁都懂什么呀。"

聂静好大一会儿没说话,有些无语凝噎,眼睛看着孟盛楠,一直在点头。餐厅的门被人推开,带了风进来,聂静看了一眼窗外又转回来。

"谢谢你,孟盛楠——"聂静艰涩地顿了一下,像是在缓解内心的起伏,"你和以前的同学还联系吗?"

孟盛楠倾身给她添了热茶。

"前段时间遇见傅松了。"她笑着说,"听说快结婚了。"

"那还挺好。"聂静捧着热茶,"可能你们不知道,高中那会儿我还挺崇拜他的。"

孟盛楠扬眉,轻声说:"看得出来。"

聂静笑得眼眶湿润,孟盛楠也不自觉地笑了。

这种轻松地说着话、哭笑随和的日子就算是在高中时代她们都没有

第十二章　他喜欢一个人

过。她们你一句我一句说了近三个小时，分开的时候，孟盛楠送聂静上了公交车，转身沿着站牌自己走。路边的各大商场搞促销，门口一溜的漂亮女人，她们身上都披着横幅，花枝招展。

她忽地兴起，进了里头去逛。

夏天的女人一个比一个漂亮，衣服一件赛一件耀眼。有店家笑着招呼她，孟盛楠进去溜达。墙上有一件双吊带粉色蓝底裙，她一眼就喜欢上了，咬着牙花了将近小半个月的工资买了下来。

商场外的路边，池铮一直在抽烟，从看见她进去一直抽到现在。

他抬眼看着对面的高楼，做了一个决定，随即他狠狠地抽了一口烟丢掉，从大门走了进去。

孟盛楠逛到二楼，迎面走过来一个女人，长发及腰，热辣短裙，擦肩而过的时候和她不小心撞了一下，她说抱歉，女人甩了甩头发，昂头挺胸地走过，带走了一阵风。

二楼都是服装店。她逛到最后一家的时候，又看见刚刚撞到的那个女人。几步之遥，女人背对着她和面前的男人调笑。男人被挡着，她看不清，正要移开视线，男人看过来，她明显愣了一下。

池铮的眼神像猎鹰，牢牢地攥住她。孟盛楠不自觉往后退，转身就想走。

那个女人已经抬起手要去碰池铮，他的胳膊一扬，没有触碰到，而是掉转方向直直地朝她走过来。她还没迈出步子，就被他拉着手腕强行带走。

那个陌生女人一脸的不可思议。

二楼最左手边的楼梯处有一个工作间，没有人在。池铮直接将孟盛楠拉进去，将墙脚竖着的维修牌子丢在门外，然后重重地反锁上门。她挣脱不开，被他死死摁在右手边的墙上。那呼吸沉重压抑，她很不舒服，被他吓得手里的服装袋都掉在地上。

他整个人阴沉得厉害："不是说很忙？"

孟盛楠说不出话，面前的男人力量大她太多。她忍不住挣扎了一下，却被他禁锢得更紧。他的脸压下来，呼吸沉重。

"你跑什么？"池铮呼吸更近，慢慢开口，"陆司北说你很难追，一点没错。"

孟盛楠抬眼看他,大义凛然的样子。

池铮低声:"孟盛楠,我们谈谈。"

她最怕提到这个,只觉得自己被他剥得干干净净,看得透透彻彻。她觉得有些羞辱难堪,他却始终不松口。她能感觉到自己牙尖都在打战,却说不出一个字来。

他忽然笑了一下:"你紧张什么?"

她看着他近在咫尺、胡子拉楂儿的脸,出不了声。他气息厚重,身上的味道覆盖她一身,孟盛楠偏过头,不愿意对视。

他说:"你紧张也没用。"

孟盛楠的眼圈一下子红了。

池铮皱眉:"怎么跟林黛玉一样?"

说完他自己就笑了,伸手去碰她的眼角,粗糙的指腹摩擦着她的皮肤,孟盛楠一个哆嗦,他慢慢俯身至她耳侧,声音低而蛊惑。

"我看上的女人就得跟着我,除非我提分手。"池铮又看向她的眼睛,"陆司北追了你那么久才追到手,后来为什么放弃你知道吗?"

她假装镇定地看着他。

池铮:"因为你喜欢我,对吗?"

孟盛楠颤了颤眼睛。

"孟盛楠是你,舒远也是你。"池铮吸了吸脸颊,黑眸紧紧盯着她,"那本《沉思录》,他知道,我也知道,还有很多你不知道的我都知道,就凭这些,你跑得掉吗?"

通风口刮起一阵风浪。孟盛楠看着他的双眸,奇怪地平静下来。这是她喜欢了那么多年的男人,他所有的一切,她曾经都尝试去喜欢。

她终于开口说话:"你早就知道了是吗?"

池铮凝视着她的眸子渐深,此时彼此都特别安静。好像小时候玩游戏,谁先开口谁就输了。他屏着呼吸,目光锁在她平静脸庞下的风起云涌。

"知道什么?"他自我挖苦地笑了,"知道你喜欢了我这么多年?"

这时候的孟盛楠就算是再平静,也克制不住心底的那种羞耻和焦躁,她眼圈一红,鼻子一酸,眼泪就吧嗒吧嗒往下掉。

他低声说:"死要面子活受罪。"

第十二章 他喜欢一个人

她偏头躲开他的视线,被他强硬转过来。池铮下了狠劲,直接掰住她的脸,双手握着脸颊,重重地吻了上去,只是那吻却意外轻柔地落在她的眼睛上,一点一点帮她抹去眼泪,然后才移向她的唇。

有人敲门,池铮一顿。

像是有人过来了,有工作人员在说话。池铮不耐烦地皱着眉头,孟盛楠脑子转醒,趁他愣神的工夫,使出全力推开他,池铮一时后退了好几步。她很快地打开门,几乎是不到三秒的时间就逃离了。

他刚好和工作人员撞了一个正面,似乎都有些尴尬。

池铮摸了摸下巴,垂眸看到地上的服装袋。他俯身提起来看了一眼,然后不紧不慢地走了出去,一眼望向商场楼下,孟盛楠早已不见人影。他轻轻拂过薄唇,似乎还能感受到她的温热。

池铮眯起眼走到外头,点了一根烟。

孟盛楠早已走远。她从商场打车到学校,花了十五分钟,从校门口到公寓里,走了五分钟。与其说是走,不如说小跑。学校里早就没什么人了,她提着一颗心直到回去屋里才落下来。

她背靠着门,慢慢滑落坐在地上。

刚刚那湿热厚重的吻,她没想到。过去了这么长时间,他的味道好像还缠绕在她身上,弥久不散。他说出了所有她年少时的心事,那样霸道、不计后果、不顾一切。

她看着地上的白色瓷砖,倒映着她的影子。

就那样一直发呆了很久很久,她忽然就笑了,然后泪流了满脸,一瞬间全身的戒备都没有了。她觉得太轻松了,像是在海底蛰伏了很久,忽然有一天知道了太阳长什么样子。

外头天色渐暗,四周风起。

盛典来了一个电话:"什么时候回家来?"

孟盛楠看着窗外高挂的半边红云晚霞,晚霞如火,像极了夕阳下的江海湖泊。

"五号了。"她说。

她的目光还盯着那片海洋一样的红光。

"小杭一直说要我问你什么时候回来。"盛典笑了一声,"我这边刚

191

拿起电话,他就跑院里玩去了,一天都逮不着人影,都是你爸惯的。"

盛典最后叮嘱:"晚上早些睡,别熬夜,听到没有?"

孟盛楠"嗯"了一声:"知道了。"

然后,屋子里便是长久的沉默。

天边的红霞慢慢消失不见,夜色也变得渐入深沉,像是他粗重的呼吸,弥散开来,经久未消,他看过来的样子,让她发颤。

翌日一整天她都窝在房子里没出门。

自己闲着煮点面随便对付,然后开始写稿子,直到近傍晚也才写了七百来字。不记得是哪个外国学者说,写东西这事要精雕细琢,直到额前渗出血珠。

房子里很安静,只有孤零零的敲打声。

手机也一直处于安静状态,甚至一个乱七八糟的广告短信都没有。她莫名其妙地心浮气躁,不时地看一眼窗外,就是平静不下来,于是去找书看。2008年毕淑敏花费半生积蓄买了一张船票,乘邮轮绕地球一周,写了这本《蓝色天堂》。

她每次看都能很快心平气和,但这次失算了。

戚乔是在八点左右打电话过来的,她当时看了一眼来电。电脑上音乐播放器里钟舒漫在唱《给自己的信》,她也不知道单曲循环了多少遍。

她按了接听键,关掉了歌。

戚乔问:"做什么呢?"

孟盛楠:"敲字。"

戚乔鄙视地叹气,约她明天逛街。孟盛楠想着那条丢掉的裙子一个劲地心疼,懒得再动,直接拒绝,戚乔"喊"了一声利落挂断。

她提不起劲,又跑去书架翻《呼兰河传》,最后也不知道什么时候睡着了,半夜做梦转醒找电影解闷。

一部《唐山大地震》,让她哭到天亮。

阳光落进来的时候,屋子里的音响在唱歌。她抱着被子补眠,满脑子的陈年旧事。有人敲门,她一愣怔,虽然明知不可能但还是紧张地跳下床跑去开。盛典站在门外一脸诧异,右手拉着孟杭。

孟杭一脸鄙视:"姐你好懒。"

盛典:"都几点了还睡?"

第十二章 他喜欢一个人

她低头看了一眼身上的睡衣睡裤，窘迫地闭了闭嘴。盛典无奈一笑，进她房间去收拾。孟杭一个人去开电视看动画片。她跟着盛典进了屋，关了音响。

"你们怎么过来了？"

盛典边叠被子边说："闲着没事。"

孟盛楠揉揉头发，坐在床边打了一个哈欠。盛典将叠好的被子堆在床头，叹了一口气："跟你说别熬夜，就是不听话。"

孟盛楠自知理亏，保持沉默。

收拾完毕，盛典去做饭。她洗漱换衣去帮忙，盛典不让她捣乱，推她去和孟杭玩。孟盛楠过去客厅坐在孟杭旁边，看了一眼电视上的《大头儿子和小头爸爸》。

孟杭乖乖叫了她一声姐，眼睛还盯着电视。

"昨天妈妈问我哥哥的事，我不小心说了。"是带着歉意的语气。

孟盛楠呆了两秒："你说什么了？"

"哥哥给我买玩具、教我玩游戏、送我们回家。"

孟盛楠："……"

"有点对不起你，所以我今天来看你了啊。"孟杭叹了口气，"张嘉约我出去玩，为了你我都没去。"

孟盛楠："……"

她耷拉着肩膀，手撑着下巴，胳膊搭在盘起的腿上，苦着脸咬着嘴唇。孟杭看她那样子不说话了，迅速从沙发上跳下来跑去厨房，孟盛楠咬牙切齿、欲哭无泪。

中午的时候盛典和馅包饺子，她在一旁擀皮。

盛典假装不经意道："心里揣着事呢吧？"

这话问出口的时候，孟盛楠脑门一疼。

"你也不小了。"盛典慢慢地捏着饺子边，"有些事妈不说你也明白，这人一辈子得走过多少道，说都说不清，你外婆以前老和我讲，甭管什么时候，挑最亮堂最宽敞的路走准没错。"

孟盛楠擀皮的动作慢了下来。

"你懂我意思吧？"

孟盛楠说："知道。"

193

那天好像是个什么好日子来着，宜嫁宜娶，喜结良缘。江城有一条街道铺满了汽车，挂满红色彩带。那条不到百米的巷子更显冷清，史今熬夜送完货在自家眯了一会儿就过去了，池铮当时嘴里叼着烟在键盘上敲敲打打。

史今逗他："今天兴致不错啊。"

池铮笑了一声："你忙完了？"

"忙完了。"史今伸了一个懒腰，视线扫到床脚的一个女性化的纸袋，看了一眼正在忙活的人，走过去瞄了一眼，拎起来贱笑，"给谁买的？"

池铮扫了一眼，抬手一把夺过。

"还真是改头换面了啊。"史今自知问不出个所以然，笑了一声又道，"今晚喝几杯去，哥们请客。"

池铮头都未抬："闲的吧你。"

"不是吧，追个女人而已，这点乐趣都丢了？"

池铮盯着显示屏，想起自己那天确实有点过。他笑了一下，算算时候，给的缓冲时间够多了。他侧眸看了一眼外面飘零的街道，慢慢收回视线。

烟雾易散，女人难追。

"哥们明天跑长途，最少也得一周回。"史今说，"怎么样，给个面子？"

池铮缓缓开口："什么时候？"

史今乐了："晚上八点半。"

江城的沉沉黑夜各成一派，出去玩的不死不休，在家宅的活像个鬼。

孟盛楠送回盛典和小杭，已经是晚上八点。她端着电脑靠床头，盯着某处发呆。

她看着漆黑的窗外，心里一阵打鼓。

房间里静悄悄的都可以听见电脑的散热声，她收回视线继续靠着床头发呆，笔记本右下角提示有新邮件，是江缙从西雅图发过来的一封短邮。

"哥明天回国，先去江城看你怎么样？"

她敲了几下键盘，回复："可以。"

第十二章　他喜欢一个人

小窗口里微博论坛刷着各种虐狗日常，孟盛楠看得心烦意乱，"啪"的一声合上电脑。最后实在坐不住，起身去换衣服，然后拿着包匆忙就出了门。

出租车师傅问她："去哪儿？"

她这才愣住，低头去看自己的短袖和七分裤，陷入沉思。师傅又问了一次，孟盛楠轻"啊"了一声抬头。

她咬紧牙关："去市区方十字街。"

街道一路绿灯，十来分钟就到了地方。她下了车却迟迟不敢向前走，就那么站在路口往里望。不知道用了多少力气才抬起脚，走过第一个店铺的时候她才抬头去看。灯暗着，店铺关了门。那一刹那，她说不出是失落多一点还是轻松多一点。

她慢慢转身往回走，身后又恢复寂静。

路边红绿灯下她伸手拦车，师傅问去哪儿，她刚要开口，手机响了。看到来电显示的时候，她着实愣住了。各种涌起的心情，像是一锅大杂烩扰得她混乱不堪。

师傅提醒她："姑娘，接电话呀。"

孟盛楠回神，赶紧摁接听。

"是孟小姐吗？"是个陌生的男人声音。

"我是孟盛楠。"她一怔，那头几句说完了事情，她迟钝了半天才回神，"师傅，去金天地。"

那个酒吧在正儿八经的市中心。

孟盛楠一下车就看见面前闪亮的三个大字，她还是有点紧张，在门口深呼吸了几下才进去。她像是去了另一个国度，忍不住皱眉，四下张望去找那个醉酒的男人，最后在角落里看见他。

池铮倒在沙发上，醉得一塌糊涂。

面前的桌子上几十个啤酒、白酒瓶子东倒西歪，她穿过人群。他迷迷糊糊，一手搭落在沙发上，一手还攥着半瓶酒。

"孟小姐吧？"有服务生走过来说，"这位先生喝醉了一直在叫你的名字，所以我只好联系你，接他回去。"

服务生说完离开，孟盛楠怔了半秒，然后又去看池铮。他好像睡着了，侧脸硬朗，一如往年的痞帅。她就那样看了他一会儿，记起那天他的霸道蛮横，他说她死要面子活受罪，孟盛楠忽然就笑了。

她叹了口气，弯腰去拉他。

他一身的重量，孟盛楠有些吃力。好不容易扶他起来，将他的胳膊绕过头来扶住，然后她一步一步往外走。池铮高瘦挺拔，压着一米六五的她，满身的酒味儿铺了她一脸，隔着单薄的布料，俩人的身体紧紧相贴。

后头吧台，史今舔唇笑。

刚刚的服务生调侃："你这招够厉害。"

史今摇头："那家伙才厉害。"

"几个意思？"

"他当年和兄弟们喝酒，喝趴了一大片。"史今说着笑了，"装醉也跟真的似的，看来我们很快要喝他的喜酒了。"

酒吧里顿时哄闹一堂、吵嚷一片。

站在路边，孟盛楠扶着他摇手拦车。池铮醉醺醺地将头倒在她肩上，呼出的粗气让她鼻尖一热，脸也跟着烫起来。

她偏头去看，他呼吸平稳。

出租车沿着店铺的方向开，池铮靠在她的肩膀上，孟盛楠每次一推他又会倒下来，她无奈气馁，他的气息拂过来让她心乱。前方突然转弯，她抬头看了一眼，猛觉腿上一重，她身体一僵，好久才低头看。

池铮的脸贴着她的腿，侧向里。

孟盛楠不敢动，屏着呼吸僵硬到下车。她费劲地将他的头推开，然后扶他出来。已是深夜十点半，两边的铺子剩下三三两两还亮着灯。她扶他走到里边店门口，从他兜里找钥匙开门。

刚进了屋，她正要去开灯，耳边忽然一震，门被关上。

她心里一跳，黑暗里他呼吸沉重。孟盛楠慢慢抬手去找开关，只觉一个猛然的推力，他的手握紧她的胳膊，反手向上将她固定在门板上，俯身压下来，另一只手握住她的腰。孟盛楠后背一僵，只见他的脸直接埋在她的脖子上，低低笑出来。

他又深又慢地呼吸，不掩欲望。

"想死我了。"他声音低沉说。

> TXSFHZM
>
> 满地都是六便士，
> 他却抬头看见了月亮。

第十三章
六便士和月亮

狭小的空间里，有很大一会儿他没动。

池铮的脸贴在她的脖子上轻轻嗅，孟盛楠就那么僵着，连呼吸都不敢。他身上味道很大，手掌摩挲在她的腰间。

不记得过了多久，她以为他睡着了。

她轻声叫他："池铮？"

他闷闷地"嗯"了一声，孟盛楠的胳膊被困，脸颊偏向一边的黑暗里。池铮慢慢从她的脖子处抬起头，微微一歪，看她的眼。

"这几天不知道你有没有想我。"他说，"我很想你。"

他的声音里带着笑意，她咬着唇没吭声。

隔着门板的街道店面有人放歌，是羽泉的《不弃不离》，那首 2009 年发行后她听过无数遍的歌，然后她听见他叫她的名字。

"孟盛楠。"他的声音沙哑低沉。

池铮放开她的手腕，转而双手覆在她身后轻轻抱住她，下巴搭在她的头发上，慢慢轻抚她的后背。过了一会儿，他才出声。

"不管以前什么样，现在是我追你。"

他的声音低而缓，泼洒在她的耳畔。

孟盛楠的眼眶渐渐湿了，泪水无声无息地砸在他的肩膀上。她不敢抬头去看他的脸，也不知道要怎么开口说话，只是静静地听着。

"你可以闹别扭、发脾气，怎么乐意怎么来，我都喜欢。"池铮说完顿了一下，"这么说，你能明白我的意思吗？"

他说完探头去看她的脸。

池铮叹了口气，抬手去擦她的眼睛。孟盛楠就那么看着他，乖得像猫，眼眶里只盛得下他的目光，认真专注。

他无奈一笑："怎么还哭了？"

这话一出，孟盛楠眼泪掉得更厉害，她的牙齿都在嘴巴里颤抖，泪水吧嗒吧嗒往下落。池铮叹了一口气，目光紧紧锁着她。

他一面轻轻擦拭，一面开口。

"你应该看得出来，我现在混成什么样儿，没文凭、没背景，什么都没有，还欠了一屁股债。你跟着我可能会很辛苦，但我是真心想对你好，更何况你喜欢了我这么多年，怎么着也得在我身上捞回本不是？"他还自嘲地开着玩笑，"这些话我也憋得够久了，以前那些年轻气盛的浑蛋事都不作数。现在，你可以好好想清楚，接受——"他冷静地看着她，"或者拒绝。"

屋里屋外忽然安静得像深山老林，表面风平浪静，实际翻江倒海。2012年7月4日深夜10点45分开始后，秒针转动的那60格，或许是池铮有生之年最为煎熬的时刻。他抬手覆在她的脸颊，目光紧紧摄住她的眸子。

半响，她还是没有开口。

池铮的声音也低了："如果你——"

他说到一半，孟盛楠对准他的嘴唇凑了上去。她湿漉漉的脸颊贴在他的下巴上，池铮只是愣了一下立刻占了上风，一手揽住她腰，一手捏着她的下巴重重地吻下去，孟盛楠有些受不住。

这回池铮知道了，死缠烂打对她最管用。

他低声问："怕痒？"

孟盛楠羞赧得哪里说得出话，池铮半眯着眼，见她已放松警惕，腰上的手慢慢滑到短袖下摆。肌肤相贴，孟盛楠一颤。

池铮停下动作，眯着眼看她。

他坏笑："这样你让我怎么忍？"

她顿时脸红心跳，池铮低头凑上去亲她。孟盛楠又是一颤，池铮低低笑起来，他存心逗她。

房间里只有床上窗户落进来的一点微弱的白色月光，他微微低头看她,忽而轻笑,狠狠地吸了一口气,最后松开手。

他低声:"别走了。"

孟盛楠抬眼。

他说:"我不碰你。"

然后,他抬手去开墙边的灯。

忽然出现的光线让她有些睁不开眼,池铮侧身挡住头顶的光,垂眸笑着看她。孟盛楠慢慢睁开眼,倒有些扭捏不好意思起来。

池铮笑了,随后拉着她的手坐到床边。

"我去洗个澡,一身的味儿。"

她慢慢地点头,他笑着揉了揉她的头发,转身出了侧门。

孟盛楠此刻坐得端正拘谨,四周环视。

几十平方米的小房子,满满当当、乱七八糟。她坐了一会儿就开始收拾他的床,床上全是他的味道。从窄小的窗外看这夜晚,明亮崭新。她轻轻呼吸了一下,像一场幻象,忍不住莞尔。身后,他推门走进来。孟盛楠正站在床脚,弯腰去拿他的脏衣服。

池铮靠着门框:"你要不要洗?"

她匆忙回头,他光裸着上身靠着门板,发丝还在滴水。她吓得不敢动,双手还维持着拿衣服的样子:"不用。"

池铮乐了:"怕我?"

孟盛楠咬着唇,没吭声。

"说了不碰你,我忍得住。"池铮笑,说罢俯身,唇至她的耳边,声音一低,"下次就难说了。"

孟盛楠紧张地眨了眨眼,觉得自己还没到那么开放的程度。好像知道她接下来要说什么,池铮一个眼神就让她又缩了回去。

他笑:"真不洗?"

她挺直背,进退两难。

"你沾着我一身的酒味儿,要是我万一把持不住——"

他的声音愈加低柔,孟盛楠耳尖一麻。

池铮怕她逗得太过她又跑,于是点到为止,弯腰从桌下的柜子里拿出一件他的短袖,还有那件她丢在商场的双吊带裙。

"这个一会儿穿。"他将短袖递到她手里,提了提右手的纸袋,"这个明天换上。"

她一眼就认出来那条裙子:"怎么在你这儿?"

池铮挑眉:"你不是跑了?"

孟盛楠抱着衣服不说话,不太敢正视他。

池铮胸膛宽厚、肌肉结实。她是有些脸红的,池铮想笑又忍住了。他放下纸袋,拉着她的手出了侧门,穿过走廊。

"有些简陋,委屈你了。"洗漱间里他试好水。

孟盛楠轻轻摇头。

他笑了笑,退了出去关上门。孟盛楠一个人在里头,慢慢脱掉衣服简单地洗了洗。水流淌在皮肤上,她整个人都轻松了。刚刚所有的一切像是梦一场,以前怕他逢场作戏,现在真是时光轮流转。

好儿郎东西十三年,浪子回头不怕。

走廊里一盏声控灯,池铮就那样一直靠在门外墙边。他低头看着门缝里照出来的亮光,点了一根烟抽起来。灯灭了又亮。

他抽完一根,又笑了。

里头花洒停下来的时候,池铮掐灭烟回了屋里。过了一会儿,孟盛楠进来了。她双腿细长,刚洗过澡的皮肤软腻白皙。池铮看了一眼移开视线,握拳捂嘴咳了几声。

他说得别扭:"你睡里边。"

孟盛楠将换下的衣服装进袋子里,然后轻手轻脚地爬上床。她有些紧张,抱着双膝靠墙。池铮无奈地笑,坐在床脚看她。床边的木板将里外隔开,空气凝滞。

孟盛楠被他盯得有些不自在。

她转过脸:"看我做什么?"

他很坦荡:"你说看你做什么?"

孟盛楠低头看床不吭声,池铮笑了一声。

她抬眼刚好看见他的头偏向另一侧,肩膀后面那个 H 文身显露出来,目光停了一下。池铮回头有注意到,眸子盯紧她。

他曲起腿,胳膊搭在上头:"有没有特别想知道的事情?你可以问我。"

俩人隔着一张床的长度,她看过来,他难得认真。

孟盛楠沉默了一会儿,问:"我要说有,你会回答吗?"

池铮:"会。"

孟盛楠摇了摇头。

池铮皱眉:"没有?"

她说:"没有。"

池铮看了她一会儿,慢慢笑了。

后来他又说了一些话,孟盛楠在听。其实也没说几句,孟盛楠就困得一直打哈欠。他看着她笑,想来她够累了。没一会儿,她就靠着墙睡着了。池铮摇头失笑,探身过去将她放好,盖上软被,然后低头凝视片刻,转身出了门。

那时候已是夜半时分,屋外有风在吹,池铮关上门沿着街道右拐,去了网吧。路灯昏黄,他边走又点了一根烟。

昼夜起伏,日月更替。

孟盛楠醒来的第一眼,身边没人。有亮光从窗户落下来,屋子里特别静。她慢慢从床上爬起来,身侧没有他睡过的痕迹。她坐在床上傻笑,很久才回神。倏地一闪,才记起今天是发通知书的日子。清晨六点半,她匆忙洗漱,换上衣裳就要往学校赶。

车上,她斟酌着每个字发短信给他。

"学校有事,我先走了。"

池铮提着饭盒往店里走,手机响了一下。他正从兜里摸烟,顺手别了一根在耳后,然后拿出看信息,笑着边走边回:"好。"

太阳这时候出来了。

那天孟盛楠忙完的时候已经近十一点,学校里的人都散去得差不多了。她回公寓收拾东西,在楼门口被小林老师拦住。

傅松站在身后,看了过来。

小林老师从包里拿出请帖递给她,是大红色的硬壳纸。孟盛楠忍不住翻开,看到时间那一栏的时候,还是惊讶了一下,上头的日期是七月十九。

傅松说:"到时候一定要来。"

孟盛楠满腹感叹,看了他俩一眼。

小林老师看向傅松,男人站得笔直,眼角带笑,女人满眼的甜蜜藏都藏不住,她转过来对孟盛楠说:"本来打算下个月的,可是他想早点完婚然后带我去伦敦。"

千言万语,孟盛楠实在不知道该说什么好。

"祝福你啊。"她张开手拥抱了小林老师一下,在她耳边轻声说,"新婚快乐。"

小林老师拍拍她的背:"你也抓紧啊。"

说了几句话,他们互相道别。

孟盛楠看着那双携手远去的背影,笑了笑上楼。她没什么要收拾的,简单带了几样衣服。盛典打电话问她什么时候到家的时候,她正坐在公交车上往回赶。

一进院门,孟杭就跑出来抱住她。

孟盛楠捏了捏小男生的脸蛋:"妈妈做的什么呀?"

"排骨、鸡翅、大闸蟹。"

"怎么都是你爱吃的?"

"姐。"孟杭表情很认真,"你可能真是捡来的。"

孟盛楠:"……"

饭桌上,一家人一面吃饭一面聊天。孟津问起要过暑假了,她什么时候去杭州,从前的暑假孟盛楠大都是去杭州过的,不用提,都是板上钉钉的事。

盛典直接拍案:"这两天就动身吧,外婆想你们俩了。"

她戳着菜,"嗯"了一声。

"对了,前两天康婶……"盛典转头问孟津话。

孟盛楠低着头,吃得索然无味。

她心里叹气,失落才刚确认关系她就要远走。包里手机突然响了,她立即放下筷子去接。

那边他问:"在哪儿?"

"我家。"她用余光扫了一眼餐桌那头,轻声说道,"正吃饭呢。"

他说:"那我晚点再打给你。"

她声音闷闷的,不太情愿地结束这通必须短暂的电话。盛典看了她一眼,不经意地问是谁,她借口说是同事,然后低下头吃菜不吭声了。

池铮从店铺出来,要去机场接江缙。

第十三章 六便士和月亮

他油门踩到底一路狂奔,江缙已经下了飞机等在机场外,看到一辆摩托车劈头直接开过来,手指勾下墨镜怔住:"天哪,这座驾简直了。"

"不坐拉倒。"池铮从车上下来,瞥过去一眼,"要么打车。"

江缙接过池铮丢过来的头盔,嘿嘿一笑坐了上去。摩托车一路飞驰到了店铺,江缙将行李包丢在地上,四下打量。池铮靠在门上,从兜里摸出两根烟扔过去一根。

江缙:"这两年就混成这样儿?"

池铮淡淡扫了他一眼,低头点烟。

"真追上了,我说?"聊过几句,江缙憋不住问主题,"别是骗我呢吧?"

池铮指间夹着烟递嘴里猛吸了一口,弯起嘴角。看他那样儿,江缙沉默片刻笑了,直接原地走了两步又走回来。

江缙很郑重地说:"对我妹好点。"

"用你说?"池铮眯眼吸了口烟,问,"还一个人?"

江缙耸肩:"没法子,谁让咱长得这么抱歉。"

阳光照在地面上,两个男人对面站,各自抽着烟,烟雾熏绕。江缙得知这人要重操旧业,极有深意地看了他一眼,偏头看着外头街道。

"你呢?"池铮问,"这次回来什么打算?"

江缙沉默了好大一会儿才说:"回家陪陪我妈。"

他们聊了几句,江缙从兜里掏出手机要给孟盛楠打电话,嘴上还念叨着"真是天大的机缘,你们俩居然在一起了,可喜可贺"。

池铮眉头一皱,夺过手机:"她忙着呢。"

江缙眉毛一挑:"忙怎么了?都几年没见了。"

池铮:"那也不行。"

"得,不打了,我累惨了,去你床上睡一会儿总行吧?"

池铮将手机递还,伸长胳膊一拦:"外边自己找窝去。"

"你就这么招待千里迢迢赶过来的睡在你上铺的兄弟?"江缙毛了,"我这心里可都是在抽搐啊,你忍心吗?"

"出门左拐。"池铮笑了一声,从裤兜里掏出一样物件,"晚上等我电话。"

江缙低头一看,一张酒店房卡。

"啧，够义气。"江缙拍拍他的肩，"穷成这样儿还给兄弟这待遇。"

池铮失笑："赶紧滚。"

江缙走后，池铮这才拿出电话拨号过去。

当时孟盛楠正趴在床上看书，胳膊肘边放着手机。她不时地看一眼，想发短信过去又忍住了。听到那千思万想的铃声振了一下，她马上拿过来，手指摁在接听键上，又顿了片刻，然后才接起。

池铮问："做什么呢？"

"看书。"

池铮无声笑了："方便出来吗？"

她问："怎么了？"

"带你见个人。"

孟盛楠"哦"了一声："谁啊？"

"六点我过来接你。"池铮笑，"到时候你就知道了。"

挂掉电话，孟盛楠忍不住乐，抱着书在床上打滚。很多年前琼瑶阿姨写苦情剧，她不是很明白小说里那些人为了爱情真的可以什么都放弃，哪怕活成蝼蚁，现在她好像有些理解了。她笑着从床上爬起来又跳了几跳，然后去翻衣服。

她收拾好自己去看时间，五点还不到。

盛典在隔壁康婶家，孟杭缠着她放电影。孟盛楠闲着等电话，找了影片和孟杭一起坐沙发上看。孟杭看得认真，时不时地还发表意见。到最后她也看得入迷，抱枕下面的手机响了一遍她都没听到。

"姐，你也给我买那个巧克力吧。"

她说："那种得国外才有吧？"

门口盛典提着一大袋子菜走进来，看着他俩："你们那边什么响呢？"

孟盛楠开始还没反应过来，然后一愣，赶紧去找手机，看到三个未接来电的时候，她想跳楼的心都有了，拿上包起身就往外跑。

她边跑边丢话："妈我晚点回来。"

人走到巷口，手机响了。

他说："右边路口。"

孟盛楠看过去，百米开外的地方有他和摩托车。她低头看了看脚尖

第十三章 六便士和月亮

慢慢走过去，近至半米的时候，池铮掐灭烟看过来。

她有些不好意思地解释："我和小杭看电影呢，没听见手机响。"

池铮笑问："什么电影专心成这样？"

"《查理和巧克力工厂》。"她说完还好奇地问他，"你看过吗？"

池铮看着她舔唇，笑了。

"这个电影挺好看的，也很适合大人。"那笑让她头皮发麻，孟盛楠立刻转移话题，"你怎么在这儿等啊？"

池铮说："刚看见你妈了。"

孟盛楠一惊："你认识我妈？"

"从前见过，刚才在巷子那边和人说话，好像是有人要给你介绍男朋友。"池铮笑了笑，"你妈说我们家盛楠谈着呢。"

她脸红："我妈她——"

池铮笑着揉揉她的头发："行了，走吧。"

孟盛楠如释重负，揪着裙子坐上去，压抑着心跳，双手放在他宽阔的后背两侧，然后抬眼看向前方。路很宽很长，发丝被吹起，她的目光落在他的侧脸，裙摆被风扬着贴在他的腿上。

风里，她问："还有多久？"

池铮侧头："就快到了。"

"那人是谁啊？"

池铮笑："月老。"

那是一家当地餐厅，他拉着她的手直接上二楼。走廊一直向里，包间的门半开着。池铮停在门口，对着里头那人的背影抬了抬下巴，侧身示意她先进。

孟盛楠看了他一眼，视线落过去。

男人背对他们站在窗前，她迟疑地抬脚往里走，池铮随后进来关上门。孟盛楠走了几步站住，看到男人慢慢转过身。

江缙笑得岁月苍老："妹子。"

孟盛楠张开嘴却说不出话。

江缙目光向后看："能抱一下吗？"

池铮说："别太过。"

江缙笑了一声，上前走了几步，倾身向前抱住孟盛楠，手掌轻拍在她的后背上，沉沉地叹了一口气："哥回来了。"

这话分量太重，孟盛楠很是感慨。

上次江缙在邮件里说他要来江城，转眼他就站在她面前。时隔多年的老友再次重逢，孟盛楠不能再欣喜了，甚至看见江缙的沧桑有些心酸。

池铮扫了眼时间，淡淡道："够了啊。"

江缙松开手，不满意地瞪他，孟盛楠忍不住笑了。池铮走过去揽住她的肩，她心里又暖又热。江缙鄙视地退后几步，无奈摇头说世事难料。

孟盛楠这才想起问："你们俩——"

池铮说："大学室友。"

江缙笑："没想到吧？"

孟盛楠确实有些意外。

"哥也很吃惊你们俩能走到一起，明明八竿子打不着的那种，居然还能遇见，想当年这小子在我们学校那可是——"

池铮："啧。"

江缙止住声，咳了一下。

孟盛楠莞尔："我知道。"

俩男人："……"

寒暄几句，池铮叫服务员上菜。江缙要了一打啤酒要喝。

孟盛楠问："这么多？"

江缙笑："那是你没见识过他的酒量。"

桌子下面，池铮揉着她的手。

她倏地想起那晚他俯她身上说情话，不禁脸一红，再细细琢磨，原来那一晚他不是真醉了，像是故意等她入瓮。

江缙还在啰唆："就这么点还不够他热身。"

池铮笑了一声。

"时间真是太匆忙了，不知不觉都过了这么多年。"江缙喝了一口酒，叹气一声，"哥记得那年你才多大来着，好像还是 2004 年的事。"

孟盛楠："十六岁。"

池铮听着他俩说以前的事，喝着酒一杯又一杯，没一会儿手机响了，去了外头接电话，包间里就剩下江缙和孟盛楠。

江缙忽然提起从前的一篇文章："那时候没觉得，现在想想你那些故事里的少年，如果没错的话，就是池铮吧？"

孟盛楠笑笑："我也没想到他说的'月老'是你。"

"这小子有多欠你知道吗？想着法儿地要我证明舒远是你。"江缙说，"哥当时真是惊着了，我还没见过他这样儿。"

窗外有汽车呼啸而过，风声打着玻璃。

"哥肯定不能明说呀，得折腾折腾他，那会儿你发表的文章少说也有百十来本吧，我全寄过去让他慢慢猜去。"江缙说着又笑了，"第二天他电话就打过来，说不猜了。"

她问："不猜了？"

江缙闷头又是一杯："这个哥疏忽了，好像有一本合集里有一篇作者介绍来着，被他给找见了，不过也够他找的。"

孟盛楠缓缓笑了出来。

包间里灯光明亮，她侧头看窗外。江城的夜晚刚刚开始，灯火辉煌。江缙好像故意要把自己灌醉似的，一个劲儿地喝。然后他看了一眼孟盛楠，忍住了一半话。

"哥知道你不是肤浅的人，但还是想问句。"

她"嗯"了一声。

"他现在什么都没有，还一堆烂账，你后悔吗？"

孟盛楠笑着问："当初一延姐走，你没拦，后悔吗？"

江缙一声不吭，仰头就是一杯。

"你和她没联系吧？"半晌，他还是问了。

孟盛楠摇头，犹豫了一下说："前段时间在杂志上看到，她好像在洛杉矶，一延姐和周宁峙联系得比较多。"

江缙苦笑了一下，仰头又喝。

池铮推门进来的时候，江缙已经趴在桌子上半醉半醒。孟盛楠有点后悔提那个话题，但也知道江缙是想问的。

她说出来，江缙心里难受。她不说，这人好像更难受。

池铮走过去看了一眼桌上的菜："一点没吃？"

孟盛楠摇头。

池铮说："你先坐着吃会儿，我送他回去就过来。"

说着他去扶江缙，这人醉成一摊泥。池铮暗骂，那几年江缙一喝就醉,现在还是老样子,只是好像瘦了很多,轻飘飘的。

江缙盯着池铮打酒嗝:"你这小子有福了。"

孟盛楠担心道:"我和你们一块下去吧。"

池铮说:"不用,我送他回去。"

说完他扶着江缙往外走,孟盛楠帮忙去开门。走廊里很安静,没有到处走动的人。江缙摇摇晃晃,忽然抬手回头看她。

"哥想起一句话来着。"

池铮扯下江缙的胳膊:"自己先吃,我很快回来。"

他们走后,她站在窗边往下看着他和江缙坐上出租车,车开远走。远方的夜晚霓虹灯闪,每一分钟都有花钱买醉的人。

池铮回来得很快,不过二十来分钟。

孟盛楠正站在窗前,闻声回头。池铮看了一眼她微红的脸颊,走了过去。灯光打在她的身上,萦绕着丝丝暖意。

他问:"喝酒了?"

"一点点。"孟盛楠乖乖点头,"江缙没事吧?"

池铮笑:"他能有什么事?自己作的自己受。"

"也不能这么说。"

池铮抬眼:"那怎么说?"

孟盛楠觉得他的眼神有点不对劲,不吭声了。

池铮玩味地笑了,身子贴近她。

她紧张道:"干吗?"

"我很好奇。"

她问:"什么?"

池铮偏头一笑,孟盛楠不自然地想躲,但后边就是窗户。

他凑近,声音低沉:"你所谓的'我知道'。"

孟盛楠这才想起刚才江缙说他读大学那会儿的事,她说"我知道"。孟盛楠眨眨眼,她只是那么回答了一下,好像没有什么别的用意。

她侧开身,慢慢移到左手墙边:"我就随便一说,先吃饭吧。"

脚步还没抬,他就压了过来。

男性宽阔雄厚的身体直接将她堵在墙角,唇落下来。他总是吻得突然,让她一点心理准备都没有。

她咬着下唇，双眼紧闭。

他呼吸沉重，眼神隐忍。

过了一会儿，旖旎散去。他松手帮她整理衣服，孟盛楠伏在他胸前，还在喘气。她闻着他身上的烟味儿和酒味儿，四周安静得很。

孟盛楠问："你不饿？"

池铮低声笑："我说饿了，真能吃吗？"

这话一语双关。

她埋头不搭腔，池铮笑了一下。后来那桌菜肯定吃不下去了，他骑车送她回家。风水台街只有路灯和行人，晚上十点的巷口昏黄一片。他将摩托车停在路边，搂着她又亲了一会儿。孟盛楠怕被熟人看见忙推开他，池铮有些皱眉。

她想起什么，问："江缙什么时候走啊？"

池铮懒懒地答："不知道。"

孟盛楠看他脸色有些不好："你生气了？"

他没吭声，朝她招手。

孟盛楠没明白，倾身过去，脖子被他一握，人就扑倒在他怀里。他坏笑着在她腰上捏了一把，孟盛楠吓得赶紧跳开到几米外，面红耳赤地瞪他。

池铮淡定如山："你妈叫你呢。"

孟盛楠赶紧回头看，心脏都要跳出来，巷子里一个人影都没有，她又回头看肇事者一脸得意，气得瞪他。

"这么不经吓？"池铮笑得戏谑，"进去吧，我走了。"

孟盛楠红着脸点头，转身进了巷子。

等到走出几步回头看，这个人还在。

她说："路上慢点。"

他点了一根烟："进去吧。"

一根烟抽到近一半，孟盛楠身影不见了。池铮咬着烟去踩引擎，奔驰而去。

第二日，天还未亮，店铺外头有人敲门。池铮半夜才睡熟，听声忍不住皱眉。他不耐烦地开了门，看见是江缙，没好气地问："你干什么呢？"

江绘站在门口,扬了扬手里的大包:"过来和你道个别,我妹那儿你说一声就行。"

"现在就走?"池铮皱眉,"出什么事了?"

江绘笑:"突然特想我妈。"

"真没事?"

江绘:"能有什么事?真想我妈了。"

"德行。"池铮蓦地笑了一声,"我送你。"

"车叫好了。"江绘说完顿了一下,"还有个事,这两年陆怀那家伙——"

"知道。"池铮偏过头截断江绘的话,低声开口,"我心里有数。"

江绘烂笑,声音豪放:"走了。"

池铮送江绘上了出租车,车子走远,他摸兜点了根烟,莫名觉得有些不对劲却说不出来,只能默默注视车离开的方向。

江绘在车里捂着胸口咳了好几下才缓过来,重重地靠在后座上。五点半的江城,清晨还是茫茫一片,江绘看着车窗外拿出手机。

天气有些潮湿,太阳还没出来。

有微弱的光芒落在床上,孟盛楠忽然转醒,手机响了一下,她揉了揉眼睛打开去看。

江绘发短信说:"那句话哥想起来了。"

孟盛楠愣了半天回神。

她问是什么,江绘发过来一句话。

满地都是六便士,他却抬头看见了月亮。

TXSFHZM

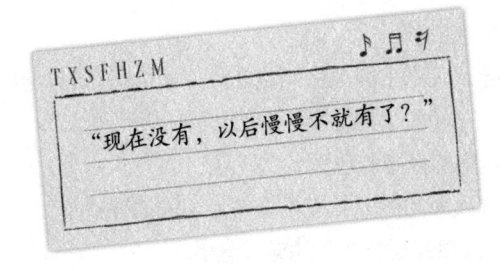

"现在没有,以后慢慢不就有了?"

第十四章
我们都要珍重

店铺里,池铮坐在椅子上抽着烟。

他不时地将烟递在嘴边吸一口,然后又拿在手上。眉头半拧,眼神漆黑。一根烟抽完,又摸出一根叼在嘴里,正要去点,摁打火机的动作一顿,然后将烟别在耳后,打开电脑。

屏幕代码千变万化,他忙得忘了时间。

再记起的时候去看已经十二点多了,池铮伸了一个懒腰去拿桌上的手机,正要给孟盛楠打过去。陈思的电话先过来了,他立刻接起。

"我寻思着今儿天不错,你给盛楠打个电话过来坐坐?"陈思在电话里说。

池铮笑了一下,摸烟塞进嘴里。

"我下午带她回去,您看成吗?"

陈思笑着说行,挂了电话,又细细一想,"带她回去"这几个字明显意味深长,她一时在家里坐不住,便跑去厨房做菜。

池铮一边点烟,一边给孟盛楠拨了过去,那边响起"您所拨打的电话已关机,请稍后再拨"的标准普通话。

他"啧"了一声,将手机丢到桌子上。

那会儿孟盛楠正和孟杭坐在她房间地板上玩手机游戏,其间总有各种乱七八糟的购买的金币广告弹出来。她怕孟杭不小心点错,手机开着飞行模式。盛典走进来问她行李收拾好没有,两点半的火车。

孟盛楠没精打采地站起来,拍拍屁股。

211

盛典说:"去了多带几件衣服。"

孟盛楠默不作声地收拾,又跑去盛典房间拿了几件孟杭的衣服,塞满了整个拉杆箱。盛典看了下时间,发话:"现在就出门吧,打个车过去。"

孟杭将手机递给她,孟盛楠直接装包里。

他们就那么出了门,到火车站的时候差不多两点。孟盛楠找了一个座位和孟杭坐下,她翻出手机想着要怎么和池铮说这事。

于是,就这么一直磨蹭到检票。

他们那节车厢坐满了人,男人、女人、老人和小孩。孟盛楠喜欢坐火车,五湖四海的人共乘一列车开往某个方向。车开起来,里头很热闹,人间百态。每到一站就会有人提着行李下车,可能这一辈子再也不会遇到。

她看着窗外,拿出手机拨号。

她这才发现手机设置的一直是飞行模式,手忙脚乱地关闭。刚恢复正常,池铮的电话就过来了。孟盛楠束手无措地摁下接听键,他的声音听着有些烦躁。

"怎么一直占线?"

孟盛楠支支吾吾地解释:"飞行模式,我忘关了。"

"开那个做什么?"

"小杭玩游戏。"

池铮眉头一松,问:"现在闲吗?"

"那个,我正想和你说个事。"她眼睛一闭,鼓足了勇气道,"我去杭州看我外婆,现在已经在火车上了。"

池铮半天没吭声。

孟盛楠慢慢试探:"你,听着没?"

他不咸不淡地"嗯"了一声。

"本来想昨晚和你说的,后来,就给忘了。"

"忘到现在?"他悠悠地说完又抛下一句,"长本事了啊,孟盛楠。"

然后利落地掐断了电话。

孟盛楠意外地看着手机屏幕,咬着唇叹气,她手掌撑着下巴一动不动,对面孟杭凑过来:"姐,人家都挂了你还看什么?"

"罚你三天不许玩游戏。"

孟盛楠说完"唉"了一声趴在桌子上不想起来了,窗外山峦层叠,飞驰而过,心里简直郁闷得不行。孟杭不满她的态度,还在小声哼唧。

"又不是我惹你生气。"孟杭叫她,"姐。"

她抬头:"怎么了?"

孟杭也学她,撑着下巴看窗外,有模有样地翻了她一眼,不理她了。

孟盛楠:"……"

车厢里有人的手机铃声锲而不舍地响着,是许巍的《蓝莲花》。歌随车走,风不远洋。方十字街的路口,池铮骑着摩托车在等红绿灯,身后店铺里在放任贤齐的《对面的女孩看过来》,他低头一笑。

二十分钟到家,陈思等在门口。

池铮停好摩托车走近:"您怎么不进去?"

陈思望他身后:"盛楠呢?"

"她来不了。"

"怎么了?"

池铮往里走:"有事堵着了。"

"你不会又惹人家生气了吧?"陈思担心不对劲,拉住他又问,"真有事还是假有事。"

"这回您弄错了。"池铮笑了,"她惹的我。"

陈思去拍他的背:"德行。"

屋里就他们母子俩,杨妈女儿怀孕需要人照顾,便临时辞工。池铮想给陈思再请一个阿姨被陈思拦住了,最近陈思气色不错,他暂时便将这事搁下了。

饭桌上陈思又问起他和孟盛楠的事。

池铮吃了一大口菜,声音含糊:"好着呢。"

陈思一喜:"真在一起了?"

池铮抬眼,慢慢嚼着菜,眸子含光。

下午,他一个人待在房里,靠在床头看《沉思录》。每次翻这本书,他都会想一件事。毕业那天的清晨,她从天而降。兜兜转转,蹉跎六年。

池铮躺在床上,将书盖在脸上。

他闭着眼睛,认真想着从前,他很少这样。手机在响,他看到来电,刚刚的兴致顿时落得一干二净,迅速换了衣服下楼。

陈思在沙发上绣花，扬声问："去哪儿啊？"

"跑个活儿。"说完他就出了门。

那是家不大不小的金融公司，在城市中央商务区的A座十七楼。池铮到的时候里头已经乱成一锅粥。熟人带他过去维修，顺便搭话问他最近怎么样。

池铮边忙边道："就那样。"

"你这技术，没想着干大点？"

池铮淡笑了一下。

过了一会儿，他说："我看看总线。"

电脑有黑客攻击，他捯饬了有半个多小时，然后在电脑里装上木马，又和熟人详聊了一些安全保护问题。临走的时候，时间已经不早了。

他忙完往外走，那条走廊不长不短。

池铮还没走几步，眼神无意间往边上一扫。有一间办公室开着门，里头墙上有闭路电视。上头正播放着某公司新型软件的发布会，他黑眸一暗，停了片刻，转身顺楼梯而下。

到十一楼，他停住脚靠墙点了支烟。

两年前他一门心思写软件程序，到最后却是为别人作了嫁裳，自己反受其害负债累累。他自嘲地笑了一声，一会儿就抽了近半包烟。落日从楼梯拐口的小窗户照进来，影子若隐若现。

池铮摸出手机，才发现有个未接来电。

他打过去的时候孟盛楠正在洗澡，外婆敲门说有电话，从门缝将手机递给她。孟盛楠关了花洒，用毛巾擦了擦手。她到了杭州就想给他打电话，这次总归是自己惹的祸。

现在他打电话过来，她犹豫着摁了接听键。

他劈头就问："想我了？"

孟盛楠的脸色娇羞得不置可否，池铮淡笑。

半晌，他出声："到你外婆家了？"

"到好久了。"孟盛楠用浴巾裹着自己，问道，"你在店里？"

"嗯。"他弹了弹烟灰，漫不经心的样子，"闲着。"

楼梯口有人说话，断断续续的声音，孟盛楠听得模模糊糊。她以为是店里来了顾客，怕耽搁正事就要挂电话，池铮喊住她。

第十四章 我们都要珍重

"再说会儿。"他说。

孟盛楠迟疑道:"你是不是心情不好?"

池铮慢慢抬眼,看着对面的浅白色墙壁。

"没有。"他说,"你现在做什么?"

孟盛楠从雾气凝满的玻璃里看到自己的身体,不知道怎么说,正踟蹰着想话,突然就打了一个喷嚏,她讷讷地揉了揉鼻子。

池铮低笑了一下:"洗澡?"

她一愣:"你怎么知道?"

"猜的。"他欠揍地笑了,"知道我现在想什么?"

孟盛楠吞吞吐吐:"什么?"

他低声说:"想你。"

杭州的夜晚比江城清凉,这会儿慢慢吹起的风好像在回应他的话似的。孟盛楠脸红心跳地轻声叫他流氓,然后在他放浪的笑声里迅速掐断了电话。

外头小院,孟杭缠着外公下围棋。

孟盛楠洗完澡一个人睡不着,跑去和外婆睡厢房。老太太七十二岁,耳灵眼亮,人闲不住,绣起花来更是没人比得上。屋子里的床上,外婆一边绣花一边和她说话。

孟盛楠趴在边上逗猫:"下辈子我也想做猫。"

外婆笑了:"羡慕它日子舒服是吧?"

"吃了睡,睡醒了又吃,多自在啊。嗯,还得做身价昂贵一点的品种,有个特别喜欢它的人家,想做什么做什么。"

"瞧把你舒服的。"外婆又笑了一声,"过了年就二十五岁了,你妈现在还催不催了?"

孟盛楠摇头笑:"她知道催也没用。"

"有喜欢的人了吧。"老人笑眯眯地问,"今晚打电话那小伙子?"

孟盛楠眼睛瞬间瞪直了:"您怎么什么都知道?"

老太太扬眉:"看你那眼神我就晓得喽。"

后来俩人睡下,关掉了灯。有月光从窗帘缝儿里钻进来,屋子里有那么点温暖的光芒。外婆没睡着,和她说一些以前的事。

她凝神静听,脚边躺着猫。

过了一会儿,老人问:"楠楠呀,那孩子是做什么的?"

"外婆。"孟盛楠在黑夜里停顿了几秒,"他要是什么都没有呢?"

老人笑了笑:"现在没有,以后慢慢不就有了?"

她轻轻"嗯"了一声,拥着被子往外婆身边靠了靠。

"你喜欢就行了。"老人拍着她的背,"睡吧。"

黑夜里,孟盛楠嘴角带笑,缓缓睡去。

池铮正敲代码,一连打了两个喷嚏。他皱眉揉了揉头发,看了一眼手机,沉吟片刻,然后拿起,拨了一个号。那头几乎是立刻就接起,却迟迟不见开口。

池铮点了根烟:"怎么,都不会说话了?"

那头如释重负地笑了:"是啊,词穷。"

池铮咬着烟,摁开打火机又摁灭,反反复复。他眸子沉静,漆黑如墨,连废话都懒得讲,直入主题:"我有个想法,要不要一起做?"

那边的人半天没出声。

"别磨叽,给个准话。"

"就等你这句话了。"对方慢慢说,"明天一早我就动身。"

短短几句话,该说的都说了。

房间里又是一阵寂静,池铮在微光里吞云吐雾。第二天一大早,他就去机场接人。天气预报说好的多云转晴,却在去时的路上下起了小雨。

隔着一条路,俩人对视了几秒。

男人提着包,突然笑了,同时迈开步子走近,俩人在雨里重重地拥抱了一下。要是放在古时候的江湖,当真是一笑泯恩"仇"。

"打今儿起,我陆怀这条命就是你的。"

池铮沉吟道:"媳妇儿都不要了?"

陆怀脸都笑烂了,池铮别过脸淡淡地笑了。一路上风雨无阻,到店铺的时候陆怀站在门口端详半天:"这名儿起得够懒的。"

池铮靠在玻璃柜上,摸烟递过去。

"戒了。"陆怀摇头,"阿姨最近身体怎么样?"

池铮说:"挺好。"

陆怀从钱包里掏出一张卡丢给他:"拿着。"

第十四章　我们都要珍重

池铮用眼神询问。

"姓江那小子给了狠话，不要就扔了。"

池铮抽着烟没说话。

"收着吧，这是他的心意，就当项目启动资金了，让他也当一回股东。"陆怀看着池铮沉默后低笑了一声，知道这便是默许了，"咱现在做什么？"

池铮："先找房子。"

陆怀问："百来平方米的够吗？咱大学时候那样。"

"够了。"池铮说，"我到时候再弄几台电脑。"

陆怀是那种行动派，两天的时间就捣腾出一套。

那是一间装修好的三室一厅二手房，在昆明路金鼎小区十七层，租期一年。陆怀找了几个师傅简单地装修了一下，配置了一些他们需要的电脑硬件，池铮又花了一天半的时间组装插线，一切弄完，俩人都累得瘫睡在地上。池铮烟瘾大，靠在身后沙发上一根接一根地抽。

陆怀寻着机会问："这两年你一直单着？"

"对不住了，兄弟。"池铮叼着烟，声音不温不火，"前几天脱单。"

陆怀明显不信："得了吧你，要真有的话，你能耐得住性子？"

池铮笑了，吸了一口烟，看似不经意地问了句："我记得当年你和江缙一起参加的上海那什么作文比赛。"

陆怀："怎么问起这个了？"

池铮丢了句"天机不可泄露"，卖下关子又不说话了，陆怀气得牙痒痒，他倒是漫不经心地抽起烟来。后来夜深，陆怀就在房子里安营扎寨了。他动身回店铺，两个地方步行也就十来分钟的路程。

他一面摸兜找烟，一面打电话给孟盛楠。

第一次没人接，他又拨了一次，这回过了好大一会儿那边才接通。孟盛楠的声音带些没睡醒的慵懒软腻，她将手机贴在耳边"喂"了一声。电话里没人出声，孟盛楠睁了睁眼去看来电显示，一瞬间就清醒了。

她叫得小心翼翼："池铮？"

池铮淡淡地"嗯"了一声，低头看表，才惊觉已经十一点多。他把烟塞到嘴里，身边有汽车经过，孟盛楠听到了打火机的声音。

她忍不住问："你在外面？"

217

池铮吸了口烟:"这两天忙,没时间给你打电话。"

"我知道。"她轻声说,"没事。"

池铮心底一软:"这两天都做什么了?"

"也没什么。"她说,"陪外婆买买菜、做个饭、说说话。"

"还有呢?"

孟盛楠想了想:"外婆教我绣花。"

"绣得怎么样?"

孟盛楠停顿了几秒:"不太好学。"

"那就不学了。"

"不行。"孟盛楠说,"外婆教得很认真的。"

街上,路灯昏暗分明。前方的路模模糊糊看不太清,街边的树随风而起。池铮难得心情这么好,他戏谑地笑道:"那就好好学,顶多一两年的时间自然就学会了。"

孟盛楠知道他在逗她,暗自翻了一个白眼。

池铮笑得厉害了:"实在不行三年也可以。"

孟盛楠扬声:"呀。"

"哟,还会生气了?"

孟盛楠不吭声了。

池铮问:"真生气了?"

她还是没吭声,不是不想说话,而是不知道怎么开口。俩人在一起之后,大都是他主动。好像直到这个时候,孟盛楠才意识到她就是沉默也算是撒娇。

她慢慢说:"没。"

池铮:"我没听清,你再说一遍。"

"不说。"

池铮低低地笑,她将脸埋在被子里,嘴角却不住地向上弯。只是还没乐一会儿,她就听见他说:"正好有个事想问你。"

"什么呀?"

池铮的语气不咸不淡:"我没给你电话,你也不给我打了?"

她慢慢说:"你不是忙吗?"

池铮这时候连眼睛里都能看见温柔,他无声地笑了,又抽了口烟,听到那边她不停地打哈欠。孟盛楠一打哈欠就掉眼泪,哗啦啦地停不下来。快要挂断的时候,池铮问她什么时候回来。

她支支吾吾半天:"还得些时候。"

"行了,睡吧。"

池铮收了手机,吹着晚风走在路上,指间的星火明明灭灭。到店铺的时候他掐了烟,几分钟冲了一个澡草草就睡下了。翌日五六点他起床去了金鼎,陆怀还睡着。

池铮进了卧室,走过去踢他起来。

陆怀睁开惺忪迷离的双眼:"这么早?"

池铮看了一眼就去了客厅,同时打开了几台电脑。他坐在椅子上,大口吃着刚买的韭菜合子,喝着矿泉水。陆怀踢踏着拖鞋慢慢洗漱,然后坐在他一旁拿起一个也吃着,池铮正要开口,兜里电话一响。

史今回来了,问他人在哪儿。

池铮说了两句挂断,又对陆怀道:"一会儿给你介绍个兄弟。"

他们对付着吃完饭,史今来了,一进门就见到这架势也是一惊,这简直就是一个小公司的派头了,就是这人真够少的。

池铮给俩人做了介绍。

陆怀问:"《士兵突击》里的那个史今?"

史今眼睛瞪圆了:"你也喜欢?"

池铮笑着摇头,又多了一个朋友。于是,那个一百平方米的地方,三个二十四五岁的年轻人开始了人生的重新洗牌。史今操持安全管理和运营,陆怀和池铮专心编程。

那会儿,天色慢慢大亮。

池铮说:"该说的都说了,你们还没问我到底要做什么?"

陆怀笑了笑:"来之前兄弟就说过了跟你混,你比我们都有分寸得多,该说的时候自然就说了,问那么多有什么用?"

史今眼里像开了光,伸出手掌。

俩货异口同声:"赞同。"

池铮顿时脑壳儿疼,他将电脑转了三十度对准那俩货。

"这是什么?"他们又异口同声。

池铮抬抬下巴:"A Social Q&A Site."

史今眼珠子都要瞪出来:"你英语逆天了?"

池铮笑了。

陆怀缓缓开口:"社交问答网站。"

史今盯着电脑屏幕上的策划方案,震惊了大半天,表情和陆怀一样复杂。陆怀按着鼠标向下滑,看到了底,沉默着思索半晌,然后看向池铮,嘴里的话滚了好几圈。

然后才道:"这个可以。"

池铮抬眼又看向史今:"你怎么看?"

"原来这些天你就是在搞这个。"史今说,"这个提议不错,不过这话说回来,现在搜索引擎太多,竞争太大,就算上线运营了,能维持多久都不好说,况且我们没有什么背景资源,难度很大。"

陆怀发表意见:"目前这方面还没有人完全专注开发,难度大,希望也大。"

池铮说:"这个不用太担心,我都想好了。"

陆怀会意:"江缙圈子大。"

池铮点头,声音低沉:"先做网站,策划成熟之后,可以先进行小范围的内测,让江缙找几个意见领袖参与带个头。"

史今说:"先把噱头散出去,是这样吧?"

"不止。"池铮说,"必须保证质量专业。"

史今和陆怀都看着他。

池铮黑眸渐深:"我要让它成为网络市场最真实的交流社区。"

"有种幻觉。"陆怀慢慢笑了,"好像几年前的你又回来了。"

史今的嘴巴张得能塞进一个馒头:"你怎么想到的?"

池铮看了一眼电脑,记起那些日日夜夜他在搜索引擎里不下几十遍地输入"舒远"这个名字,得到的结果却总是不尽如人意。

他凉飕飕地丢出五个字:"就那么一想。"

那俩:"……"

史今忽然想起:"咱网站起什么名儿啊?"

池铮问:"你们觉得呢?"

俩人再次异口同声:"必须你起。"

池铮摸出烟咬嘴里,打火机点上,抽了几口。他偏头看向窗外,

第十四章　我们都要珍重

十七楼的远方,天空湛蓝、阳光和煦。他想起《深海少年》里,她说:"这风华正茂的日子,我想让他迷途知返。"

他笑着说:"SUN。"

史今问:"什么意思?"

池铮一脸鄙视:"这你都不知道?"

史今:"……"

陆怀拽了拽史今的袖子:"太阳。"

池铮只是隐晦地笑了一下。

早上八点钟,太阳光从客厅的落地窗渗进来。三个男人的表情都是一致的严肃笃定,手下的键盘被敲得噼里啪啦响。午饭都是叫的外卖,池铮基本一口都没动。

他认真起来的样子,乍一看是有点怵。

三个人这一忙就到了天黑。陆怀愁眉紧锁,编程好像已经进行不下去。池铮坐在对面,扫了陆怀一眼,停下动作看过去。

池铮看了一会儿眉头也皱起:"运行不了?"

陆怀摇头:"不知道哪儿出了错。"

史今也凑过来。

池铮思索了半晌,看了一眼时间,起身坐在陆怀位子上,键盘按得啪啪响,头也没抬道:"你们俩先去吃饭。"

那俩人都没动,池铮不禁抬头。

陆怀说:"几百来页呢,你看得到什么时候?一块去。"

"我不饿。"池铮的视线落回电脑,又道,"晚上还有的忙。"

他们没再打扰他,出了门。池铮目不转睛,一页一页地往下翻,不一会儿屋子里烟雾缭绕。史今和陆怀回来的时候,池铮咬着烟靠在椅子上。陆怀将带回的盒饭递给他,池铮接过来,将烟搭在烟灰缸上。

史今在鼻子跟前摆了摆手。

陆怀皱眉:"你这烟瘾。"

池铮已经低头开始大口吃饭,史今"啧"了一声看着这个不要命的。这人拼起来完全不像以前的样子,真的有了女朋友就不一样了。

陆怀凑到电脑跟前:"检查出来了?"

池铮默声吃了几口,将饭盒放在桌子上,又拿起刚刚那根未抽完的烟吸了一口，这才懒懒地开口道："差不多。"

陆怀回头看他："哪里的问题？"

池铮："你看左上角。"

陆怀看了半天，愣是什么都没看出来。

史今说："我也觉得没错呀。"

"没错个屁。"池铮咬着烟，看了他俩一眼，"再看。"

他俩还是云里雾里。

池铮："扩展名你写了什么？"

两颗脑袋同时转过去，眼睛骨碌转了一圈，然后差点泪奔。史今麥毛，立刻退出几尺和陆怀拉开距离："这种低级错误你也犯？"

陆怀面无表情。

他们真是太累了。

七月的风从窗户灌进来，池铮抽完了烟。陆怀恢复状态，将扩展名改回".html"，然后双击打开了网页，瞬间满血复活。几个人又忙起来。

史今唠叨："以后再犯，哥们直接扣钱。"

陆怀白了他一眼，直接上脚就去踢。

史今贱贱地笑："没法子，谁让哥们管这个。俗话怎么说来着，上行下令，令行禁止。这公司虽然就咱仨儿，那也必须——"话音没落地，池铮将手边的无线鼠标砸了过去。

史今欠欠地收住了嘴。

后来忙到深夜，几人都累得不行。史今翻出早前买的宽地毯铺在地上，直接倒下去睡了。池铮双手撑在桌子上，揉了揉太阳穴。他拿出手机看了一眼，什么动静都没有。

他低喃："还挺懂事。"

陆怀从电脑前抬起头："你不睡？"

池铮又开始抽烟："再等会儿。"

"我说这都几天了，你那位怎么连个人影都没见着？"陆怀调侃，"你不会是蒙哥们呢吧？到底谈没谈，还是人家没看上你？"

池铮懒懒地看了史今一眼。

"这可不是你的作风啊，想当年可都是姑娘追着你跑。"陆怀继续"雪上加霜"，"这回是玩玩还是认真的？"

烟雾弥漫鼻翼,他的脸色依然清晰。

池铮一笑:"我这样像玩玩?"

陆怀慢动作地点了三下头。

池铮:"……"

他没再吭声,过了一会儿去浴室冲凉水澡。花洒的水流在脸上,他胡乱地一抹,黑眸紧紧地盯着墙壁,身上一阵燥热。他不耐烦地"啧"了一声,重重地吐了口气,随便冲了几下水,围了浴巾出了门。那俩一横一竖躺在地上,睡得不省人事。

池铮无奈地笑了,拐步去了卧室。

他松了劲儿倒在床上,拿着手机玩游戏。过了好大一会儿,他烦闷地丢开手机,懒得再睁开眼睛。夜深人静,什么声音都没有。

已经是凌晨一两点,孟盛楠做了一个梦刚醒,出了一身汗,她起身推开窗醒神。

外头潮湿黑暗,下着小雨。

孟盛楠开了台灯靠在床头,睡不着了。她翻开外婆给的佛经看,然后摸出手机想给池铮打电话。刚找到号码又顿住,都这时间了他或许早已睡下。孟盛楠犹豫了半天,做了决定——

只数三下,他不接就挂断。

手机铃声突兀地响彻在黑暗里,池铮没睡熟,暗骂了一声去看来电。他刚拿过手机就没声了,皱眉拨了过去。那头孟盛楠的声音小小的,池铮心底的最后一点焦躁都没了。

她的声音很低:"我还以为你睡了。"

池铮懒懒道:"被你吵醒了。"

孟盛楠的心一提:"那我不说了,你睡——"

"孟盛楠。"池铮拦住她的话,声音低沉又充满危险,"你挂个试试?"

孟盛楠抿抿唇,不出声了。

"真乖。"池铮笑了,又开始挑事,"这几天怎么不给我打电话?"

孟盛楠握着手机的掌心松了松,不知道怎么回他。池铮靠在床边,看着外头撩人的夜色,听着耳边她的吴侬软语,这感觉真好。

他问:"怎么不说话?"

223

孟盛楠发现这个男人有时候跟个小孩一样,她迟早得习惯。池铮问完那句话等她出声,孟盛楠慢慢平静下来。

她说:"我听着呢。"

池铮笑了笑:"那我刚说什么了?"

孟盛楠装傻:"什么呀?"

最后那个字尾音上扬,像羽毛一样落在他心上。池铮觉着身上那股燥热又上来了,他的声音带着克制压抑:"孟盛楠,你就跟我装。"

"谁装了?"

池铮问:"你不想我?"

孟盛楠闭嘴了,不知道为什么想笑。她抱着枕头,下巴搭在屈起的膝盖上。窗外的雨声淅淅沥沥,衬得屋里头万籁俱寂。

她沉默了半晌,轻声说:"我是怕你烦。"

池铮有一阵儿没说话。

她声音很轻:"你在听吗?"

池铮倏地叫她,他叫她名字的时候,孟盛楠总是觉得心底有股电流经过,软软的,像与他拥抱的感觉。她屏住呼吸看着窗外,雨下大了。

他没皮没脸一笑:"我喜欢你黏。"

池铮的那句话让孟盛楠傻笑了大半夜。这么多年他的变化太大,唯独这撩人的性子倒是没变多少。后来的一段日子他依然很忙,偶尔偷得半日闲会和她说上几句,但他们的关系似乎比以前更亲近了。

> TXSFHZM
>
> "也不算白活,至少把你追到手了。"

第十五章
"有想过我吗?"

在杭州待了些日子,孟盛楠该回江城了。

那天早上外婆带她去逛集市,集市上人声鼎沸。或许是因为之前在学校的时候饥饱不定,受了凉,她的胃一直不怎么好。外婆说要喝白萝卜汤,早起喝一杯温水,小米粥里放盐,定时定量,忌辛辣刺激,忌凉忌烫,少食多餐,饿了咬口馕吃,说这毛病要慢养。

前几日,孟盛楠的胃病又犯了。

严重的时候喝水都反酸发胀,她躺在床上连说话的劲儿都没有。她一个二十四岁的大姑娘,外婆每晚帮她揉肚子,她怕痒边疼边咯咯笑。老人一口家乡话亲切温柔,嘴里念着好听的经文,给她讲京剧,拍着她的背直到她慢慢熟睡。有时候特别难受,外婆哽咽,眼眶会红。她拥着被子靠近老人,眼含热泪说没事,一会儿就好了。

然后早晨醒来,猫躺在她和外婆中间。她伸手去逗猫,猫也会蹭她的手指。

"它舔我。"

外婆笑,去碰猫的爪子,声音苍老:"来,握握手。"

有一次她和猫玩,她往前走,猫立刻闪远和她隔着好一段距离。她又往前走,猫又向前闪远。她不走了,回厨房找外婆。

"怎么我一追它就跑了?"

外婆正煮粥:"保准是饿了,想引你去食盒那儿喂它。"

她上了二楼抓猫粮,叫猫咪。它立刻跑过来蹭她的脚,乐呵呵地吃

225

起来。当时刚来那会儿,她心里想着池铮,做什么都磨磨蹭蹭的,现在走的时候对外婆满是愧疚。

老人讲她小时候的趣事,总是惹得孟杭哈哈大笑。

外公喜欢看新闻,外婆争过遥控器要看戏。俩人拌拌嘴,回头又笑。后来她是一个人回的江城,孟杭耍赖不走,说晚些日子再回。一家人吃了一顿饭,下午三四点的光景她动身离开。外婆送她到门口坐出租车,往她兜里塞东西,里面有好几盒乳酸菌素片。

"没事多含着。"外婆又在苦口婆心地叮嘱。

直到车子走了很远,她再回头,外婆还站在原地。孟盛楠慢慢转身坐好,忽然就想给池铮打电话。肚子疼得要命这件事她都没和他说过,也并不是真的有多怕他会烦,只是那会儿的状态实在不怎么好,又恐怕打扰到他。

她看着远方的公路,思忖怎么现在就忍不住了呢?

孟盛楠拨过去的时候,池铮正窝在金鼎。他昨晚回了趟店里拿显示屏,落了手机,现在敲着代码完全忘了这回事。

史今忙累了,四仰八叉地躺在地毯上。

陆怀羡慕,也打算歇着:"他怎么就这么会享受呢?"

史今懒懒地伸了一个腰,爬了起来,从箱子里拿泡面,丢给池铮一盒,打了一个哈欠,边倒水边问:"今儿几号了?"

池铮从桌上的烟盒里抖出一根烟,凑到嘴边。

他想了想:"十八。"

陆怀算日子:"我来了有十多天了吧?"

池铮:"差不多。"

她走了也有十多天。

陆怀泡好面,掀开塑料盖,腾腾热气悬浮而上和烟雾缠绕在一起。池铮叼着烟去裤兜口袋摸手机,然后皱了皱眉头。手机不在,应该是昨晚落店里了。

后来又忙起来,天色已经半黑。

池铮靠在椅子上活动脑袋,脖子上骨头直响,他扭开矿泉水仰头喝了一半,踢开椅子起身出了门。他这次没走楼梯,可能因为太累的缘故,直接摁了电梯。

第十五章 "有想过我吗？"

从金鼎出来的时候，微风一阵一阵。

他仰头看天，侧眸扫了两边的路，点了一根烟走了回去。

霓虹灯初现，火车站附近的小吃摊上，两个女人正在聊闲天。孟盛楠在火车上接到戚乔的电话，这个女人最近情绪低落需要安慰，她被火车站外等了半个小时的戚乔拦截了。

"还是你最好了，楠楠。"

孟盛楠的鸡皮疙瘩都起来了："他签了唱片公司是好事啊，你还烦什么？"

戚乔耷拉着脑袋倒酒喝，怨气看起来很深。

"他每天都很忙，陪我过周末的时间都没有。"

"知足吧。"孟盛楠笑笑，说起安慰的话来，"等他忙过这茬儿再说，他那么爱你，怎么舍得你独守空闺？"

"你说真的？"

"假一赔十。"

戚乔又开始喝酒，孟盛楠拦不住。街头的灯光一盏盏亮了起来，戚乔的脸很红，已经醉了。孟盛楠无奈，叫了辆车带她一起回家。戚乔赖在床上不让她走，盛典打电话问她什么时候回来，她放心不下戚乔，说今晚不回去了。

戚乔睡熟了，她帮着换了衣服，盖上被子。

她刚走上阳台要拨电话给池铮，听到门锁那有动静。她走过去看，宋嘉树推门进来。孟盛楠愣了一下，指了指卧室。

"戚乔睡了，我就先走了。"

"我送你吧。"宋嘉树顺着她指的方向看了一眼，"今天麻烦你了。"

孟盛楠客气地婉拒，推过行李箱拿着包出了门，走出几步又回头："她心情不好，你还是要多陪陪她。"

宋嘉树抬眸："我知道。"

她颔首离开，电梯数字慢慢降至1，孟盛楠在门口拦车。天上倏地下起雨来，她看着这朦胧的夜色，改了主意。到方十字街头，孟盛楠下车。

细雨淋在身上，她的身影单薄。

眼看着距离他愈来愈近，她难得雀跃，脚步轻快。几年前看《瘦身男女》，郑秀文减肥成功，穿着宽松的灰色风衣去烂巷找刘德华。那天也是下着这样的雨,女人打着黑色的伞,看到男人被打得鼻青脸肿还在吆喝"打两分钟五百块"。那首《不能承受的感动》,每次听都不一样。

红灯的时候,她停了下来。

视线越过马路看向对面的破巷子,却看不到他店铺的光亮。黄灯,她目视前方,对面出现了一个人影,灰色衬衫、黑色长裤。他插着兜咬着烟,没打伞。孟盛楠握着拉杆箱的手凉凉的,视线静静地落在他身上。池铮抽了口烟,一抬头,似乎也愣住了。

黄灯变绿灯,她脚步未动。

两边的汽车停了下来,雨水打在挡风玻璃上,行人打着伞来往往。人流中,池铮拿下烟,慢慢抬步走过来。

雨还在下,飘进她的眼睛。

2003年刘若英翻唱中岛美雪的歌,收录在专辑《我的失败与伟大》里,名字叫《原来你也在这里》。

浪漫总是现实的镜子。

孟盛楠就这么看着他走近,池铮的眸子满是温柔。不过一段日子没有见,好像哪里都不太一样了。

他屈起手指轻弹了一下她的脑门:"傻了?"

孟盛楠没躲开,捂着额头看他。

池铮无奈一笑,俯身拎起她右手拿的箱子。他将烟叼在嘴里,腾空去拉她的手。孟盛楠掌心湿湿的,跟在他后头过马路。她侧头看他,忽然就笑了。

池铮抬眉看她:"还没醒?"

她歪头,池铮深眸含笑。

他拉着她的手,穿过短巷。池铮开了店铺的门,又关上。屋子里有他的味道,孟盛楠安静地站着。池铮放下行李箱,回头看她,她依然微微笑着。

他侧头笑:"真傻了?"

孟盛楠衣服湿了,心头却暖得厉害。池铮好笑地看着她,正要伸手去揉她的头发,孟盛楠突然倾身慢慢抱住他。

池铮愣了一下,随即笑开。

过了一会儿,他低声开口:"有想过我吗?"

他的语气虽是问句,却不容质疑,孟盛楠脸颊微红,不敢抬起埋在他胸膛的脑袋。外头的雨渐大,屋里针落有声。后来怕她着凉,池铮翻出衣服让她换下来,俩人站在床边的狭窄地方。孟盛楠握着他的衬衫,愣愣地站在原地。

　　她声音很轻:"你先转过去。"

　　池铮笑了一下:"又不是没见过,真不让我看?"

　　孟盛楠头摇得像拨浪鼓,池铮舔了一下唇,慢悠悠地转过身靠在床边的挡板上。他视线下移,地面上她的身影细长,池铮滚了滚喉结,咳了几下移开视线。

　　半晌,他侧头问:"换好了吗?"

　　"嗯。"孟盛楠看着他不慌不忙地转过来,"你不换衣服吗?"

　　池铮揪起衬衫领口闻了闻,抬眼:"我身上都是烟味儿,不换了。"

　　"感冒了怎么办?"

　　"当我是你?跟林黛玉一样。"池铮看着她笑了一下,又问,"吃了吗?"

　　孟盛楠摸了摸肚子,她陪戚乔的时候基本就听她诉苦了,筷子也没动几下,现在听他问起,她还真有些想吃东西。

　　她说:"有一点饿。"

　　池铮说:"想吃什么,我去买。"

　　孟盛楠:"都行。"

　　池铮抬眉:"又不是多久没见,怎么还不好意思了?"

　　孟盛楠撇撇嘴:"有吗?我不觉得。"

　　"你就嘴硬吧。"

　　孟盛楠:"……"

　　灯光打在她的脸上,池铮说完笑着拉开抽屉,拿了一把黑伞走了。孟盛楠在床边坐下,等了一会儿还不见他回来,自己打开电脑玩,又怕不小心弄坏他电脑里的东西,不太敢乱动。

　　雨声夹杂着脚步声,门被推开。

　　池铮提着清粥小菜推门进来,孟盛楠正屈腿坐在椅子上盯着电脑,池铮放置好饭菜端到桌前,她低头看了一眼,只是一个人的量。

　　她抬头问:"你不吃吗?"

池铮靠在玻璃柜上:"我不饿。"

她"哦"了一声,端起饭一点一点往嘴里喂,池铮低头看着。孟盛楠被他盯得浑身不自在,她指了指电脑。

"你这个我不太会用,连不上网。"

他问:"想看什么?"

孟盛楠很认真地想了想:"《窦娥冤》吧。"

他蓦地笑了,笑声低沉。在他的注视里,孟盛楠有点发热。屋子里,一对男女,气氛旖旎,但很快气氛就变了,变得伤感。视频里,窦娥跪在地上落泪喊冤。

碗里的粥都有些凉了,孟盛楠看得认真。

池铮垂眸看她,视线落回屏幕上。空气似乎有些凝滞,窦娥哀怨地唱着"天也,你错堪贤愚枉做天!地也,你不分好歹何为地?"戏曲结束的时候,夜晚寂静得一点声音都没了。

池铮问:"你外婆喜欢看戏?"

孟盛楠闻声仰头:"你怎么知道?"

池铮笑了:"猜的。"

孟盛楠:"……"

"看来你外婆对你影响挺大。"他说。

"很多。"

"比如?"

"她说晚上做梦就往枕头下面放一双袜子,出门戴红色围巾可以辟邪。"

池铮听她说话,小嘴一张一合。他舔了舔干涩的唇,深眸渐暗。

孟盛楠说了几句停下来,讪讪道:"我收拾一下碗筷。"

然后逃开他的身侧。

他看着她走过来走过去,而后弯腰在水池边洗手,视线落在她的背影上。他的黑色衬衫套在她身上,裹着她的身子,盖着她的短裤。白皙的小腿裸露在外,纤细单薄。孟盛楠动作缓慢地洗着手,她感觉到他目光炙热,一时竟不敢转过来。

身后池铮突然出声:"你打算洗到什么时候?"

她的后背僵了一下,关掉水龙头。

第十五章 "有想过我吗？"

过了半晌，孟盛楠慢慢感觉到有股温热靠近，烟味浓烈。他贴着她的腰，唇落在她的脖子上。孟盛楠的两手无所适从，只觉心底一颤。

她紧张得不敢看他，只是忽然想起从前少年时候，他站在教室外面和几个男生谈笑风生的样子，低声一笑，让人想要靠近。察觉到她出神，他叫她的名字："孟盛楠。"

她已经不知道怎么回应了。

灯亮着，昏暗迷离。这个时候手机却不合时宜地响了起来，打断了这一室缱绻。池铮的动作一顿，孟盛楠慢慢眨了眨眼。

她的声音很轻："电话。"

他没出声，好像无关紧要。

那手机锲而不舍地响了一遍又一遍。孟盛楠又提醒了他一次。

池铮嗓音低哑："等我一下。"

他说完摸裤兜去找手机。也不知道那边的人说了什么，他挂断电话后眉头皱得更厉害。

她从床上坐起来："怎么了？"

"我出去一趟，很快回来。"

池铮说完迅速穿好衣服，踩着拖鞋就走。他走了一步又回头看她，道："你先睡会儿。"然后出了门。

他走在外头摸出烟，压抑着燥火。

雨已经停了，路边一股泥土的潮湿味道。金鼎突然全小区停电，史今和陆怀没法子，叫他来收拾残局。池铮到的时候电路已经恢复，只是电脑里陆怀正在写的几百页代码全丢了。

池铮脸色黑沉："不是说出大事了？"

陆怀就差跳起来："代码都没了还不算大事？"

池铮冷眼："你真是闲的。"

史今躲得远远地看热闹，恨不得火再大点。

陆怀忽然又想起什么，突然眉毛一挑，眼角一斜："你拿个手机这么久，不会真找你那个什么女朋友去了吧？"

池铮笑了一声，波澜不惊道："你说呢？"

陆怀和史今："……"

说完，池铮没闲情待在这儿，转身就走。

陆怀在身后叫:"你干什么去?"

池铮停下步子,偏头:"想我女朋友了,行吗?"

史今:"……"

陆怀急了:"那我代码怎么找回来?"

池铮已经走出门,凉薄地丢下俩字:"重写。"

陆怀:"……"

夜色宁静,路上行人无几。

已经十一二点,夜风吹过来。池铮惦记着掌心的温度和柔软,不由得加快了步子。他推开店铺门进去,抬眼一看,她已经睡着了。

池铮沉默半晌,不由得笑了。

他坐在床边,孟盛楠正睡得安稳,一点都没有察觉。她的嘴很小,脸也小,表情总是淡淡的,只有被他逼急了才有点意思。池铮帮她盖好被子,静静地看了她一会儿,然后关了灯躺在她身边睡下来。

窗户向外开着,微风从上头吹进来。

池铮右手枕在脑后看天花板,又偏头看孟盛楠,渐渐地睡了过去。直到半夜,雨又下起来。孟盛楠是在六点左右醒过来的,她迷糊着双眼,发现身旁的男人呼吸平稳。屋子里没开灯,有些昏暗。她找了一个舒服的位置,翻过身趴在床上,下巴枕着胳膊,然后从臂窝里侧头,刚眨了几下眼睛,池铮也醒了。

睡眼惺忪之间,他抹了把脸,抬眼。

孟盛楠的声音很轻:"你什么时候回来的?"

池铮侧过身凝视她:"没多久。"

"没出什么事吧?"

池铮:"没事。"

孟盛楠深呼吸了一下,没劲一样地"嗯"了一声。

池铮问:"叹什么气?"

"不是叹气。"孟盛楠解释,"这是嗳气。"

"胃不好?"他从她眼里看到疑惑,又说,"我妈胃也那样,多少知道一点。"

"陈老师现在好多了吗?"

"还行。"池铮轻轻侧身,手覆在她的胃上,"难受吗?"

孟盛楠摇摇头，对他笑。

窗外雨声渐大，哗啦啦像倒水似的。他们安静无话，孟盛楠正要出声，池铮倏地将她翻身，然后以吻封缄。隔板挡着所有的故事，他吻得动情专注。

渐渐地，屋里多了点光亮。

"我一会儿得回家。"孟盛楠眨了眨眼，看见他皱眉又补充，"真的，要去参加一个同学的婚礼。"

短短几句话，浇灭了池铮刚刚堆积起来的热情。

池铮看了她一眼，没有说话，双手枕在脑后。孟盛楠看过去，他的脸色简直不能再难看。

她歪头看他："你没事吧？"

池铮"哼"了一声："所以你回来是为了那什么破婚礼？"

孟盛楠抿抿唇，讨好地说："我六点半走，再聊几分钟吧。"

他的声音很懒，漫不经心地说："没兴趣。"

孟盛楠假装不在意地继续说："你那个文身——"

昨晚推搡之间，她摸到它。他们都长大了，只有它还是老样子。好像恍惚之间，她又看见当年小操场里汗如雨下的那个少年。时间好像停了一秒，池铮哼笑了一声。

他问："不是不想知道吗？"

她说："你不也说会回答？"

她和他目光对视，将头扭到一边："不说算了。"

池铮"啧"了一声，孟盛楠忍着笑，又转回来看他。他揉了揉头发，还真是拿她没办法，转瞬又笑了。雨声淌过时间，良久之后，池铮才开口。

他的声音很低："时间。"

H，Hour，时间之意。

池铮的视线落在头顶的墙上，她安静地听他诉说，感觉他的声音有些遥远，耳边是他的呼吸。他说："我爸去得早，他希望我好好活着，珍惜每一分钟，把他那份也活过来。"

宁静的夜里一时有些酸涩，清晨的光照在墙上显得飘零。那些年里他放浪形骸，在人群里逃避孤独，然后夜深人静独自舔着伤口。

"也不知道怎么就混成这样了。"他的话里夹杂着凉凉的笑声。

孟盛楠轻轻摇头:"我觉着挺好。"

池铮侧头看她。

她的眼神温柔:"我外婆说了。"

池铮静静听着。

孟盛楠:"人到世上做个梦,走哪儿说哪儿话。"

过了半晌,池铮笑了。

"也不算白活。"他的目光落在她白皙的脸颊上,那是他少年时候可望而不可即的样子,"至少我把你追到手了。"

> TXSFHZM
>
> SUN 的含义，太阳和舒远。

第十六章
一路两个人儿

天还没大亮，孟盛楠下床洗漱。

她换下他衣服的时候才恍然，自己是带着行李箱过来找他的，昨晚竟然全忘了。他也没提醒，还找出自己的衬衫给她，真是忘情的时候人最糊涂。

她换好白色裙子，去床边和他打招呼。

池铮好像睡了过去，闭着眼睛不见醒，她没叫他，绕过床往外走，腿突然被绊住。他的一条腿伸直了挡着去路，她偏头看过去。

他问："哪个同学的婚礼？"

他说着坐了起来，衬衫扣子半开着，胸膛宽厚结实。他的目光在她身上睃巡，裙子太显眼，池铮不着痕迹地皱了皱眉头。

她移开视线："高中同学。"

池铮问："什么时候结束？"

"得一两点了吧。"孟盛楠估摸了一下，又觉得还是得邀请一下，犹豫着问出口，"你要和我一起去吗？"

"不去。"他几乎是半秒迟疑都没有。

孟盛楠松了口气。

然后他接着说："到时候过去接你。"

孟盛楠："……"

"手机给我。"池铮抬眉，看她愣在原地，下床一本正经地去摸她的额头，"昨晚真傻了？"

孟盛楠瞪了他一眼，把手机从包里翻出来，不明所以地递到他手里，池铮看都没看直接塞进自己裤兜，这个动作虽然行云流水，但她还是愣了。

她问："你干什么？"

他扔了自己的手机过来："你用我的。"

孟盛楠："为什么？"

池铮看了她一眼："你电话什么时候一次打通过？"

孟盛楠："……"

后来他送她上了出租车，他将伞收起来一同塞进车里。车子很快驶入车流中，透过后视镜，她看见他低下头，然后摸出烟咬在嘴里，用打火机点上。雨淋在他身上，他往反方向走远。

回到金鼎，又是一片忙碌气氛。

陆怀正耷拉着脑袋敲代码："你来了？"

池铮问："你晚上没睡？"

"你看我这样像是睡了？"

池铮笑了一声，坐到自己的位子上。

"哎我说，你昨晚到底干吗去了？这边都顾不上了。"陆怀心里极度不平衡，"还有史今，一大早就出去不见人了，我这寂寞孤独冷啊。"

池铮懒得回话。

"怎么看你都是一副欲求不满的样子。"陆怀煽风点火，得意地笑道，"哪家姑娘？"

池铮唇抿得很紧，起身去了卫生间。

狭小的空间里，池铮狠狠搓了把脸。他摸着下巴，对着镜子侧头瞧新冒出的青楂儿，牙关咬紧。从卫生间出来，就看见史今乐呵呵的像中了五百万的样子，大摇大摆地从外面走进来。

史今比较兴奋："咱这回要大发了。"

池铮越过史今坐了回去。

陆怀使劲儿地睁着双眼："你说话能不能一次性说清楚？"

史今绕到池铮跟前："之前我和你提过一个做软件的、干大公司的一人。人家一直想找你合作，你还记得吗？"

池铮抬眼。

第十六章　一路两个人儿

"哥们这几天联系了，人家刚给我回了电话说愿意注资。"

陆怀皱眉："信得过吗？"

"哥们提着脑袋发誓。"史今说，"不过他有个条件。"

池铮问："什么条件？"

"他要单独见你一面。"

池铮眯着眼，目光深不可测。

他抽完一根烟，摁灭，然后又噼里啪啦地敲起代码。

陆怀早上实在累得不行，中午小睡了一会儿。池铮身影都没挪一下，手下动作快如眨眼。

"史今这小子又溜哪儿去了？"陆怀抱怨，看了一眼时间，"哟，都快十二点半了。"

池铮的手指一顿，看了一眼电脑屏幕的右下角。

他关了电脑起身，从桌上拿起史今的车钥匙。陆怀开玩笑问道："找女朋友去？"池铮正要往外走，回头看了陆怀一眼。

池铮说："我突然想起一件事。"

陆怀一愣，还没反应过来怎么回事，池铮已经走到陆怀跟前，俯身指着他电脑上的全屏 TXT 代码："老师和我提过代码恢复，好像是按一个键就行。"

陆怀顿时来了精神，可怜他熬了一夜都还没写完："真的假的？"

池铮问："给你示范一下？"

陆怀一个劲地点头，然后按照他的话 Ctrl+A 全选。池铮看着显示屏笑了一下，然后伸手去按 Backspace。

雨停了，太阳出来了。

池铮在陆怀发愣的空当笑着走了，史今的车停在小区路边，他上了车便给孟盛楠拨电话。

酒店二楼大摆筵席，傅松和小林老师刚宣完誓正互换戒指。孟盛楠感觉到手机振动，她跑去走廊接听，和池铮说了地址。

回到里头的时候，新人已经开始敬酒。

新娘挽着新郎，小林老师笑容满面，俩人走到她们这一桌，这一桌基本都是办公室的几个老师,大家伙起哄多灌了傅松几杯才放他们走,然后话题又转到她身上。孟盛楠一笑而过,又怕池铮等太久,简单吃了一点便找借口起身告辞。

临走前,她去了趟洗手间。

她整了整妆容,对着镜子歪头笑了笑,拎着包往外走。刚跨出去没几步,迎面遇见傅松。俩人都愣了一下,孟盛楠颔首。

傅松问:"要走了?"

孟盛楠:"我男朋友在楼下等我。"

傅松的目光闪了闪,垂眸顿了一下,然后无声笑了:"读书那会儿,就好奇你将来谈的男朋友会是什么样子。"

孟盛楠脑海里过了一遍那个人的影像。

"那时候我也好奇,'哲学鼠'将来的另一半会是什么样子。"她说完,又笑了一下,由衷地祝福,"新婚快乐。"

男厕门口的阴影处,池铮叼着烟看着这边的两个人。他脸色淡淡的,看到人散了才踩灭烟慢慢走了出去。只是没踏出几步,就看见孟盛楠又拐回来,俩人都一愣。

她出声:"你怎么在这儿?"

池铮憋出三个字:"上厕所。"

说完他就侧身经过她走开,孟盛楠从洗手台拿回手机随后就追了上去。池铮插着兜走得快,不一会儿就到酒店门口,孟盛楠微喘着气跑到他身侧拉住他的衣角。

她追着问:"你走那么快干什么呀?"

池铮:"我闲。"

孟盛楠:"……"

车里的气氛凝滞,池铮打着方向盘,唇抿得紧紧的。孟盛楠看了他好几眼,想起刚刚洗手间门口的种种,感到可疑,不知道他是生哪门子的气。

"你,吃醋?"她还是没忍住。

池铮眉毛挑了一下:"可能吗?"

"傅松是我高中同学,今天就是他结婚,他老婆是我学校同事。"孟盛楠随意解释道,"我们关系还不错。"

第十六章 一路两个人儿

池铮的嘴角微微动了一下。

"你不觉得很有缘吗？"

池铮侧眸看她："他们那都算是有缘的话，我们俩怎么算？"

孟盛楠："……"

总之经过这一茬儿，池铮心情大好。

孟盛楠发现这男人别扭得可爱。池铮开了一会儿到金鼎，孟盛楠不认识这地方，问他这是哪儿。

他说："一会儿你就知道了。"

池铮停好车，拉着她的手走了进去。

十七楼右户，陆怀边哀号边敲键盘。

池铮推开门，听到声响的陆怀迅速转头，眼神狠绝，正想冲过去打一架，就听见池铮说："对您老造成的不便我深感抱歉，想特此弥补一下。"

陆怀愤愤地说："晚了。"

池铮挑眉，示意孟盛楠进来。

陆怀瞬间傻眼："小孟？！"

孟盛楠显然也愣了："陆怀？！"

池铮进来反手关上门。陆怀嘴巴渐渐张大，指着池铮问孟盛楠："他传说中的女朋友，说的不会就是你吧？"

孟盛楠笑而不语。

池铮已经走到她身边，把手搭在她肩上："答对了。"

陆怀："……"

后来坐下来细聊，陆怀问池铮到底怎么回事，好像所有的巧合都不如这个消息来得让人惊讶。孟盛楠也看过去，想听他怎么说。

池铮笑道："我见过你们 2007 年的比赛合影。"

"你你你——你这是横扫了我们青春六人组啊。"陆怀一拍大腿，指着池铮又收回手，"啊，一半，还有仨出国了。"陆怀说到最后几个字的时候有点失落，不过情绪瞬间又恢复了几分，"就是可惜，我们最宝贝最漂亮的小孟竟然让你给拐走了。"

池铮看了一眼孟盛楠，她倒是不好意思起来。

有陆怀在的地方总是热闹，聊天中孟盛楠知道他们在这里准备从头开始。她看向池铮,他的眼睛里有信念有坚持,原来这就是他要她知道的。陆怀说得最火热,聊完他俩的爱情又问起江缙,她无意间提起上次和江缙聚会的事。

陆怀瞬间对池铮表示不满,很啰唆地嚷嚷着:"这待遇也差太大了吧,凭啥姓江的来就请餐厅,我来就这样?"

池铮不咸不淡地开口:"那肯定不一样。"

陆怀:"……"

"他是来送钱的,你是来花钱的。"

陆怀:"……"

"你说哪个管用?"

陆怀气急,对孟盛楠指了指池铮:"瞧瞧,瞧瞧,你怎么能喜欢他这种人呢?"

池铮踢了一脚过去,陆怀撇嘴。三人正说着,史今推门进来了。孟盛楠转头看过去,史今站定后揉了揉眼睛。

"我没看错吧?"史今语气惊讶。

池铮嗤笑,陆怀扶额。

史今激动地走过来伸出手,没想到池铮真把她拿下了。只是孟盛楠有些脸红,她还没抬胳膊,就被池铮伸手挡住了。

他懒懒地开口:"一边去,别吓着我媳妇儿。"

史今:"……"

孟盛楠看着池铮和他们插科打诨,自己就坐在他身边听着看着,突然就觉得好像这辈子所有的好运都被她遇到了。

窗外,已经夕阳晚霞。

过了一会儿,池铮对她说:"不早了,我先送你回去。"

陆怀站起来,张开双手,还是当年的老样子,笑得一脸坦荡赤诚:"出于对你的感情,哥得给你个熊抱。"

说完倾身上去,孟盛楠笑着回应。友情的拥抱还没持续 0.1 秒,她就被池铮拉着出了门,陆怀气得失笑。

史今喃喃:"这家伙以前不这样啊。"

外头有冷风在吹,他们很快坐到车里。池铮调了车里的暖气,路上孟盛楠说了很多有关当年六人组里陆怀和江缙的糗事,不知不觉已经就

第十六章 一路两个人儿

到了巷口。

他说:"晚上有事,就不陪你吃饭了。"

孟盛楠说:"你忙你的。"

池铮笑了一下,揉了揉她的手。孟盛楠依依不舍地刚要推开车门下来,就听见车里他打火机打着的声音。这人真是烟瘾很大。

她回头:"你少抽点烟。"

池铮顿了一下,从嘴里拿下烟,丢开打火机,孟盛楠这才满意地离开。确认她进了家门,池铮笑着又重新点上烟。他在车里抽完了一根,然后拐弯去了史今说的今晚约见的地点——宏达酒坊。

他下车往里走。

坊间门口有人探问:"池铮先生吗?请跟我来。"

池铮被带到二楼走廊尽头的一个房间,他握着门把手的动作停了一秒,然后毫不迟疑地推开进去,里头的男人站在窗前闻声回头。

目光对视,气氛僵持。

陆司北淡笑:"阿铮。"

包间里古韵犹存,月季正盛。窗前站着两个男人,一个西装革履,一个灰衫黑裤。灯光照在他们的背影上,一个挺拔端正,眉目深邃、薄唇紧抿;一个趿拉着脏帆布鞋,背靠着墙低头点烟。

陆司北:"你那项目进展得怎么样?"

池铮回得漫不经心:"就那样儿。"

"阿铮——"

他打断道:"什么时候回来的?"

陆司北:"有两个月了。"

池铮抽着烟,没什么表情。

陆司北的目光落在池铮身上:"这两年你变化不小。"

池铮"哧"了一声,没说话,彼此都沉默了一会儿,池铮微低头,嘴对准烟又吸了一口才问:"和史今联系的那个人不是你吧?"

"是我助理。"陆司北说,"当年我不辞而别不知道你出了事。"

池铮抿紧了唇,没说话。

"这两年你不该这么放任自己,如果——"

池铮闲淡地扯了扯嘴角:"如果什么?"

陆司北一顿，说不出话。

"这世上没有如果。"池铮语气平静，弹了弹手里的烟灰，微微低头道，"我自己选的路，活该遭这苦。"

陆司北的视线重新落在窗外，闭了闭眼。

"那时候我没有施以援手，这次我希望你别拒绝，就当是为了陈姨。"陆司北顿了顿又道，"还有盛楠。"

晚风从窗户外头吹进来，这是池铮晚上第一次正经抬眼看陆司北。他们已经很久很久没有这样说话了，他们好像还是从前的样子，只是少年变成了男人，多了城府和芥蒂。

陆司北看着外头："如果我早知道她心里的那个人是你，结果可能会不一样，也许你出事的时候还能帮你一把。"

池铮低头垂眸，吸了一口烟。

"当时少不更事，我们都走了不少弯路。"陆司北想起自己当时头也不回，坚决地和池铮断了联系，慢慢地也就失去了很多消息和患难情谊。那几年池铮应该是很难熬的吧，陆司北不禁有些苦涩道："现在看到你重整旗鼓，我也能好受一点。"

池铮一根烟抽完了。

陆司北侧头问："过些天我回上海，走之前能去看看陈姨吗？"

池铮偏过头，淡淡一笑："你随意。"

后来又说了几句，池铮借口有事离开了。

陆司北看着他的身影慢慢消失，眼神平静无波，全身慢慢松懈下来。只不过两年未见，他们都变得不再是当年的模样了。

时间这东西，真是让人又爱又恨。

外头的风灌进脖子，池铮收了收衣领，开车回了金鼎。陆怀和史今见他脸色很差没多问，池铮洗了把脸就坐在电脑前开始忙活。他一整夜都没闲下，一直忙到天明，十点多的时候才回屋睡去。

那会儿孟盛楠正陪盛典看电视。

盛典边看边评，也不知道想到什么，聊天的话题拐向她。孟盛楠知道瞒不住，索性全说了出来，大致就是老同学看对眼了，倒是没提及池铮和陈老师的关系。

盛典开始问工作、房子、车子的问题了。

第十六章 一路两个人儿

刚好隔壁的康婶过来串门,她才趁机溜了出去。一时想不到去哪儿,于是打车去了金鼎,想给他一个惊喜。

公司里陆怀和史今识趣地离开。

孟盛楠去卧室看池铮,他裹着被子蒙着头睡得昏昏沉沉,床单皱得乱七八糟。孟盛楠没有叫他,坐在床边用他的手机静音玩游戏。正到紧要关头,冷不丁听到身边躺着的男人说话。

他打了一个哈欠:"什么时候来的?"

她手一抖,游戏结束了。

池铮起身靠在床头:"这都赢不了?"

孟盛楠正懊恼:"我又不是你。"

池铮挑眉,笑开了:"再玩几关我看看。"

说着又摸出烟放进嘴里。

孟盛楠将手机丢到床上:"不玩了。"

池铮夹着烟挠挠额头:"中午吃饭了吗?"

她摇头,问:"你想吃什么?"

"都行。"

孟盛楠想了想说:"这边有青菜吗?鸡蛋也行。"

池铮笑得肩膀都在颤。

她问:"你笑什么?"

"屋里就我们三个大男人,你说呢?"

孟盛楠站了起来:"那我出去买吧。"

池铮伸手将她拉回床上,拿过手机低头找号码:"他们俩出去了?打个电话给你带点盒饭,我随便吃点泡面。"

孟盛楠也想吃泡面,被池铮一句"你胃不好"给堵了回来。她打着商量的语气千方百计地求他,池铮坏笑着从她身上索取了一点福利,算是成交。

很快泡面买回来,陆怀和史今又识趣地闪人。

池铮不让她动,自己去厨房简单操作了一下,几分钟就把泡好的面端了回来,他对孟盛楠说:"你吃这个,没辣椒。"

孟盛楠坐在椅子上,凑到泡面跟前看。

她转头又看池铮,他端着自己那盒泡面已经大口大口地吃起来了,吃了几口注意到她的目光，咬着泡面问道："怎么不吃？"

"我读大学那会儿，跟前辈跑春运新闻，挤了两天的火车，吃的都是泡面。"孟盛楠说，"但是那种感觉特别好。"

池铮抬眼："那为什么毕业不干新闻了？"

孟盛楠静了一下，问："池铮，你相信人性其实很脆弱吗？"

他神色一顿："你呢，信吗？"

孟盛楠："不知道，有时候会信。"

池铮放下面碗，犹豫了片刻，像是想起了一些事情，只是看着她轻描淡写地说道："信不信就那么回事，偶尔脆弱也不是什么坏事。"

孟盛楠笑着慢慢点头。

"你外婆不是说了嘛。"他继续道，"人到世上做个梦，走哪儿说哪儿话。"

孟盛楠歪头："我外婆还说了一句。"

他问："什么？"

孟盛楠轻轻拍了两下胸口："要挑最亮堂最宽敞的路走。"

池铮目光很静，孟盛楠说完低头去喝汤，汤烫到了舌头，池铮递给她水，她没喝几口就被呛得满脸通红，卡着气管，表情都拧在一起了。

池铮边拍她的背边皱眉："怎么喝个水都呛？"

她还转头安慰他："没事，我从小就这样。"

他们吃完饭收拾完毕，已经将近十二点半。孟盛楠好奇地趴在他电脑跟前看，指着上面的代码问他："你每天都在干这个吗？"

池铮靠在桌前，低头问："能看懂吗？"

孟盛楠摇摇头，池铮笑了一下。

孟盛楠仰头皱眉："你这是嘲笑吧？"

池铮："这都能听出来？"

孟盛楠白了他一眼又回头去看电脑，池铮忍不住又笑了。阳光照进落地窗，她的脸洁白无瑕。池铮慢慢低头凑近，门倏地被推开，池铮"啧"了一声起身。

陆怀和史今直接傻愣在原地，尴尬一笑。

孟盛楠站起身来要走，池铮冷眼看了那俩人一眼，开车送她回家。

公路上车来车往，时间转瞬即逝。那些日子，池铮忙着编网页，闲着的时间都是咬着牙挤出来的。

创业初期,起步都很艰难。

他们三个人从早熬到晚,很多时候都加班加点,十二点睡都很罕见,累惨了就躺在地铺上将就一晚。孟盛楠闲时过去探望,他还是那副样子,眼睛盯着电脑转都不转,手下敲得乒乒乓乓,偶尔偷得闲来,带她出门吃个便饭。

那天阳光很好,盛典和孟津在看奥运会。

隔壁康婶也过来看,在一起凑热闹聊天。孟盛楠正在房间里写稿子,陈思的电话突然过来了。她拿着包出门,身后康婶听见了门口的动静问盛典:"楠楠出去了?"

盛典意味深长地笑:"谈对象了。"

自从池铮忙起来后,回家里的时间就很少了。前些天他带她回去了一趟,第一次以女朋友的身份过去,孟盛楠比之前每一次都紧张。陈思拉着她说这个说那个,还做了一大桌子菜,已经提前把她当儿媳养了。不过陈思在家总闲着,孟盛楠便常去作陪,日子久了,陈思对她比池铮还亲切。

她那天到的时候,陈思又在厨房忙活。

陈思拿着菜谱看来看去,老花镜下的眼睛眯成一条线:"你说它这句话是什么意思啊?"

于是,两个女人研究了将近两个小时的菜谱,成品出锅的时候,陈思盯着碟子看半天问她怎么样。孟盛楠正要说话,有人敲门。她系着围裙跑去开,阳光从门缝里钻进来。

她抬头去看,那人的目光也掠过来。

陆司北没想过会在这儿遇见她,那点少得可怜的回忆里,他们之间的第一次相识是在 2006 年的夏天,一个门里,一个门外,好像也是现在这样,不同的是对视里多了往事。

陆司北不疾不徐:"我来看陈姨。"然后凝视着她。

孟盛楠只是轻点了一下头,侧过身让他进来。陈思闻声从厨房里出来,掩饰不住满脸的惊喜和讶异。陆司北对于一直在外求学不曾拜访表示歉意,陈思笑着摇头说不晚。

说话间,陈思介绍她。

"您忘了，高考结束我来做客见过的。"陆司北笑了笑。

孟盛楠正在倒水，看了他一眼。男人面对着陈思，视线未移半分。

"是吗？瞧我这记性。"陈思笑道，"对了，我给阿铮打个电话让他回来。"

"算了陈姨，我一会儿就走。"陆司北看了一眼手表，"订了三点的飞机回上海，您别操心了，前两天我和阿铮见过了。"

孟盛楠敛眉失神："我去厨房看看。"

她借口逃离，客厅里不知道陆司北又说了什么，陈思笑得特别开心。孟盛楠将自己的心思都放在正熬的汤汁里，没注意到身后的脚步渐近。

"火大了。"有声音提醒道。

孟盛楠俯身去调按钮，然后才慢慢转过头。几年未见，他和她说话还是那样温柔。她动了动唇，眼睛蓦地酸涩，弯了弯嘴角。

"那小子对你好吗？"陆司北问。

孟盛楠点头："嗯。"

陆司北笑笑："那就好。"

四周只有滚汤冒泡的声音，他们都安静了片刻。陆司北说他该走了，孟盛楠要去找陈思，被他拦住说不用，她坚持送他到门口。

陆司北站定脚，低眸："你还是和以前一样，也不一样了。"

她无声地弯了弯嘴角，才发现自己真的词穷。

他说："进去吧，别送了。"

陆司北说完这句话转身走远，孟盛楠良久不能回神。很多话不用问不用讲他们都知道，说出来也没有多大意思，或许只会徒增烦扰，有些事情最适合随风而去。

陈思从邻家回来得知陆司北离开，禁不住叹了口气，她的手里拿着借来的摊煎饼的那种鏊子，道："小北最喜欢吃这个了。"

孟盛楠问："池铮也喜欢？"

陈思笑了。

那时候正值伦敦奥运会，盛典和孟津天天熬到大半夜看直播。中国一拿金牌，盛典就激动地拍手，爱国热情简直是分分钟爆发，无人能敌。

孟盛楠有稿子要赶，便搬回了学校公寓。

有一次夜黑风高，戚乔打电话过来要和她聊天排解寂寞，孟盛楠无意间将她和池铮的事说漏了嘴。戚乔像居委会大妈似的问了一个底朝天。

她躺在床上扭头看窗外。高中毕业那年,戚乔就和宋嘉树在一起了,就凭这一点,十七岁的孟盛楠就没有那个勇气。或许是自己表现得太紧张,池铮也忙得脚不沾地,俩人谈恋爱后没有更进一步的举动。

风云变幻,月满梢头。

十七楼的三个男人以极其一致的姿势盯着电脑,手下噼里啪啦敲着键盘。史今探身瞧了一眼身边那俩人,悄无声息地关掉了自己屏幕上的游戏,然后装模作样地伸了伸懒腰,摇头晃脑。

"会挽雕弓如满月,西北望,射天狼。"史今说。

"今儿八月初七,大哥。"陆怀斜了史今一眼,一直默不作声的池铮哼出一声,陆怀突然扭头对他吹了一声口哨,"你这几天都没见小孟了吧,男人就该主动点,晓得吗?"

"人家也没来看你,不会是生气了吧?"史今添油加醋。

"那倒不会。"陆怀遥想当年,"小孟是我见过最乖的女孩了,她要心里有你了绝对死心塌地、不吵不闹、不黏人,她要是没那心思,你追一步她会退十步。想那会儿周宁峙对她有意思,表白的时候话到嘴边也只是匆匆而过。"

史今听得激动:"说啥了?"

"你就当是一个玩笑。"陆怀清清嗓子,"他可是大才子,个高人帅,我们六个人里还有一个女孩喜欢他喜欢得要命,后来直接追到美国去了。"说罢叹了口气,"所以江缙那小子至今也只能是单相思。"

史今消化了好半天:"乖乖。"

池铮悄没声地弯了弯嘴角,看了一眼那俩人,手下敲得更响。于是,第二天下午,他丢开一大堆烂摊子起身出门的时候,那俩人转着眼睛,看他出门前的一系列动作。

"干啥去?"他俩异口同声。

池铮不修边幅地一笑:"找媳妇儿。"

八月的天,出门就是一股热浪。

池铮边往外走边打电话,孟盛楠正在厨房捣鼓着熬鱼汤,看了很久的菜谱。池铮问她想去哪儿玩,孟盛楠说她不知道。

"我一个人在学校呢,要不你过来吧?"

池铮悠悠地说:"成啊。"

他来的时候她有留门,这是他第一次来她的单身公寓,里头全是她的味道。孟盛楠靠着厨房的琉璃墙,一边端着电脑敲字,一边探头看汤。

听到开关门的声音,她回头看了一眼,然后顺手将电脑放在案板上,转身的时候不小心碰倒了醋瓶子,洒了一电脑。孟盛楠傻眼看着屏幕变黑,他一脸的幸灾乐祸。

孟盛楠:"你还笑?"

池铮抖肩:"我也没想到你见我这么激动。"

池铮看她苦着脸,笑着拿过电脑,抽出纸巾擦干净电脑上头的污渍,之后坐在沙发上检查硬件,来回将电脑翻了一个个儿,手上噼里啪啦地敲键盘。

孟盛楠凑近他身边看:"能修好吗?"

对她来说难上了天的事,眼前这个男人轻而易举就弄好了。池铮将电脑放到她腿上,伸了一个懒腰靠在沙发背上,点点下巴。

"看看哪儿还不好用?"

孟盛楠试了几下:"你怎么弄的?运行速度好快。"

池铮笑了一声。

"完了。"孟盛楠突然叫了一声,"我的汤。"

说着她已经起身往厨房跑,池铮在后头笑。总归是火小,没烧着只是熬干了汤。孟盛楠虚惊一场关了火,回头就看见池铮闲闲地跟了上来。

孟盛楠喘气,瞪他:"这下你只能喝水了。"

池铮勾唇,搂过她的脖子就吻了下来。

四五点的太阳从小窗溜进来,男女依偎而立。池铮深呼吸,嘴落在她的耳尖,声音低沉喑哑。

后来,俩人窝在沙发上找电影看。池铮的眼神漆黑,孟盛楠闷声看电影,她指着上头的画面讪讪笑:"还蛮好看的是吧?"

池铮瞥了她一眼,倾身过去将她的话全吞进嘴里,之后他在她房里待到十点多才回了金鼎。孟盛楠趴在床上翻来覆去睡不着,起来喝水,喝了一口就呛了半天,她拍着胸口傻乐。

奥运会闭幕那天,陈思打电话让她过去坐坐。

第十六章 一路两个人儿

孟盛楠从学校走,江城的天开始还风和日丽,转眼就下起了瓢泼大雨。半路上,孟盛楠右眼皮老跳。因为风雨,路上堵车。她给陈思拨电话没人接,一下车撒腿就往里跑,距离愈近心愈不安。

远远就能看见,雨水肆虐地敲打着陈思家的玻璃窗。孟盛楠几步跨到门口,猛地推开门,女人无声无息地躺在冰凉的地板上。

外头响起了震耳欲聋的雷声。

陈思得的是急性脑出血,被推进急救室半个小时后,池铮赶来了。孟盛楠看着他被雨淋得冰冷的脸,没有丝毫血色。当时陈思倒在地上她束手无措,打完120立即给他打了电话。

池铮的声音克制冷静:"听着,盛楠。先扶我妈平躺下来,将她的头侧放,然后用冷毛巾敷在头部,救护车一来告诉医生我妈是脑出血,他们知道怎么做。"

可是现在,她看着池铮一阵心疼。

他的表情僵硬,脸色冷得可怕,有一种恐惧在,一副撑不住的样子。孟盛楠走到他身边,去拉他的手:"别担心,老师不会有事的。"

那柔软的温度让池铮的心底暖了一下。

他慢慢侧眸看孟盛楠,缓缓地点了一下头。她感觉到他整个人都在紧绷着,脖颈挺得直直的,身上冰得吓人。他站了太久,孟盛楠拉着他坐下。池铮的胳膊撑在双腿上,手掌抵着额头,然后他就一直保持那个姿势没变过。

她能感觉到,他在发颤。

近两个小时,手术室的红灯灭了。几乎是瞬间,池铮就站了起来。急救室的门从里头打开,医生走出来拿下口罩:"放心吧,已经抢救过来了,多休养观察几天就可以出院了。"

孟盛楠提着的心落了下来。

病房里,孟盛楠替陈思掖了掖被子,抬头看一脸沉默的男人,他的表情和刚刚比温和了不少,眼神里没有之前的冰冷和吓人。

"我来照看就行了,你回去换身衣服吧。"他的衬衫和长裤都已经湿透了。

池铮抬眼:"没事。"

他话音刚落，病房门被推开，陆怀火急火燎地跑进来。池铮抬眼看过去，陆怀喘着气拉着他去了外头。孟盛楠不知道什么事，没具体问，便在病房里等。可是过了好大一会儿，仍不见他们的人影。

她出去看，陆怀靠着外头的墙一个人待着。

孟盛楠问："池铮呢？"

陆怀扭头看她，过了半天才开了口，眼神闪烁像是出了什么严重的事情一样："公司那边有点事，他去处理一下。"

孟盛楠"哦"了一声，放下心来。

陆怀："你回去休息吧，我来看着阿姨。"

"没事，我一个人能行。"

良久，陆怀笑了一下。

"那小子上辈子不知道烧了什么高香了。"陆怀叹了口气，"两年前也是这样，阿姨病重，他在急救室外头守了一整夜，头发白了，整个人也废了。"

孟盛楠倏地抬头，眼神里是说不出的吃惊。

"小孟你知道吗，他那会儿可是前途无量。"陆怀笑得很惨，"就是被我耽搁了。"

医院长长的走廊里，消毒水的味道淡淡的。已是深夜，周边很安静，偶尔有值班医生和护士经过。陆怀真的像是憋得太久了，孟盛楠从来没见过一个人可以笑得这样苦。

"我和池铮是江缙介绍认识的，后来混熟了一起做项目，他说这项目做成了绝对能名扬万里，那时候我就信他。这家伙对代码简直疯狂到日夜颠倒，那个劲头我真是佩服，就我知道的人里没人比得上他。"

孟盛楠静静地听着。

"后来临毕业，时间很紧。他做的是项目最核心的部分，融资的事归我。"陆怀说到这儿停了一下，话再说出口的时候就变得艰难了，"我找的融资，是我找的……"

孟盛楠一直拧着眉。

"对方给的价很高，我当时年轻气盛只想着赶紧签约拿下来，池铮对这种事一概撒手不管，你说他是有多信任我。"陆怀苦笑，"签约那天他们约在酒店，我被灌了不少酒，稀里糊涂就签了合同，醒来后才发现被蒙了。"

孟盛楠问:"后来呢?"

陆怀目光直视她,眼睛有些红了:"后来他去找过对方,可我们毕竟是学生,胳膊拧不过大腿,更何况项目都白签给人家了,还得赔不少钱,当时事情闹得有点大,后来他退学了。"

孟盛楠问:"就没人管这事?"

"那家公司根基不浅,后台多得是,要息事宁人就得牺牲最没利用价值的。"陆怀自嘲,"他不是轻易放弃的那种人,可我们都没想到阿姨出事了。"

孟盛楠手心开始冒汗。

"他是连夜赶回去的,等后来我们再见到,他就像是变了一个人,出租屋里所有的电脑硬件都被他砸完了。"

孟盛楠难以想象池铮当时的样子:"那家公司——"

"当时的负责人跑了,没人认账。"

外头的雨声渐渐变小,孟盛楠说不出来的胃胀,这个事情太大了,二十岁的年纪很容易崩溃。她盯着地面一直看。

"陆怀。"孟盛楠突然出声,"他没回公司是不是?"

陆怀怔了半天没说话。

孟盛楠感到不安:"出什么事了吗?"

当时她打电话过去,他就应该已经动身往医院赶了。现在想想并不至于用那么久,陆怀支支吾吾更印证了她的猜测。

孟盛楠扬声又问了一遍,陆怀才慢慢说了实情:"他被警察带走了。"

孟盛楠脑袋"嗡"的一声,心头狠狠一震。

"不过别担心,史今也过去了,不会有事的。"陆怀看见女人一脸的不知所措,没什么笑意地笑了一下,"他说不让我告诉你,就怕你这样。"

孟盛楠咬着下唇没了声音。

"没大事,车子开得快了蹭了别人的车,他急着先跑来医院,对方什么都不听,非要找警察,我和史今在后头拦了半天没用。"

孟盛楠:"……"

"话说清楚就回来了。"他话说得轻松。

孟盛楠的胸腔却堵得不行，一句话也说不出来了。她在外头待得太久，准备进去照顾陈思和消化陆怀的话。刚推开门又被陆怀叫住，孟盛楠回过头。

陆怀说："他这次从头再来，多半是因为你。"

医院的夜晚安静得像深山古庙，风吹草动都格外清晰。孟盛楠站在窗前看着外头，雨溅在玻璃上滴答滴答。她站了一会儿又坐回病床边，陈思的脸病如白纸。两年前的那个夜晚应该是比今夜不知惊心动魄了多少倍，他居然一夜长了那么多白头发。

脑出血突如其来，是任何人都挡不住的招魂令。

那个夜晚，孟盛楠一直没睡，将就着到天亮。她趴在陈思旁边，感觉到有人揉她的头发。孟盛楠眯着眼抬起头，陈思对她笑着。

她问："您哪里还难受吗？"

陈思慢慢摇头。

后来医生过来检查完就走了，孟盛楠打了饭回来。她怕陈思问起池铮自己不知道怎么回答，一直提心吊胆想着怎么说。陈思没什么劲儿，孟盛楠就一口一口地喂她。

"你衣服这么潮，一会儿回家休息去。"

"我不累。"孟盛楠想扯个嘴角笑一下，但怎么也扯不出来，"您醒来之前他刚回店铺那边，一会儿就来了。"

陈思轻声问她："昨晚他被吓着了吧？"

孟盛楠沉默了一下："有点不像他。"

"这孩子心思重，我知道。两年前我突然犯病他被吓坏了，我睡了好几天醒过来，醒来的时候，看到他两鬓都白了。"陈思笑了笑，"他就算什么也不说，我这个当妈的怎么会感觉不到呢？"

孟盛楠鼻子有些发酸。

她看了一眼毫无动静的门口，视线又悄无声息地移回来。她将碗筷收拾了，倒了杯热水晾着。陈思让她回家，孟盛楠不肯，说等池铮过来再走。陈思累了，又睡了过去。孟盛楠抽空想打电话问问情况，可他们三个人没一个人的电话是能打通的，她只能干等着。

陈思再醒来已经是中午了，孟盛楠正在剥橘子。

第十六章 一路两个人儿

她怕陈思想多，正要说话，病房的门被推开。她立即回头去看，池铮的脸上带着胡楂儿，身上还穿着昨晚的衬衫和黑裤，就这么走了进来。那一刹那，孟盛楠忽然特别想哭。

池铮笑得人神共愤："怎么你们俩都这么看着我？"

陈思瞋了他一眼，孟盛楠偏过头。

"盛楠照顾我到现在还没离过身，你跑哪儿去了？"陈思问，"工作的事情再重要也得注意身体，不能太操劳了，要不然熬坏了身体怎么享受生活？"

池铮"嗒"了一声，笑出声。

"真出了点事走不开，我昨晚可是看着您安全才离开的，天地可证。"池铮看了她一眼，"是吧，盛楠？"

从昨晚到现在，这是他第二次叫她盛楠。

孟盛楠躲开他的注视，心里闷得厉害，找了一个借口要先走。池铮目光如炬，眉头轻蹙。孟盛楠侧过眼，从他身边经过离开。天气阴凉没什么温度，孟盛楠坐车到学校。一回屋就去洗澡，心堵得难受。

花洒淋在身上，水顺脸颊而下。

不知过了多久，她才从浴室出来，套上长白T恤就坐到阳台去吹风。风吹过来，人也清醒了。客厅里，广播还开着。男女主播在聊有关青春的话题，时间很快就没了。过了几年，孟盛楠想起当时的心情，S.H.E的《你曾是少年》的歌词形容得恰到好处。

"许多年前，你有一双清澈的双眼。奔跑起来，像是一道春天的闪电。"

突然，门铃响了。

池铮站在她的房间门口，也可以这样形容：一个邋遢劲儿十足的男人，穿着脏衬衫和黑裤子。他两手抄兜，头发乱糟糟的，全身上下说不出是烟味儿还是别的味道，眼神漆黑，目光直视，有几分古惑仔的不修边幅，他现在离古惑仔就差一个耳钉和腰间别上金链子。

她愣道："你怎么来了？"

孟盛楠的手还放在门上，看见他稍微诧异。池铮没说话，只是抬眼在她身上扫视了一秒。兴许是他的目光太沉静，孟盛楠不自觉地紧张起来。池铮"嗯"了一声，侧身经过她走了进去，碰到了她的肩膀。

"老师——"

"他们俩在那儿。"他声音闲淡。

她关上门回头，池铮已经坐在沙发上。孟盛楠跟着进去，弯腰关了广播。房间瞬间安静下来，只有听不太清楚的呼吸声。

池铮忽然出声："后悔吗？"

孟盛楠按开关键的手一顿。

她慢慢站直了，他抬眼看了过来。

孟盛楠吸了口气："你指什么？"

她问得太淡定，池铮莫名地有些烦躁。他皱眉，从兜里掏出烟盒。刚摸出一根塞到嘴边，就听见孟盛楠平静制止的声音。

"不许抽烟。"

池铮动作一滞，抬眼看她。

孟盛楠就那么站着，只有她知道自己的嘴巴在颤。池铮看了她一会儿，咬了咬牙，用夹着烟的手耙了耙头发，然后将烟和打火机都丢在茶几上，站了起来往她这个方向走，孟盛楠的身影侧动了一下。

他问："我洗澡也不行？"

一分钟后，浴室里传出来水流声。孟盛楠侧头看茶几上的烟盒和打火机，不知怎么低头就笑了。她原地站了十几秒，去敲浴室的门。里头花洒停了，没了声音。

孟盛楠道："你把衣服递出来，我去洗洗甩干。"

门开了一条缝儿。

孟盛楠伸手去接，几度抓到的都是空气。她蹙眉正要收回手，却冷不防地被他拉了进去。她几乎是没有征兆地"啊"了一声，然后被他强硬地压在墙角。

浴室空间很小，热气升腾。

孟盛楠紧紧闭着眼睛，却许久不见他出声，慢慢又睁开。他湿漉着头发，正低头静静地看着她。有水滴下来，她不由自主地眨了眨眼睛。

池铮薄唇渐起，声音也很低："你在别扭什么？"

只有水滴落地的声音，留下滴答回响。

孟盛楠:"谁别扭了?"
池铮有点牙疼:"不让陆怀告诉你——"
"我知道。"
池铮笑了一声:"忽然觉得你有点不太一样了。"
"哪儿不一样?"
池铮只笑不语,一手扣在她脑后,低头凝视。
孟盛楠心里一动,歪头钻到他怀里,双手环抱。孟盛楠将脸贴在上头,去闻他身上的味道。
她低喃:"傻子才后悔。"
池铮笑得胸腔都在颤。

迷迷糊糊的时候,她看不清他的脸,只听得见他的呼吸声,她低头看他的背。那个 H 文身漆黑如墨,和他融为一体。孟盛楠忽然记起第一次见他,男生戴着耳机敲键盘,不知天高地厚。

窗帘拉着,隔开外头两三点的太阳,房间里暗沉,池铮将她紧紧搂在怀里。

孟盛楠醒来的时候,一抬眼就看见他。

池铮闭着双眼,手放在她身上。她眉头一动,去摸他的白发。池铮几乎是瞬间睁开的眼,她吓了一跳,要缩回的手被他握住。

他们姿势太亲密,孟盛楠赶紧移开目光。

事实上他并没睡熟,身边躺着安静温柔的女人,她稍稍动了一下,他心里就一层暖意,好像这样便能感觉到她的存在。孟盛楠抬头看他,不知道说什么,池铮又低头吻下来。

2011 年,周耀辉写了首新歌。

"他们住在高楼,我们淌在洪流。不为日子皱眉头,答应你,只为吻你才低头。"

他低声笑着给她讲故事,说起从前的一些事情。
孟盛楠挡住他作祟的手:"也不知道你以前祸害了多少人。"
池铮"啧"一声:"你不也是?"

"我祸害谁了？"孟盛楠急了。

"那个新郎官算吧，陆司北也算，还有你们六人组那个姓周的。"

"你怎么知道周宁峙？"孟盛楠一怔，转念一想准是陆怀干的，她心思一转，"我也知道你的。"

池铮懒懒地抬眼："两年前那烂事？"

孟盛楠："……"

池铮哼笑："那小子憋不住了吧？"

她不想理他了。

后来他们又说了很久的话，从窗帘的缝隙看出去，天已经暗了。

孟盛楠："一会儿还要去医院呢。"

池铮的头埋在她颈间，笑得肩膀直颤。

孟盛楠忽然想起他那身脏衣服，赶紧推开他从床上爬起来。池铮躺床上，一手支在脑后看着她走过来走过去。孟盛楠将衣服塞水里迅速揉了几下再用洗衣机甩干拿出来晾，刚抖了几下就看见他站在后头。

池铮的目光停在她身上。

孟盛楠的脸一烫："自己晾。"

她将衣服全塞到他怀里，回到房间关上门。床上一片狼藉，她收拾好出来，池铮也换上了衣服靠在阳台上。

孟盛楠："衣服还湿着呢，你怎么就穿上了？"

远处天空有星倒挂，窗户被镀了一层亮色。她站在那片金光下，眉清目秀，清澈干净的眼睛看着他，那会儿池铮甘愿淹没在她身上永远醒不过来。

他说："没事。"

陈思的身体日见好转，几天就出了院。

池铮怕病情反复，重新请了阿姨照看。那个月过得特别快，眨眼就到了九月开学季。孟盛楠代初一两个班的英语课。

正逢初秋，白天也短了。

池铮忙得昏天黑地，偶尔夜里过来和她待一晚，早晨又匆匆离去。她一个人趴在床上，轻轻感受身边他的余温，不禁有点理解戚乔的那种独守空闺的感觉了。

第十六章 一路两个人儿

有几次回家,盛典旁敲侧击地问起他。

于是,在一个下雨天的夜晚。池铮过来找她。孟盛楠问:"这几天还是很忙吗?"

他嘴上含糊地敷衍:"怎么了?"

"我妈。"孟盛楠说得断断续续,"想见你。"

池铮吻上她的耳垂,模模糊糊地"嗯"了一声。外头雨还在下,她慢慢累得睡了过去,早分不清他到底是否同意。

后来她就忘了再提这事。

过了几天,到了周五。

她恰巧没课,在办公室里备课,池铮的电话过来了。正是下午四五点的时候,她拿着包往校门口走。隔着老远就看见他靠在车前,一身的西装革履,一点也不像平时邋里邋遢,踩着人字拖走街串巷的吊儿郎当的样子。

她愣了一下,走近问:"你干吗?"

池铮笑了笑,俯身拉开副驾驶座的车门。孟盛楠这才注意到他身后的车,是辆黑色的轿车,价值不菲,她怔了片刻坐上去。

池铮绕回驾驶座,启动引擎。

车里,孟盛楠侧头:"这车你哪儿来的?"

"买的。"池铮打着方向盘转弯,说得漫不经心,"公司刚起步,出门谈事情,车是门面,怎么着也得有一辆看得顺眼的车。"

过了一会儿,不见她说话,他偏头去看。

孟盛楠说:"我手上还有点积蓄。"

说到一半被池铮的笑拦住了。

"你笑什么?"她皱眉,"我的身家比你清白。"

池铮点头称是。

"那你还笑?"

池铮抿紧唇,表情立刻一本正经。一分钟后,他将车停在路边,侧身压过来。气息太近,孟盛楠肩膀一缩。

"孟盛楠。"他说,"有一件事情你得明白。"

车外突然一辆大卡车疾驰而过,轰轰隆隆的声音差点盖住他的声音。她看着他的眼睛,坚定、自信、不可忽视,又有了当年的不可一世。

"男人养女人天经地义。"

孟盛楠："……"

"要花也得花你男人的钱。"

孟盛楠："……"

池铮说完起身又开车，从路口左拐。孟盛楠看着他那欠欠的样儿"喊"了一声，将头偏向窗外，笑了。可是没一会儿她就笑不出来了，她眼睁睁地看着池铮将车停在巷口。

孟盛楠："怎么来我家了？"

池铮瞥了她一眼："你不是说你妈要见我？"

说完他已经下车，一切都准备得从容有序。他从后备厢拿了礼盒就往里走，孟盛楠一路跟在后头探着身子瞧他，池铮侧眸。

孟盛楠："怪不得你今天穿成这样。"

池铮笑："没给你丢脸吧？"

孟盛楠装模作样地评价："勉勉强强喽。"

池铮抬起眼，蓦地笑了一声。

巷子里俩人的身影被夕阳拉得老长，时不时地交叠在一起。不知哪家院子里树上的鸟被风惊着了，哗啦啦地从头顶飞过。孟盛楠抬头去看，天空湛蓝，一望无际的遥远。

他们俩进屋的时候，孟津还没下班。

盛典正在厨房准备晚饭，听见门口的动静就叫了一声"老孟"，没人应，出来一看，孟盛楠身边站着一个笔直高挺的男人。

毕竟是做过老师的，盛典淡定得很。

孟盛楠笑着道："妈，这是池铮。"

"阿姨。"池铮颔首，"来得仓促，您别介意。"

孟盛楠瞄了他一眼。这衣服换了，性子也能改？说话一本正经，还一套一套的。再看盛典，早被他折服，就差叫一声女婿了。孟杭正在屋里写作业，听到声音也跑出来，直接就拐向池铮，去拉他的手叫哥哥。

孟盛楠气得去捏孟杭的脸蛋："我在这儿你都看不见了是吧？"

"姐，别老对我动手动脚。"孟杭说，"让人看见不好。"

孟盛楠："……"

池铮笑看了她一眼，一把抱起孟杭去客厅。盛典拉着孟盛楠去厨房

第十六章 一路两个人儿

帮忙做菜,外头孟杭咯咯地笑。

孟盛楠问:"惊喜吧?"

盛典瞋她一眼:"我琢磨着也该来了。"

没一会儿,孟津回来了。两个男人坐在沙发上聊,孟杭在客厅里跑来跑去。饭桌上,盛典开始了发问环节。其实也无所谓,就那几个老生常谈的话题,池铮简单回答一两句,说得盛典从头笑到尾,孟盛楠想插句话都没机会。

"妈,有件事没告诉你。"好不容易寻了时间,孟盛楠指了指身边的男人,"他是陈老师的儿子。"

盛典:"啊?!"

直到临走,盛典的热情都像是用不完似的。后来俩人从屋子里出来走在巷子里,孟盛楠送他到车前。池铮边走边扯开领带,松了几颗衬衫扣子。

"没想到我妈的名字比我说一百句都管用。"

这人声音懒散,嘚瑟至极。

身后屋子里,康婶出门遛弯,拉着盛典问刚刚的男人是不是楠楠的对象,盛典笑着答话。康婶说:"真是好福气。我买菜回来的时候在巷子口看见了,好家伙,那车贵着呢。"盛典笑得更灿烂了。

星辰起起落落,人间风风火火。

池铮正在做的项目也逐渐进入关键阶段,日夜都待在金鼎。孟盛楠偶尔过去,看他坐在电脑前一动不动,分分钟一页代码就敲了过去。史今天天在外面跑,几个人各安其事,一个赛一个地忙。人手不够,史今到处拉投资、招技术人员。

一百平方米的空间里,非承重墙全部打通。

三个人也变成了十个人的团队,网站策划的时间异常紧张。十二月,池铮去了趟北京和江缙介绍的几个人直接见面坐了坐。

池铮结束后去找江缙,电话打不通,家里也没人。

他脑海里闪过一个地址,临时变了路线。那是一片僻静的别墅区,池铮下了出租车往里去,还未走近就看见草地边一个男人坐在轮椅上抬头望天。他皱眉走过去,男人刚好偏头看过来。那一刹那的对视,江缙

259

愣了神，瞬间又恢复平常。

池铮看了一眼轮椅，又看向江缙。

江缙的脸色有些苍白："你怎么找过来的？"

"你寄过来的杂志。"寄件人就是这个地址。

江缙恍然，笑了笑："古人有句话怎么说来着？百密必有一疏。"

那笑太沧桑，池铮摸兜找烟。

太阳底下，两个男人一站一坐。池铮低头一根一根地抽，想起几个月前江缙突然离开。他狠狠地吐了口烟圈，眯起眼睛问："什么病？"

江缙沉默了好一会儿，笑说："食管癌。"

池铮咬着牙根，偏过头骂了一声。

江缙摇头笑，活动了一下肩膀，长长地叹了一口气，从轮椅上下来："走走吧，我这一天也没个劲。"

江缙已经走出很远了，阳光照在身上，颀长孤独。那是一种什么样的感觉，池铮说不太清。江缙有点折腾累了，好像喘口气都没劲。池铮在北京没待几天就回江城了，脸色一直难看。

十二月底，公司开始对网站进行内测。

那天孟盛楠去探班，史今身边围了一大堆人正在讨论事情，陆怀招呼她坐，说池铮去见客户了，孟盛楠无聊转身就要走。也不知谁突然喊了一声，墙上的电视里突然转播出一条新闻：

某某公司因欺诈罪遭起诉，核心高管已被警方控制。

陆怀惊叫："就是这家浑蛋公司！"

孟盛楠看着屏幕上直播记者的播报，许久无言。那个公司她做新闻的时候就搜集过很多非法证据，但因为没有人脉，对方关系网太大，她一个小小的记者什么事也做不了，后来她对这一行有些失望只能辞职转业。回去的路上她给报社前辈拨了一个电话，前辈就说了一句"人在做天在看，善恶到头终有报"。

忽然之间，她眼眶红了。

到学校公寓的时候，孟盛楠沿着楼梯往上走。七楼住两户，对面空着。她踏着台阶上去，刚过了六楼，就闻见一阵浓烈的酒味。或许第六

第十六章　一路两个人儿

感作怪,她加快步子上了七层,还没反应过来嘴就被堵住了。

池铮喝得烂醉如泥。

孟盛楠不知道他怎么了,后来到了深夜他睡过去,孟盛楠拖着疲惫的身子去洗澡。

窗外,月光满天。

孟盛楠睡不着,打开电脑看新闻。有新邮件发过来,她点进去看。发信人名字未知,正文只有短短几行,孟盛楠盯着最后那句:"明天该走了,新婚礼物提前奉上,勿念。"她看了半天才恍然,陆司北做事的方式一点都没变。

她合上电脑,抬眼看窗外。

床上池铮翻了一个身,孟盛楠回头看了一会儿,笑着趴过去钻进他怀里,就那样安静地睡着了。醒来后,他仍缠着她不放,一直到太阳高升。她躺在他怀里,半睡半醒。

孟盛楠想起什么,轻声问他:"你昨晚怎么了?"

他轻描淡写:"没事。"

孟盛楠不信:"是那个骗子公司吗?"

"不是。"半晌,池铮随即笑了,"它还不值得我费神。"

孟盛楠又往他怀里蹭了蹭,莞尔。

"以后少喝点酒。"她说。

池铮摸着她的头发:"嗯。"

窗帘半开着,天空很干净。

房子里就他们俩,男女温存。池铮那天哪儿都没去,俩人就这样窝在公寓里待着一整天,时而做一些事,时而说很久的话。

2013年2月1日,SUN 正式上线。

上线之初,问题周而复始。SUN 对注册用户审核严格,筛选特定领域的专家人士,保证了高质量的用户群。这个过程艰难而漫长,需要长期的积累,加班是常事。难得遇上年假闲下来,史今拉着他俩去喝了几杯。

酒吧里,池铮抿了几口就不再碰。

史今还要给他倒:"你才喝了多少?"

池铮一手拦了过去:"够了。"

"我拉着你俩过来,就我一人喝有什么意思?"史今看了一眼陆怀,这人闲闲地正喝着可乐,"你这是怎么了?"

陆怀立刻侧身:"别看我啊,早戒了。"

史今无趣,一口闷了半瓶下肚。

"你也少喝点儿,醉了可没人抬你回去儿。"陆怀对史今道。

史今皱了皱眉头:"咱能别儿化音吗?"

陆怀:"……"

"哥们过了今年就二十五六了,一次恋爱都没谈过。"史今喝了酒,话较平时更多,"真希望今年能脱个单。"

陆怀举着可乐:"咱俩得干一个。"

他们碰了一下杯,史今叹了口气,指了指自己那张阳刚脸:"这不能怪哥们儿吧,出厂设置就这样儿。"

陆怀:"你儿化音了。"

史今:"……"

池铮眯着眼,目光落在一处,不时地抽一口烟,一直没吭声。史今拿起酒瓶往喉咙里灌,胳膊撞了撞池铮:"你比哥们有福气,有女朋友的滋味就是不一样。"

史今和陆怀又碰了一下杯。

池铮抬眼看了这俩人一眼,摁灭烟站起身往外走。陆怀仰头喊才几点,史今拉着陆怀说咱俩喝,边叹气边抬头看。

"赶紧赐我一段姻缘吧,到最后成不成的我也认了。"

陆怀摇头:"你还在乎这个?"

"你不在乎?"

"那东西看着神圣,没什么用。"陆怀摊手,拍了拍史今的肩膀,"不过也辛苦你了,单身这么多年。"

史今打了一个酒嗝:"你也是。"

酒吧外夜色正浓,寒风凛凛。

池铮拉上羽绒服的拉链正要打车,接了一个电话拐道回了店铺。孟盛楠没一会儿就来了,一进店里身子暖和一大截,她脱掉外套和围巾,池铮给她递了一杯热水。

孟盛楠:"我还以为你们得喝到大半夜才消停。"

第十六章 一路两个人儿

她双手握着杯子外壁取暖,坐到床边,池铮洗了把脸正拿毛巾擦,话音隔在绵绸里:"我提前走了。"

说完,他丢开毛巾走到她面前。

孟盛楠仰头:"做什么?"

池铮将她的水杯接过去放在身后的桌子上,然后勾起她的下巴,弯腰亲了下来。屋子里暖气习习,灯还亮着,昏昏暗暗,他俯身至她耳侧。

"池铮。"孟盛楠忍不住出声,"我有件事一直想问你。"

他低头看她:"明天再说。"

孟盛楠的语气难得认真:"就现在说。"

池铮双手撑在她身体两侧,屏气低头。孟盛楠抱着他脖子,眼眸清亮。池铮喉头动了动,艰难地"嗯"了一声。

"如果我不是舒远,只是孟盛楠呢?"

闻言,池铮眉头紧皱,他盯着她绯红的脸颊,呼吸粗重。孟盛楠等着他的答案,池铮的眉头却迟迟不见松开。

"孟盛楠。"池铮深吸了一口气。

她还没细想他的话,他就吻了下来。孟盛楠被他突如其来的动作弄得说不出话来,迷迷糊糊之间,听到他趴在她耳边低语。

"我什么都知道。"他的声音沙哑。

白月光洒下来,床铺熠熠生辉。

江城年味极其浓,风俗传承几百载。

老人常谈二十三灶王爷上天,盛典很信这个,大中午的在厨房安顿灶神。戚乔过来串门,和孟杭在客厅里摆弄火车玩具。孟盛楠早上起来陪池铮赖了一会儿床,这时候刚到家。

她回到房里,累得伸懒腰。

戚乔笑眯眯地跟了进来:"回来这么早啊?"

孟盛楠白了一眼过去,戚乔乐了,凑到她跟前,孟盛楠会意侧身躲开,此地无银三百两地拉了拉衣领。

戚乔笑:"我说你们俩这都好了半年了吧,想过结婚吗?"

"结婚"这个词让孟盛楠愣了一下,她摇头。

"你早出晚不归的阿姨都不说你,摆明了是等着这事呢,你不明白吗？"从小到大，作为母亲，盛典从不干涉她外出自由，这让戚乔又叹气一声，"果然，漂亮的姑娘都不聪明。"

"谢谢你夸我漂亮。"

话音一落，戚乔忽然跳起来，跑下楼从自个儿包里翻出一本杂志又跑上来，丢到她怀里。孟盛楠看了一眼封面，不明所以。

"你买的？"是《人间百味》。

戚乔"啊"了一下："今早路过邮亭给你带的，最新一期。"

孟盛楠大致地翻了一遍，手指卡在其中一页顿住。那句话像是洞明世事一般，写着"本就是匆匆过客，又何必耿耿于怀"。她细细咀嚼了几分，去看左上角，作者是江郎才尽。

已许久未见江缙发表文字了。

她想起很久很久以前周宁峙问他们有生之年想要什么，张一延鼓着脸颊想了半天，说要功成名就。后来就剩下江缙一个人没开口，大伙逼问，江缙戏说："写一个故事，看哭所有人。"

她的肩膀被戚乔一拍："你想什么呢？"

孟盛楠的胸口闷闷的，慢慢合上书摇头。

时间指向十一点，客厅里孟津的广播在报时，盛典叫她俩下楼吃饭。不知怎么的，孟盛楠突然想给江缙打个电话。她拨了两次都是暂停服务，又给池铮打过去问。

他沉默了几秒，说我试试看。

一直到过了饭点，她的电话响了。

江缙在那边笑："还没三十呢，就给哥拜年？"

孟盛楠靠在房间的书桌前："你换号了？"

"这两天在外头，临时的。"

孟盛楠"哦"了一声："我在《人间百味》上看到你的文章了。"

"被哥的文采吓着了？"

孟盛楠失笑，聊了几句闲话。

江缙提起池铮："那小子的网站你上去看了吗？"

他的工作她从不过问："没，怎么了？"

江缙淡淡一笑，轻轻咳嗽了几声，咬着牙让自己缓和下来："最近有个帖子置顶三天了，挺有意思的，闲了上去瞅瞅。"

第十六章 一路两个人儿

太阳照耀大地,天还是刺骨地冷。

江缙收了线背着手正沿着墓园往里走,身影拉得很长很长。小路不时有人经过,面容凝重。男人往前慢走,身后有人拍他。他转过头,是门口卖墓地的人跟了上来。

那人不舍得放弃一单生意:"兄弟,你刚问的到底买不买?"

江缙想了一下:"买。"

"爽快,要多大的?"那人又问,"是给谁看呀,老爷子还是老太太?"

有一束光突然投射在江缙的身上,这个男人眯着眼睛去找光,风吹起地上的落叶,他弯腰拾起地上的叶子,轻轻吹了一下上面的灰尘,头也未抬,眼神平静。

他笑着说:"是我,我看。"

阳光四散开来,落叶分离。

那天的云朵出奇的白,天像是被洗过一样干净。孟盛楠坐到电脑前正在注册 SUN。她刚登录进去就看见江缙说的那条帖子。

楼主发问:"谁知道社交平台为什么取名为 SUN?"

有一个回答获赞无数:"太阳和舒远。"

登录名显示大 V 号:SUN 创始人池铮。

楼下客厅里盛典和戚乔在聊天,说说笑笑。她合上电脑慢慢下楼,穿着厚厚的红色羽绒去院子里吹风。她站了好久,头顶已飞过三架飞机,都拉起一条长长的线划破天际。门外的巷子里有人放歌。

"一开始,我以为,爱本来会很容易。所以没有,经过允许,就把你放心底。直到后来有一天……我才发现,原来爱情不是真心就可以。"

身后戚乔的脚步渐近,头顶又一阵呜呜声自远方深处轰隆而来,院子里的树叶被风吹起,空气新鲜,好像泥土的味道都清晰了。

"这歌叫什么来着?"她问。

戚乔说:"《感动天感动地》。"

孟盛楠抬头看天,蓝得像海洋。风抖动树梢,吹起耳边的头发。她眨眨眼又看,眼睛酸酸的。从 2004 年的惊鸿一瞥到现在,她没辜负时光。

歌声走远，飞机不见了。

过了几天，家里开始慢慢置办年货。池铮开车过来接她，他们去了江城有名的古道十条街。下了车，池铮拉着她的手往里走。街道边一排排红灯笼，两边挤满了人。孟盛楠指着前头围满人的卖对联的铺子，拽他过去看。

店家一手米芾体，路人拍手叫好。

他们一条街一条街地转，这个铺子一溜达完又跑去别的铺子凑热闹，买了一大堆东西。池铮提了两大袋子，孟盛楠想起什么又"啊"了一声。

她说："还没买鸡呢。"

"不是买肉了？"

"那怎么能一样？"孟盛楠歪头看他，"你不知道吗？"

两边吵吵嚷嚷，他们被推挤在人群里。孟盛楠穿着白色羽绒，扎着马尾，露出光洁的额头，眼睛亮晶晶的。池铮看着她的眼睛，只听得到她说话。

"二十六炖锅肉，二十七杀只鸡。"

池铮笑得温和："还有呢？"

"二十八把面发，二十九贴道友，三十晚上熬一宿，大年初一街上走。"孟盛楠掰着手指细数，"还有好多呢，都忘了。"

池铮笑："搞文学的就是懂得多。"

孟盛楠斜了他一眼。

"小学语文书上就背过的，你不知道吗？"她说。

孟盛楠笑着看了他一眼，往前走去。池铮的目光落在她的背影上，看了一会儿也笑着跟上前去。那条街一道连着一道，好像走不完似的。

回到车前的时候，孟盛楠累得直喘。

后来俩人回了他家吃晚饭，陈思的精神好得不得了，饭后拉着俩人打牌，几乎把把都赢。她赢得没了意思，又拉孟盛楠聊闲天。池铮一个人坐在沙发上看电视，一个台一个台地换。

聊到天黑月起，陈思才回房。

孟盛楠扫了一眼客厅，池铮不知什么时候已经不见人影。她往院子里看了看，又跑去楼上他房里。灯亮着，没人。她正要转身，余光落到桌上一角，鬼使神差地走了过去。

第十六章　一路两个人儿

她翻开，看到扉页上的字，那句"愿你笑时，风华正茂"直晃眼睛。不觉已近十年。身后脚步很轻，池铮慢慢靠近，孟盛楠回头看他，笑着摇了摇书。

"知道我为什么送你《沉思录》吗？"她看着笑了，"陈老师有一次讲张学友，说她和丈夫的定情信物就是这本书，不过那时候我不知道你就是陈老师的儿子。"

池铮笑了一下。

"还有件事一直没告诉你。"孟盛楠深深呼吸了一下，说，"我辞职了。"

他问："做新闻？"

孟盛楠点头："年后打算考江城电视台。"

池铮沉吟道："准了。"

孟盛楠无声弯唇，偏头笑。只是这笑还未及三秒，她突然胃里翻滚，一阵干呕。池铮皱眉，以为是她胃病又犯了，匆忙去倒热水。折腾了好一会儿，她才舒服了。

说起来倒也奇怪，那种不适一直持续到二十九。

孟盛楠莫名地意识到什么，下午一个人去了药店买验孕棒。她一路上忧心忡忡，回到家立刻去了卫生间。那天她前脚刚进门，池铮后脚就跟了进来。盛典说她在二楼，他找不见人。听见隔壁的卫生间传来响动，有哗啦啦的水声。

池铮皱眉，正要敲门，一个转念直接握上门把手将门推开。他突然出现，孟盛楠被吓了一跳，手上的东西直直地掉在地上。她弯腰去捡，池铮先她一步。

验孕棒上，两条红线。

孟盛楠不知所措，眼眶红了。池铮盯着手里的物件看了半晌，拇指摩挲着，又抬头去看她的样子，蓦地低声笑了。

她气道："你还笑？"

池铮笑得更大："这回真跑不了了。"

外头突然雪花飘落。

孟盛楠没指望拥有多么轰轰烈烈的求婚，就像现在这样平平淡淡地在大年三十领个证已足够圆满。两家老人笑开了怀，说年后再去医院细查。不管怎么讲，这无疑是 2013 年的新春里双喜临门的事情。

那一晚，春节晚会举国欢腾。

两家人都待在孟家过新年，陈思和盛典像是有说不完的话。雪花沾了一窗户，屋里暖得像春天。孟杭问孟津电视里那首歌叫什么，孟津说《难忘今宵》。

小房间里，点着茉莉味的香薰。

孟盛楠趴在池铮的怀里，池铮小心翼翼地将手覆在她的肚子上，他疑惑，问她怎么没动静。她笑着看了他一眼，轻声叫他傻子。

池铮浓眉一拧，就要收拾她。

她趾高气扬地指了指肚子，池铮立刻俯首称臣。过了一会儿，雪花渐大，香气满屋。孟盛楠仰头看他，男人微抿着唇脖颈挺直，眼里温柔像是有光。

孟盛楠轻声说："我想写本书，名字都起好了。"

有风声敲打着窗户，这个夜晚恬静平常。厚重的帘子包裹住所有的美好，远方忽然传来鞭炮和铃铛声，大人小孩在巷子里边说边笑。

池铮垂眼问她是什么。

她慢慢笑说："《全家福》。"

（正文完）

TXSFHZM

阳光下的少年十七八岁，
笑得神采飞扬。

番外一
深海少年

1

读中学的时候，我搬过很多次家。

至今忘记都是什么原因了，只记得有一个风水台的巷子。它百米长，两边都是高高的墙壁堵着阳光，一到傍晚天色暗下来，巷子就更显得寂静漆黑了。

2006年的冬天，冷得要命。

风往北吹，我实在记不清第一场雪是什么时候。倒是冬至还未来时，我认识了一个女生。她是朋友的朋友，有一个很好听的名字叫顾荣。因着都住风水台，她家在前头巷道，两地相隔不过几十家店铺的距离，所以商量同行。

她的心态健康死了。

"舒远，明天下午放假你准备干吗？"晚上一起往回走，她问。

"回家啊。"我理所当然地答，又问她，"怎么了？"

她撇撇嘴："那多没劲，一起逛逛呗。"

"可是后天有考试。"我无可奈何。

她一副恨铁不成钢、烂泥扶不上墙的样子盯了我半晌，最后还是叹了口气作罢。出于礼貌和客气，我还是发挥了自己善谏的特长，劝她做好考前准备。

"有什么好复习的？前进一名那就是进步。"

我:"……"

"你太规矩了,改天带你出门见见世面。"

她潇洒地仰脖,牛仔外套敞着拉链招摇过市,胳膊搭在我的肩膀上,说着"读万卷书不如行万里路""班上强人太多进步一个名次如同大海捞针一样"之类的话。

我一笑而过。

那个考试周刚过,几乎所有人又开始为成绩提心吊胆。周二的下午我抱着一摞刚收上来的英语作业本去老师办公室,才下到三楼就碰见刚从厕所回来边走边甩沾了水的手的顾荣。

"去送作业?"她问。

我"嗯"了一声。

她突然眼神一拐,直直地往我身后看,我也下意识地回头,楼道里走过来三个嬉笑着的男生。顾荣扬手直摇,那边有视线扫过来。其中有一个男生穿着牛仔裤,衣服里长外短,套着校服,嘴角上扬着假笑。

"哟,这不是顾荣荣吗?"

女生不满他的称呼,爆了句粗口。

"你干吗去?"顾荣又问。

"管这么宽?"

男生笑得痞里痞气,旁边两个也跟着起哄。顾荣冷哼着给了一个白眼,侧过脑袋伸手将我怀里的作业本抱了一个底儿空,然后迅速一股脑塞给他。

"你干吗?"男生愣了一下。

"理科(2)班,"顾荣装模作样地笑了一下又止住,"谢谢喽。"

说完,她拉起我就走。

直到隔开了些距离,我再回头去看,旁边的男生笑着在拍他的肩膀,我不知道他的表情,只看见他一只手掂着一摞,一只手从上头顺了一本在转圈,很久都没有掉下去。

上课铃十秒后响了。

数学老师抱着一沓试卷走进教室,我听见一溜儿的倒吸气声。同桌是个活泼得有点过分的女生,她用胳膊肘撞了我一下,声音比蚊子还小。

"我怎么觉得这一幕在哪儿见过呀?"她还有点迷信。

试卷被前排的两个学生慢慢发下来。

外头不知道什么时候起的风,乌云盖顶,黑板上附着的阳光一点一点消失了。我盯着卷子上倒数第二大题的 $f(x)$ 和双曲线函数发着呆。到底是哪儿被扣掉了一分?

四周都是笔下沙沙作响的声音。

那几天所有人都忙着担心成绩、等挨训、改错题,再闲下来已经到周末了。学校的周六有补课,上完下午第二节课才放学。我收拾书包的时候,顾荣过来找。

"一会儿带你去个地方。"

"去哪儿?"

她不容我开口已经拉着我的袖子往外走了,表情神神秘秘。路上我问了她好几次,她都三缄其口。到了地方我一看,是个台球场。听顾荣说,这是她家一个亲戚开的,新店开业,让她招呼着朋友过来捧捧场。

"来这儿干吗呀?"我问。

她龇牙笑:"当然是打台球了。"

"我不会。"

她又笑:"这个不用担心,有人教。"

好半天我还没想明白她话里的意思,就听见右手方向有人喊:"顾荣,这儿。"我侧头望,一个穿着灰色 V 领毛衣的男生正看过来。

顾荣推我过去。

里头到处都是台球案子。他的衣袖挽在肘弯,穿着牛仔裤,看了我一眼,视线又落回顾荣身上。

"来这么晚?"

顾荣白眼:"老师拖了一会儿堂。"

"喊。"男生满不在乎,手里把玩着绿色球,对我点了点下巴,看着顾荣,"介绍一下?"

我不由得抬眼。

"啊——我差点忘了。"顾荣挽上我胳膊,仰着头对他介绍,说完名字又不忘强调,"人家可是尖子班的尖子啊。"

他笑了一下,对我伸出手:"李牧阳。"

我咀嚼着他的名字,盯着那只骨节分明的手。怎么会有男生的手长得这么细长好看？我慢慢抬起手握了上去。

他突然问我："哪个 shu，哪个 yuan？"

我愣了一下，说："舒婷的舒，远方的远。"

他皱眉："舒婷是谁？"

我："……"

顾荣忍不住"扑哧"一声笑了，推了一下他的肩膀："别欺负我们家舒远，人家可是好学生。"

他笑了一下："得，我错了还不行吗？"

我有些不好意思地弯了弯嘴角，顾荣勾着我的肩膀和他耍嘴皮子。没一会儿，又过来了一个他们班的裴姓男生。当时那个男生正和顾荣打招呼，我在一旁站着，眼前忽然多出一根球杆。

"试试？"他问。

我怕出糗，便摇头说不会。我看李牧阳嘴角微动，可能是正准备开口，裴姓男生突然凑近："咱俩玩几把？"

"输了怎么算？"他是个不怕挑衅的人。

那个男生挑眉："谁赢谁输还没个谱呢。"

顾荣喊起来："李牧阳请客啊。"

他微微偏头，语气不容置疑："瞧好了。"

然后他漫不经心地笑笑，弯腰去摆球。我站在一旁，等着大开眼界。他们仨都是理科（10）班的，彼此都熟透了，玩笑乱开，肆无忌惮。

后来四周相继围过来一圈人。

他每进一个球，周围都会有一阵热烈的鼓掌声。没一会儿工夫，三比零大胜。被"打惨"的男生耷拉着肩膀有气无力地絮叨着："看在我丢人丢大的分上你请客。"那样子是真滑稽。

顾荣凑上去让他教几手。

我靠着身后的案板，无声地看热闹。台球打了近两个半小时，完事的时候天已经半明半暗了。李牧阳去了趟洗手间，回来后从一旁的桌子上拿了外套边穿边往我们这边走。

他问："你们想吃什么？"

顾荣偏头将问题转移到我身上。

我脸上堆着笑推辞："这么晚我就不去了——"

话还没说完就被顾荣拦腰截断道:"那不行啊,你回去了我一个人怎么办?那条路多黑呀,你忍心?"

裴姓男生看了一眼顾荣:"你还会害怕?"

顾荣一脚踢过去,对方侧身躲过。

"这么多人看着呢,闪着您的腰就不好了。"李牧阳好笑地又掀起一番波浪。

顾荣冷眼,拉着我就往外走。那个情况,我是无法再拒绝的。于是,我们一行四人去下馆子。路上,我和顾荣走在前头。李牧阳和同班的那个男生在后头胡侃乱聊,不时地惹顾荣回头骂一通。

小饭馆在学校附近生意最好的那条街。

他要了点喝的,整个过程,我基本都是默不作声地听他们聊天,有种自己是个局外人的感觉。说到后来,不知怎么被他们扯了进去。

"你,你是理科(2)班的英语课代表没错吧?"

裴姓男生话题一拐,我正襟危坐。结果这话音一落,李牧阳的目光就看过来。裴姓男生说得正兴奋:"咱俩班是一个英语老师啊,我说,上次替你抱作业本记得吧?"

我点头。

"老师还问你了,说舒远——"裴姓男生大手一拍,往我身上一指,"就是你,我想起来了。"然后撞了一下李牧阳,扬扬得意,"哥们记性怎么样?"

李牧阳用胳膊肘顶开身旁的人,对我一笑:"以后多多照顾啊,同学。"

我那会儿有点不知所措,顾荣笑得前仰后合:"舒远绝对不会借给你她的作业,收起你那点小心思啊。"

裴姓男生马上接话,自顾自地说:"你企鹅号多少?我加你。"

我:"……"

对面的他笑开了,指指旁边的人:"顾荣,你先管管他再说。"

我没忍住,笑了。

那晚的后来,我回到家。一番彻底的洗漱之后打开电脑,想起晚上那几句对话,然后登录QQ。刚上线就听见好几声沉重的咳嗽声,我点开去看。

273

牧羊人，请求添加您为好友。

2

认识李牧阳的那年，顾荣说她十六岁。

俩人当时因为迟到被教务处主任在校门口抓了一个正着。那年是高一下学期，顾荣打量着身边这个留着杀马特发型、神龙见首不见尾的男生，他当时像是没睡熟，对她的招呼爱搭不理。

顾荣的脾气一向不好，于是，俩人当即就吵了起来。或许是不打不相识，到后来竟然成了惺惺相惜，成了连请假条都能帮带一张的哥们。

"他还留过那种发型？"我忍不住打断顾荣的讲述。

女生轻笑："谁还没个青春了？"

晚自习前的休息时间，学校喇叭里李宗盛在唱《真心英雄》。我听着那句"把握生命里的每一分钟，全力以赴我们心中的梦"，然后又听见顾荣喜眉笑眼和我讲学校里一些人的八卦。

预备铃响，我们各自散去。

那时候正值高三上学期的尾巴，我活在题海里奋笔疾书，忙得脚不沾地。教室里后排不知道什么缘故有人吵架，班长是个好好先生，去帮劝反被撑回来碰了一鼻子灰。

我去后门垃圾桶扔纸团，意外地看到一堆人里有熟悉的身影。他和其中一个吵得脸红脖子粗的男生是熟人，他和那个男生说了几句话就了了事，然后目光抬到我跟前。

他叫了一下我的名字，我诧异地抬眼，一愣。

只有我和顾荣在一起的时候遇见他我们才会打招呼，平时在路上碰到也只是颔首示意或者将头偏向一边假装没看见。

"上周发的英语（4）的模拟题你做完没有？"他问。

"嗯。"我抒匀呼吸，"怎么了？"

有人投来视线，鼻梁上的眼镜都差点蹭掉了。

"能不能帮我在你们班借几套？"他说完，笑着补充，"像你一样英语学得好的就行。"

我瞬间反应过来。

"你们班今晚是英语课？"老师要讲上周末发的模拟题。

他表情有点无奈："没办法，她挨个叫人回答。"

当时距离上课已经只剩下一两分钟，已经有老师在门口徘徊。我跑去座位拿，他退去后门等。几十秒之内我就迅速搜集了左邻右舍的卷子，然后又跑过去一股脑儿塞给他。

他拿着卷子对我挥手笑着，边走边扬声喊："谢了啊。"

晚上回家的路上，顾荣嘴里又多了一个关于他的段子。好像是老师叫他站起来翻译倒装句，他沉默了好一会儿，说："老师，能不能换成选择题？"

我笑得停不下来。

那会儿已是一月底，寒假来临之前，学校又老调重弹讲了一堆大道理。我们在一日日吃太饱睡不好的风雪折磨里长途跋涉，准备第一次摸底考试。

时间过得愈发地快。

年关将近的时候，江城下了场大雪。我宅在家里做着数不清的练习题。顾荣打来电话，拉我去体育馆捧场，那是和十四中的一场足球比赛。

裁判喊停的时间，啦啦队跑出来跳舞。

我坐在顾荣旁边，上下排有女生站起来拉着横幅大喊"九中加油""李牧阳最厉害"，声音尖细，耳根长茧。看着他在场地里拼死作战、挥汗如雨，我忽然有种说不出又怕人知道的感动。

"他说过要考什么大学吗？"我问顾荣。

顾荣想了一下道："江城体大。"

那场比赛他们球队赢了，啦啦队领舞的女生跑去给他递水，他自然地接过闷了大半瓶，然后兜头脱掉早已浸透的短袖去擦脸，动作帅得观众席人仰马翻，真是心比天热。

除夕一过，初七就快了。

初七一过，该去报到了。

那时节明明是寒风凛凛的日子，顾荣却穿得像春夏。我和她并步朝前，一个像模特，一个像老妪。学校里人声鼎沸，我开始混迹在高考大军里全力冲刺，与世隔离，偶尔对顾荣游戏人间的心态语重心长地叮嘱几句。

后来，她找我的次数也少了，李牧阳更是千年难遇。

再次见到他是在五月底最热的那天。我去书店买参考书，然后去马路对面等502路公交车。短发贴在脖子上黏得人难受，我伸手去捋，肩膀被人拍了一下，我就那么举着手转头去看。

阳光下十七八岁的少年，笑得神采飞扬。

他扫了一眼我怀里的书："好学生就是好学生。"

我抿抿干涩的唇，找话问："你也来买书？"

他笑着看了我几秒，伸手指了指我背后。

我回过头去，正后方的"蓝天自习室"五个字熠熠夺目。热气扑腾过来，我低头浅浅笑了笑，然后无话可说。公交车一辆又一辆，我抱紧书站在他身旁。几分钟后，他侧身经过我。

"先走了。"他的声音轻淡。

车子渐行渐远。

我站在原地，脑海里是刚擦肩而过时他身上的味道。我忘记了头顶还有火辣辣的太阳，和这个交流甚少，连QQ也从未聊过一句的男生说着——你好，再见。

然后我坐上已经开过了好几趟的车。

六月初的那几天，学校大发慈悲放了一周假，我在屋里思考加速度和力学，最后和同班的几个学生一起去问老师。

我记不太清具体的日子。

印象里甚至很模糊，我努力地去拼凑所有的情节和画面，最后定格在教学一楼的走廊尽头。下午四点半的夕阳经过窗户落在那两个人身上。男生站得笔直，女生哭得撕心裂肺。

我在校门口佯装和女生偶遇。

"没事吧？"我声音很轻。

顾荣笑起来像挤瘪的牙膏："没事。"

那天的风自西向东，我们沿着中央大道往回走。路上，顾荣抹眼泪，说起梦想。我问她是什么，她说二十五岁之前誓要恋爱108回。

我们都笑了。

2006 年的那个很寻常的夜晚,复读机里单曲循环容祖儿的《挥着翅膀的女孩》,我听了一整晚,听得人难过。然后爬起来想写点什么,于是变成了以下毫无章法的诗。

　　他身高一米八二,
　　喜欢抽烟流连网吧。
　　他打游戏一把好手,
　　女朋友从不缺备胎。
　　很多时候恰巧遇见,
　　他总那样放浪形骸。
　　有一回,
　　足球场里偶然一瞥。
　　就看见,
　　他套头脱掉短衫,
　　后背的黑色文身惹得全场女生尖叫呐喊。
　　我不太明白,
　　为什么会是字母 H。
　　如果有机会,
　　要送本书给他看。
　　这风华正茂的日子,
　　我想让他迷途知返。

写完最后一个字的时候,我抬头去看漆黑的夜。想着从今往后我们将各奔东西再无交集,一时眼眶酸涩泪往下流。

很久很久以后,我和顾荣重逢在江城街头。

"原来你也喜欢他。"聊起他,顾荣说。

我笑:"是哦。"

身后,车来来往往。

番外二
走马观花

> TXSFHZM
>
> 我一直以为人生很长，
> 长到可以做很多事。

1

孟盛楠知道江缙生病的事情是在一个初秋的日子。

那时候她已经怀有两个月的身孕，中午煲了汤要送去池铮公司。她当时站在池铮的办公室外，听见陆怀说江缙可能撑不了多久。

她神游似的跌跌撞撞回了家。

上次见到江缙是在嘉宝满月的时候，江缙从北京飞来看她说他又要去远游。当时她还问他去哪儿，他开玩笑说要去见见斯大林。

孟盛楠僵硬着后背坐在沙发上。

她的目光盯着茶几上那张 2007 年的合影，江缙的胳膊搭在她的肩膀上看着镜头笑得像个阳光大男孩。这么多年走过来，无论她失败还是彷徨，这人总是无条件地鼓励她。每一次她发表文章他都会买去看，然后告诉她自己的看法和建议。

他的经典名言数都数不过来。

孟盛楠无法想象他不在了之后的样子，没有人会笑着对她说"哥又要折腾了"，也不会再听见"妹子，多大点事"，更不会有"大不了从头再来呗"这样的豪言壮语。

房门这时候被人缓缓推开了。

池铮从外头进来，静静地关上门，然后在她身边轻轻地坐了下来。孟盛楠的视线连抬都没有抬，讷讷地盯着那张照片。池铮揽着她的肩让她靠在自己身上,目光也落在合影上。

过了很久,她问:"他现在怎么样了?"

"他现在可比你们那会儿帅多了。"池铮说,"天天勾搭人家护士。"

孟盛楠悄无声息地弯了弯嘴角,身边池铮的气息渐渐让她平静下来。太阳从落地窗钻进来,她深深地呼吸了一下,枕在他肩上慢慢睡着了。

2

江缙第二次化疗的时候,池铮去了一趟北京。

医院肿瘤科住院部,三四楼都安静得特别厉害,里外都是只有医院才能闻见的味道。病房里,江缙摇着轮椅坐在窗前向外看。池铮半靠在病床边的桌子旁,目光朝下。一腿弯曲,脚尖点地。

俩人都缄默。

江缙隔着玻璃窗看天,慢慢开口:"小孟现在有七个月的身孕了吧。"

"七个月十九天。"

池铮说完,抬眼。

"真有你的。"江缙笑了笑,"这才几年你就又要有小孩了。"

池铮的目光落在那苍凉的背影上。

"哎,我说你到底什么时候对小孟上的心?"

江缙突然回头看他,印象里少年时候的池铮喜欢漂亮姑娘,俩月能换一拨儿。他对人家感兴趣了就勾勾手,没兴趣了甩手走人,一点面子都不给。

"不会早就有想法吧你?"

池铮:"想知道?"

江缙点头。

池铮:"自个儿想去。"

江缙:"……"

房外有人聊天,鞋子声踢踢踏踏的。脚步声过去,说话声也没了。池铮的视线移向窗外四点半的夕阳,嘴角动了动。

好像是 2008 年,陆司北带她来玩。

那个下午他们刚在医院见过,晚上再碰到着实巧了些。陆司北体贴入微,她在一旁安静得像猫。池铮当时确实什么都没想,意外的是那晚做了和她有关的梦。再后来他们鲜少的几次见面,都是简单的点头示意。

至于江缙问他什么时候上的心,他说不上来。

从陆司北追她开始,他们之间好像一直陷入一个怪圈。他出谋划策帮兄弟追一见钟情的姑娘,再到兄弟远走异国,和他聊起她,他话里有话。

池铮没深想过。

几年后偶然再见,他脑子里闪过的第一个画面就是当年在北京校外的出租屋,陆司北钱包里那张阳光落在上头的笑容灿烂的脸。

"嘿,想什么呢?"江缙抬了抬下巴问。

池铮回眸,笑了一下:"我媳妇儿。"

江缙翻眼,忽地笑了。

池铮又将头偏向窗外,江缙也看过去,笑着叹了口气。

"以前我寻思着自己这辈子该怎么过,后来喜欢上瞎折腾,折腾够了也到头了。"江缙说着顿了一下,"可能这就是生活。"

房间里安静了有一分钟。

"你热爱吗?"池铮问。

江缙挑眉:"什么?"

"生活。"

窗外吹起一阵风,树上的鸟被惊动了。

江缙等鸟都飞走了,看着空荡荡的树,说:"生活,就是生出来活下去,谁管你热不热爱?"

"所以你活成这样。"

江缙笑得涌满泪花。

"可能吧。"江缙说。

池铮没再说话,下午就回了江城。

到家的时候已近傍晚,陈思正坐在院子里看书。他脚步声有点重,陈思轻责:"小点声,楠楠睡下了。"

他笑着"哎"了一声。

房间里窗帘半拉着,孟盛楠睡得正熟。池铮轻手轻脚上了床躺在她身边,闻着她身上的香味儿,一整天的浮躁顷刻散去了。

他用手肘撑着脑袋,低头凝视她的脸。

过了好一会儿,孟盛楠动了动转醒。人依旧有点迷迷糊糊,慢慢睁开眼问他:"什么时候回来的?"

"有一会儿了。"

孟盛楠"哦"了一声,要坐起来。池铮起身轻轻扶她靠在床头,垫了软枕在后头。

"还累吗?再睡一会儿?"

孟盛楠摇头。

池铮笑了,垂眼去摸她的肚子。正值八九月之间,气候燥热。孟盛楠穿着宽大的裙子,挺着肚子,像水做的。一捏就软,和她的性子一模一样。

"摸什么呢?"

池铮笑说:"看他跳没跳。"

孟盛楠忍不住弯了嘴。

池铮玩笑:"现在不痒了?"

她收了笑,瞪他。

俩人说了一会儿话,孟盛楠问起江缙。夕阳的余晖洒在床脚,池铮笑得面不改色:"他好着呢。"

孟盛楠点头:"那就好。"

池铮看过去一眼,见她盯着一个方向发愣。他皱眉,伸出手在她面前打了一个响指:"怎么了?"

孟盛楠回神。

"这几个月总看见他在《人间百味》上发表的东西,感觉有点不对劲。"

池铮沉默了一下,揉揉她的头发。

"他不就喜欢折腾吗,没动静才不对劲儿。"

孟盛楠想了一下笑了:"也是。"

池铮将脸偏向一边,眉头稍动,又瞬间转回来,收起了眼底的阴郁,对她笑道:"外边天气不错,我们下去转转?"

她笑:"嗯。"

院子里，微风吹满地。陈思见他们出来，也不看书了。池铮一手搭在孟盛楠腰上，扶着她坐在椅子上，自己站在后头。陈思和孟盛楠聊起吉他，说到张学友几首歌的曲谱。

孟盛楠洋洋洒洒地说了一大堆话。

"不是说女人一怀孕就变笨吗，你这脑子挺好使啊。"

池铮一本正经说完，装模作样去摸她的头，被她一手拍开，他瞬间笑开。陈思看着树下的俩人，莞尔一笑。

有叶子从树上落了下来，这在北京院里也是常事。

江缙躺在病床上看到那片正在落下的叶子，目光闪了一下。已经六点半了，他该吃饭了。隔壁520病房里，两个女孩对着那簌簌落下的树叶叫。

"还没秋天呢，怎么就掉了？"

一个女孩惋惜，另一个女孩叹气。

床脚放着一本杂志，刚好翻开在一页。灯光洒在上头，照亮着那最后一行字，影影绰绰，迷迷离离。

我一直以为人生很长，长到可以做很多事。

题名：走马观花

3

张一延到北京那天江缙病危。

那是早上七点半，病房里只有年少时的几个朋友。清晨的光从百叶窗落进来，病床上的男人戴着棉线帽子躺在那儿，一张脸苍白无力，瘦得就剩个皮包骨头。

所有人都知道他在等着谁。

孟盛楠挺着大肚子看着他的生命一点点地消失殆尽，那种感觉像《哈利·波特》里遇见摄魂怪时大家说的"好像这世上所有的快乐都没有了"的样子。

剩下的只有一片落寞的灰色。

番外二　走马观花

房间里安静极了，每一个人都平稳而均匀地呼吸着。江绪妈妈从外头端了热水盆走了进来，女人平静地坐在儿子跟前。

她先将毛巾从水里拧出来，然后一点一点地给江绪擦着脸，每一寸皮肤都不放过。擦到下巴的时候，女人轻轻笑了一下。

"儿子啊。"女人说，"你这胡子怎么长得这么快？"

江绪的眼睛看着女人，慢慢地闭了一下。

他的嘴巴抿得紧紧的，又干又白，好像严重缺水的沙漠腹地。女人又将他的胳膊抬了起来，很轻很轻地擦拭着，耳边的银发掉落在脸颊。

"以后你想去哪儿就去吧。"女人声音平静，"妈再也不拦你了。"

孟盛楠顿时将头埋在池铮胸前，眼眶已满含泪水。

记起很多年前，江绪和孟盛楠开玩笑。他说每回看到书里有人交代某人去世就会想起，到了自己这儿大概就写成："江绪，80后人，于20××年逝于北京。"

他走的时候是北京时间8点15分。

张一延到的时候，他已经被护工推走了。她站在冰凉的窗户跟前，想去摸一下他躺过后的温度。周宁峥不知道什么时候走到她身边，递了一张纸巾过去。

当年江绪要出国读书，被家里人阻挡。

父亲身体不好，母亲舍不得儿子跑那么远，恨不得他天天待身边才好。可后来他放弃了所有，什么也不要了只想去一个没人认识的地方流浪。

他吃过最苦的菜，爬过最陡的山。每到一个地方，都会给加拿大寄去一张明信片。他不知道写哪个地址好，也不知道会寄去哪里，或许那个人早已搬走了。

周宁峥说："前两天他和我聊天，说过一句话。"

病房里只剩下他们两个人和一张空荡荡的病床。

张一延："什么话？"

"命里有时终须有，命里无时莫强求。"

风吹起了窗帘，像波浪似的飘过来。后来，周宁峥离开了。张一延将床铺重新整理了一下，叠好被子，然后关上门走了。房间里干干净净，好像从没有人来过一样。

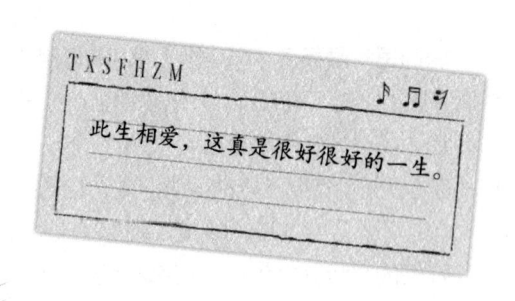

> TXSFHZM
>
> 此生相爱，这真是很好很好的一生。

番外三
朝花夕誓

1

池铮年轻的时候喜欢抽烟。

后来知道孟盛楠怀孕了才慢慢开始戒烟，为这个史今没少拿他开玩笑。那一年他俩在一起还没多久，池铮喜欢带她出来玩。

朋友有个私人的台球场子，他总过去玩几场。

那天也是碰巧，史今带了相亲对象过来，竟然是她的高中同学。两个女人在一堆男人的世界里到底有些不自在，便约着一起出去逛街。

她买了一条裙子，给池铮买了一件衬衫。

回来的时候他们那一块烟雾缭绕，池铮叼着烟俯下身正要进球，余光瞥见她，将球打了进去直起身看她。

"这么快就回来了？"他拿下烟。

史今跟着问了相亲对象一句："买什么了都？"

"女孩子能买什么？"那女人说，"裙子呗。"

史今嘿嘿一笑，看了一眼时间直接带女人离开了。场子就剩下他俩，孟盛楠将袋子放在台球桌上，四下看了一眼，没其他人。

"他们都走完了？"她问。

"嗯。"池铮漫不经心地应了一声，用球杆的头拨开她的袋子，"给我买的？"

孟盛楠朝他走过去，跟讨赏的小孩一样仰头看他："我是凭感觉买的，你要不试试？"

"瞧我有什么意思？"池铮挑着眉头不怀好意地笑，将裙子抽出来塞她怀里，"你试给我看看。"

孟盛楠一惊："在这儿怎么试？"

池铮坏笑："要不回我那儿？"

知道这人正经不了多久，孟盛楠白了他一眼，瞄到他指间夹着的香烟，趁机提条件道："你要是答应我戒烟，我就穿给你看。"

池铮闻言抬眸看她："这就没意思了，孟盛楠。"

孟盛楠心下一凉，鼻子酸了。

然后她听到池铮说："这对我不公平。"说着凑近她的脸低声道，"这样吧，想要我戒烟……"停顿了几秒，他一手覆上她的脖子，把嘴凑了上去。

"有了我的小孩再说。"

2

那天池铮被朋友叫去喝酒，玩到了很晚。

孟盛楠当时在和戚乔一起逛街，给他打电话的时候听见他那边很吵，男女声音混杂一片。她下意识地皱了皱眉头，问他："都有谁啊？"

"还能有谁。"池铮笑笑说，"史今他们几个。"

孟盛楠故作淡定地"哦"了一声。

池铮被她这一声给逗笑了，抬眼看着电视屏幕前唱歌的两男两女，眸子深了几分，话里有话道："要来吗？"

孟盛楠轻"啊"着怔了一下。

那时他们确认关系还没有多久，他工作又那么忙，很少带她玩。孟盛楠一般都不声不响，这场恋爱谈得很安静。

半天不见她吭声，池铮问："你在哪儿？"

孟盛楠说了一个地方，他顿了一会儿说过去接她。她好像还没反应过来，半晌才出声："太麻烦了，还是我过去找你吧。"

池铮挑了挑眉，笑道："行啊。"

孟盛楠和戚乔在商场分开后便打车去了他朋友的场子，半天找不见进门的地方，她只好求助他。池铮听罢笑了笑，在电话里叮嘱她别乱走。
　　"我出来接你。"他说。
　　看见他出来的时候，孟盛楠拎着包正仰着头到处张望，目光向周围扫过一圈落在他的身上。他像是直接下了班赶去的，西装还穿在身上。
　　池铮上前接过她的包，拉着她的手进了门。
　　"这儿真不好找。"她边走边对他道，"干吗要把门落在这儿？"
　　池铮偏头看着她笑："他有毛病。"
　　孟盛楠闻言瞪了他一眼，跟着他进了包间。除了史今都是她不认识的人，男人都很年轻，女人都很漂亮。
　　她当时就倒吸了一口气，紧挨着他。
　　他那几个朋友热情地和她打招呼开玩笑，孟盛楠招架不住只是静静地坐在他身边。她看见有个女人贴在男人的怀里，撒娇着要让男人喂她吃葡萄。
　　孟盛楠全身都发麻，冷不丁听见身边人问她："想喝什么？"
　　她还没从那画面里抽身出来，又看见那个女人说自己手疼要男人揉，她闭着眼睛偏开视线，一下子撞进了池铮好笑的眼里。
　　孟盛楠看他："你笑什么？"
　　池铮反问："你看什么？"
　　她避开他的眼睛，说没看什么。池铮轻笑，恰逢旁边有人嚷着要和他喝酒，他这才从她身上慢慢移开视线和那人谈笑风生起来。
　　局散已是深夜，他送她回学校公寓。
　　孟盛楠在他车里睡着了，醒来的时候已经到了公寓楼下。她迷糊着看了一眼窗外的布景，正想开口便被他的声音拦腰一截。
　　"不想让我上去坐坐？"声音又低又轻。
　　孟盛楠看着他没有说话，再次出声是在进了屋之后，听见门锁"啪嗒"一声的反锁，她被他抵在墙上。
　　她轻轻叫他："池铮……"
　　他俯身垂眸看着她笑，慢慢低下头去。
　　"孟盛楠。"他低声道，"你知道怎么谈恋爱吗？"
　　她早已紧张得不像样子，颤着眼睛不敢看他。

3

2012年大雪，江城一片寂静。

史今家的老太爷子今年是九十六本命年，池铮带着孟盛楠去祝寿，那年的江城特别冷，沿街的路人都穿着大棉袄。

他正开着车，问她："想什么呢？"

"都好多年没见过这么大的雪了。"孟盛楠偏头看向窗外，忍不住感慨。

池铮把着方向盘正减速转弯。

"上次好像还是二〇〇几。"他想了一下，说。

孟盛楠转过头看他，然后笑了。

"2005年春节前。"她说。

他扬眉："记这么清楚？"

"那是。"孟盛楠的视线落在挡风玻璃上，目光遥远，"那年的雪可大了。"

池铮笑，侧眸看了她一眼。

"一个人想什么呢？"

她笑弯了眼："不告诉你。"

车子那时已经来到史今家门口，池铮关掉引擎抬眼看过去。

"看什么？"她问。

"啧。"他蹙眉，"看看也不行？"

"不行。"

"那我可亲你了。"他坏笑。

孟盛楠还没意识过来，他的脸已经贴近。外面的雪一会儿工夫就下了厚厚一层，车里气氛旖旎。

她忍不住瞪他，红着脸下了车，被史今妈妈迎进了屋。池铮走在后边嘴角还挂着笑，史今从里院出来，丢了一支烟给他。

"哟。"史今调侃，"没干什么好事吧，笑成这样儿？"

池铮咬着烟去拿打火机，雪光下的微火里他抬眼看着她的背影，眼神温柔极了。

"人都进屋了还看。"史今道，"虐狗呢？"

池铮抽了口烟:"就这德行。"

池铮笑了一下。

俩人站在院子里盛满积雪的大槐树下,史今忍不住叹了口气。

"这一天是真没想过。"史今看了他一眼,"这世上竟然有女的能收了你。"

池铮拿下烟,弹了弹烟灰。

"我说什么时候领证啊?"史今问,"兄弟还等着喝喜酒呢啊。"

雪花漫天,他两指夹着烟递到嘴边,看着里屋窗边站着的那个女人。也不知道旁边人说了什么,女人听后笑了起来。

她怎么能笑得那么好看?

他说:"快了。"

4

史今最近谈了一个女朋友,兴致高涨。

史今有一次请大家捧场热闹,池铮也带孟盛楠去了,还是那家KTV,孟盛楠一直坐在他旁边,听他和别人说话。

过了一会儿,他偏头看过来。

"闷不闷,给你点一首?"

她摇头:"不闷。"

他看了她一会儿,笑了,也不顾身边人在,那张脸微微压了下来,一手拐到她背后搂着,语气轻佻。

"孟盛楠。"

她抬眼看他,后者的脸压得更低了。那只手使了劲儿将她送至他跟前,她可以感觉到他温热的呼吸。

"我实在想象不到你之前那二十四年究竟过得有多无趣。"

孟盛楠深吸一口气:"所以呢?"

"所以你想怎么感谢我?"他捏住她的下巴,"以身相许怎么样?"

身边有人点歌大声喊麦,包间里昏昏暗暗。半晌她打开他放在她下巴的手,歪过头一秒后又转回来,然后看了他一眼,笑了。

她低声:"流氓。"

"呵。"池铮微眯着眼,"这词儿挺新鲜啊。"

孟盛楠白了他一眼,偏过头又笑了。池铮怎么会轻易罢休,伸手又握住她的下巴将脸转了过来。

"脾气见长了。"他低头凑近,"谁惯的?"

孟盛楠抬眸看他,那双眼睛里盛满了笑意。

5

那天傍晚江城下了一场阵雨。

孟盛楠被一道惊雷吵醒了,她拨了一个电话给池铮,他说有个饭局晚点回来,完了又问她:"你要不要过来?"

听他这样问,大概是有她认识的人。

"雨挺大。"他说,"你收拾一下我一会儿回来接你。"

孟盛楠挺想出门的,便同意了。

池铮到楼下给她打电话,孟盛楠穿着白毛衣和碎花裙跑了下来。那晚是春天的尾巴,温度降至十度。

等她坐上车,池铮看了她一眼,问道:"腿不冷?"

孟盛楠说:"还好。"

"上去换一件。"他说,"我看着都冷。"

"又不是上街,没事,再说酒店肯定暖和。"孟盛楠说,"赶紧走吧。"

池铮笑了一声。

"怎么你看着比我都着急?"他问。

"这么好的日子待家里多浪费。"孟盛楠看了看外面的雨,"可惜打雷闪电才一会儿就没了,你不知道刚刚刮风大雨有多爽。"

池铮发动引擎,"嗯"了一声。

"也就你喜欢这种天气。"他抬眼笑笑。

孟盛楠深深呼吸:"胜却人间无数。"

"无数。"池铮嘴里轻轻撂下这俩字儿,嚼着笑看她,"也包括我?"

孟盛楠皱眉瞪他:"开你的车。"

池铮大大方方地笑,打开车载电台,将声音又调小了一些。没一会儿就到酒店,她跟着他进了包间。史今的女朋友也在,说是认识也没多熟。

大都是他的大学同学,说起话也没遮拦。

饭桌上一堆男人胡侃,池铮喝了不少酒,有了少年时谈笑风生的样子。孟盛楠知道劝不了,去外头站了一会儿。落地窗外大雨滂沱,那些雨水砸在来往的汽车上,落到柏油路面上。

身后有一道低沉的男声传来:"在看什么?"

孟盛楠惊得回过头去,面前的男人西装笔挺,温柔地看着她,她诧异又兴奋道:"你怎么在这儿?"

周宁峙走到她身侧,笑道:"回国办个事,晚上请了客户吃饭刚结束,时间太赶就没和你们说。"

"很忙吗?"她问。

"成年人的生活哪有不忙的道理。"周宁峙说罢又感慨道,"你还是这么喜欢风雨雷电。"

孟盛楠仰头:"还有——"

"火。"他接道,说完笑了,"江城这两天都是雨,满足了吗?"

孟盛楠也笑起来。

"你一个人?"周宁峙问。

孟盛楠将耳边的碎发别在脑后,指了指走廊的方向,慢慢道:"他有个饭局,我闲着就跟过来玩了。"

"那怎么出来了?"周宁峙道,"没意思?"

孟盛楠笑:"透透气。"

她这话刚说完手机就响了,是池铮打过来的。周宁峙看了一眼来电显示,眸子淡了淡。

"进去吧。"周宁峙说,"有空再联系。"

孟盛楠点了点头,转身离开接了电话。

看着她的背影,周宁峙叹了口气。这些年从十六岁到二十六岁,她从女孩变成了女人,喜欢穿毛衣,干净又柔软,笑起来依旧一副赤诚天真的样子,可再好也是别人的女人了。窗外又一声雷响过,没一会儿便平静了。

孟盛楠回到包间，池铮脸色不太好。

"是不是不太舒服？"她问。

"没事。"他揉了揉眉心，"喝多了。"

酒桌上还有人递酒过来，都被孟盛楠拦了。她倒了杯热茶给他，听见有人问他生意的事。

史今的女朋友扯了扯她的袖子。

"让他喝去吧，别管了。"女人道，"你抽烟吗？"

孟盛楠愣了一下。

"迦南听过吧。"女人说，"来一根？"

池铮一边在和人说话，一边抬手过来截住烟："她不抽。"说完又回过头去问朋友，"刚说哪儿了？"

孟盛楠忍不住笑了。

"他就那样儿。"孟盛楠缓和气氛道，"这烟叫迦南吗？"

女人"嗯"了一声。

"听说是一个女人的名字。"女人道，"挺悲伤的故事。"

大致听了几句，孟盛楠问后来呢。

"他结婚了。"女人叹气道，"我也是在贴吧看到的，谁知道怎么回事。"

从酒店出来已是深夜，雨也小了。孟盛楠开着车慢慢往回走，池铮坐在副驾驶座闭着眼睛。回到地下车库，刚停稳，池铮就凑了过来。他一身酒味，孟盛楠皱眉推了推，他将脸埋在她的颈肩。

她轻问："怎么了？"

池铮轻轻地吸了口气，闻着她身上的香味，想起晚上他出来找她看见她和昔日旧友在说话，那种互相了解、相隔再久也不生疏冷场的样子让他嫉妒。

不见他出声，孟盛楠喊他："池铮。"

"嗯。"他侧过脸去亲她，低声道，"就是想你了。"

6

后来想起,他有过正经求婚的时候。

那一年 SUN 举步维艰,他经常出差。孟盛楠不方便给他打电话于是改为发微信,不用想就知道深夜这会儿他肯定又在饭局上。

她发消息问:"什么时候结束?"

过了一会儿他才回:"早着呢。"

"重庆漂亮吗?"她问。

"还行。"池铮叼着烟,低头一个字一个字地按键,"没你漂亮。"

孟盛楠"扑哧"一声乐了,这人说情话永远都不分场合,信手拈来。于是她打发时间似的问他:"你们在哪儿吃饭呢?"

他抬手弹了弹烟灰,笑着说了江北区一个地方。

饭局上有男人敬酒开玩笑:"池总这是……"

他收了手机放在饭桌上,拿起桌边的酒和对方碰了一杯,轻笑道:"女朋友查岗,没办法。"

对方长长地"哦"了一声,意味深长地笑了起来。

许久不见回复,孟盛楠也没再打扰他。

重庆的夜晚哪有他嘴里说的还行那样子,她给他发消息那会儿刚下飞机,一坐上出租车重庆就飘起小雨。车载电台放着歌,开头就是"重庆的解放碑,你轻轻吻我的嘴"。她问师傅这歌叫什么,师傅笑说《一个人的北京》。

车子刚进江北区,微信响了一下。

他说:"喝多了。"

孟盛楠正要回复,他那边显示"正在输入……"。

他又说:"有点晕。"

她想起他说这话时候的样子,忍不住笑了,要了他的酒店位置。她刚和司机师傅说了地名,他的电话就过来了,声音听着是醉醺醺的。

"真查岗啊。"他坏笑起来,"怕我胡来?"

孟盛楠翻了一个白眼,咬牙切齿道:"你敢?"

"这个胆儿都没有,我白活这么多年。"池铮笑哼一声,又逗她道,"你又不是第一天认识我,是吧,孟盛楠?"

孟盛楠一气之下把电话给挂了。

池铮没想到她真生气了，一连回了好几个电话都没人接，正要再拨一次，门铃响了。他径直地走过去打开门，门外什么都没有，正要关上，被突然从左边冒出来的脑袋吓了一跳。

他当时是真的愣住了。

孟盛楠歪着头对他笑，经过他的时候特意往洗手间瞟了一眼，故意让他听到似的："不是说要胡来吗？怎么没见人呢？"

房间的灯光昏黄，电视上放着爱情电影。

落地窗外高楼拔起，闪烁的霓虹灯光洒了进来。

他低声问："不是说不来吗？"

当时他是问过的，在出差的前一天晚上。孟盛楠将头埋在他怀里，嘴硬道："我觉得无聊出来散散步不行吗？"

池铮听着好笑，趴在她脖子上。

"我女朋友就是厉害。"他笑，"散个步都能跑重庆来。"

后来她好像听到他从身后抱着她叫她的名字，酒似乎还没有醒，他俯首在她耳边醉意微浓地低低说着："我们结婚吧，好不好？"

这个浑蛋，孟盛楠想。

7

时间很快便来到了三月底。

那一年春节过后池铮就开始筹备起婚礼，两家商量将日子定在四月初二。他提前一个月就预订了酒席，新房也开始装修了。天气很好的一个下午，阳光从落地窗外溜进来，孟盛楠开着音响在听歌。她的头发软软地散在肩头，一面看书一面听戚乔说话。

"哎，婚礼——"戚乔往嘴里喂了一小瓣橘子，"池铮请了多少人啊？"

孟盛楠从书里抬起头看对面的女人。

"这倒没问。"孟盛楠想了一下，她怀孕两个多月来他几乎不让她碰这些事，只让她安心养胎就成，"听我妈说好几十桌。"

戚乔不知道在打什么主意，又问："他高中同学有吗？"

"应该有吧。"孟盛楠低头翻了一页书，觉察出点意思来，抬眼，"干吗问这个？"

戚乔眯着眼睛狡黠一笑。

"我现在想起来依然觉着你们俩是个奇迹，性格、圈子差着十万八千里，竟然还能走到一起。"戚乔感叹，"他以前那些朋友要是知道了得多吃惊。"

那会儿有一缕光落在她眼角。

孟盛楠慢慢垂眸沉默了一会儿，她看着还未凸起的肚子，一颗心霎时就变得柔软。这么多年，那个少年兜转流连还是回来了，他就那么静静地站在那儿不说话都很美好。

"最重要的是——"戚乔说，"你俩竟然有孩子了。"说完又补了句，"这么早要孩子，你准备好了吗？"

听到这话孟盛楠认真地笑了起来。

之前喜欢他的时候，恨不得每天都遇见他，想着无数个他们相逢的瞬间，他抽烟的动作、眼神微微眯起的样子，还有低头的笑，然后一遍遍地咀嚼着他所有说过的话，深夜未眠爬起来翻词典寻找他的姓给未来的小孩取名字，甚至情深到连未来都想好了。

晚上池铮刚好赶上吃饭点到家。

他将西装脱下来扔到沙发上去了厨房，孟盛楠正在低头尝汤。锅里泛出的水蒸气徐徐而上，汤水冒着泡咕噜咕噜把空气搅得安静极了。

她舔了一下汤匙抬眼看他。

"回来了。"她的声音轻得不像话。

洗碗池上头的窗户外是万家灯火，似乎有那么一束映照过来。这一方小空间里的一男一女像再平常不过的一对夫妻，把岁月都给衬得温柔了。

"坐外边去。"池铮从她手里接过汤勺，"我来。"

孟盛楠由着他，脚下却没动。她盯着他的侧脸安静地看着，然后目光下移到他的下巴、喉结、松开的领带，灰色的衬衫被他从皮带里掏出来，整个人依旧有些浪荡轻狂。

"哎。"她叫他,"问你个事。"

他正在关火,随口说:"什么事?"

"你以前不是很喜欢那种——风情万种的女生。"她绞尽脑汁觉着这个词真不错,"像我这样的都不带看一眼的——"说到这儿她发现他已经站直了,并且看过来。

池铮笑了一下:"孟盛楠。"

"干吗?"她一脸无辜的样子。

他细细地瞧了她一会儿,侧过脸又笑了。孟盛楠总觉得那笑里有点其他的意思,懊恼自己煽风点火,刚想逃离便被他胳膊一挡抵在冰箱上。

孟盛楠讨好地一笑。

"妈该回来了。"她推了推他的胸膛,"不玩了。"

池铮低头看着她的眉眼和嘴唇,从年少到现在,他早已没了当初的吊儿郎当、逢场作戏,有的只是想娶个和岁月一样温柔的女人好好过日子。

"别呀。"他慢慢低下头去。

8

结婚那天,空气新鲜。

清晨天还未大亮,院子里已经热闹起来。孟盛楠穿着红色旗袍坐在床上,身边只有戚乔一个人在。

房间外头有亲朋说着话。

戚乔问:"紧张吗?"

"有点。"她纤长的手指摸过袖口的淡黄色刺绣花纹然后抬头,"我这就嫁人了?"

戚乔忍不住笑了起来。

"真的。"她想了一下说,"这和领证的感觉完全不一样。"

"那当然。"戚乔的目光落在她的腹部,慢慢抬眼看向孟盛楠,"是他赚了。"

正说着话,房门被轻轻推开。

盛典走了进来:"车到巷口了。"

孟盛楠不由得揪紧了手,蓦地低眸笑了。半晌听见院子里一堆吵嚷,接着脚步声近了,她听见他叫了一声"爸"。戚乔坏笑着将门反锁,随即他敲了两下门。

"先把红包塞进来。"戚乔喊。

孟盛楠的目光紧紧地盯着门口。

"行啊。"他扬声道,"让我先见见她。"

"想得美。"戚乔说,"楠楠现在是国宝,哪能那么容易让你娶走?"

池铮站在门外侧头笑了。

"先开个缝儿总行吧?"史今在后头嚷,"好塞钱不是?"

"下头缝儿大。"戚乔笑。

门外面大家都闹腾得不行又冲不进去,折腾了一会儿,池铮早就急得不行了,从裤兜里掏出红包塞了进去。

他问:"够吗?"

戚乔摸着厚厚的一沓钞票,回头去看孟盛楠一脸羞红,笑着开了门。一堆人里孟盛楠看见他走了进来。池铮穿着一身西装高瘦挺拔,眉眼间依稀还留有少年时意气风发的样子。

他看见她眼睛里像含了光。

在那起哄声里他俯身将她抱了起来,孟杭不知道从哪儿冒出来放了束礼花,彩色碎片落在了她的头发上,她将脸埋在了他怀里。他抱着她穿过院落和巷子,身后有小孩追着跑,直到坐进车里还能听见有人喊新娘子,玻璃窗外灯火阑珊,孟盛楠低了头。

池铮探身过去:"紧张?"

"你才紧张。"她回嘴。

她的脸颊有些晕红,明眸皓齿的样子惹得池铮低低一笑,他轻轻握上她的手,车子慢慢地开了起来,司机适宜地升起挡板,经过风水台,还有一个又一个少年时代曾经路过的站牌。

他说:"那你脸红什么?"

她抬眼瞪他:"你再说我不嫁了。"

"行行行。"他立刻认,"不说了还不行吗?"

闻言孟盛楠嘴角一弯,笑了,曾经少年时玩得那么厉害的人收了心,哄老婆的模样照旧让人心生荡漾,孟盛楠笑完去看他,又笑了。

"还笑?"他挑眉。

这个时候的她淡妆红唇有些许妩媚在里头,池铮的眸子渐渐变得深沉起来。孟盛楠早就被他亲乖了,立刻警觉。

"你敢?"看着他的脸慢慢压下来,孟盛楠不由得仰头,"你——"

他低笑:"你看我敢不敢。"

四月的江城像雾里看花,当婚车路过这座城市的清晨,天也就慢慢亮了,一切都刚刚好,平和且愉快。

9

周五那天放学早,校园很快安静了。

孟盛楠从花口初中骑自行车到家的时候,池铮还没有回来。冬天的夜晚一片肃静,她那会儿已经做好饭。天色黑透,她的胃不舒服,躺在沙发上等却睡着了。

再次睁开眼是被他吻醒的。

"怎么回来这么晚?"她迷糊着眼睛问。

池铮"嗯"了一声,额头抵上她的。

"被史今叫去说了点事。"

孟盛楠鼻子一嗅:"喝酒了。"

"一点。"

"你就骗我吧?"她轻哼了一下,"别以为我不知道。"

池铮看了她一会儿,低低笑出来。

"你知道什么了?"他问。

"你自己闻闻。"她说,"不止一点吧。"

"我下次尽量控制行不行?"池铮弯唇,好笑她的较真,"孟盛楠同学?"

她白了他一眼。

"走吧。"他说,"吃饭。"

池铮笑着拉她起来去餐桌,孟盛楠这几天胃不好提不起劲儿,一顿饭没动几下筷子就吃不下去了。

"又不舒服了？"池铮皱眉。

"好多了。"她说。

"明天再去医院检查一下。"

她说："前两天的药还没吃完呢。"

"没吃完就不吃了。"池铮将她的稀粥端起来用勺子搅了搅，又吹了一会儿，"多少吃点儿。"

她抿了几口，简单洗漱后吃了药便回房睡了。

外头慢慢下起雪来，过了会儿池铮开门进卧室。他掀开被子躺下，将她抱在怀里。

"还难受？"

她将脸埋在他胸前，闻到他身上淡淡的香皂水味老实交代。

"有一点。"

他叹了一口气，将她抱紧，温热干燥的手掌慢慢覆在她的肚子上。

"痒。"

"你得习惯。"池铮低笑，"要不以后会愁死我。"

"什么？"她没懂。

池铮凝视着她的脸，眼睛漆黑，像看一件珍宝一样，温热的呼吸围绕在她两旁，然后慢慢低头吻了上去。

他声音很低："你猜。"

10

孟盛楠怀孕三个月的时候，孕吐便不严重了，整个人也慢慢有了点精神。她有点怕冷，屋子里总开着暖气。

池铮工作忙，回来总是深更半夜。

那天也是凌晨他才到家，怕惊着她便悄悄地上楼，冲完澡出来，她背对着他睡得正熟，他掀开被子躺进被窝。床里有股淡淡的她身上的体香，怀孕之后那味道更浓更深了。他轻轻将她拢在怀里，然后将下巴搁在她脖间，闭上眼重重地嗅着她身上的味道。

孟盛楠被他闹醒了。

"什么时候回来的？"她的眼睛半睁开，声音软得跟水似的。

他埋在她脖子里笑了："有一会儿了。"

"抽烟了。"她皱了一下眉头。

"鼻子什么时候这么灵？"他用鼻尖蹭了一下她的耳垂，"我都洗过澡了还能闻见？"

她重新闭上眼睛"嗯"了一声。

屋子里太过安静，他拥着她，呼吸着她身下的空气。隔了不知道多久，外头有雨敲着玻璃。

"下雨了。"她说。

池铮垂眸去看她的脸，白净细腻跟透亮的玉石一样。他将一只手放在她的肚子上，手掌隔着睡衣，温度一点点蔓延。

他问："今天反应还大吗？"

孟盛楠摇了摇头，兴许是这个夜晚的气氛太好。雨敲打着窗户，世界安静得不像话，她转过身来将脑袋埋在他怀里。

他将被子替她掖紧，下巴搁在她头顶。

"怎么了？"他问。

她在他的胸膛里"嗯——"了一声摇头。

"这些日子事太多，忙不过来。"他轻声说，"过一阵子闲下来我好好陪陪你。"

"你忙你的。"她嘴里呼出的热气喷在他的胸前，"不用管我。"

那声音太过轻淡，池铮无奈地笑了。

"孟盛楠。"

"嗯。"

她轻轻打了一下哈欠，眼睛湿漉漉地抬头。

他挑眉，声音低缓："你把我当什么了？"

她似乎还在状态之外，池铮的眼睛漆黑得像石墨，目光里盛着她的样子，他再也按捺不住，低头吻了下去。

11

孟盛楠最近状态不错,偶尔还跑去厨房钻研鱼汤怎么熬更好喝。那个时候 SUN 正处于非常时期,池铮尽量不加班,晚上回来早一些。

有一天孟盛楠在家实在无聊便想出去。

她挺着四五个月的肚子在院子里晒了会儿下午三四点的太阳,然后突发奇想去了菜市场溜达。一个个小摊上摆着五颜六色的时令菜,孟盛楠都快挑花了眼。

拎着袋子往回走的时候,右手的菜易了主。

她讶异地看着身边这个不知从哪儿冒出来的男人,这男人盯着她的肚子瞧了半晌又抬眼去看她,刚刚还温和的脸色霎时冷了下来,眉头轻轻蹙起,舔了舔下唇。

"不是说好一个人少出来吗?"池铮故意降了一个声调,"还拎这么一大袋?"

孟盛楠心虚讨好地笑了一下,歪头去看他的脸。太阳光这时候落在她的脸颊和脖子上,淡粉色的衬衫裹着纤细的锁骨要露不露。许久不见他吭声,孟盛楠心里跳了一下。

"真生气了?"她轻声问。

池铮一脸"你说呢"的样子,不动声色地移开目光。

"下不为例。"他低沉道,"再让我抓着——家法伺候。"他咬着牙说完这四个字后又故意停了一下,挑眉嗤笑道,"医生说什么都没用知道吗?"

孟盛楠:"……"

光天化日之下他还能把这话说得这么溜,孟盛楠脸一红嘀咕了一声流氓惹笑了池铮。他的心情蓦地好起来,闲着的那只手轻轻抚上她的腰虚扶着她往回走。

她问:"一会儿还走吗?"

他现在外头应酬多了,很多时候在家甚至大晚上的就被电话叫走,这种情况出现了不止一两次,尤其是他今天还回来这么早。

"没什么事了。"池铮说,"史今他们能应付。"

说着他的视线又落到她的肚子上,目光柔软了一些又柔软了一些。

回到家的时候他不让她再忙活,自己去厨房里琢磨着熬汤。孟盛楠坐在院子里的香樟树下听知了叫,心思一起,去里屋拿了吉他出来,拨了几下弦就停了动作。

锅里的汤慢慢熬起来,池铮从厨房来到院子里。香樟树下,她的脸光滑白皙,头发绾在脑后。池铮走近,问她怎么不弹了,随即将她的吉他接了过来。

"想听什么?"他低眸问。

孟盛楠一脸的惊叹号,不可思议地看着面前这个男人。池铮笑了一下,平静地接受她的审视,然后抱着吉他慢慢地拨了一下琴弦。他先是没什么节奏地胡乱一扫,随之轻轻弹了起来,声音低低的,尾音撩人。

12

怀孕七个月的时候孟盛楠有点神经衰弱,经常在清晨四五点就醒过来了。那天傍晚飘了点毛毛雨,夜色灰蒙蒙的看不清窗外的灯火。

她当时靠在床头翻书看。

池铮回来的时候就瞧见她闭着眼睛睡着了的样子,几缕缭乱的发丝轻轻地贴着脸颊,一手放在肚子上,一手还拿着书的一角。他笑着走了过去,从她手里抽开书想将她轻轻放平在床上,右手刚扶上她的腰,便把她闹醒了。

孟盛楠迷蒙地睁开眼睛,迟钝了一会儿才说:"你回来了。"

那低低的呢喃像挠痒似的,池铮笑了一下,顺势坐在床边,扯了扯西装领带,又看了一眼床头柜上空着的杯子。

他低声问她:"要不要喝水?"

孟盛楠打着哈欠摇了摇头。

"你自己开的门吗?"她这样问。

池铮听得好笑,隔着被子轻轻摸上她的肚子,笑问:"傻了你,我敲了好几下都没动静,难不成你做梦开的门?"

孟盛楠还迷糊着:"真没听见。"

池铮笑了笑说:"行了,躺下睡觉。"

"刚都睡着了,你这么一闹又不想睡了。"孟盛楠有气无力地说,"现在几点了?"

池铮抬腕看了一眼:"十一点。"

"都这么晚了,外头还下着雨吗?"

"下着呢。"池铮说,"看样子今晚这雨停不下来。"

孟盛楠偏头看了一眼窗户,帘子拉得严严实实的,一点雨打玻璃的声音都没有。房间里暖黄的灯光打在墙上,好似那面墙都变得有些温柔了。

"又想什么呢?"池铮给她拉了拉被子,"闭上眼睛。"

深夜一点一点地吞噬光亮,留给这座小城的只有街上那些孤独的行人和巷角通明的灯火。雨好像又下大了些,淅淅沥沥地砸在地上的水洼里。

孟盛楠再次醒来是清晨四点半。

雨水敲打玻璃的声音有些大,她睡得不踏实,便坐了起来。池铮还在睡着,睡衣的领子有些杂乱。孟盛楠垂眸静静地看着身边的男人,忽然笑了起来。

她轻轻抬手去摸他的嘴唇,他的呼吸很轻。

孟盛楠看了他一会儿,悄悄起床,给自己倒了杯热水,一边喝一边拉开窗帘往外瞧了一眼,大地黑漆漆的,一片苍茫的样子,雨点落了一层又一层,凝成水珠顺着窗户缓缓流下。玻璃上映着他的影子,看着他在身后睡着,被子下的他宽阔而高大,轮廓已经有了成熟男人的味道,孟盛楠有种说不出的安全感。

隐约看见他似乎睁开眼,孟盛楠回头去看。

"这才几点?"他低低"嗯"了一声,半睁着眼从床上坐了起来,声音懒散,"站那儿干什么?"

孟盛楠放下杯子回到床上坐下,笑着说:"刚醒,看看雨。"

池铮无奈地看着她,叹了一口气,将她慢慢放好在床上,抬手去按床头灯,另一只手给她掖上被子包紧,声音低沉,又像是轻责却还不敢大声:"挺着大肚子看什么雨?再睡会儿。"

孟盛楠无声地笑了起来,忽然想起一事。

半年前看过一个帖子,问的是你和年少时候暗恋过的人如今怎么样了。现在想来大约可以概括为这样几句——

暗恋他很多年,听说他和女朋友分了手,事业低谷,大学毕业两年再见,他单身,她也单身。他从一无所有到东山再起,暗恋的第八年他们恋爱了,现在曾经那个洒脱不羁的少年要做她小孩的爸爸了。

13

池嘉宝七个月的时候开始断奶。

那些日子孟盛楠有意无意地加些辅食给小姑娘喂,可嘉宝似乎更偏爱吃奶。孟盛楠无奈查了很多资料,一天到头想着法儿地哄着。

星期六的下午,池铮加完班到家已是深夜。

他一进屋子就听见嘉宝不停地在哭,在玄关处换了鞋往客厅走。嘉宝一个人被丢在沙发上直蹬小腿,他皱眉朝着卧室方向叫:"盛楠。"

没有人应,他过去抱起嘉宝搂着哄。

"你妈干吗去了?"池铮逗逗小姑娘的小嘴,"把你一个人扔这儿。"

嘉宝哭得更加厉害了。

他实在没办法想给孟盛楠拨电话,还没拿出手机就看见她从卧室走了出来。她身上穿着宽松的绵绸深粉色碎花睡衣,两只手插在上衣口袋里。

"刚喊你,你怎么不吱声?"池铮惊讶。

"我在给她断奶呢。"孟盛楠叹了口气,"她见着我就要吃奶。"

池铮怀里的小姑娘又开始蹬腿,哭声听着就让人揪心。这种事他也不知道该怎么办,求救似的看了一眼孟盛楠。

"这么哭也不是个事。"他一面拍着嘉宝的背一面说,"先给她喂点,明天问问妈。"

孟盛楠也无可奈何,从他手里抱了过来然后坐到沙发上。池铮去了卫生间洗了一个手,出来的时候就看见孟盛楠在给嘉宝喂奶。

他直愣愣地盯了几眼。

她凶:"看什么看?"

嘉宝的小手揪着她的睡衣纽扣,孟盛楠瞪了一眼他,正要走开便听见他欠嗖嗖地来了一句：

"你要不是我媳妇儿，谁看你？"

14

黑夜的光从窗帘溜进来的时候，摇篮里的小孩刚睡着。孟盛楠看了一眼时间，起身去客厅倒水。

她喝到一半，门铃响了。

池铮穿着白色衬衫，领带松松垮垮地系着，西装外套甩在肩上，盯着她眸光流转。他最近公司扩招，要找人谈合作，饭局一大把。

刚进屋，他就把她按在门上。

"你干什么？"她的声音腻软。

他不说话，只是低低笑，埋头在她颈间，外套滑落在地。男人身上沾染了淡淡的酒味，却不扑鼻。这些日子他对烟酒多有克制，回家能早不晚。

卧室里有了轻微哼唧的动静，孟盛楠摁住他要煽风点火的手，里屋的小孩哇哇大哭起来，打破了一片旖旎。

孟盛楠忍着笑推开他。

池铮一脸的不乐意，又只能望洋兴叹。孟盛楠将孩子抱出来哄，小姑娘怎么都止不住哭。池铮从地上捡起西装外套扔到沙发上，解开衬衫几颗纽扣，挽起袖子走近，将小孩抱了过来。

说来奇怪，小孩不哭了。

池铮得意忘形地看了一眼孟盛楠，一副"我牛吧"自我陶醉的样子，然后就看见孟盛楠哑然失笑。

他挑眉："你笑什么？"

孟盛楠指了指他的西裤，池铮低头一看。裤子湿了一大片。他慢慢抬头看孟盛楠，苦情加悲情。

"你别动，我去拿尿布。"

池铮垂眼看着怀里软软的小东西，忽然就有种说不出来的温柔。这是她给他生的小孩，是她从少女到女人的见证。

小孩的小腿踢了他一下。

池铮心底暖得一塌糊涂,孟盛楠从屋里拿了干净的尿布给小捣蛋鬼换下。她接过小姑娘,让池铮帮忙脱下裤子,又把小孩塞他怀里。

孟盛楠去阳台洗衣服。

池铮抱着小姑娘坐在沙发上,他就穿了条短裤,小姑娘平躺在他腿上,白衬衫被她揪得褶皱不堪。他一手覆在她脑后,一手给她整平裤腿。

"池嘉宝同学,你知道你这一哭坏了多少事吗?"他说。

孟盛楠探头瞪他:"你说什么呢?"

"以后要多和你娘学学,看她多懂事。"池铮说这话时看着孟盛楠,他藏着一肚子坏水地笑。

外头灯火阑珊、夜深人静,间或有风吹起树梢。屋里暖黄光下,小姑娘歪着头在他手掌心眨巴着眼睛和他一起看她。

这个夜晚普通而漫长。

15

戚乔生宝宝那一天,大雪。

宋嘉树在香港有演唱会走不开,孟盛楠全程陪同。病房里的女人生了一个健康的男宝宝,然后便累得睡过去了,她悄悄关上门往外走。

池铮带着陈思熬的汤等在医院门口。

夜里八九点的样子,他倚在车前闷头抽烟,风雪落了一身,一抬眼便看见孟盛楠走了过来。

"怎么不在车里等?"她问。

池铮将烟拿在手里,静静地看着她。

"不冷。"说完掐了烟去握她的手,他皱眉,"这么凉?"

孟盛楠咧嘴笑了,他将她往怀里一带,她歪着头靠在他胸前,安静地没说话,空气里只有他们彼此的呼吸声,一上一下,或轻或缓。

她倏地叫他:"池铮。"

"嗯。"

孟盛楠又不说话了,埋头闻着他身上风尘仆仆的味道。

"冷不冷？"他低头，"坐车里去。"

她摇头。

"怎么了？"他探头看她的脸，笑了一下，"要不我们再生一个？"

她从怀里抬头看他。

"不想？"他挑眉。

孟盛楠忍不住弯唇，瞪他。

过了一会儿，她说："我今晚要陪戚乔。"

池铮笑着将她抱紧在胸前，深深地呼吸了一下，声音比起刚才正经了一点："有事给我打电话。"

俩人又腻歪了一会儿，她该进去了。

池铮拉着她没松手，说着再抱一会儿。风雪渐大，昏黄的灯光下，她依偎着他，男人眉目温柔。

他促狭一笑："今晚别太想我。"

16

池铮最近不忙，带她们出去旅行。

一家人下了飞机，租了辆车，到酒店的时候已经是晚上十一点。附近的一个公园有文艺汇演，隔着老远都能听见有人唱《娜塔莎》。

嘉宝摇着孟盛楠的手，眼巴巴地看着她说："妈妈我想去那边玩。"

孟盛楠故意冷声："池嘉宝你知道现在几点了吗？"

车子锁好，池铮走了过来。

"她第一次来这儿，想玩就带她过去看看。"池铮弯腰掐了掐嘉宝的脸蛋，抬眼看孟盛楠，"也没有多晚。"

她瞪他一眼："你就惯着她吧。"

池铮笑了笑："你俩我都惯着。"

结果还没走出几步他就接了一个电话，好像是公司的事情，还挺要紧，于是孟盛楠一个人带着嘉宝先过去了。那是场极具风格的民族会演，一堆小姑娘小伙子穿着民族服装大合唱，还有马头琴表演和舞蹈。

嘉宝坐在孟盛楠的腿上，看得很认真。

过了一会儿池铮打电话过来问她在哪儿，孟盛楠回头在人群里找他，想站起来才发觉嘉宝靠在她怀里睡着了。

他远远看见了她们娘俩，走过去探了一眼，低声说："睡了？"

"睡了。"孟盛楠哭笑不得，"还没看一会儿。"

池铮笑问："你还要看吗？"

"我都多大人了。"

"那也比我小。"池铮挑眉，说着俯身从她怀里抱过嘉宝，腾出左手拉过她说，"回去吧。"

路上她问："公司没什么事吧？"

"能有什么事？"他说，"好不容易陪你出来玩，天捅个窟窿都不回去。"

她忍不住抿嘴笑："这么善良？"

"咱俩今晚是不是得好好谈谈了？"池铮眸子里含着笑意，"这才结婚几年就出现信任危机了可不好。"

孟盛楠偏头："谁要跟你谈？"

回到酒店，孟盛楠将嘉宝搁小床上安顿好才去洗澡，刚打开花洒，池铮便推开玻璃门进来了。

她瞪眼："你干吗？"

池铮无辜道："洗澡啊。"

孟盛楠见他一脸无赖的样子，说着那你先洗，步子还没跨出去便被他扯过腕子抵在墙上。

"不是说好好谈谈吗？"他低声坏笑，"一起洗。"

热气渐渐将浴室包围，他的目光变得幽暗深沉起来。

17

那是一个星期天的傍晚，孟盛楠带着嘉宝出门玩。池铮打来电话的时候，孟盛楠在商场的试衣间给嘉宝穿裙子。

"在哪儿？"他问。

"国贸。"孟盛楠说，"你回家了？"

池铮"嗯"了一声说:"今天走得早,你和嘉宝什么时候回来?"

"还得一会儿。"

"好像要变天了,还是早点打车回来。"池铮顿了一下又道,"算了,慢慢逛,我过来接你们。"

孟盛楠笑:"你开车小心。"

过了二十来分钟池铮才到了国贸,嘉宝一看见他就扑腾着小腿撒着欢跑过去,被池铮一把举高抱在怀里。

池铮扯了扯小姑娘的裙摆:"新买的?"

"漂亮吧。"嘉宝眨眨眼仰着下巴说,"妈妈也有一件。"

池铮看向孟盛楠,抬眉:"怎么没穿?"

"我又不是你女儿。"孟盛楠瞪他一眼,"管那么宽。"

说完手里轻甩起包包朝前面一家店走去,池铮看着她纤瘦的背影笑了一下,抱着嘉宝跟了上去。

刚走出没几步,遇见一个生意场的熟人。

池铮将嘉宝放在地上,说:"找妈妈去。"言罢和来人聊了两句,对方似乎很诧异,问他这是你女儿?

池铮笑笑。

"还以为你没结婚。"对方惋惜道,"没想到这么早就进了围城,孩子都有了。"

池铮笑着偏头看了孟盛楠一眼。

她拿着一件碎花小裙子弯着腰和嘉宝在说话,头发软软地披在肩上,模样温柔得不像话。

"早吗?"他慢慢收回视线,笑道,"还想着再要一个。"

18

那天孟盛楠去幼儿园接嘉宝。

园里第二天有领导来检查,于是很多家长都被班主任留下帮忙打扫教室。她当时挺着五个月的大肚子,也跟着做一些小活儿。后来打扫结束,她拉着嘉宝的手走出教室,下楼。一大一小刚走出大厅,孟盛楠就看见池铮被拦在幼儿园门口。

他像是刚从公司赶过来,身上还穿着西装。

嘉宝挣脱开她的手嘴里喊着爸爸朝他跑过去,孟盛楠拎着嘉宝的书包慢慢往外走。走近了才看清池铮有些生气的脸,她愣了一下。

"你怎么了?"她问。

池铮被她气得不轻,看了一眼她的肚子。

"你说怎么了?"池铮冷声道,"我老婆挺着个大肚子到处跑,跑就算了,手机还关机?"

孟盛楠忙去翻兜,然后无奈地看他。

"没电了。"她说。

池铮深深地叹了一口气,然后一把将嘉宝抱起来,一手拉过她的手穿过园外的马路走去车边,一路上他都没怎么开口说话。

孟盛楠给嘉宝挤了挤眼睛。

"爸爸。"嘉宝探头看他,"你生气了?"

池铮把着方向盘,说:"没有。"

"那你干吗不说话?"嘉宝嘟起嘴。

池铮:"你问你妈。"

嘉宝又去看孟盛楠。

"我又没怎么样。"她近乎讨好地低声,"干吗生这么大气?"说完又小声道,"家里不是太闷嘛。"

池铮将车速又放慢了一些。

"要不是妈给我打电话说你非要接——"池铮说着轻哼了一声,"回去再收拾你。"

"你敢?"孟盛楠仰头,"想家暴啊?"

池铮偏头看她:"家暴都算轻的。"

嘉宝一头雾水地看着前面的两个人,小手抵着下巴像是在思考他们嘴里的话,只听见孟盛楠"喊"了一声。

"还别不信。"池铮冷笑,"今晚就让你见识见识。"

孟盛楠的脸"唰"的一下红了,看了一眼眨巴着眼睛的嘉宝然后轻轻瞪他,小声叫他流氓。池铮照单全收,心情莫名地好了起来。

19

那是孟盛楠怀了喜爱的第七个月,嘉宝去了外婆家,她一个人待着无聊,去逛世纪家园。五楼有一家书店,她只要来一定过去。书店还是从前的老样子,门口的柜架上放着最新的杂志,她习惯性地看了一眼。

听到身边一个女孩子问店员:"有最近出版的《新概念获奖作文》吗?"

她抬头一瞧,眼前的女孩子穿着校服,声音柔和动听、十五六岁、短发、脸庞清秀干净。

有那么一瞬间,她像看到十年前的孟盛楠。

恍惚之中,余光里出现了一个熟悉的身影。她回过头去,只剩下陌生的,穿梭在书架里的人流。孟盛楠扶着腰,从书架上拿了一本《萌芽》杂志。这么多年,还是五块钱。她结过账,转过身,抬头,一愣。

周宁峙拿着一本书,看着她。

他轻声道:"每次来江城出差,都会来这儿,总觉得会遇见你。"

孟盛楠歪着头,缓缓地笑了。

周宁峙看了一眼她的肚子,问:"快生了吧?"

孟盛楠垂眼,又看他,笑:"您这什么眼神?还早着呢。"

"我不过比你大一届而已,池太太。"周宁峙无奈,"出去走走?"

盛楠笑眯眯地轻轻"嗯"了一声。

今天不是周末,商场里的人不多,他们想到一句说一句。俩人许久未见,难得畅怀。

"他还是很忙吗?"周宁峙问,"你一个人这样跑出来,身边没个人跟着,总归不太好。"

孟盛楠不好意思道:"我偷偷溜出来的,他不知道,屋里太闷了。"

周宁峙失笑,眼前的女孩子已经为人妻,为人母,可那双眸子里却还是有少女的狡黠。

"等孩子生了,来南京玩。"周宁峙说。

他们后来没聊多久,周宁峙就走了。江城很快下起了小雨,池铮打电话过来,知道她一个人逛,又拿她没办法,便亲自过来接她。

江城的雨下了很久,一直停不了。

孟盛楠坐在一楼等他,有人送了一把伞过来,不过一会儿,池铮到了。

他将身上的西装外套披在她身上,轻责:"这么大人了,怎么跟嘉宝似的?下回出来把妈叫上。"

孟盛楠仰头看他,给他擦了擦脸上的雨,笑:"你不也跟嘉宝一样?啰唆。"

"你说我啰唆?"

"还幼稚。"

池铮抬了抬眉毛:"别以为我不敢收拾你啊,孟盛楠,你再把我小女儿带坏了。"

"你怎么知道是女儿?"她看他。

池铮笃定:"我就知道。"

"把你美的。"

"要不要打个赌,你输了……还挺未雨绸缪啊,知道带把伞出来。"

孟盛楠拍了他的肩膀:"人家商场送的。"

这是 2016 年,他们都二十八九岁,年轻、热爱一切、对生活充满希望,好像前途一片光明,但又充满迷茫。

他们不知道就在十分钟前,商场柜台接到一个有偿电话,一阵低沉的男声说:"麻烦给一位女士送把伞。"

那些年他们也是一群人,天高海阔。江缙问他们,你们的理想是什么?十年之后,陆怀转行做码农,李想后来去卖保险,张一延留在了加拿大,周宁峙继承家业,她重新开始做新闻。他们都没有再写小说。

20

老二临近预产期,池铮天天待在孟盛楠身边就怕出什么岔子,一周前他们就搬去了医院,陈思和盛典轮流过来看护顺便带嘉宝。

池铮说:"想吃什么,我让妈带过来。"

孟盛楠靠在床头摇了几下脑袋。

"不吃怎么行?"池铮拉着她的手,"你这都几天了?"

医生敲门进来照例检查,很细节地叮嘱了好多。池铮唯唯诺诺,医生说什么就是什么,比她怀嘉宝那会儿还紧张。

　　转眼他也是快三十岁的人了。

　　等医生走了,池铮又坐回床边给她削水果。孟盛楠垂眸看着他的眉眼,几年前的意气风发早已蜕变成沉着冷静的样子。

　　"前两天小杭还问我你怀的是外甥还是外甥女。"他边削边说。

　　孟盛楠抿唇笑了一下:"你怎么说的?"

　　"我说啊。"池铮抬头看她,"那要看你姐生什么了。"

　　孟盛楠瞪了他一眼:"你都要把小杭教坏了。"

　　那天是周五,池铮后来扶她下楼散步。七八月的风吹打着路边的青草叶子,有小孩跑过来跑过去。池铮怕撞着她,带她去了一个清净的亭子。

　　有人把书忘在长椅上了。

　　池铮拿起来翻了几下,没有署名,孟盛楠从他手里接过来看,里头夹了一张灰黄陈旧的纸片,好像是有人刻意从杂志上用刀子割下来的。

　　只有一段短短的对话。

　　"你是谁?"

　　"我?"那人合眼一笑,"我是一个浪客。"

　　孟盛楠轻轻合上书让池铮放回原处,兴许那个好读书的人会寻回来。她抬头看了一眼天上,碧空如洗的样子像极了蓝色海洋。

　　亭子里的风慢慢大了起来。

　　池铮扶着她的腰往回走,孟盛楠歪着头对池铮说她猜肚子里是男孩,池铮笑,他说他猜是女孩。七天之后,孟盛楠顺产。

　　老二叫孟娴,小名喜爱。

21

　　说起喜爱,还有一件小事。

那是几年前孟盛楠刚怀上喜爱的时候,有一天池铮一直加班到深夜才走出公司大楼,路上接到一个客户的邀约不好推辞,便拐道过去喝了几杯。当时包间里坐了好几个人,大都是熟悉的面孔。

"要见池总一面真挺难的。"是个女人的声音。

一个四十来岁的男人哈哈大笑。

"有容啊。"男人说,"我怎么听说你们还是校友。"

"不止呢。"女人看着池铮。

池铮低头在给自己倒酒,淡淡笑了一下。

"你不会忘了我吧,池总?"赵有容说。

池铮喝了一口酒,抬眼看去。

"这几年工作太忙。"他说,"记性不太好。"

赵有容收了收笑意。

"池总都结婚好几年了。"有人插话进来,笑说,"你不会有那意思吧?"

"哪儿能呢?"女人白了一眼,"我们可清白得很。"

大伙都笑了起来。

后来酒桌上的饭菜都没怎么动,净碰酒了。池铮被灌了不少,推托要走的时候有人开玩笑说"有容送送呗",他正要开口,一个朋友帮着解了围。朋友胃不好滴酒不沾,又恰逢顺路正好借口一起走。

车子开到一半,池铮下去解酒。

朋友将车停在一个马路边上,池铮靠在车外从兜里摸出烟抽起来。路边的霓虹灯有些许暗淡,九月的晚风吹过来落了一身凉意。

池铮解开了西装纽扣,想让酒气散得更快些。

"不过喝了一点酒。"朋友笑话他,"就这么怕你媳妇儿说吗?"

池铮抽着烟笑了一下。

"她乖得很。"他说。

朋友"哟"了一声。

"那她也不计较你和赵有容的事了?"

池铮淡淡反问:"什么事?"

"真的假的?"朋友质疑,"想当年你俩那段故事……"

池铮拿下烟,冷眼瞧去。

"再说抽你信不信?"他说。

朋友忍着笑,缩了缩脖子。一根烟抽完,俩人重新上路,到家已经是十五分钟之后了。池铮拎着西装外套甩在肩上,慢慢地走到门口按了一下门铃。

门开了,孟盛楠打着哈欠看他。

"怎么回来这么晚?"

池铮迷迷糊糊地"嗯"了一声,醉意熏熏的样子。孟盛楠凑近他一闻,皱了皱眉头,顺手将门关上了。

"喝这么多酒。"她轻责。

"去见了见客户。"他说,"没喝多少。"

孟盛楠叹了一口气,去厨房给他泡蜂蜜水。

"以前读书的时候我就好奇。"她一面舀蜂蜜一面说,"男人谈生意为什么喜欢去酒桌上。"

池铮靠在厨房门口静静看她。

"喝点酒再叫几个美女,是这样吧?"她背对着他还在说着。

池铮:"还有呢。"

"完事看时间还早再去唱个歌什么的。"她说,"流程总得走完。"

池铮偏头笑了一下。

"你就对自个儿这么没信心?"他扬眉道,"怎么说你也是我费尽心思才追到手的。"

孟盛楠已经泡好蜂蜜水,转过身端给他。

"说得挺有道理。"孟盛楠蹙眉想了想道,"不过吧——"

池铮吸气叫她:"孟盛楠。"

这声音听着极其危险,孟盛楠立刻闭嘴不说了。她经过他回了卧室,刚躺在床上睡意就上来了。几分钟后有脚步声进来了,他脱了衬衫去洗澡,然后便是浴室里水流的声音。

男人洗澡快,一会儿就出来了。

孟盛楠好像已经睡熟了,巴掌大的小脸埋在手掌里看起来温顺极了。房间里只开了一盏床头灯,微弱的光芒映照在她的脸颊上。

"睡了没有?"他看过去。

过了好久都没有声音,池铮以为她真的睡熟了,却不想下一秒便听见她浅浅"嗯"了一声。他掀开被子躺下,将手覆在她的胃上,埋头在她脖子里。

"你怎么了?"她闭着眼睛问。

"没什么。"他说,"想起点以前的事。"

"大晚上的遥想当年。"孟盛楠依旧闭着眼不咸不淡地说,"前女友啊。"

池铮"啧"了一声。

"那会儿虽然浑,"他还挺认真地开口,"却也是正儿八经、干干净净的大好青年一个。"

孟盛楠淡淡地说:"鬼才信。"

池铮憋了一口气,然后将孟盛楠掰过来面向他。

"真不信?"他问。

孟盛楠半睁开一只眼睛。

"怎么信?"她问。

池铮想了好大一会儿,眉头愈来愈皱。

"你说——"他声音忽地正经起来,"我要是高中就喜欢你会怎么样?"

她没有想过他会说起这个。

"怎么样?"她问他。

"天造地设简直不敢想。"他臭屁地说,"那可真是天不怕地不怕了。"

孟盛楠笑得肩膀都颤起来。

"有一个。"他话题一转,"有一个会怕。"

孟盛楠抬头看他:"还有怕的?"

池铮的目光里盛满了温柔,他低头看着她的样子。

灯光昏黄,窗帘被风吹了起来。

"分手。"他低声道,"是分手。"

22

那天签了一个大单,史今下班时拦住池铮,不让他走。

公司内部群在五点二十收到通知:"老板带领大家玩掼蛋。"所有人都一副惊讶至极的样子盯了屏幕五分钟以上，怀疑这件事不是真的。

办公室里池铮从座椅上站了起来。

"每天回去那么早无聊不无聊？"史今说，"盛楠又不是母老虎。"

池铮松了两下领带："你懂什么？"

史今往跟前一凑："哎，不会是还准备再要一个吧？"说完做了一个惊恐的表情说，"嘉宝和喜爱还不够吗？"

池铮语气很淡："那又怎样？"

史今："……"

外头聚集在会议室的职员一个个已经热血沸腾起来，都听说老板打牌很厉害，想着大开眼界。史今已经准备好扑克牌，池铮却拿过西装外套一副要回去的架势。

"说好了掼蛋你干啥去？"史今问。

池铮："谁说好了？"

接着他开门离去，剩下史今一个人对着门胡咧咧。落地窗外的夕阳缓缓地沉到海平线下。池铮开着车往回走，不知前面出了什么事，车子走得很慢。

他给家里打了一个电话。

"你们先吃，别等我了。"

"嗯。"孟盛楠问，"今晚是不是有应酬？"

"不是。"池铮说，"堵车了。"

孟盛楠正要开口，喜爱撒着小短腿跑过来够她的手机，她还没说完一句"你小女儿要和你说话"，手机就被喜爱抢过，对着手机咿咿呀呀。

"喜爱。"池铮轻哄，"叫爸爸。"

小姑娘抓着手机玩来玩去，看着孟盛楠就是不张嘴，接着又丢开手机自己跑开了。孟盛楠拿过手机又和他说起话，池铮重重地叹了口气。

"怎么了？"她问。

"嘉宝这么大的时候都会叫我爸爸了。"车流跟蜗牛似的向前爬，池铮又道，"过两天我抽个时间陪你去趟医院。"

孟盛楠："去医院干吗？"

"看看怀上没。"池铮说，"这都多久了还没动静。"

孟盛楠："流氓。"

池铮低声笑了笑:"什么意思?"

她咬牙切齿地笑:"流氓。"

池铮偏头看向窗外拥挤的车道,傍晚的车影闪耀霓虹。身边有一辆黑色汽车同行,车主穿着墨蓝色衬衫三十来岁的样子,也是和他一样的姿势在打电话。这人世间,大家都一样,平静地活着,或相似,或不同,挺好。

23

记不清那是哪一年了,江城街道远没有现在繁华。

池铮在一个艳阳天的下午跑了趟应酬,临近傍晚的时候史今开车送他回去。半路风吹进玻璃窗,池铮酒醒了大半。车子开过一个胡同,他用余光扫了一眼街外的九中,校门口那栋最大的教学楼巍然而立,已经有了岁月的痕迹。

他平静地说:"开进去看看。"

史今稍微一愣,然后掉转车头走后门的教师公寓那边。门卫大爷一直坚守着这个岗位十来年了,史今借口走亲戚才算蒙混了过去。

"怎么想起来这儿了?"史今把着方向盘将车子直直开向操场,也有些感慨起来,"咱都毕业多少年了。"

车子渐渐停了下来,池铮从车里下来。晚夏的风从背后袭上来,整个人都轻松了,暑假的校园没什么学生,安安静静的。池铮沿着操场慢慢走着,点了根烟,烟雾弥漫在眼前,恍然他已三十有余。

"想什么呢?"史今跟在后头,望了一眼这空空如也的橡胶跑道,还有一梯又一梯的台阶,想起十七八岁学校开运动会,那人山人海,个个花枝招展的样子,不禁叹了口气,"我说还记得你高中什么样吗?"

池铮咬着烟,嗓子里短促地哼笑了一声。

"游手好闲、不学无术——"史今看着他继续道。

池铮眼底带着笑意,平视着前方又吸了一口烟。

"那年是高二下学期吧。"史今说着都把自个儿弄笑了,"打赌的事你还没忘吧?"

空旷的操场上有尘埃轻轻扬起，跟着傍晚的风溜过来溜过去像是玩过家家。池铮静静地注视着这个地方，有一刹那以为自己回到了十多年前，他还是那个迷途的少年。

"2005年夏"

"赵有容跑得挺不错。"史今盯着看台下奔跑的少女，斟酌着说，"不过拿第一我看悬。"

台阶上坐着一溜儿穿着五颜六色的学生，大多数被晒得直接将校服搁头顶去挡太阳光，女生们两三个共打一把伞望着操场上正跑三千米的女生们，昏昏欲睡。

池铮刚剪了头发，寸头看着精神抖擞。

"这可不好说。"十八岁的少年将短袖撸到肩膀上，抬起眼睛看向操场方向，眼睛微微眯起，玩笑似的说，"敢赌吗？"

"赌就赌。"史今扬声，"输了你的游戏装备归我。"

闻言池铮挑了一下眉头，那时女生的三千米的比赛已经过了大半，赵有容依旧英姿飒爽高傲地保持着第一名。池铮嘴角勾着笑悠闲地看着，不过没几分钟后他就笑不出来了。

一个女生渐渐追了上来，不知从哪儿冒出来的。

池铮的目光慢慢地收紧，眼看着赵有容体力不支，那个女生不顾一切地往前冲去。他不紧不慢地追随着那道身影，那个女生冲线了。史今张狂地看了下眉头紧皱的池铮，一脸"愿赌服输"的傲娇样。

"要舍不得你那套装备也行。"史今望着赵有容似要倒下的身影，下巴一扬，"英雄救个美。"

池铮笑了一声。

"现在"

史今轻轻闭上眼又睁开，操场上什么动静都没有。十多年前的那一幕清晰如昨，仿佛闭上眼就能清晰地看到一群青春洋溢的少年挥洒汗水，一切美得连阳光都恰到好处。

"没想到吧。"史今调侃,"当年为了你那几个游戏装备在众目睽睽之下扶走了赵有容,丢下了多年后你会深深爱上的女人——"说罢他又富有情感地摇了摇头,诧异地"哎?"了一声,"盛楠没提起过吗?"

池铮睨了史今一眼,走了。

回到家已经是八点一刻,他站在门口迟迟没有进去。昨夜两个人因着一些鸡毛蒜皮的事算是小吵了一下,直到现在孟盛楠也不搭理他,一个电话、一条短信都没有。

池铮拎着西装外套,解开衬衫领口散了散酒味。

门敲了几下之后不见动静,池铮蹙着眉头从兜里掏出钥匙去开。他一进屋就觉得哪里不对劲,两个捣蛋鬼都不在。他又去里面卧室,看见孟盛楠在翻箱倒柜,不禁一愣。

他语气生硬:"你要去哪儿?"

孟盛楠被忽然出现的他吓了一跳,随即想起俩人还在冷战又将头拧向一边自顾自地收拾起来。池铮看了她一会儿,走过去后将她揽进怀里,她挣脱了几次没挣开。

他的语气软了一点:"还生我气呢?"

他身上的味道惹得她皱起细细的眉头,房间里一时安静得不像话。池铮看着她的脸色有些缓和,才出声问她嘉宝和喜爱去哪儿了。孟盛楠被他磨得没了脾气,使劲地在他胳膊上掐了一把才解气,池铮忍着疼,笑意蔓延。

"被爸妈接过去了。"她低眉顺眼,"你干吗喝这么多酒?"

池铮的嘴贴上她白皙的脖子。

"没多少。"他目光炙热,心思早已不在说话上,"我身上味儿很重?"

孟盛楠轻轻"哼"了一声偏不要他得逞。她伸手在他腰下一拧从他怀里跑出来。她将收拾出来的旧衣裳往怀里一抱,好笑地望着他眼神里的懵懂和一脸的黑沉。

"没洗澡就想碰我?"她看着黄色灯光下这个被岁月打磨得深沉温柔的男人,仰头笑了起来,"美得你。"

24

多年过后的一个江城的下午,院子里阳光很好,老式收音机里转动着磁带。嘉宝小大人一样抱着怀里的笔记本,看着香樟树下的摇椅上,两只脚交叉躺着的男人。

"爸。"嘉宝问,"你什么时候学会的弹吉他?"

池铮一只手枕在脑后,眼睛望着头顶的蓝天和白云。这时候正在一旁荡秋千的喜爱也凑了过来,两个小姑娘眨巴着眼睛看他。

那是2010年从北京回来后的事了。

在公交车和她偶遇之后,他也不知道哪里来的心思忽然想学这玩意儿了,这事当时就连陈思都不知道。

"第二个问题。"嘉宝看了一眼笔记本,"你们俩谁先追的谁?"

"屁话。"池铮睨了那俩小姑娘一眼,"当然我追的你妈。"

喜爱小眉头一皱。

"爸爸你说脏话了。"

池铮眉毛一挑,话音长长一拉:"孟——娴。"

喜爱嘴巴嘟起,白眼一翻:"还不让人说。"然后小脚重重地往地上一踩跑出了院子。嘉宝耳根终于清静了,一本正经地又开问了。

"等一下——"池铮伸出胳膊,手掌向外叫了暂停,"老师布置的作文题目不是《我的父亲母亲》吗?"他狐疑地看着这古灵精怪的姑娘,"怎么还有这种问题?"

嘉宝眨眨眼,嘴巴一弯。

"您不觉得这个问题很重要吗?"嘉宝的口气跟老师一样,"这可是您和我妈的故事,我当然得问得清清楚楚,我妈说写作要真实您明白吗?——好了下一个。"小姑娘清清嗓子,两手交叉搭在腿上,"你们俩怎么认识的?"

池铮:"……"

这一场小大人似的嘉宝三千问结束之后,池铮终于松了一口气。晚上他洗完澡出来的时候,喜爱蹭在孟盛楠怀里要听故事,看见池铮的眼神,脖子一缩从他们的卧室跑走了。

孟盛楠好笑:"你今天对她做什么了?"

从电视台回来后喜爱就缠着她,一看见池铮又跑开,孟盛楠看着这爷俩简直哭笑不得。池铮那会儿盯着她,没吭声就凑近她的脖子吻了下去。

她笑:"你干吗?"

池铮嗅着她身上的清香都快醉了,外头似乎下起了雨,雨滴打在玻璃窗上。他们俩正式认识是因为陆司北,可是在那之前的无数个时刻他们究竟有过多少次的擦肩谁也说不清。一霎风雨间池铮仿佛看见当年那个下午的芭蕉雨后,年轻女孩打着伞从他视线尽头走过。

25

那一年的春天总是下雨,屋檐上的雨水很慢很慢地滴答滴答往下掉。落地窗前有两个女孩子在看书,认真到都没有发现雨停了。

喜爱看到不认识的字皱了一下小眉头。

"姐。"喜爱将书推到嘉宝面前,"这个字读什么?"

嘉宝仔细端详了一会儿,扬声向厨房那边喊。

"妈你过来一下。"

孟盛楠听到声音探了下头,顺便将切好的果盘端了出去,一面走一面问怎么了。嘉宝拿着书跑到她身边问"耄耋"怎么读,孟盛楠看了一眼说"mào dié"。

话音刚落下门铃响了起来。

喜爱踢踏着小短腿嘴里说着"我去开"。门开了,池铮拎着两袋蔬果走了进来。他看了她仨一眼将袋子放去饭桌,然后笑着将袖口向上挽了几下,眼神掠过两个小姑娘。

"去换身衣服。"他说,"我送你们去外婆家。"

闻言孟盛楠看他:"怎么去妈那儿?"

"妈早上打的电话让我把她俩送过去。"池铮走近了几步话里有话,"难得周末。"

两个小姑娘嚷着"我去我去"。

喜爱拉着孟盛楠问:"妈妈我那件淡黄碎花裙子放哪儿了?"

孟盛楠的脸色一冷，立刻严肃了，喜爱瞬间抿了抿嘴巴求救似的看向池铮。一大一小都朝她看过来。

"看你爸也不行。"孟盛楠说，"这时候穿裙子是想打吊瓶吗？"

喜爱嘟起嘴巴："知道了。"然后转身回了自己房间。

池铮忽然笑了。

"你笑什么？"她问。

池铮清了一下嗓子，一脸无辜的样子。

"有吗？"他低眸看她，"我笑了？"

孟盛楠白他一眼："猪笑了。"

说完她朝两个姑娘的房间走去，池铮笑着舔了一下嘴唇也跟了上去。后来收拾完下楼已经是十一点左右，车子还没开出小区，盛典已经打电话来催了。

车里嘉宝和喜爱在用池铮的手机玩游戏。

孟盛楠偏头看向窗外江城的一路繁华，马路边有两个穿着校服的女生笑得没心没肺。想到现在她都是两个小孩的妈了，她不禁感慨，青春年少的日子果真是一去不复返了。

"看什么呢？那么认真。"池铮侧头问。

孟盛楠慢慢地回过头看他，目光有那么点赤诚和天真。

"你还记得我以前什么样吗？"她问。

池铮蹙了一下眉，然后看她："现在说？"

孟盛楠被他问得一愣。

"孩子在呢，不方便。"他笑里带着促狭，"等会儿告诉你。"

一个很普通的问题哪有什么不方便？那潜台词自然是没印象，孟盛楠白了他一眼扭过头不理他了。到风水台路的时候他们远远就瞧见盛典等在巷口，池铮将车子停好，放两个小姑娘下去。盛典一手搂着一个乐得开了花，对着池铮摇手说着："走吧走吧，明天我让你爸送她俩回去。"

等她们离开，池铮发动车子向前开去。

"还听吗？"他忽然问。

孟盛楠有点困，打了一个哈欠，一时没有反应过来。

"不过以前还真没什么感觉。"他说。

孟盛楠耳根"嗖"的一僵。

"你说什么?"她慢慢问。

池铮短促一笑。

"不骗你。"他说着又吊儿郎当起来,"那时候你从我跟前走过,谁认识你是干什么的。"

孟盛楠:"……"

池铮无声地弯了一下嘴角,余光看了她一眼又笑开了。车子到了一个路口他倒转方向盘朝着回家的反方向开去,孟盛楠多看了几下路况回眸看他。

"你去哪儿?"她问。

他从兜里摸出一根烟咬在嘴里,又去翻打火机。

"同学会。"他说,"你都认识。"

池铮将车停在酒店门口,然后熄了火。

他塞了一盒烟装兜里,又整理了一下衬衫衣领准备下车,一回头却看见孟盛楠纹丝不动地坐在副驾驶座,微微诧异了一下,嘴角噙着笑逗起她来。

"怎么了?"他问。

"你干吗不早点说?"孟盛楠的肩膀耷拉下来,低头看了一眼自己的短袖和牛仔裤,"我这样儿怎么见人啊?"

"哟。"池铮笑着说,"怕给我丢脸?"

孟盛楠白了他一眼。

"就几个高中同学。"他说,"坐一会儿就走。"

孟盛楠心思往上一提。

"我认识吗?"她问。

池铮倾身到她跟前,伸手将车门给她打开了,随即看向她。

"咱下去再说行吗?"他笑,"媳妇儿。"

孟盛楠无奈地瞪他,转身下了车。她就站在车子边上抬头望着酒店最高的地方,不知怎么的竟然有些紧张。她正愣着,感觉到身后的人拉起了她的手,温暖粗糙的指腹摩挲着掌心让她瞬间平静下来。

电梯直达十楼,他带她径直走进一个包间。

孟盛楠状似无意地捋了下耳后的碎发,目光在扫到餐桌前坐着的那几个人时顿了片刻。一个男人站起身看了过来，笑着说起打趣的话。全场唯一一个女人的目光落在孟盛楠身上，多少让她有些不自在。

"这是弟妹吧？"男人说。

"滚。"池铮笑骂，"叫嫂子。"

说着他拉开一张椅子让孟盛楠坐了下来，随即叫来服务员上菜。孟盛楠坐在他身边一直微微笑着，听他们说话。池铮解开衬衫领口的几颗纽扣，一手搭在她的椅背上，一手握着酒杯闷了几口。

"以前可从来没有想过你会是现在这样。"那个女人忽然说话了，眼神有意无意地瞥过孟盛楠，"这么多年不见，变化还真不小。"

"那可不是。"有男人没管住嘴顺道接话，"想当年你俩——"说到一半池铮的目光看了过来，男人随即刹住不说话了。

气氛有些僵持的时候，门被推开了。

一个西装革履的男人一面打电话一面走了进来，说了两句挂断，目光一抬，笑了。孟盛楠有些意外地看着那目光，接着那人走了过来。

"好久不见啊，我亲爱的同桌。"

孟盛楠感慨道："好久不见。"

"行了啊李为。"池铮皱了一下眉头，"百八十年前的事了，有意思吗？"

"那怎么了？"李为说，"一天是，一辈子是。"

于是就这样包间里的气氛又活跃了起来。池铮和李为互相点了一根烟，菜一个个地上来了，孟盛楠简单地动了几下筷子就搁下了。

那边池铮和李为碰杯，声音刻意压低。

"你怎么没和我说她也来？"池铮蹙眉，"故意的吧？"

"这我真不知道。"李为坦然开口，"就当没看见不就行了？除非你有别的想法。"

池铮冷眼一抬，对方噤声。

他们说得正认真，没有料想到身边两个女人之间已经硝烟弥漫，处处暗藏着陷阱和玄机。孟盛楠觉察到对面的目光抬眼一看，嘴角客气地弯了弯。

"那时候就觉得你很不一样。"李岩说，"你现在做什么？"

孟盛楠说："记者。"

"是吗？"李岩笑了下，"读书的时候不懂事，错过了很多，后来就想曾经的人很多年后都会娶了谁呢。"

孟盛楠微微抿了一口红酒。

"看来也就这样儿。"李岩补充道。

孟盛楠敛了一下眉："我没什么大的理想。"她说完又补充了一句，"现在，给他生孩子、养孩子，挺好的。"

"一辈子就这样过？"李岩问。

半晌沉默，孟盛楠低头笑了。

约莫半个小时之后池铮带她离开了，李为送他们到酒店门口。孟盛楠坐在车里找歌听，车外两个男人在说着什么。

"盛楠没生气吧？"李为调侃。

池铮想起刚才饭桌上她说的话，心底一软。

"你可不能怪我啊……"李为还在絮叨，"再说了……"

池铮掏出烟点着，漫不经心地听着。

"说真的我至今都不明白你怎么会喜欢盛楠这样的。"李为最后说，"完全不是你当年的风格。"

池铮低声一笑，偏头看了一眼车里。

"很多人都以为我是个浑蛋。"池铮慢慢说，"不管是以前还是现在。"他的目光里有一些不为人知的深沉和隐忍，"哪怕是我最穷困潦倒的时候。"

他的声音变轻了："她从没这么想过。"

李为瞬间明白了什么，不再说话。

那会儿天色已经渐渐暗了下来，火红的夕阳铺满了江城那条最静寂的街道。池铮慢慢开着车往回走，孟盛楠好像睡着了。

迷迷糊糊中她只觉得自己被抱了起来。

孟盛楠缓缓眨了眨眼睛，将头埋进他怀里。池铮坚硬的胸膛瞬间温热起来，他抱着她上了电梯回到家里。孟盛楠的眼睛还紧紧闭着，池铮将她放在床上。

好一会儿没有听见动静，她耳根蓦地一热。

"还装？"他忽道。

孟盛楠轻轻睁开眼，静静地凝视着他。

"给我生孩子、养孩子——"他故意停顿了一下,"挺好吗?"

孟盛楠看着他摇了摇头,池铮眉头蹙紧了。

"比挺好还要好一点。"她轻声说,"当然这只是关于你的一部分,我也是有理想的好不好,当时那个场面只好那样说咯。"

房子里暖橘色的光照了进来,床畔上染了他的烟味儿和酒味儿。池铮低头瞧着她的眉眼,低声笑了起来。

26

那天清晨喜爱还在睡觉,嘉宝很早就醒了,趴在池铮身边玩乐高。男人眯了一会儿慢慢睁开眼,扫了一圈屋子。

"你妈人呢?"他问。

"给你做饭呢。"嘉宝说着话眼睛都没看他,"妈妈六点就起了。"

这话听着怪怪的,池铮一手撑着下巴看嘉宝。

"那你妈给我做饭。"他故意皱眉,"你不吃啊?"

嘉宝小手捏着乐高,愣了一下很认真地看向他:"是哦。"

池铮无话,他从床上翻身下来去厨房看了一下,孟盛楠正在煲鱼汤。她直接在睡裙外套上淡黄色的围裙,及肩发在脑后绾成了一个髻。

"怎么起那么早?"他问。

孟盛楠回头看了他一眼。

"我五点就睡不着了。"她又转回头去调汤,"梦见你前女友了。"

池铮闻声笑了,舔了一下干涩的唇。

他问:"然后呢?"

孟盛楠装腔作势地想了一会儿:"好像是她和你大哭大闹不要分手,你偏要分。"随即把自己逗乐了。

池铮笑意深了:"这么说梦里也有我?"

"我说了吗?"孟盛楠眨了眨眼,"最多是一头猪。"

池铮:"……"

看他憋得难受孟盛楠顿时心情大好,两秒之后她想起什么便道:"对了,嘉宝醒了是吧?她还有一篇英语课文要读,你去帮她看看。"

池铮默默地转身要走,又被孟盛楠叫住。

大抵是想起读书的时候他的英语实在差得让人印象深刻,孟盛楠迟疑了一下,问:"你行不行?"

池铮彻底黑了脸,目光落在她脸上。

"谁不行?"他冷冷开口。

27

池铮忙完工作的时候夜已经很深了。

他从一堆文件里抬起头来,身体向后仰靠在椅子上,闭上了眼睛也不知道在想什么。过了一会儿史今推开门进来,把自己甩在沙发上。

"还没走?"他睁开眼。

"先歇会儿。"史今打了几下哈欠,"反正回去也一个人。"

池铮抬手揉了揉脖子。

"你也老大不小了。"他一面从烟盒里抖出根烟咬在嘴里,一面去按打火机,"就没个合适的?"

史今枕着自己的胳膊,平视着前方。

"你别说。"史今淡淡道,"还真没。"

"我听说老张给你介绍那姑娘挺不错的。"池铮抽了口烟,问,"看不上人家?"

"人是不错。"史今说,"就是感觉不对。"

池铮笑了一声。

"笑什么?"史今问。

"你,我还不知道?"池铮说。

史今叹了一口气,从沙发上坐了起来。

"不是兄弟,我以貌取人,第一眼真的太重要了。"

闻言池铮沉默了一会儿。

那时候追女孩子最重要就是要长得漂亮、性格开朗、可以带出去的那种。要是放以前他还浪荡人间那会儿,十个孟盛楠在跟前他都不多看一眼,因为她太乖了。女人总是在嫁了人之后会有些变化,现在看他媳妇儿是真好看。

手机这会儿响了起来。

史今瞄了一眼来电显示:"盛楠吧?"

池铮笑着将手机放在耳边,听着她在那头问他什么时候回来。他可以想象到她现在应该已经洗完澡躺在床上,还未吹干的头发简单地绾在脑后的画面。

他嘴角的笑意变深了。

当一个男孩经过了时间的沉淀变成了男人,曾经的蠢蠢欲动便成了如今的"只想找个人好好过日子",那岁月就像酿酒一样,日渐香醇。

"再过一会儿就回来了。"他对她说,"你先睡吧。"

那头她的声音有一点点小迷糊,隐约还能听见她翻身的声音。池铮的目光一下子变得柔和了,又说了一两句将电话给挂了。

接着他将烟摁灭,拿过西装外套。

"你这是要走了?"史今眼睛瞪得老大,"一个电话而已,有这么急吗?"

池铮一面笑着一面往外走。

"等结了婚你就知道了。"他说。

随即将办公室的门拉开,右脚刚跨出去,听见史今叫他,并问他结婚到底是什么感觉。池铮拉门的动作停了下来,沉默了几秒回过头去。

"她会让我想早点下班回家。"他低声说。

说完,放开门上的手,走远了。

28

那是一个深冬下着雪的夜晚,房间里只开着一盏黄色的灯。孟盛楠睡不着在玩手机,看到微博里的视频段子笑了起来。

池铮洗完澡裹着浴巾回了房里。

"看什么呢?"他掀开被子坐上床然后探身去瞧,"乐成这样。"

孟盛楠丢开手机,坐了起来。

"我问你几个问题。"她说。

池铮看她一眼,懒懒地往床头一靠,"嗯"了一声。他的手机这会儿响了一下,他一面拿起来看一面用眼神示意她。

"你以前——"她慢慢问,"谈过多少个女朋友?"

池铮的目光从手机屏幕落在她脸颊上。

"太多。"他看着她说,"忘了。"

孟盛楠"哦"了一声:"下一个。"

"分手后第一件事你会做什么?"

池铮说:"喝酒。"

"如果前任找你复合,你会答应吗?"

池铮听到这儿坏笑起来。

"那得看有没有我媳妇儿那么乖了。"

孟盛楠:"万一有呢?"

"那就看有没有我媳妇儿有才华了。"

"又乖又有才华呢?"

他说:"那就只有看最后一点了。"

"什么?"

池铮笑说:"英语有没有我媳妇儿好。"

孟盛楠对他的答案简直很无语,便换了下一个问题。

"你觉得自己是感性的还是理性的?"

"理性。"他说。

"同学聚会有一个女性同学并且只有你们俩顺路,你会送她回家吗?"

"不会。"

"我和静静你喜欢哪个?"

池铮蹙眉:"静静是谁?"

孟盛楠忍不住笑了,清了清嗓子。

"继续啊。"她说,"你喜欢什么样的女孩子?"

"我媳妇儿这样的。"

"你媳妇儿什么样儿?"

"得中断一下。"他说。

"干吗?"

"我好去给你拿镜子。"

孟盛楠看他一本正经的样子脸都憋红了。

"东施和昭君你选哪个？"她问。

"昭君。"

"为什么？"

"这还用说？"他挑眉，"漂亮。"

"庸俗。"她控诉完又继续问，"上次你说自己是干干净净的大好青年是真的吗？"

"骗你我不是人。"

"可是我的读者都不信怎么办？"她说，"你要不解释一下？"

"要我解释也行。"

"嗯，怎么说？"

池铮眯了眯眼，想了一下。

"先买一本你的书。"他说。

29

大概是 2003 年吧，孟盛楠刚读高中。

她的朋友少得可怜，周末去书店一待就是整天，顺便写点东西，那时候的她不知道时间匆匆，也还不认识池铮。那时候打电话用的还是校园卡，她有时候会跑去校电话亭给江缙打电话，听他用一口京腔讲小说怎么写最真诚。

有一天戚乔找她去看电影。

那部电影说的是一个"花心男"见一个女人爱一个女人最后变成"忠犬男"的故事。那一年十来岁什么都不懂，她的世界里只有高考和写小说，写一些她自己都不知道是什么的小说，乱七八糟的没有感情，不真诚也不坦诚，虚无缥缈。那一年她的皮肤还特别好，笑起来特别文静。

那天看完电影，戚乔对她说："一个男人的改变真的太恐怖了。"

或许她会一直是一个普普通通的女孩子，并不会遇到那样耀眼发光的人。又或许她只是那个人路过的一个地方，最后让他迷途知返的是别的女孩子。

这样的结局想想就有点难过。

后来 2004 年她遇见了池铮,她在小说里写过很多男孩子,最真实的还是那个她曾经喜欢过的深海少年。再后来她经历了高三疯狂冒痘、考大学读新闻、追着社会热点、熬夜写稿、鄙视标题党、以为自己是拯救世界的英雄,慢慢地,慢慢地做了一个依然有理想却再也难以和人启齿的普通姑娘。

就是那个时候,她又在江城遇见他。

她总是觉得自己没有什么好运气,也不知道究竟是哪里的闪光点让他喜欢自己。

在那些平静的夜晚,她洗完澡吹干了头发,从浴室里出来时他在看体育频道,她问他:"不是说要去出差,什么时候?"

他会笑笑说:"明天就走。"

然后他伸出手把她拉过来坐在自己怀里,将脸轻轻埋进她的头发里,深深地吸上一口气,道:"你给我收拾行李。"

她总像个少女似的瞪他:"懒死你算了。"

她说话的声音像撒娇一样,他听得乐此不疲。

她想起很多年前戚乔说,一个男人的改变很恐怖。并不,一个男人之所以会改变,是因为让他改变的人对他重要。

这或许就是人间所谓的爱情。

30

那一年江城的雪迟迟未来,眼看已经临近新年了。池铮最近加班也是很厉害,一个月有一半的时间睡公司沙发。彼时嘉宝六岁半。

正月下旬的一个下午,天气看着还不错,孟盛楠正在家里看书。听见有人敲门,她迟疑了一下走过去开。

池铮站在门外对她一笑。

"今天这么早?"她诧异。

池铮懒懒地"嗯"了一声,一面往里走一面解开西装外套,松了几下领带。

"刚签了一个合同没什么事了。"他的目光朝屋里扫了一圈,"嘉宝和喜爱呢?"

"嘉宝早上被妈接到她那儿去了。"孟盛楠在他身后关上门,"喜爱睡着了。"

池铮走去茶几边喝了杯水,余光瞥了一眼阳台上的几本书。

"这么好的天气待在家里,你不闷吗?"池铮抬腕看了一下手表,"收拾下,我带你们娘俩出去转转。"

"现在?"孟盛楠说,"都几点了。"

他抬眉笑:"早着呢。"

史今前些日子刚发现一个有山有水的好地方,池铮直接开车过去了。车里他把着方向盘时而看前方时而侧眸,喜爱乖乖的也不出声,在孟盛楠怀里眨巴着眼睛。

他扯开嘴角微微笑了一下。

想当年他玩得那么凶的一个人,怎么也不会想到会走到今天这时候。半个小时后到了清水湖,他们找了一片青草地坐了下来,池铮去买了吃的喝的,喜爱又喊着吃糖,孟盛楠让他们坐着自己去买。

十来分钟过去了还不见人回来。

池铮拆开一袋小馒头递给喜爱,视线往两边一扫停在某个地方,瞳孔倏地一缩。

"妈妈和谁说话呢?"喜爱噘着小嘴。

几十米开外一男一女站在一起,女人笑着捋了一下被风吹起来的头发。见到这个男人池铮着实愣了一下。

他摸兜点了一根烟,慢慢眯起了眼睛。

"去。"池铮对着那边扬了扬下巴,"叫你妈回来。"

喜爱嘟起嘴巴:"你干吗不去?"

"啧。"池铮挑眉,"你还想不想吃糖了?"

喜爱白了他一眼,不情愿地站了起来拍了拍屁股,嘴里小声说了句"幼稚"然后走了。

池铮往嘴里递烟,看着喜爱跑过去。

可能是小孩的介入打断了俩人的谈话,池铮看见男人逗了一下喜爱,然后看了一眼孟盛楠才离开了。她俯身听喜爱说了什么,抬头看过来。

池铮握拳抵在嘴边咳了一声。

天上不知道什么时候飘起小雪花来,孟盛楠想起刚才周宁峙的那句玩笑——"我再不走你丈夫可能也要过来了"——一时弯起嘴角。

喜爱舔着棒棒糖咂咂嘴。孟盛楠拉着她的手朝池铮慢慢走了过来。

31

王小波给妻子写信,开头都是"你好哇,李银河"。于是2018年孟盛楠接受《人间百味》邀请写第一篇专栏的时候也采用了同样的语法。

"你好哇,池铮。"

2004年夏,她认识了他。

那时候一个天南一个海北,一个性子放浪一个乖巧安宁,怎么看都不会走在一起。老友形容:"你们在一起比中五百万还艰难。"

孟盛楠笑笑不说话,池铮一个脾气上来就是满嘴脏话。大概还是天公作美,这些年来她写过很多故事,也是第一次将所有故事里虚虚实实的人物名字换作池铮。当年的《深海少年》后来被他打印成册压在枕头底下,几年过去,册子都快被他翻烂了。

孟杭问他:"姐夫,舒远是谁呀?"

他那天穿着白色短袖,外面是一件墨蓝色衬衫,端着茶倚在阳台上:"梦中情人。"说得吊儿郎当,极为深情。

孟杭吃惊:"姐知道吗?"

"知道也不能拿我怎么样。"他一脸贱样儿,然后挑眉看了一眼小舅子,"你这名字怎么来的晓得吗?"

"我姐说了。"小舅子不卑不亢,"杭,方舟也。"

"瞎说。"他扯了一下衣领,露出H文身,"懂了吗?"

孟杭眨了几下眼睛:"我去看看嘉宝。"

池铮:"……"

要说他是怎么知道的,还是某一天他看着她写的故事,然后一拍桌子觉得自己太聪明了。

她曾经问他喜欢男孩女孩,印象里他的回答是都一样,女孩子往肝里疼,男孩子当羊放。可能正因为这个,孟盛楠生了俩女儿。

有了喜爱之后她的睡眠格外多。

那些日子他总是很早就回家哄小孩,一个大男人抱着小姑娘哄了半天,最后还是将她吵醒。天花板下的灯将孟盛楠的脸照得漂亮极了。那时候谁也不知道从前那个不拘行迹、放浪形骸的少年有一天也会浪子回头,将锋芒收起,心底只放得下一个姑娘。

很多个夜里他将脸埋在她的脖颈。

房间里点上茉莉花味道的香薰,暖黄色的灯落在床上。年少时的男女兜兜转转成了各自的软肋和福气,恰如《浮生六记》那样把日子过成了诗。

他问她:"专栏叫什么名字?"

那个夜晚他刚洗完澡正擦着湿漉漉的头发,好像是忽然想起那样随口一提。

孟盛楠仿佛看见了当年那个不把人放在眼里的少年,他永远干脆,永远不说后退。

她说:"你好哇,池铮。"

32

此生相爱,这真是很好很好的一生。

> TXSFHZM
>
> 她故意装作有事很着急的样子，跑过他身边。

番外四
独自等待

1

2004年炎夏，小雨格外多，那天池铮从床上坐起来已经是中午。他光着膀子探身到床头柜上，拿起水杯喝了口水，过了一会儿雨停了。

窗外院子里的香樟树有知了在叫。

他洗了把脸，套上牛仔裤下楼，刚从冰箱里取出来泡面就接到了史今的电话，于是套上灰色短袖就出去了。

他们在风水台的路口见了面，池铮手抄裤兜站在路边的电线杆下。

史今过来时拎了两瓶矿泉水扔给他一瓶，池铮百无聊赖地拧开瓶盖仰头灌了几大口，他用手掌抹了一下嘴，将剩下的半瓶扔回史今，朝着对面某处走去。

"你干吗去？"史今在后头喊。

他声音很懒："吃饭。"

接着俩人在小吃摊填了肚子，然后拐道去了附近的自习室。自习室的休闲区，百来平方米的空间里全是敲击键盘的声音，他俩拿了号径直地走向最后，轻车熟路地打开电脑戴上耳机。

池铮伸手拧了两下脖子，手指在键盘上来去自如，神情时而绷紧时而散漫。电子屏幕上的画面变幻莫测，他眯起眼睛将大号耳机扯下挂到脖子上。

这里的空调好像坏掉了，有点闷热。

池铮将短袖掀起到腹部,手指扯了两下皮带从座位上站了起来。他侧身穿过走道去窗户跟前吹风,身边不知道什么时候走过来一个朋友。

"一个人来的?"朋友问。

池铮抬眼看过去,两个人说了会儿话,外头又开始乌云密布,很快就有雨点砸下来。池铮兜里的手机响了下,他看了一眼来电,拿着手机向朋友抬了一下,朋友识趣地先走了。

电话那头,陆司北问他在干吗。

"这还用说?"池铮看着窗外街道的雨。

陆司北无奈摇头说起分科学业为重。

"行了啊。"池铮不耐烦地挑眉,"这话都听得耳朵长茧了,你什么时候跟我妈一个样了?"

陆司北笑了一下。

"不会是更年期吧?"马路对面走过来一个打着绿色长把伞的女孩,她穿着衬衫裙和帆布鞋,露出细长的白皙的腿,微低着头看不清脸,池铮抬眉揶揄道,"刚过去一个看着不错的姑娘,我去给你要个电话?"

陆司北在那边笑骂他。

他们又说了一两句才断了线,池铮一手抄进裤兜回到电脑跟前坐下。他重重地抹了把脸将耳机往头上一戴,手指又噼里啪啦地敲起来。

须臾,孟盛楠收了伞,走了进来。

2

高中有一年,一个初中好友过生日。

孟盛楠一伙人都去好友家给她过生日,大晚上的,好友点着蜡烛许愿。墙外是一片废弃的篮球场地,白月光洒满一地,有香芒色的灯光落在上头。

里屋的她们笑得花枝乱颤。

孟盛楠当时正趴在二楼窗台上,一个人看着那片篮球场,一个男生孤零零地站在那儿。也不知道过了多久,一群男生嬉笑着勾肩搭背走了进来。他们的声音听得不太真切,只看到那个男生手里拍打着篮球,然后迅速抬手对准篮板扔了球。

"好球。"这声音大了点。

他说:"比比?"

后来他们打了一会儿,闲闲散散地聚在一块闲聊,孟盛楠下意识地皱了皱眉头,潜意识里觉得那个男生真的很好看。里屋有人叫她,刚想转头应声,有人看了过来。

他懒懒地站着,校服外套甩在肩上。

那双眼睛微微眯起,看起来有些不拘形迹,孟盛楠的脸颊倏地一红,僵滞了几秒。然后迅速转身,关窗走远。

后来她才知道,他叫池铮。

3

那天江城的雨特别大,孟盛楠中午没回家。

午后的高二文科(4)班待学生都差不多走光后渐渐安静下来,孟盛楠还在低头做英语题。整个学校浸在雨下寂静无声,她停下笔偏头看窗外的雨,雨水砸在玻璃上乒乓响,霎时耳边传来了几道声音。

"李岩早走了吧。"是个男生,"班里都没什么人了。"

有人用手敲打窗户,孟盛楠回头去看。

她坐在教室最西边靠墙那一组,距离门口方向隔了两个过道,看见池铮的时候有些许不真实。

他身边的男生还在说:"李岩在哪儿坐着?"

被问到的人明显有些不耐烦,手抄校服裤兜,很淡地往教室里瞟了一眼又收回视线。

孟盛楠紧张得早已低头。

她听见他贱贱地说:"我怎么知道?"

"李岩要是知道你这么不上心。"那个男生笑,"小心她找你麻烦。"

池铮只是抬眼一笑。

说话声慢慢地远了,孟盛楠抬起头去听,还能听见那个男生一边走一边作怪敲着其他班窗户的声音。

她从座位上起身走去门口,那两个男生已不见踪影。

雨势变小一点,她直接去食堂吃饭。回来的时候爬楼梯差点撞上人,一偏头就看见三四个男生站在四楼墙角聊天。

又在这儿遇见他,像走不出的围墙。

他举手投足之间不修边幅,说话的时候不咸不淡,就算是笑起来也漫不经心,让人难以捉摸又想靠近。

有人问:"一会儿去打篮球?"

他靠着墙,随意地回了一句:"再说吧。"

"别是有其他事吧?"

他嗓子里哼出一声笑,没搭话。

但有人替他答了:"这还用问吗?"

他低了低头,眼角微微一抬,不动声色地扯了扯嘴角。孟盛楠看了他一眼,默不作声地转身走了。

4

他们经常去的商场包间里,几个男生在玩桌游。史今的手气不太好,没几次就不想玩了。

史今愤慨:"还没完没了了是吗?"

"你最近是有点背。"池铮嗤笑了一声,"破个财消消灾。"

史今瞪他一眼:"破给你?"

"你要是愿意的话,也不是不行。"池铮笑得肆意。

史今说:"就你这样儿谁受得了?"

一个男生这时候也笑了,忍不住插了句话:"这你就错了史今。"男生说,"有的是人受得了。"

池铮哼笑了一声,惹得那几个纷纷翻白眼。正说着池铮的手机响了起来,他有些不耐烦地掏出来看了一眼。

史今凑了过去:"李岩吧?"

池铮皱了一下眉又将手机塞回了裤兜里,像是什么都没有发生一样继续开始下一场。史今还想开两句玩笑,但看见池铮的脸色不太好,便也不再说了。

结果第二天去学校就听说这俩闹掰了。

于是史今跑去问池铮:"真的假的?"

池铮当时正趴在桌上睡觉,将校服盖在头顶挡太阳。史今喜欢寻根究底,一直在问"为啥呀",池铮一把掀开校服,脸颊都吸成了两个深坑。

史今被吓得哆嗦:"你说了我就不问了。"

池铮平静地吸了一口气,看了一眼窗外,模模糊糊听见有人说:"你想干吗啊,孟盛楠,英语考这么高让不让我活啦?"

他收回目光,落到史今身上 然后说:

"她英语太差了。"

5

九中最近检查违规违纪有些勤,严重的要记入档案。那天早晨江城的天阴云密布,孟盛楠起得有些晚了,好在赶早读铃前一秒进了学校。

她从操场那边走的,一路小跑。

经过教学楼的时候,她发现墙角站着几个男生,她下意识地瞥了一眼,"噌"的一下紧张起来,从小跑变成了走路。

她的背挺得很直,目不斜视,装作一副很自然的样子沿着操场边沿,靠近教学楼的方向走了过去。

她听见有人叫了一声池铮的名字,然后问了一句:"真闹掰了?"

而他只是肆无忌惮地笑。

6

班里搞聚餐,孟盛楠本是不愿意去的。

她的同桌是个性子比较活泼又爱八卦的女生,教育她要有集体荣誉感,于是她跟着去了。

他们聚在一个大排档,十几个人男女混桌。

孟盛楠没吃几道菜，一直在喝雪碧。有人向她讨教英语，她低着头讲话的声音也不是很大。

有人叫她，她抬头。

"英语这么好，考没考虑收学生？"是同学张彦。

孟盛楠当是玩笑话，不置可否。

"我认真的。"张彦一本正经，"我一个哥们那英语实在看不过去了。"

她只好笑笑。

刚好那会儿戚乔的电话过来了，她借口有事就先走了。后来第二天去学校，听同桌说起前一晚她刚离开就进来了几个男生，那个张彦口中说的英语看不过去的人竟然是高二理科（10）班的池铮。

他们站在教室后门说话。

"给你找了一个老师。"张彦勾肩搭背走过去，笑道，"辅导你英语。"

池铮嗤笑了一声说："滚。"

这事就这么过去了。

7

学校近来开设了各科补习班，每个班优秀的学生可以不用上晚自习，到了时间去学校指定教室上课，有专科老师辅导。

孟盛楠在英语班上认识了一个女生，高二理科（10）班的。

那天早晨第一节课结束了之后，江城飘起了雨，她坐在教室里有些闷，看着对面的理科楼，忽然起了小心思。

她一口气跑到了高二理科（10）班，在后门站定。

那个女生刚好看见她，笑着走过来："你怎么来了？"

"我昨晚的笔记忘了拿，能借一下你的吗？"

女生说："你等我，我去拿。"

孟盛楠理直气壮地站在门口，双手背在身后，一副百无聊赖的样子左看看右瞧瞧，再回头，冷不丁地撞进一双漫不经心的眼睛里。

只是那人的目光淡淡地移开了。

她身后有一道女声传来："池铮。"

孟盛楠忙退到一边，将目光侧向一边，过了一会儿她拿到笔记本很快就走了。再回头的时候，她看见那个女孩子对他笑得很灿烂。

他一只手转着笔，懒懒地靠在墙上。

8

那天偶然见面，他和几个男生待在一起。

三四个男生站在巷子边的墙角，穿着九中蓝白相间的校服，不知道在说什么，一个比一个笑得灿烂。

孟盛楠站在校门口等戚乔。

年少的时候好像总有那么一个人，不论你和他熟不熟，或许都没有说过话甚至不知道他的名字，但总有那么一个时刻会被他忽然之间的一个动作给迷住。

她微微侧过身看去，假装四处张望的样子。

有一个女孩子朝他们走了过去，他轻轻一笑。

校门口那样的画面，频频惹人回头。

戚乔出来的时候她匆匆收回视线，余光里那抹高高瘦瘦的身影仍然清晰得晃眼。于是她拉住已经朝反方向走的戚乔，指了指那条巷子说道："今天走这边吧，我知道那儿新开了一家不错的小吃店。"

"你什么时候在乎起这个了？"戚乔笑。

她们边走边说，孟盛楠将书包抱在怀里，歪过头笑着看戚乔，有些少女的调皮模样，比以往的表情夸张了几分。

"民以食为天。"她声音不大不小，中规中矩，"不知道吗？"

戚乔不以为意地嗤笑："别跟我文绉绉啊。"

孟盛楠偏过头笑了一下，目测和他的距离。那会儿她们已经走到了巷口，她甚至能听见那个女孩子的笑声。

"谁跟你文绉绉了？"孟盛楠仰脖卖弄笑脸，"你二胡学得怎么样？什么时候拉给我听听？"

戚乔耷拉起脑袋，勾搭上她的肩膀，无语道："别提了行吗？"说着捏了捏她的脸蛋，逗趣着又笑，"你什么时候给我弹吉他听啊？"

墙角那片调侃谈笑近在耳边，孟盛楠挺直了背。

听到有男生笑问大概是和足球有关的事，他无所谓地轻哼了一声，靠着墙，左手掀过校服外套抄进裤兜。

"要不打个赌。"他声音轻飘飘的漫不经心，"输了你自己说。"

那个男生还没开口，一道女声先说："要是你输了呢？"

一堆人开始起哄地笑道："就是就是，你输了怎么办？"

他懒懒地笑了一声，轻声道："输了干什么都行。"

孟盛楠低了低头，从他身边径直走过。

行至两三步又站住脚，把书包往戚乔怀里一搁便道："我有个东西忘了拿，你去巷子那边等我。"

说完她也不等戚乔开口转身就往回跑。

哪里是要取东西，她故意跑进校门在那儿站了一会儿，然后装着有事很着急的样子，跑出了校门，跑到巷口，跑过他身边。

9

有一次她请戚乔看电影。

至于看的什么片子她后来怎么都想不起，只记得在前台遇见了赵有容，她们俩都是学委，平日里也有一些交集，不过没怎么说过话。

排队买爆米花的时候，赵有容站在她后面。

"是你呀。"赵有容拍了拍她的肩，"一个人吗？"

孟盛楠回头："和朋友来的。"

说了两句到她买票了，拿到票，她和赵有容客气地道了别，穿过人群走向戚乔，目光瞥向角落，愣住了。

池铮靠着墙，低头在玩手机。

他穿着黑色短袖，袖口挽在胳膊肘上，穿着校服裤子。像是在打游戏，手指按个不停，头发也好像刚剪过，干净利落的样子。

下一分钟，赵有容走到他身边。

也不知道说了什么，他连头都没抬，表情也是淡淡的，偶尔皱一下眉头，身边的女孩子却是一个劲地笑。

那天的天气真是让人阴郁。

10

课业繁重,班里经常有人被叫去谈话。

孟盛楠那天抱着一摞收齐的英语作业本去办公室,还没进门就看见池铮站在里面,在听老师训话。

"这样下去怎么办?"老师很严厉,"英语会拉分的你知道吗?"

他低垂着眼。

"现在还来得及。"老师说,"你没想过报一个补课班吗?"

他将脸别向一侧。

孟盛楠深呼吸了一下,怕打扰到他们便慢慢走了进去。

老师好像是故意似的,指着她道:"这个女孩子是高二文科(4)班的英语课代表,每次考试英语单科第一,你可以去问问人家是怎么学英语的。"

话音刚落,她颤了一下。

他眼皮半抬。

老师似乎被他这样漠不关心的样子气到了,叹了口气。孟盛楠微低着头,半晌听见他出声。

"陈老师,没事我先走了。"声音很淡。

擦肩的一瞬,她闻到了他身上的少年气息。

11

宋嘉树带戚乔去打篮球,戚乔把孟盛楠也拉着去了。

孟盛楠没什么兴趣,于是看了两圈下来就坐在一边发呆,没一会儿门口方向进来了几个男生。

那身影太过熟悉,孟盛楠低下了头。

几个男生挑了她斜后方的篮球框,说话声很清晰地传过来。孟盛楠微微倾了一下身子，背对着他们。

有人问："今天老陈叫你去说什么了？"

池铮哼笑了一声。

"还能是什么。"他拿着球俯下腰，眼睛眯了眯，"让我没事学英语。"说罢那几人哄堂大笑，在那笑声里听他道，"学个球。"

刚好，有一个球进去了。

"老陈说得也有道理。"一个男生道，"上回张彦不是说他们班有一个女生英语学得特好，叫来给你加加餐？"

听到这儿，孟盛楠神经抽了一下。

"听说长得挺乖的。"那男生笑。

他嗤笑："有这好事你怎么不去？"

"我怎么着也及格了吧。"

池铮笑骂了一声。

孟盛楠听了一会儿，耳根有些红，嘴角不由得弯了起来。或许是听得太认真，都没听见戚乔叫她。

"孟盛楠。"戚乔又喊了她一声，"走啦。"

她这才回神，忙跟着跑了过去。

不知道为什么，池铮下意识地抬头看了她一眼，有朋友喊他打球，他也就没再注意，又接着玩起来。

12

在冬至那天，戚乔心情不好。两个人钻到楼顶，她不太擅长安慰，只是并肩坐着看天。

过了一会儿，戚乔掏出一个东西。

孟盛楠吓一跳："你要抽烟？"

"听说味道不错。"戚乔丧着脸看她，"要不要试试？"

她皱起眉，戚乔已经塞给她一根。

后来戚乔还是没抽，不过是虚张声势，坐了一会儿想起什么事她撒腿就跑走了。孟盛楠叹叹气，捏着手里的烟看了半晌。她偏头看了一眼四周，左转转右转转，最后将烟藏在一个砖头边上，下了楼去。

对面楼顶此时也站着一群人聊天。

池铮趴在栏杆上。

他纯属有些好奇那个女生折腾了半天到底往砖头下放了什么东西，于是闲着过去溜达了一圈。在看到那根烟的时候，他想起那个女生徘徊半天的样子，及肩的长发别在耳后。

他笑了一下，这乖装得不错。

13

孟盛楠再见到他还是在老师办公室里。

孟盛楠放下作业本的时候抬头看了一眼，他的额头上有一个小伤口。

"你什么时候能让我省点心？"老师气道，"上次跟你说英语辅导的事情也没见你上心，这会儿模拟考试英语又没及格吧？"

他漠然地"嗯"了一声。

"这是文科班的孟盛楠，英语单科一直第一。"老师似乎是想拿她打个比方激励他，"人家成绩好又上进，什么都规规矩矩。"

说到这儿他低笑了一下。

"你笑什么？"老师道，"我说错了？"

孟盛楠皱眉，抬眼看他。

他往她这儿瞥了一眼，不过一秒然后移开，对老师笑道："怎么会？"

孟盛楠的脸红起来，忙转身离开。走到门口，又听他道："是挺规矩的。"

这话听着似乎有些意味深长，孟盛楠想。

14

那一天下晚自习，孟盛楠走得晚了。

教室里就剩下她和同学张彦，她收拾好书包正要走，被张彦叫住问了几个英语语法的问题，回答完孟盛楠就离开了。

教室外的走廊上，池铮靠墙站着。

或许是光线有些暗，她并没有看到他。池铮很少来文科楼，即使有朋友在这儿他也基本不来，但他今天有事找张彦。

看他进了教室，张彦说："刚出去那女生看见没有？给你补英语跟玩似的，要不要我帮你说说？"

池铮："我闲得慌？"

张彦笑笑，俩人一起往外走。

"有点眼熟。"好像忽然想起什么，池铮皱了皱眉头，慢条斯理地问张彦，"她以前是不是长头发？"

"你说孟盛楠吗？"张彦道，"她好像一直是短发。"

池铮笑了一下，低声道："那就是记错了。"

15

那是2006年的夏天，写信还是一件很好玩的事。孟盛楠收到的第一封信是周宁峥寄过来的。后来她写好回信去邮局，路上接到一个电话。

周宁峥的声音永远清澈："是我。"

她有些意外，笑着"嗯"了一声，边走边说："早上好啊，周大神。"

周宁峥："你在走路？"

"给你回信。"她说这话的时候，眯起眼睛笑了，"不敢耽搁。"

周宁峥笑笑说："急什么？你年底来上海的时候当面给我也无妨。"

"那可不行。"她说，"回信要新鲜热乎。"说着想起什么又道，"昨晚一延姐发邮件问我你最近都在干什么，她给你发邮件都没人回。"

周宁峥收了笑，淡淡道："有点忙。"

孟盛楠正要说话，眼睛随意一瞥，忽然兴致勃勃道："我看到一家书店。"

周宁峥会意："看一会儿？"

"等给你寄完信回来吧。"她说，"你有想买的书吗？我一块寄给你。"

周宁峥犹豫了一会儿，说："暂时没有，有机会我们一起去看。"

只当是早晨的一个问候，说了几句她便挂了。那时候的孟盛楠只热爱文学,心里眼里再也没有其他什么了。等她再次回到书店,一直看到日晒三竿,肚子饿极了才想起回家。那天临走的时候她买了一本记了很久的书,在家里又搁了有一年之久,那本书就是后来高中毕业送出去的《沉思录》。

16

记不清那是 2006 年的几月了,好像刚过夏至的样子。那天的天气很好,阳光晒到身上很舒服。

清晨八点半,江城的街道还一片寂静。

两个少年从网吧里走了出来,都是一夜未睡地打着哈欠。

"现在去哪儿?"史今问。

池铮双手握着脖子转了两下,灰色短袖的衣角随着他肌肉上拉的动作挂在了皮带上。

"学校去不去?"他问。

"这才刚毕业多久你就怀念了?"史今玩笑,"还是说居心不轨?"

池铮冷眼瞧过去,舌尖顶了顶腮。

他吸了口气:"找死啊。"

史今笑着缩了缩脖子。

池铮冷哼了一声朝前走去,衣摆被风扬起来。他们径直去了九中的操场,和在玩的几个男生凑了一个足球队。

孟盛楠没有想过会在这儿遇见他。

她当时刚从老师那儿听完高考志愿意见,她有些迷茫不知道该去哪个城市。操场里的少年此时追着风在跑,看在她眼里是那样骄傲。

她躲在灌木丛边假装等人。

他们那一堆男生玩累了随便往地上一坐,不知道说了什么开怀大笑。她慢慢挪开步子,低着头从操场边经过。

"你大学去哪儿读啊,池铮?"有人问。

"南方呗。"史今插了一嘴。

池铮看了史今一眼。

"南方？"朋友好奇，"干吗不去北京？"

池铮笑了一下。

"那还用说。"史今道，"南方妹子好看。"

一堆男生都笑了。

"不过要真选一个。"朋友问，"去哪个地方？"

孟盛楠屏着呼吸侧耳去听，余光看见他沉默了一会儿。他的头发好像剪短了，应该是踢球的缘故，后背的衣服都浸湿了，他将衣摆撩了起来挂在腰间，短袖撸起到肩膀。她倏地收回目光，却早已脸红心跳。

"林州吧。"然后听他说，"那地方不错。"

17

那天的傍晚江城下了一场瓢泼大雨，孟盛楠当时待在广场附近的书店已经一整个下午。大雨下了有半个多小时才停，江城的路灯亮起的时候她才背着书包穿过广场往回走。

地面湿漉漉的，浅水洼里闪着光。

她低着头在等绿灯，抬起头时看到对面一群男女走过，他手抄兜走在最后面，身边的男生在和他说话，说两句就笑了。

听不清他们在说什么，她静静地看着。

一起走的几个女孩子笑得很大声，穿着漂亮的裙子，长发披肩。红灯倒计时，他们一群人浩浩荡荡进了一家馆子，挑了靠街道有玻璃窗的地方，有一个女孩子挨着他坐了下来。他靠在椅子上将外套脱了下来，里面是一件灰色短袖。

有女孩子给他倒酒，他仰头一口闷。

那间馆子里的灯光很亮，都能照清马路边行人匆匆而过的脸。孟盛楠下意识放慢脚步，从馆子门口经过，听见他们插科打诨地笑，杯子碰着杯子的声音。

"咱玩点有意思的呗。"有人喊，"老样子啊，输了找个人接吻。"

他哼笑了一声。

18

　　大学里有一年实习,孟盛楠跟着前辈跑春运。

　　进站口人挤人,像是一锅蒸笼似的,那是一趟自林州出发经过二十多个小时到沈阳北的绿皮火车。

　　她也是第一次经历那样的阵势。

　　从检票到坐上车挤得都能吐出来,人和人都是肩膀挨着肩膀,肚子顶着前头的人背在后边的行李。

　　"怎么样?"终于坐下后,杨老师喘着气笑问她,"受不受得住?"

　　"还行。"孟盛楠缓缓气,"就是人太多了。"

　　"要不怎么叫春运呢。"

　　包间里到处都挤满了人,走廊上站着的,有的备着板凳也没办法坐。那会儿火车已经开了起来,外头天也黑了。孟盛楠拿着相机从七车厢穿过往后走,一步比一步困难。

　　有人在侧身打电话。

　　一个抱着小女孩的年轻女人挤在车厢门口的角落,低着头坐在行李上。旁边是一个中年男人在埋头吃泡面,味道散了方圆十几米。厕所处有人抽烟,有的聚作一堆闲聊,说个闲话,大伙乐了。

　　小小的车厢里人间百态。

　　她看着镜头拍照片,刚打电话的那个男的笑着说:"兄弟现在真心羡慕你。"

　　孟盛楠不知道那边的人说了什么,她逗了逗年轻女人怀里的小女孩,然后走开了。

　　"我说池铮……"

　　她的脚步蓦地一顿,笑容霎时僵在脸上。

　　几乎是瞬间回头去看,他背着她拿着手机,视线转向车外。因为站立的姿势有些别扭,她探头去看他的脸。可车厢里太乱了又总是有人路过,她要让开路便不得不往外先走。等到再回头看时,他早已不见了人影。

19

2010年四月初,天气很好。

孟盛楠从江城坐火车回林州,两个月后要参加论文答辩,在这之前,她已经参加了江城花口初中的教师招聘考试,一直在等待结果。刚到学校的那天下午,她接到了一个电话。

"喂。"

"是我。"

孟盛楠很吃惊:"周宁峙?"

一年前他出国读硕士,忽然就不再联系。那边的人"嗯"了一声问她是不是在学校,约出来一起吃顿饭,三四点的时候两人在校外的茶餐厅见了一面。

"你什么时候回来的?一延姐他们知道吗?"

周宁峙看了她一会儿,慢慢笑了。

"这么久没见你,你的性格变了不少。"

她愣了一下。

"上周回的北京。"周宁峙的眼神里有些道不出的东西,他在回答她的问题,"过来办个事,顺道看看你。"

孟盛楠有些话想问,又忍住了。

"你呢?"他问,"毕业了你有什么打算?"

"回江城。"

周宁峙:"工作找好了?"

"嗯。"孟盛楠说,"在我们那儿的初中教书。"

"那也不错。"周宁峙顿了顿,"你男朋友也一起回去?"

孟盛楠一怔,缓缓摇头,然后不是很认真地笑了一下,说:"他年底的时候去了英国。"

周宁峙神色变幻,瞬间又恢复平静。

"对了,你回上海吗还是——"

他截断她的话:"明天的飞机回美国,下次再说。"

"那一延姐他们……"

"还是别告诉他们我回来过。"

孟盛楠抿抿唇:"他们知道会杀了我的。"

"那倒不至于。"周宁峙笑了一声,问,"林州有什么好玩的吗,一起走走?"

她说:"行啊。"

周宁峙:"头发长了,什么时候开的窍?"

孟盛楠笑。

他们又坐了一会儿才出了餐厅,六月的风吹过来,她的长发乱飞。孟盛楠的短发留了那么多年,也被他们笑了那么多年。闻言她侧头瞥他一眼,周宁峙笑了起来。

身后十来米处站着两个男生。

一个目光炯炯,一个咬着烟神色深沉。他们盯着这边看了已经有好几分钟了,脸色都不是很好的样子。

"陆司北。"咬着烟的那个问,"你千里迢迢赶回来,她知道吗?"

20

孟盛楠不知道陆司北回来,她和周宁峙短暂小聚之后回了学校,还是从室友李陶嘴里听到的:"我在校办公室看到你家陆司北了。"

她有些诧异,拨了一个电话。

陆司北声音温和:"我还想给你一个惊喜。"

他们在女生宿舍楼下见面。

孟盛楠很坦诚道:"我今晚有一个很重要的论据要改,明天早上要交,可能和你待不了多久就要去图书馆。"

陆司北无奈:"你都没问我回来做什么?"

孟盛楠不好意思地低了低头。

他们很久没见面,又各自忙碌,好像该说的话都说不出来,可怕的是一句共同语言都没有,除了沉默就是无休止的客套。

陆司北无声地叹息道:"就是处理一些毕业的事情,明天上午的机票,回来得比较着急,很多事情都没有来得及做,要早点回去。"

孟盛楠是个写作者,她敏感地注意到陆司北用了"回去"这个词,好像他们真的不在一个世界里生活了,圈子不一样了,什么都不同了。

她还是表示理解道:"你忙你的。"

陆司北:"一会儿吃个饭的时间总有吧?"

这话真不像是恋爱男女应该说的,有些陌生的奇怪,但孟盛楠知道,陆司北是一个很包容她理解她的男生。

于是她笑笑:"我要说没有,你会生气吗?"

陆司北很干脆:"不会。"

他们去了学校附近曾经常去的餐厅,简单地吃了一顿西餐,说了一些有关学业发展上的话,还有陆司北在国外的情况。如果谈话期间孟盛楠表现出有一点希望他回来的意愿,陆司北也许会回国工作,但她没有,而是很积极地鼓励他要完成学业。

后来提到她,陆司北问:"你呢,什么打算?"

孟盛楠说:"我想回江城。"

陆司北:"不做新闻了?"

孟盛楠摇头。

"回江城做什么?"

她说:"做老师吧。"

陆司北笑了:"从前没听你说起过。"

孟盛楠:"人总是会变的,我现在就挺懒,只想着朝九晚五地上班,然后有一个寒暑假可以出去玩,这样也挺好的。"

陆司北喝了一口酒,沉默地点头。

他们在外面待了一会儿,孟盛楠去了图书馆,陆司北去拜访曾经的老师,他们在学校门口分开,一个往东,一个往西。

陆司北在路上给池铮打了一个电话:"坐上火车了吗?"

池铮这次来江城是为了他在北京谈的那个项目,那个公司总部在林州,这个活儿原来是陆怀跑的,但陆怀临时有事,只好他过来谈,刚好遇见陆司北回来。

"刚上车。"池铮站在车厢接口,点了一支烟,"怎么了?"

陆司北笑笑:"就问问。"

池铮:"什么时候变得这么磨叽?"

陆司北叹了一口气。

池铮吸了一口烟，像是意识到什么，短暂地没有开口说话，过了一会儿漫不经意地开口："闹矛盾了？"

陆司北却笑了："她挺好哄的。"

池铮低了低头，"嗯"了一声。

火车慢慢地往南开去，经过林州，林州的外面是一片原野，碧绿苍翠。那个时候他们都没有想到，就在不久的未来，池铮的项目出了问题，从此一蹶不振，未来的两年里，他们都失去了对方的消息。生活中的低谷期就像是茫茫大海，没有尽头。

21

从2004年夏到2010年夏，他们从高中念到大学，在小城生活，也见过大都市的样子，有的人一马平川，有的人考试落榜，有的人为了恋爱去了对方的城市，有的人为了前途远走他乡。孟盛楠离开学校的时候，有的也是对前途未卜的迷茫。他们那个青春六人组呢，出国的出国，工作的工作，朝九晚九，平常生活，淹没在人群里，没有消息。陆司北后来还是留在了国外，至于她曾经在意过的那个少年，或许再谈起也不过是一段人生插曲，笑笑便罢，至少还有友情。

22

"如果给你一个选择，你将如何生活？"

这是孟盛楠在江城花口初中教书的那个冬天，她们学校英语调研组的一个作文题目，这个题目很应景，为什么呢？因为这一年她放弃了新闻理想走上了从教的道路，甚至还不知道今后将面对什么样的生活，但她看到这个文图内心无比平静。

她想起了读大学的时候在天涯论坛追着看《明朝那些事儿》时候的样子，当年明月在明朝历史的结尾用了大量的篇幅写徐霞客，这让她也想起了那句记了很久的话。

"那一天，山下的我们，正奔忙着追逐富贵与功名，徐霞客却坐在黄山绝顶，听了一整天的大雪融化声。"

2010 年就这样结束了。

TXSFHZM

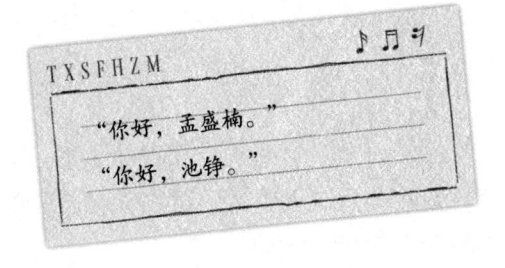

"你好，孟盛楠。"

"你好，池铮。"

番外五
一生挚爱

1

后来再想起，池铮对孟盛楠产生印象是在 2007 年。

那一年他们毕业还没有太久，念了大学也只是玩。池铮每天的生活就是敲代码、打游戏、打篮球、谈女朋友，有时候一个月就换一个对象。

陆司北来找他传授经验那天，他刚分手。

他们在北京的出租屋里喝了很多酒，都喝醉了，醒来的时候陆司北像是打通了任督二脉，笑着对他说："等我追到了再找你喝酒。"

池铮一笑："行啊。"

后来陆司北回了林州，池铮当时接了一个软件的工作，有一段时间把这事忘了，等到忙完退租要回学校的时候，他收拾东西，从沙发底下找到了一张照片，那是他在陆司北钱包里看到的那张，孟盛楠歪着头笑得特别灿烂的照片。

怎么说呢？特别有感染力。

那一年的后来，他新谈了一个女朋友，对方总是喜欢浓妆艳抹，穿短裙和高跟鞋。一起出去逛街的时候，他总是走在后面玩着手机打游戏，总会被女生催促："你快点儿。"

池铮也总是不耐烦地跟上去。

女生从试衣间出来，问他："这件怎么样？"

他从手机里抬起头。

"好不好看？"

池铮："还行。"

女生不开心了。

池铮低下头继续打游戏，丝毫不在意，直到对方气呼呼地走了，他似乎也不会去哄，转头就回了学校，第二天女生又找了过来。他总是这样，追到了也漫不经心，但总有人争着想做他女朋友。

有一次江缙开玩笑："你说人活着图什么呢？兄弟几个可是很羡慕你，别的不说，就你这副好皮囊，一定是上辈子拯救了银河系。"

池铮嘴角一勾。

江缙："别那么笑，我受不了。"

池铮："滚。"

江缙："我记得你上个月还谈了一个文学系的女朋友，这个月就换到了物理系？都是肤白、貌美、身材好的，这速度挺快的啊，物理系的这个是研究天体呢吧？"

池铮笑笑："要不我叫过来你们聊聊？"

"你滚吧。"江缙说，"兄弟几个可都羡慕着呢啊。"

池铮收了那副游戏人间的语气，忽然淡淡道："挺没意思的。"

"这还叫没意思？你这叫身在福中不知福知道吗？就追你的女生，别说其他院，就咱计算机系，少说也有百十来个吧，她们至少看上了你的皮囊。"

池铮拿拖鞋砸了过去。

江缙哈哈大笑："别别，开个玩笑。

"昨天你和你那个女朋友出去玩的时候，我们几个讨论了一下，你喜欢的类型好像都是这种风格，至少得漂亮。我记得你好像喜欢一个女演员，《恋空》里那个，叫什么来着？"

池铮说："新垣结衣。"

"对对，就是她，眼光真高。"江缙说，"不过我怎么觉着你谈过的那些女生里，有几个眉眼长得挺像她。"

池铮笑了一下："有关系吗？"

"这就是你下意识喜欢的类型呗。"江缙叹了口气，"你别不会是个情种吧？"

池铮忽然想起孟盛楠的那张大头贴，短发、发尾稍卷、脸很小、笑起来特别文静秀气，眼睛里有不轻易显露的狡黠。

　　他的声音低了些："我见过更像的。"

　　江缙好奇道："谁啊？说来听听。"

　　池铮当时没怎么深想过，只是淡淡地提起："一个哥们的女朋友，不过还不知道他有没有追到手。"

　　"哟，那也是名花有主了。"

　　池铮："算吧。"

　　江缙看着他的表情，忽然开口："你不会感兴趣了吧？"

　　池铮："怎么可能？"

　　江缙"嘘"了一口气。

　　池铮："就是有点好奇。"

　　"好奇什么？"

　　池铮没说话。那个时候他只是单纯地好奇，陆司北那个性子的人会谈个什么样子的女朋友。

　　江缙却不知道想起了什么，道："你还别说，这么一捋吧，我也见过更像的，但是那种感觉不太一样。"

　　池铮抬眼。

　　江缙："想认识？想得美。"

　　池铮嗤笑。

　　江缙骄傲道："我干妹子，有才华还长得漂亮，你不说我还真没想起这个，但可不能让你祸祸了，想都别想。"

　　池铮笑骂："想个锤子。"

　　江缙低声琢磨道："就算你想也没用，听说她在谈着呢，十四五岁的时候不觉得，现在真的是长开了啊，都是大姑娘了，不行，回头我得问问她。"

　　池铮敛眉低头，又点了一根烟。

2

　　那次见到她，纯粹是因为太闲。

陆司北专业比赛拿奖，或许也是一种对他传道授业的感谢，还有当年那个"等追到了再找你喝酒"的承诺，池铮没什么事就去了林州。距离上一次去林州已经过了半年。

他们一起过来找他吃饭。

那是池铮第一次正式地见到孟盛楠，她和照片上的样子感觉差不多，甚至比他想象中的更文静，眼睛里有一种很快能让人沉下来的气质。

他很快克制疏离别过脸去，看向陆司北："去吃饭？"

三个人去了附近的一家中餐厅。

但是孟盛楠并没有待太久就有事走了，池铮从洗手间缓缓走了出来，倒了一瓶酒，和陆司北碰了一杯："恭喜。"

陆司北笑："谢了。"

池铮那晚喝了很多酒。

陆司北酒意浅，说了很多掏心窝子的话："阿铮你说得对，盛楠很像是一张白纸，你得慢慢地去描绘才有意思。"

池铮笑了。

陆司北说："有时候觉得挺遗憾的，读高中的时候怎么就没有遇见她呢？我后来和她提起，你知道她怎么说吗？"

"怎么说？"

"她说那时候她很普通，眼睛近视，穿着也不讨喜，成天就是蓝白校服，搁在人堆里都看不见的那种。"

池铮喝了口酒，嘴角带着一丝笑意。

陆司北说："怎么会呢？我就不信。"

池铮淡淡道："为什么不信？"

陆司北叹了口气："你还记得2005年的春节吗？我们去上海外滩玩，遇见了一群年轻学生，有人在弹吉他，还记得吗？"

池铮忽然想起来了，他眸子一闪。

陆司北说："我就喜欢她那个样子。"

池铮神色一顿，拿起酒杯与他相碰。

陆司北又叹了口气："但是怎么办呢？我好像有点走不到她心里去，你说我是不是做得还不够有诚意？"

池铮低头，又抬起头："既然她都答应做你女朋友了，你俩有的是时间慢慢了解，你还着什么急？总归是你的跑不了。"

陆司北失笑："你说得对。"

池铮看向窗外，良久没有说话。

3

陈思生病的事情，池铮是后来才知道的。

那已经是2008年了，新年来临，一切都充满勃勃生机。江城的雪下了一天又一天，他陪着陈思去医院复查。等他拿了药回来，就看见孟盛楠的背影。

她还是那样纤瘦，低下头说话的时候很文静。

如果不是陈思介绍的那句"妈妈的学生，孟盛楠"，或许池铮还没有那么震撼，但他们之间已经相隔甚远，各自有了归宿，于是就算认识也只是一声轻淡礼貌的问候。这是底线和规矩。

只是等她走了，池铮忽然感慨。

读高中的那三年里，他们有很多理由可以遇见，只要有一次陈思上吉他课的时候他在家，他就一定会遇见她。但是没有，他从来都是陈思上课他不着家。或者也不对，就算遇见了，那个时候，他也不会在意。

想来有些落寞，池铮笑了。

他不知道怎么会想起这些，心里一时间涌起一些愧疚之意。回到家冲了一个冷水澡才清醒了一些，玩起编码便将这些抛之脑后了。再后来到了年前二十八号，陆司北来到江城，说想给她一个惊喜。

他们晚上去了K厅聚餐。

事实上池铮是不想去的，他不知道为什么，心里有些烦乱，但陆司北这么大老远地跑过来，他没能拒绝得了，所以到得很晚。

大家玩得热闹，各自开着玩笑。

池铮一直低头喝酒，听着陆司北轻声细语地和她说话，他没来由的脸色淡了，下意识地抬起眼看过去，她的目光很淡漠，只是轻轻颔首，那双眼睛写着"我们不熟"。

聚餐结束，他借口有事就先走了。

隔壁两元店的音响里还在播放着陈奕迅的《爱情转移》，池铮经过的时候，被脚下的石头硌了一下，他抬脚一踢，不耐烦地骂了一句。

4

2008年的国庆，他从北京回江城。

史今喊了几个朋友一起出去玩，后来结束从KTV出来的时候，在路口处等红绿灯，史今跑回包间去拿手机，他百无聊赖地站在路边。

孟盛楠的身影就那样猝不及防地冒了出来。

她抱着书像淘到了宝贝，脸上的表情是他从未见过的样子，眼熟得让他想起那张笑得俏皮的大头贴，即便是和陆司北在一起聚会，他都没见过她那样笑。

等她走远，史今回来了。

他们沿着路边去了网吧，史今又一次八卦道："还以为你刚看见谁了，你那眼神不会是你前女友吧？"

池铮动作一顿，瞥了一眼。

史今："那时候大家都挺好奇你一个女朋友最长能谈多久，哥们佩服你的一点是，就算分了，那些女孩子还惦记着你，真是想不通。"

史今和江缙真是一样的八卦。

池铮笑了一声："别没事找事。"

史今忽然想起了一件别的事情，问了一句："对了，你不是在北京接了一个软件项目吗？做得怎么样？"

提起这个，池铮正色道："还行。"

"考虑回来创业吗？"

池铮眯起眼睛抽了口烟，说："现在还不太好说，目前大环境不错，实习的这几个项目也很有前景，毕业的时候再说吧。"

史今点头："我爸还说让我去大厂，年薪至少这个数，但他也不想想就我这普通学历，简历都递不上去。总之一句话，我可是要等着跟你混的。"

池铮从裤兜里拿出烟盒，丢给史今一根。

史今摸着烟，皱眉："你这烟瘾有点大啊。"

池铮抬眼。

史今："北京谈的那个女朋友也不管管你？"

池铮笑："难怪。"

史今："啥？"

池铮淡淡开口："难怪你单身二十年。"

史今："……"

池铮："管那么多，我还谈个什么劲？"

"去你的。"史今说完，狐疑道，"你别是又分了吧？"

池铮丝毫不在意地笑了。

史今："真有你的。"

池铮笑意渐深。

史今将烟往嘴里一塞，开过玩笑后又说起就业的事："话说回来，你不是还有个关系挺好的兄弟吗？说是准备出国，那人家肯定有背景有资源，到时候多联系联系给咱打点基础。"

池铮没有说话。

他想起孟盛楠。

陆司北出国的事情是他们家很久以前就支持的，就算不是以交换生的身份他们也会自费送陆司北去留学，要不然也不会一家人从江城搬去上海定居。

史今："问你话呢。"

池铮："这事得听老天的。"

史今蒙了。

池铮："求人不如求己。"

池铮说完径自地往前走去，将手里的打火机摆弄了好一会儿，然后自嘲地笑了一声，陆司北出国，孟盛楠怎么样他担心个什么劲儿？随即他又点了一支烟。

5

2009年，陆司北出国留学的事尘埃落定。

池铮春节过后回了北京，江缙和陆怀请他出去吃饭，说起实习的工作和最近接的项目，三个人一直聊到天黑。

江缙说："说得我都困了。"

陆怀："你这心里眼里都想着玩，能不困吗？我看就应该让张一延给你上上课，人家现在在加拿大要读硕士了知道吗？"

江缙苦笑了一声："那又怎么样？"

陆怀无奈摇头。

他们多少都知道江缙的感情之路，但也没有办法，单相思这事谁都指望不上，只能自己调解，要么就进入一段新的感情，但江缙至今单身。

陆怀又将话题引到项目上："得找个人帮咱们运营。"

这一行是陆司北的专长，业内都是熟人。

池铮喝了口酒道："这个事我来搞定。"

陆怀一拍大腿道："我记得你有个哥们是搞这个的对吧？这一回要是弄上去真得好好谢谢人家。"

池铮笑了一下："不用和他客气。"

陆怀："那还是得请人家喝点酒。"

很多人觉得念了大学，至少大一就该痛快玩，没多少计划，然后等到大三的时候就开始着急焦虑。或许池铮幸运的是遇见了这些朋友，江缙虽然爱玩但聪明，陆怀勤恳大方，他们三个在大二就开始设计一些小程序，甚至做了一个本校的课程表软件，仅供本校学生下载，操作方便简单，一目了然。这个软件虽然简单，但背后的程序却复杂得很，他们那时候借了一个学校不用的办公室，这可以说是他们第一次创业。最艰苦的时候，三个人忙了好多个通宵，晚上直接就在地上睡着了，一个个穿着短袖，胡乱一躺，睡一两个小时再爬起来继续工作。也是这个软件让他赚到了人生的第一桶金，有了去上海业界最厉害的计算机技术公司实习的机会，有了做自己的软件的经验和资金，也给了几年后他在江城从头再来的勇气。

提起这事，陆怀至今骄傲："我虽然不搞文学了，但事业上也算还行，对得起我家老爷子了。"

他们又喝了一会儿酒。

夜深人静的时候回学校，池铮走在最后面，给陆司北拨了一个电话，说了几句运营方面的事情。

陆司北说:"这事交给我吧,我有一个朋友在圈子里挺有分量,回头我推给你们认识,有事就找他。"

池铮淡笑,问道:"什么时候出国?"

陆司北:"就这一两个月吧。"

池铮半天没有说话。

陆司北叹了口气道:"不知道为什么,一切都准备好了要走了,忽然有点难过,也说不清难过什么。"

池铮走在校园路上,抬头看向操场。

陆司北终于说出了真心的话:"昨天我送她书的时候,顺便提了一句想让她和我一起去,学费什么的我来承担,你知道她怎么说吗?"

池铮脚步一顿,黑眸微抬。

陆司北说:"她说她从来没有想过出国。"

池铮摸出一根烟,却没有点。

只听陆司北又道:"我有点恐慌。"

池铮把玩着打火机,没有笑意地笑了一下,低声说出了陆司北话里担心的意思:"如果出国的话,你觉得她会和你分手?"

陆司北犹豫了片刻,道:"国外的话有时差,她又那么忙,对感情好像也不是那么执着上心,我担心我们慢慢地没有话说。"

池铮沉默半晌:"你呢?"

"什么?"

池铮:"你会和她分手吗?"

陆司北没有迟疑:"不会。"

池铮笑了:"那不就行了。"

陆司北没懂。

池铮这才慢慢地点起烟来,微微低头,凑到打火机跟前,点了烟,声音低哑:"除非她提分手,这是我谈恋爱的原则。"

但是很久以后他追到孟盛楠,原则被打破了。

那话怎么说来着?

"除非我说分手。"

6

陆司北出国之后，他们的联系便少了。

除了一些小程序开发的运营事宜，他们偶尔也会打个电话，但都是忙起来不顾白天黑夜的人，渐渐地交流也不多了，但池铮总会在陆司北的个人网站上看到一些孟盛楠的照片。他们还在恋爱。

2009年的年底，池铮在上海的实习结束。

当时江缙刚参加完作文比赛，他们喝了点酒，去马路边又找了一个酒馆待了一夜，分开的时候江缙说："一会儿还要送我干妹子呢，你自己掂量着去，哥们就不管了啊。"

池铮哭笑不得："真重色轻友。"

江缙："怎么说也是我妹子重要吧，你一个臭男人好意思让我送吗？再说了想送你的女生不得排着队来？"

池铮低头失笑。

江缙："别又分了？"

池铮偏过头去。

江缙叹气："真行。"

池铮却径自开了句玩笑："你这大学说了四年，什么时候带你那个干妹子出来见见，保不齐我以后做了你妹夫，那你不就赚到了？"

江缙立刻退避三尺："别，不稀罕。"

池铮笑开："我认真的。"

"赶紧回你的江城。"江缙要笑不笑的，"对了，你哪趟火车？"

池铮："不送还问？"

江缙："……"

池铮将黑色的书包往肩膀上一挂，抬手对江缙示意了一下，笑着转过身坐上了一辆出租车，去了火车站。

站台里人很多，这是春运的开始。

池铮拿了票上车找座位坐了下来，门口方向还有人持续上车。他一夜没睡，打算睡一觉，目光一抬，便在人群里看见了孟盛楠。

她好像和陆司北发的照片不太一样了。

那张脸颊有些绯红，但眼睛看起来很干净，她也只专注眼前的事情，压根就没有看到他。她的座位被一个老大爷占了,她也不好开口说话,站在过道上走也不是不走也不是。

池铮喊她名字的时候,也有些被自己惊到。

但当她真的看过来的时候,他不知道为什么,心里"咯噔"了一下,但很快又平静下来,只当她是自己哥们的女朋友,客气地让她坐到自己那儿,然后去了车厢门口抽烟。

从上海到江城,只有两个小时。

池铮靠在过道尽头的门廊上,一根烟接着一根烟地抽,无聊的时候就打游戏,偶尔抬头看过去,她偏过头看向窗外,那张侧脸宁静得不像话。他被自己这种想法惊到,眉头皱紧,重重地吐了一口烟圈。

那天火车一到站,他就走了。

原来以为不过是匆匆一面,江城就这么点大,要想遇到一个人并不容易,但也不难。大年初一,他和史今在网吧玩了一夜,天还没亮,就听见前台有人说话,声音很轻。

她的身影忽然就这么冒了出来。

那个2010农历年的第一天,像是看了一部温暖的长篇电影一样,池铮轻轻地吸了一口气,嘴角有淡淡的笑意。

他低头抽着烟,良久没有说话。

过了一会儿,史今道:"你怎么了?"

池铮声音很低:"没事。"

史今皱眉:"刚才情绪还不错,你咋突然就低落了。今儿可是大年初一,咱一会儿还要去打球,你怎么这么没有精神?"

池铮:"是吗?"

史今:"我要不给你拿个镜子?"

池铮苍凉一笑。

史今:"真没事?"

池铮往后一靠,盯着游戏界面,再抬头的时候,她已经走了。他莫名地笑了一声,修长的双指点了点胸口,对史今道:"有些事得藏这儿。"

7

2010年的毕业季,总是让人唏嘘。

那或许是池铮掉入低谷之前最后的几个月,他忙着新程序的开发,陆怀去和陆司北介绍的人搞运营的事情,然后就是一路开始往下掉——资金被套、程序被别人占为己有。事闹大了,池铮退学。

陆怀已经毫无办法,还是想再继续努力一次:"要不我去林州,他们的大本营在那儿,再弄出几个新闻,肯定会有些忌惮。"

池铮只是抽烟,没有说话。

陆怀:"我就不信这事没人管。"

江缙想了想,看向池铮:"我干妹子在林州的电视台实习,或许知道一些情况,我和她打听一下,有什么事情再和你说。对了,你那个哥们,联系到了吗?"

池铮脸色阴沉,缓缓摇头。

陆怀叹气:"都是我的错。"

江缙拍了拍陆怀的肩膀。

池铮轻笑了一声:"这事算我们倒霉。"

其实他们应该知道的,这种技术纠纷,很难清楚地界定,更何况陆怀稀里糊涂和人家签了合同,这事去哪儿都说不过去。

但江缙还是给孟盛楠打了一个电话。

孟盛楠听了,顿了一下道:"这个事情我听说过,我一会儿和我们领导谈谈,了解一下具体的情况,再给你回电话。"

江缙:"尽快。"

孟盛楠一刻都没停,搜罗信息。

后来也就是所有人都知道的那样。

江缙后来问她:"没事妹子,努力过就够了。"

孟盛楠轻轻叹气:"你朋友还好吗?"

江缙想起池铮实际上已经颓废至极,却依然装作满不在乎的样子,停顿了一会儿才道:"是不太好。"

孟盛楠:"你帮我和他说声对不起。"

"这和你没关系。"

孟盛楠摇头:"有关系的。"

江缙挤了一个笑:"别想太多。"

孟盛楠的眼睛有些酸了。

江缙:"那你现在什么打算?"

孟盛楠:"也许回江城。"

江缙缓缓叹气道:"盛楠你知道吗?当老天爷想送给你一份大礼的时候,就必然会先让你去一趟地狱,只有你经受住他的考验,才有资格拿他的大礼。"

孟盛楠忽而笑了:"真会说话。"

挂了电话,江缙看向池铮。

他已经在出租屋里睡了一个礼拜,从学校退学之后,就这么一直睡着,或者就是喝酒。他说话还是一副漫不经心的样子,笑起来也是,会淡淡道:"这酒不错。"

江缙待了一会儿,离开了。

房间里只剩下池铮一个人的时候,他慢慢睁开眼睛。刚才那些话他都听到了,江缙真的很适合做心理医生。

池铮慢慢搓了把脸,抬眼。

他伸手在床上摸手机,手机从床缝掉到了地上,无奈只好从床上下来,垂下头伸手去够,没够到,一时烦躁,气得踢了一下床下的行李箱。

箱子摊开没有锁,现在全散开来。

隔间的拉链里面有一张照片掉了出来,那是陆司北当年掉落在这儿的。不知道为什么,他一直没有说过,只是将它随手就扔那儿了。照片上的孟盛楠十七八岁,那笑意让他冰封冷冽的脸上都有了一丝动容。

池铮随即低头叹息:"真是疯了。"

8

回到江城的日子平淡普通,每天都是。

池铮除了下楼吃饭都待在自己的房间,陈思偶尔推门进去,他大多时候都在睡觉,只是为了不让陈思担心,偶尔也会说一句话。

陈思经常劝他："要不你去找史今吧。"

池铮还是很少出去。

但史今总是会过来，给他说一些外面的新鲜事。比如哪个高中同学结婚了，要拿多少份子钱，又或者他见到他哪个前女友，要不要拉出来大家一起见见。

总之一句话，史今说："铮啊，咱谈个恋爱吧。"

池铮靠在床上抽烟，闻声一顿。

史今："我认真的。"

池铮眼皮垂下："没什么兴趣。"

史今差点炸了："你再说一遍？曾经一个月换俩女朋友的战绩你都忘了吗？别告诉我你真的对恋爱没兴趣了？！"

池铮嗤笑："没了，懂吗？"

史今："……"

池铮抽完烟，将被子往身上一拉，倒头就睡，像是什么都没有发生一样，他现在只是想静静地睡上一觉。

但史今不让，硬是把被子拉开："刚睡醒又睡？"

池铮侧身躺着，依旧闭着眼睛。

史今知道对症下药，想了想道："我琢磨了一下，实在不行你再找找你那个哥们，他玩运营这一套又是他的熟人，他肯定能帮你，就算出国了，他应该有女朋友吧，在国内吗？实在不行联系一下，说不定真的有办法。"

提到孟盛楠，池铮唇角微微一动。

史今："这是我能想到的最好的法子了。"

楼下陈思在喊："史今啊，阿姨洗了水果。"

史今连忙应声两句，下楼去拿。

池铮慢慢睁开眼，他从床上下来，将房间的门反锁，然后靠着门框，好像全身的劲都没了，缓缓地蹲了下去，坐在地上，单膝撑起，一只手搭在上面，脸色一点一点沉了下去。

史今进不来，一直敲门："池铮。"

他声音很淡："你让我一个人待会儿。"

9

后来呢?

后来的两年里,孟盛楠在花口初中教书,池铮颓在家里,他们没有再见过面。如果要说有的话,只能说是单方面地打过三次照面。

第一次是在公交车上。

第二次便是在同学聚会上。

现在想起来好像是2011年年底时候的事情了。聚会是史今张罗的,池铮的手机修理店也刚开不久,状态慢慢地好了起来。

他们去了江城的一家酒店。

当时来的朋友都是中学时候玩得好的,有的现在混得还行做了老板,有的依然挣扎在打工流水线上,很多人都还在好奇池铮的现女友是谁。

他笑笑说:"现在单着。"

史今就纳闷了:"怎么没有人问我呢?给咱介绍一个。"

大伙儿笑得很大声。

池铮没什么说话的欲望,一直在低头喝酒,听着他们说起近两年一些江城的发展和工作前景。他听得有些烦躁,出去抽了支烟。

他在酒店大堂遇见了孟盛楠。

怎么说呢?她变得温和美丽。

孟盛楠也是很久没有见到周宁峙了,对方也是来江城出差要赶飞机,两个人就站在大堂说了一会儿话。

池铮靠在阴影处的门廊上,抬眼。

孟盛楠一脸兴奋的样子:"你来江城都不告诉我一声,太不够朋友了吧,周大神,昨天他们还在群里说你去了旧金山。"

周宁峙笑:"真是一趟急差。"

孟盛楠当然理解这人工作狂的一面,无奈道:"你这么忙,今天还在中国,明天可能就去了洛杉矶,怎么有时间生活?"

周宁峙:"没有办法。"

孟盛楠怕耽误他的行程:"现在说话没事吧?要不你先去吧,我们有时间了再聊,也不在这一会儿。"

周宁峙倒淡定下来:"不急,和你说话的时间还是有的,大不了退了票换下一趟，总不能怠慢你，我会后悔。"

孟盛楠："你现在说话怎么和江绪这么像？"

周宁峙笑了一下。

孟盛楠问："一延姐还好吧？"

周宁峙："她在加拿大，我们见不了几面。"

孟盛楠"哦"了一声。

周宁峙："你又想打什么算盘？给江绪报信吗？他想知道，自己来问，整天让你给他打听，还怎么追女朋友？"

孟盛楠忍不住问："你怎么知道？"

周宁峙失笑。

看他们说得投机，池铮脸色黯淡。那个男人一身意大利品牌西装，举手投足之间温文尔雅，看向她的那种深藏关怀的目光，池铮一眼就看得出来。

他拿着烟，烟自己快烧没了。

他们没说太久，两个人就告别了。孟盛楠今天穿着碎花低腰齐膝裙，匡威的帆布鞋，衬得她很活泼，头发也长了一些，发梢还是微卷，不失俏皮，回过头进电梯的时候，那张脸颊上有了岁月沉淀而出的妩媚。

那是池铮第一次在她身上看到这个词。

烟烫到手指，他微微缩了一下，低头，将烟摁灭，再抬眼，她已经不见了。电梯一层一层地往上走，停在了九楼。

池铮沉默地站了一会儿，回了包间。

有人问他："去这么久，罚酒啊。"

池铮笑笑，也不推让，真的倒了几杯下肚，像是不经意地提起："今晚这家酒店好像挺热闹。"

"好像几楼来着，有一个什么交流活动。"

"九楼吧，我看很多人上去。"

史今凑过来："怎么了？"

池铮淡淡道："没什么，遇见一个熟人。"

聚会没多久就结束了，大家要去唱歌，池铮借口有事没去，他在外面等了一会儿，靠在路灯边的车上，点了一支烟，百无聊赖地看着酒店门口。

大概等了半个小时,一堆人从里面出来了。

孟盛楠皮肤白皙,碎花裙子在夜光灯下衬得她很温软,只见她和朋友互相告别,歪头笑了一下。有一辆出租车开了过来,她坐了上去。

池铮咬着烟,目光平静。

他就那样站了一会儿,直到那辆车已经远去,才有些恍然,有一天他居然也会这样,忽而笑了,把烟抽完,开车走了。

10

至于第三次照面,纯属一个巧合。

不知道是不是史今提的想法,陈思居然给他介绍了一个相亲对象。池铮本来没打算去,但碍于陈思的面子,还是去了。

他们在一家餐厅见的面。

相亲对象很满意他的那张脸,甚至第一眼看见了就表现出很感兴趣的样子:"陈阿姨说你现在自己开了一家店,我觉得男人创业也挺好的。"

池铮只是笑了笑。

"你房子准备买哪儿?我挺喜欢平原路的。"

池铮抬眼。

"听说那边的小区还赠送一个地下室,车位的价格也挺合理,不过真要是买了,我不太想和父母一起住,当然陈阿姨想过来也行,但是最多一两天吧,我比较怕吵,如果有了小孩,还是让我妈过来照顾吧,我觉得陈阿姨的话大家少来往,减少一些不必要的婆媳关系,该说的时候也不用不好意思,当然生活费什么的陈阿姨该给还是得给小孩,毕竟我妈照顾也挺累的,这是应该的吧,一个月多少够呢,你觉得——"

池铮轻笑道:"哎。"

对方关上话匣。

池铮:"我没钱。"

相亲对象:"……"

池铮:"没车没房,还有一堆债。"

相亲对象:"……"

池铮:"懂吗?"

相亲对象一听,愣了一下,瞬间站了起来:"什么都没有你还来相个什么亲?!吃饱了撑的吧,长得好看有什么用?"说完拎着包就走了。

不过才进来几分钟,就成这样。

池铮坐在那儿,笑着点了一支烟。

他抽完烟,去结账,顺便去了一趟洗手间,余光里看见一个熟悉的身影,被一个男人拦住了去路。这个画面有多熟悉呢?他从前在 K 厅的时候也见到过,但那个时候,孟盛楠直接就给了对方一巴掌,这一次她好像心情不好,不愿理会。

男人还在套近乎:"你长得这么漂亮,有男朋友吗?"

孟盛楠没有搭理。

男人:"留个联系方式吧。"

孟盛楠直接绕开他走了。

男人站在原地:"装什么呢?"

话音刚落,脸上就挨了一拳,男人还正蒙着呢,就被人拉去了洗手间。

然后他洗了洗手,出去了。等他出去的时候,孟盛楠已经不见了。

他也不知道在期待什么,扯了一个笑。

史今打电话过来:"相亲怎么样?那女孩子也是北京回来的,现在工作稳定,而且人家性格也不错。"

池铮一边往车跟前走,一边摸了支烟放嘴里。

史今:"你说句话。"

池铮咬着烟道:"说个锤子。"

那天晚上,他做了一个梦。

他梦见陆司北要结婚了,给他发了一个电子请柬,问他有没有时间做伴郎,要感谢他这些年出谋划策。他颤抖地打开请柬,在看到那张请柬上陆司北和孟盛楠的婚纱照的时候,他忽然从梦中惊醒。

深夜寂静,只有黑暗。

池铮没有开灯,他摸索着在床头柜上找到烟和打火机,手晃了几下,才打着点上烟,暗淡的星火给这黑夜带来了一点光亮。

他吸了一口烟,渐渐清醒过来。

那是凌晨四点,窗外一片漆黑,像是快要把人吞噬掉一样。他微微偏过头,只听得见院子里的风声,树叶轻轻摇晃,像他那颗动荡不安的心脏,许久都不曾缓过来。这么些年过去了,他谈过那么多女朋友,想要什么样子的没有,但是他不得不承认,当想念一个人的时候,好像也找不到什么理由。

他只是记得第一次见面,陆司北带着她走过来。

她没什么笑意,对他说:"你好,孟盛楠。"

这三个字没来由地熟悉,如果他从前有认真对待过,哪怕一次,他也一定会想起来,但是没有。还是陆司北继续帮她介绍:"孟子的孟,盛世的盛,楠木的楠。"

他淡淡道:"池铮。"

(全文完)

再版后记

曾经想过要怎么样去描写池铮的视角,第一版的时候因为一些原因没有完整地表达出来实在遗憾,后来想要再重新下笔,却已经不知道怎么去写。这次再版是一次纠错、修补、表达的机会。

时隔多年,再次去写池铮的心理活动,终于发现了很多他对孟盛楠有过的心动,或许可以说他早就蓄谋已久,于是在小说和番外里都做了整理。

作为一个文字表达者,有时候当你不知道怎么继续的时候,不妨停下来,笔下的人物就会自己去选择要走的路,这是写小说的时候遇到的最快乐的事情。

原来以为重新修改会是一件非常痛苦的事情,因为这些年的阅历在增长,当你再回头看很多年前写的小说,会担心用词幼稚,故事浅薄,但是这些都没有发生,我依然每天都是很开心地去写他们,想起他们有过的暗恋和重逢,甚至晚上写到十二点都不愿意去睡觉。与他们再次相遇的日子里,我都是带着满足结束这一天的。

很感谢池铮和孟盛楠,感谢遇见这本书的善良编辑和可爱读者,这是我写过最好的小说。今天西安有微风,一切都很安宁,祝福大家身体健康,得偿所愿。还有的话,就是《兰波传》里让-吕克·斯坦梅茨的前言里的最后那句话:

"每个人都再次踏上新的征程,心想自己一定能追上那个他以为远在天涯的人。"

一个普通平静的傍晚
舒远

图书在版编目（CIP）数据

他笑时风华正茂 / 舒远著 . — 南京：江苏凤凰文艺出版社，2023.11
ISBN 978-7-5594-8030-9

Ⅰ.①他… Ⅱ.①舒… Ⅲ.①长篇小说 – 中国 – 当代 Ⅳ.① I247.5

中国国家版本馆 CIP 数据核字 (2023) 第 190381 号

他笑时风华正茂

舒远 著

责任编辑	项雷达
特约编辑	赵丽杰　杨晓丹　刘玉瑶　宋艳微
装帧设计	吴思龙 @4666 啊
责任印制	刘　巍
出版发行	江苏凤凰文艺出版社
	南京市中央路 165 号，邮编：210009
网　　址	http://www.jswenyi.com
印　　刷	天津鑫旭阳印刷有限公司
开　　本	880 毫米 ×1230 毫米　1/32
印　　张	12
字　　数	369 千字
版　　次	2023 年 11 月第 1 版
印　　次	2023 年 11 月第 1 次印刷
书　　号	ISBN 978-7-5594-8030-9
定　　价	42.80 元

江苏凤凰文艺版图书凡印刷、装订错误，可向出版社调换，联系电话 025-83280257